變 成 伯 爵 家 的 混 混

백 작 가 의 망 나 니 가 되 었 다

U0545386

Lout of Count's Family

volume three

3

Author
Yu Ryeo Han

Illustrator
달리

CONTENTS

chapter 018 (Ⅱ)

又見面了耶？

凱爾爬到屋頂上，從容地環顧四周。

「天氣剛剛好。」

在濃霧的籠罩下，四周一片霧茫茫，再加上氣溫很高，空氣潮濕又黏膩。

「時段也很棒。」

這是太陽升起之前，天色已隱約有些明亮的清晨。凱爾身旁的紅不停地點著頭，一臉睡眼惺忪。牠不停眨著眼，似乎在想盡辦法保持清醒。

「而且沒什麼人。」

濃霧潮濕的天氣，再加上天剛破曉，四下無人，可說是最佳條件。尤其這條後巷裡的人，才剛過完一個燈紅酒綠的夜晚，正準備入睡。

凱爾低頭看著建築物下方。

聽說有好幾條路線，今天從這條路線經過的機率超過七成。

一邊回想奧德烏斯報告的內容，凱爾一邊轉頭看向旁邊，只見黑龍拉恩正靜靜坐在欄杆上往下看。他摸了摸黑龍的頭。

「不要摸，人類！」

嘴上這麼說，但拉恩還是放任他繼續摸自己的頭，同時拉恩卻又怒瞪著他。

「脆弱的人類，你今天乖乖待在旁邊別亂動。」

「好好好，我只看就是了。」

「要小心地看！」

「好啦。」

拉恩似乎對凱爾的回答感到滿意，張開了翅膀。黑色的翅膀一拍動，拉恩便徐徐飄至空中。看見牠行動，崔漢、氳與紅也跟著有了動作。

「氳，拜託了。」

「我最擅長的就是幻境。」

氳擺著尾巴消失在濃霧中。

紅看著凱爾，「應該也要放毒吧？」

「對。」

聽見回答，紅點了點頭便來到拉恩身旁。黑龍微微降低高度，紅拍了拍牠的身體，咧嘴一笑便消失在霧中。

「我走了。」

崔漢悄無聲息地移動到另一棟建築物的屋頂。拉恩則飛到凱爾身旁，留在空中待命。

「拉恩。」

「什麼事？」

「你想怎麼做就怎麼做吧。」

黑龍笑得彎起了眼，「這是當然，不必你提醒。」

下一刻，拉恩消失在霧中。

凱爾從容地雙手抱胸，站在屋頂向下俯瞰。

奧德烏斯所說的七成機率確實準確——只見三個穿著長袍遮掩相貌的人進入巷子，其中一人正是巴尼翁。

凱爾靠在欄杆邊，從高處俯瞰著他。巴尼翁．史丹絲毫沒察覺到來自上方的視線，只是快步前進，並在心裡暗罵著一點也不符合貴族身分的粗俗話語。

昨天泰勒．史丹，巴尼翁那曾經雙腿殘廢的哥哥說了些瘋狂的話。

「我不會殺害親人，只打算支配他們。」

瘋子。

泰勒的話帶來了巨大迴響，侯爵府上下也因為這番話，從昨天開始便不得安寧。因此，巴尼翁一大清早才得以趕到這裡。

現在泰勒變得太過強大，巴尼翁覺得有必要壓制他。換作平時，巴尼翁肯定不會親自涉足此地。偏偏安插在這條陋巷裡的手下不能輕易調動，無奈之下他只能親自來訪。據手下所述，前陣子在西北部底層社會最具影響力的黑商不斷侵門踏戶，讓他們的處境有些困難。

那些沒用的傢伙總是惹麻煩。

巴尼翁咂著舌，快步穿越濃霧。他心想，今早霧這麼濃還真是幸運，這樣他就不容易被目擊到了。

連天氣都在幫我。

霧越來越濃，巴尼翁很是滿意。兩名手下跟在他身後，三人持續前進，他們為了遮住臉孔，將連帽長袍的帽子拉得極低，因而錯過了一些關鍵。

在比他們頭頂更高的地方，濃霧正逐漸被染成黑色。

喵嗚嗚嗚。

「嘖。」

連清晨都有貓在叫，讓巴尼翁感到相當不耐煩。這條後巷裡，有不少沒用的人類跟流浪貓，那些東西就該被好好教育一番，或是直接取他們性命。

喵嗚嗚嗚。

令人毛骨悚然的貓叫聲再次傳來，那聲音讓巴尼翁想起了某個存在，那儼然就是一切的元凶。

當初真該殺了牠。

巴尼翁的表情變得相當扭曲。

當初真該殺了那隻黑龍——本想把牠養著以後可用，沒想到鬧出了一些騷動，讓事情變成今天這樣。

瞬間，巴尼翁感到一陣煩躁。

這時，貓叫聲再度傳來。

喵嗚嗚嗚——

「吵死了。」巴尼翁再也受不了貓叫，低聲抱怨著。

喝——

突然，一道吸氣聲從他身後傳來，接著便是什麼東西撞到地面的聲音。

「少、少爺——」

手下的聲音傳來，巴尼翁嚇得轉身。

「這是怎麼回事？」

只見一名手下雙手掐著自己的脖子倒臥在地，而出聲喊巴尼翁的那名手下，身子一歪，緩緩癱軟下去。

「呼、呼吸……哈啊！」

手下的臉色逐漸發青，向前倒了下去，帽兒就這樣碰到了巴尼翁的皮鞋鞋尖。一切都發生得迅雷不及掩耳，巴尼翁緊皺著眉，眼中透著驚慌。

這是他始料未及的情況。

喵嗚嗚嗚。

貓叫聲再度傳來。

這一刻，巴尼翁終於意識到一件事——貓叫聲越來越近了。

喵嗚嗚。

上面！是從上面傳來的聲音！

巴尼翁抬頭，然後他才終於看見。

「咦？」

與包圍著自己的白色濃霧不同，他的頭頂上瀰漫著又紅又黑的霧氣。那霧看起來極為不祥，令他不由自主地倒退了幾步。

接著，便感覺背部碰到什麼。他頓了一頓，握住腰間的劍迅速轉身，但映入眼簾的只有一片朦朧的霧氣。

「這、這是怎樣？」他下意識出聲問道。

身後的手下仍在痛苦呻吟。

「呃呃呃——」

「咳呃、喝呃！」

在那呻吟聲中，還摻雜著微弱的風聲。

唰啊啊啊——

正當巴尼翁對風聲有所反應，下意識要轉頭時……

「嗨。」

一道聲音傳來，他再度朝正面看去，卻什麼也沒有。

不，其實不是什麼也沒有，只是他看不見。

巴尼翁眼前，一個黑色的形體緩緩現形，巴尼翁一點一點地看見牠的樣貌。

「喔、喔——」

巴尼翁開始不由自主地倒退，但倒在身後的手下卻阻擋了他的退路。終於，黑色的形體露出了全貌。

那雙眼睛直視著巴尼翁。

是個許久未見的存在。

「又見面了。」拉恩笑著。

黑龍出現在他面前。

「你、你這傢伙怎麼會……」

巴尼翁下意識吐出的詞彙，一點也不像貴族會使用的詞語。他的帽兜緩緩滑落，臉完全暴露在外，只見他整張臉嚇得發白。

黑龍緩緩拍著翅膀靠近他，「怎麼這麼吃驚？」

那天真無邪的聲音，傳進了巴尼翁耳裡。

「怎麼，我身上沒有沾血，讓你感到陌生嗎？」

黑龍拉恩緩緩靠近巴尼翁，與聲音不同，牠的臉上沒有任何情緒。代表著拉恩的黑色瑪那在牠四周翻湧著。

巴尼翁開始後退。

「咳哈！」

他踩過痛苦呻吟的手下，不停後退。

「巴尼翁．史丹。」

龍開口喊了他的名字。

四年來，巴尼翁從沒聽過龍開口說話。那總是被鞭子、被棍子打到渾身是血的生物，跟此刻眼前的龍截然不同。身軀雖然依舊很小，但那曾經遭到豢養的生物，如今成了更高階的種族出現在他面前。

「你沒想到我會再次出現嗎？」

確實沒想到。巴尼翁一心只想著要把龍找回來，好好教育一下。他現在明白，那實在是個愚蠢的念頭。他一邊後退，雙腳一邊止不住地微微顫抖。

「不、不，這是……」

黑紅色的霧氣逐漸包圍了他，那陣霧緩緩從腳底升起，宛如蛇一般慢慢將他纏繞，而他卻無路可逃。

「很高興見到你。」

龍嘴裡說著高興，同時也用自己的瑪那緊緊綑住巴尼翁，令他四肢動彈不得。那如蛇一般緩慢纏繞他身軀的霧，此刻已經逼近他的下巴。

「呃！」

手下再次呻吟，隨後便安靜了下來。

嘶啊啊啊。風聲如蛇的吐息從耳邊呼嘯而過，巴尼翁被嚇得不成人形，總是維持優雅姿態的他，如今已不見蹤影。

「不、不行。」

霧已經來到了鼻尖，這可是他從未經歷過的事。身體遭到束縛，他無力抵抗。

黑紅色的霧緩緩包覆了他的臉與鼻，巴尼翁竭力避免吸入，霧仍然竄入了他的鼻腔。窒息感襲來。透過黑紅色的霧，他能看見龍扭曲的臉孔。

「巴尼翁·史丹，真高興見到你。」

「……咳哈！」

在黑紅色的霧氣中，拉恩凝視著巴尼翁的臉。氳與紅釋放出了微弱毒霧，集中讓巴尼翁吸收，使他的身體不斷顫抖。

黑龍鬆開了綑綁巴尼翁的瑪那繩。啪噠，中了毒的巴尼翁無力倒下，失去意識。

拉恩靜靜地看著不省人事的巴尼翁。

此時，一隻手伸了出來，摸了摸牠的頭。

那是凱爾。他藉著風之聲，輕巧地從屋頂的欄杆處來到地面，伸手摸著拉恩並俯視著巴尼翁。

他聽見拉恩說：「太弱了，弱得讓人很不滿意。」

凱爾露出一抹苦澀的微笑，因為那句話聽起來有點悲傷。

「那你想就此罷手嗎？」凱爾反問。

「不，我還是要繼續。」

聽見那沒有任何遲疑的回答，凱爾輕輕拍了拍那顆圓滾滾的黑色腦袋。

隨後，他環顧四周，說道：「開始吧。」

噠噠、噠。在建築物上的氳與紅，輕巧地跳了下來。氳操縱霧氣，讓霧微微散去，崔漢從中現身。

「所有人都在巷口待命。」

見黑龍拉恩逐漸透明化，凱爾下達指令：「讓他們過來。」

「是。」

很快地，兩輛小馬車駛進了巷內，擠滿了狹窄的空間。一個人從其中一輛馬車上走了下來。

「早安啊，少爺。」

「請帶走他們吧。」

瘋狂神官凱奇看著巴尼翁中毒倒地的兩名手下，以及被崔漢揹在背上的巴尼翁，她忍不住嘖了下口水。

凱奇沒看見巷子裡發生了什麼事，不光是由於濃霧遮蔽了視線，更是因為崔漢守在巷口。此刻她所見到的，只有倒地的兩名手下面部扭曲，暈死過去的巴尼翁則是一臉驚恐。

「沒時間了。」

「什麼？喔，好。」

凱爾冷冷的語氣讓凱奇回過神來，指示兩名跟來的伙伴搬走巴尼翁的兩位手下。凱爾把巴尼翁搬上另一輛小馬車後，並準備離開時，凱奇來到他身旁。

「您還記得吧？是四天後。」

「嗯，這樣就夠了。」

凱爾平靜地表示這些時間已經足夠，崔漢則將巴尼翁扔在馬車角落，他們看起來都相當冷靜，卻讓凱奇心驚膽顫。

曾經在首都保護了所有人，出面解決炸彈攻擊，也曾幫助凱奇與泰勒的貴族少爺——凱爾．海尼特斯，如今在她眼前，卻散發著截然不同的氣質。但凱奇沒想太多，隨即露出微笑。

為了計畫，她必須做出正確的行動。

「是，我相信您。既然是少爺提出的日子，也請您務必記得。」

四天，想著自己提出的期限，凱爾明確回答了這位被逐出教門又愛擔憂的神官。

「是，我不可能不記得，請不要擔心，我保證。」看著不省人事的巴尼翁，凱爾不帶一絲情緒地說。

「對他來說，肯定是度日如年、難以忘懷的一段日子。」

他的視線回到凱奇身上，並向凱奇道別。

「那我先離開了。」

「好。」

凱奇將凱爾盯著巴尼翁的眼神烙印在腦海中，她一直注視著凱爾一行人搭乘的馬車，直到馬車離開巷子。

……少爺說過不會殺死他。

凱爾說過，不會殺死巴尼翁，會把人交給他們。他不像是會違背約定的人，也是多虧了他，才能有這項計畫，所以凱奇跟泰勒都很信任他。

「既然決定相信，那就必須相信。」

凱奇堅定自己的信心，從今天起她得加快動作。

「都運上車了吧？」

「是。」

「那就走吧。」

她搭乘馬車離開小巷，與凱爾的馬車朝完全相反的方向前進。

凱爾搭乘的馬車駛向史丹領地內與領主城相對的區域。那裡居住著富裕的領地居民、準男爵及騎士們，是個生活相當奢華之處。同時它也被稱為領地內的富人區，街道相當乾淨，住宅看起來豪華且高貴。

噠噠、噠噠，凱爾的馬車走在清晨霧氣瀰漫的街道上，最後停在一座宅邸前。宅邸的大門緩緩敞開，嘰咿咿、匡啷，笨重的鐵門開啟，馬車便朝著宅子後方前進。

宅邸相當平凡，除了後方有著通往地下室的一扇門。

「這屋子還真不錯。」

下了馬車，凱爾看了輕聲發表感想的車夫一眼。這名馬車夫穿著長袍，將自己裹得緊緊的，只透過微微拉高的帽兜露出他的面孔。

「你走吧。」

帽兜下，奧德烏斯神情僵硬地低下頭，隨後便靜悄悄地從宅邸後門離開。雖然他想立即回頭再看凱爾一次，但他忍住了。

誤判了。

這是不能交代手下去辦的事，因此他親自出馬。他這才理解，凱爾為何會指名要他來服侍。因為他們所做的事，絕不可能交給手下。

竟然還要拷問室。

聽聞凱爾是名以良善聞名的少爺，且富有犧牲奉獻的精神，實際接觸才知道並非如此。崔漢也是個良善正直之人，卻對凱爾言聽計從。

奧德烏斯想起自己那個說要追隨凱爾的姪子——比勞斯。

雖然容貌已經衰老，奧德烏斯仍目光如炬。他加快了腳步，因為接下來四天，他得完成凱爾下達的所有指示。

「問題在於太過理所當然地聽從命令。」

奧德烏斯以他人聽不見的聲音嘟囔，隨即消失在濃霧中。

等到再也看不見奧德烏斯的身影，凱爾才打開通往地下室的門。嘰咿，那毛骨悚然的聲音響起，通往地下室的入口隨之敞開。

「您來了啊？」

門前站的是比克羅斯。昨晚抵達的他，已經先一步來到宅邸。

他是暗殺者羅恩的兒子，也是監視者兼主廚。他的頭銜很多，其中還有一個外號叫做拷問高手。

「嗯，搬進去吧。」

凱爾一聲令下，崔漢便扛起巴尼翁往地下室去。比克羅斯一臉不滿地跟在後頭，還不時偷看飛在凱爾身旁的黑龍。

凱爾假裝沒注意到比克羅斯的眼神。昨天比克羅斯一到，凱爾便說明了龍的存在，比克羅斯也很快便接受了。

果然是這樣。

凱爾說，旅行途中的那些食材都是龍送來的，比克羅斯立即就接受了。但凱爾沒有告訴他跟巴尼翁有關的事，因此比克羅斯對目前的狀況並不是很滿意。

但還是很聽話。

無論如何，比克羅斯很服從命令。

凱爾環顧四周，這地下室相當寬敞。

「還真是有模有樣。」

地下室一角擺了許多設備，都是比克羅斯準備的。那些殺氣騰騰的東西令凱爾忍不住屏息，隨即轉頭看向拉恩。

「一模一樣。」

拉恩平靜地評價地下室的布置，他們盡全力把地下室弄得像黑龍四歲之前受困的洞窟。

崔漢將巴尼翁放在椅子上，比克羅斯詢問凱爾：「只要處理他就好了嗎？」

「對。」

「要怎麼做才好？」

問題的答案不是來自凱爾，而是拉恩。比克羅斯看著飛向自己的龍。

「我遭受過什麼，就還給他什麼。」

「……遭受？」

比克羅斯不知道龍的遭遇。

「對。我被監禁在洞窟裡豢養了四年，每天、每一刻都受到拷問跟虐待。未來這四天，我要把那四年還給他。」

四歲幼龍的平靜嗓音響徹整個地下室。崔漢雙手抹了抹臉，氳與紅則不知該如何是好。

凱爾雙手抱胸，靜靜看著拉恩。拉恩真是偉大的存在，竟能這樣平靜地說出自己的遭遇，凱爾實在難以想像。

「我會具體把我遭遇過的事情講出來。首先，他鞭打偉大的我直到我堅韌的龍皮都掀了起來。」

拉恩大略將自己過去四年遭受的虐待交代了一遍。看著慎重其事地聽著自己說話的比克羅斯，拉恩認真地訴說，牠非常想將這些都償還給巴尼翁。

「基本中的基本，就是流血受傷的地方要一再重複地打。」

匡！

拉恩話說到一半，一旁便傳來一聲巨響，吸引了所有人的目光。

凱爾一腳踢掉了昏迷的巴尼翁所坐的椅子。巴尼翁倒在地上，但他似乎深受睡眠毒所害，連被踢下椅子也沒醒過來。

凱爾佯裝若無其事地將凌亂的襯衫拉整齊，「繼續做你的事。」

「……知道了，人類。」

拉恩再度開始講述過去。不過眼看時間所剩無幾，牠言簡意賅地說了重點。話音一落，陷入一片寂靜。

凱爾凝視著比克羅斯，嘴角帶著些許弧度。

比克羅斯從懷中掏出白色的手套戴上，因為他不想弄髒自己的手。

「肯定會鮮血飛濺。」

他掏出兩雙白色手套戴上。凱爾從沒在書中看過這樣的描述，書中不曾提及比克羅斯會一次戴兩雙手套。

「比克羅斯。」

「是。」

聽見凱爾的呼喚，比克羅斯立即回應。

「在那之前，先做點料理吧。」

「做料理？」

這是什麼瘋狂的要求？比克羅斯看著凱爾，明確地表達自己的疑問。

凱爾指了指拉恩，拉恩挺起了胸膛，像是在表示希望比克羅斯能夠同意這個要求。

「拉恩需要吃東西。」

「他在吃東西的時候，會為了提振胃口而打我。他說看到我的血，能讓他更有胃口。」

「……這個瘋子。」

崔漢咒罵了一聲。

比克羅斯戴上第三雙手套，並對拉恩與凱爾說：「那麼，我得去準備晚餐了。」

比克羅斯的語氣雖然平靜，臉上的神情卻相當僵硬。凱爾心想，這傢伙果然也很容易心軟，他對狼族的孩子也是如此。雖是拷問高手，但比克羅斯似乎很重情義，也不擅長應付小孩。

比克羅斯上樓準備晚餐時，還隨口問了一句：「要讓他殘廢嗎？」

「不用。」拉恩答道。

「好。少爺也要一起在旁觀看嗎？」

嗯……比克羅斯這麼一問，讓凱爾皺眉發出一聲沉吟。

雖然不是很想看。

他很討厭流血與戰爭，是個渴望過著太平日子的人，但這次的狀況有些不同。地下室的角落裡，設置了透明化用的魔法裝置。凱爾的身分一旦被發現便會相當麻煩，因此才特地做了這樣的安排，讓他可以偷偷在旁觀看。

我應該無法一邊看著拷問一邊享用晚餐，我得喝點紅酒。

不用想也知道，狀況肯定會非常慘烈，必定會造成生理上的影響，更會令他生氣。這種時候，選擇喝酒比較好。凱爾開口，正打算拜託比克羅斯備酒，拉恩卻搶先說話了。

「我能理解。脆弱的人類，不用煩惱，你可以不用看。」

「是啊，少爺可能會很難承受。」

崔漢接在拉恩之後開口，氳與紅也跟著點頭。

凱爾一臉覺得荒唐地看著他們問：「這是什麼意思？」

凱爾摸了摸拉恩的頭。

「我當然要看，不然你要自己一個人面對嗎？」

有時候即使難受也非看不可。他從魔法口袋裡掏出藥水丟給比克羅斯。

「覺得他好像要死的時候就用藥水，這樣他就能撐上四天。」

「不愧是少爺。」

比克羅斯很快就接受了，似乎是認為凱爾有這樣的反應才正常一般。比克羅斯也跟凱爾一起去過戰亂後的威波王國，知道凱爾是能承受殘酷場面的人，因而反倒不能理解黑龍與崔漢的反應。

「那就去準備吧。」

比克羅斯竭盡所能發揮自己身為主廚的實力，在地下室擺出了一桌華麗的晚宴，那是專為拉恩所準備的菜餚。

「呃……呃……」

巴尼翁呻吟著翻身。他的四肢雖沒有被束縛，整個人卻好像缺氧那樣沉重。他很快恢復意識，開始在腦海中整理目前的狀況。

「呃！」

巴尼翁嚇了一跳，驚訝地睜大了眼。他的眼前是一整桌華麗的料理，足以令他聯想到貴族家庭最頂級的晚宴。餐桌上，黑龍居高臨下地俯視巴尼翁。

匡啷啷！

巴尼翁猛然轉過頭，束縛住他脖子與四肢的鐐銬發出聲響。

「呃、呃呃——」

他想說話，卻說不出來。脖子上的魔法鐐銬讓他無法發聲，一如他對拉恩所為，他發不出像人的聲音。

唰啊啊啊，啪！

鞭子掃過地面，那是嵌滿了鐵片與玻璃碎片的巨大鞭子，跟當初用來打拉恩的那條極為相似。揮舞著鞭子的蒙面男人正緩緩靠近巴尼翁。

「開始吧。」拉恩說。

蒙面男——比克羅斯揮舞著鞭子，撕裂空氣的聲音傳來，鞭子隨之落在巴尼翁身上。

「呃啊啊啊！」

身體雖然沉重且遲鈍，痛覺卻依舊敏銳。鞭子持續落在他身上，撕裂了長袍裡簡便的貴族日常服飾，在暴露出來的皮膚上留下鮮紅的痕跡。鞭子上銳利的鐵片割裂皮膚，而掉落的玻璃碎片則嵌入其中。

就跟拉恩出生後第一次被打一樣。

「呃、呃呃、呃——」

巴尼翁似乎想大喊什麼，卻只能發出些破碎的呻吟。他不斷掙扎，動作卻相當遲緩。如同瑪那受到壓抑的龍，他也無法好好施展身體的力量，只能一個勁地打顫，並不斷蜷縮身體。

正如同當時的拉恩，他瞪視著坐在餐桌上的黑龍，那是一種絕不屈服的眼神。

唰啊啊！唰啊！

鞭子掃過了他的臉頰。

「呃啊啊、呃呃！」

巴尼翁的身體開始痙攣，他身上逐漸滿布鮮血。比克羅斯卻沒有任何反應，只是以固定的速度揮著鞭子，重複鞭打流血的地方，即便鮮血飛濺至空中，他也絲毫沒有遲疑。

「呃嗯。」

凱爾聽見一旁的沉吟，便轉頭看過去。氳與紅那兩隻小貓，正縮在透明化裝置裡。紅似乎有些受不了，只見牠不斷低頭看著地面，又時而抬頭看向巴尼翁。

透明裝置裡，拉恩也提前設置了隔音魔法，因此就算發出聲音，也不必擔心被巴尼翁聽見。只是就算被他聽見，其實也沒關係就是了。

「咳呃、呃、呃、啊、啊！」

巴尼翁的嘴裡滿是鮮血，他呻吟著，發出了令人無法理解的聲音。每一次他哀號，比克羅斯的鞭子就會更無情地往他身上抽打。

不准說話。

乖乖待著。

不准露出反抗的眼神。

鞭子不斷落在他身上，像是在告誡他。每當巴尼翁出現一點反應，比克羅斯便會這麼做。

「……明明該看的，應該要看才對。」

銀色小貓氳嘴上這麼說，卻還是低下了頭。氳與紅因眼前的畫面而感到痛苦，凱爾能理解牠們的心情。

地下室裡，巴尼翁的手腳跟脖子都被上了鐐銬。此刻，這裡正重新被漆成血色。但牠們並不是因為那情景太過殘忍、太過悲慘，所以才不忍心看下去。

因為牠們知道拉恩曾經歷過什麼，也知道這不過只是開始。

凱爾摸了摸氳與紅的頭。

「不要勉強自己看。」

才說完，凱爾便轉頭，看著獨自坐在餐桌邊的黑龍。

拉恩正在吃飯，吃著牠平時最喜歡的牛排，臉頰被塞得鼓鼓的同時，牠還不停往嘴裡塞食物。

「啊啊啊！」

聽著巴尼翁的慘叫聲，拉恩不停進食。

拉恩一直盼望著這一刻的到來，這是牠想像過無數次的瞬間。所以這頓晚餐、這一段時光，牠一點都不想錯過。半年前，牠還無法想像自己有機會吃到這些珍貴的食物、無法想像能有一天不疼痛、能享有自由意志。為了享受這一切，龍不停地往嘴裡塞食物。

「咳！」

的臉。

嘴裡塞了太多食物，拉恩咳了一下，但牠並沒有停止。凱爾看著拉恩的行為，凝視著拉恩

拉恩在哭，但牠絕對不會停下。

「咳咳、咳！」

即使被嗆到，牠也忍住不出聲，繼續吃著眼前的食物，並將巴尼翁遭受鞭打的畫面看進眼裡。這樣的拉恩，氤與紅實在不忍心看下去。

凱爾認真注視著這一切。

「呃呃、咳呃呃、呃、啊。」

巴尼翁的身體劇烈痙攣，比克羅斯卻只是繼續鞭打他會感到疼痛的部位。此刻，巴尼翁已經無法抬頭去看餐桌上的拉恩了。他一臉呆滯，渾身是血，意識逐漸模糊。

唰啊啊啊！

一陣聲響後，鞭子強力地落在巴尼翁的腦袋上，而他終於失去了意識。

拉恩又往嘴裡塞了一塊牛排。牠雖然睜著眼睛，卻看不見巴尼翁的模樣。拉恩看見的是過去的自己，當時的自己不斷在眼前浮現，使得牠停不下來。

這時——

「這樣會消化不良。」

啪、啪。拉恩感覺到一隻溫柔厚實的手輕拍了拍牠的背，那是熟悉的觸感。龍轉過頭去。

「嘖，嘴巴都沾到了。」

耳邊那無關緊要的聲音一如既往地平靜，龍能夠看見對方用自己的袖子來替牠擦拭嘴角，牠眼裡映照著凱爾的臉。

拉恩緩緩轉頭。

看著失去意識倒在地上的巴尼翁，龍說：「我會繼續看下去。」

「好，我們一起看吧。」
這句話讓拉恩把臉埋進桌巾裡，凱爾輕拍著牠的背，眼睛看向比克羅斯。與凱爾對上眼，比克羅斯注意到他緊皺的眉頭。
「怎麼了？」
「現在為何要用藥水？」
凱爾用下巴朝比克羅斯手裡的藥水比了比，比克羅斯冷冷地反問：「不需要治療嗎？」
「等他快死的時候再用。」
雖然巴尼翁昏了過去，四肢卻仍持續抽搐、嘴裡不斷發出呻吟。他渾身是血，彷彿他的皮膚本來就是血紅色的。
聽完凱爾的話，比克羅斯查看了巴尼翁的狀態，隨後點點頭，把藥水收了回去。
「確實還不到瀕死的程度，真是傑出又適當的指示。」
凱爾鬆了口氣，抱著蜷縮在他懷裡的拉恩起身，眉頭皺得更緊了。
好重。
非常重。
幾個月過去，拉恩的體型雖然沒有變大，但體重似乎增加了不少。凱爾的手臂微微顫抖，但他還是把龍抱在懷裡。畢竟，也不能丟著牠不管吧？
感覺自己的肩膀被些許水氣浸濕，凱爾看向氳與紅。兩人顯得侷促不安，圍繞在凱爾與他懷裡的龍一旁。雖然只是一瞬間，但凱爾感覺到自己的手臂有些發麻。
「先休息一下吧。」他趕緊開口。
沒有人反駁他的決定。
「等他醒來之後要怎麼辦？」比克羅斯問。
「還能怎麼辦？」

拉恩接在凱爾之後回答。

「我要繼續。」

「牠這樣說了。」

「我明白了。」

凱爾一腳踢開地下室的門，門隨之敞開。崔漢站在一旁，臉上的神情既憤怒又憂鬱。崔漢來回看著凱爾與拉恩，凱爾對他下達指示。

「裡面有一瓶新的紅酒，去拿出來吧，還有杯子也要。」

凱爾覺得今天似乎就該喝酒。上樓時，凱爾問拉恩：「你一下子長大了嗎？好像比之前重了。」

「弱不禁風的人類，是你的手臂太沒力了。」

「這我無法反駁。」

一大清早就開始大量進食的拉恩抬起頭來，看著窗外的風景，濃霧漸漸散去，早晨漸臨。

「不過長大也是好事啦，大得好。」

凱爾說完，拉恩便把頭埋進凱爾的肩頭。凱爾的手微微顫抖著，拉恩假裝不知情，而凱爾也欣然接受拉恩這樣的態度。

畢竟牠才四歲，牠有資格這樣。

三天後，深夜，拉恩從餐桌上飛下來，站在巴尼翁面前。

「哈、哈。」巴尼翁粗聲喘著氣。

幾天來，他的臉已經不成人形。曾經氣宇軒昂又高貴的他，如今正趴在地上哭著求饒。起初他期待有人會來救他，因此憑著一股狠勁瞪著自己的敵人，但隨著時間流逝，他只能看著在他面前吃著三餐的拉恩，身心俱疲。

「巴尼翁．史丹。」

拉恩俯視著趴在地板上，連看都無法看自己一眼的巴尼翁。

除了巴尼翁之外，拉恩還記得所有折磨過牠的人。對那些人的處分，很快也會透過凱爾的計畫實現，當然也包括侯爵。雖然侯爵並未直接出手，卻也是促成這件事的元凶，因此他也很快會走向悲劇。

「我打算饒你一命。」

所以，拉恩決定饒巴尼翁一命。

如今的巴尼翁不敢看牠一眼，只是脆弱地不停顫抖。這樣的脆弱令人失望透頂、令人恨之入骨，稱他為人類都可惜。

拉恩想起巴尼翁曾經對自己說過的話。

果然，發生什麼煩心事的時候，就是要看到這隻龍崽子的血才會有食欲。

一個平靜又冷酷的聲音傳進巴尼翁耳裡。

「所以未來只要沒有胃口，我就會去找你。」

巴尼翁當時的所作所為，黑龍也將依樣奉還。

拉恩才說完，巴尼翁便劇烈地顫抖了起來。紅黑色的霧再度圍繞著他，巴尼翁陷入恐懼。看著逐漸遮蔽視野的霧氣，他極力讓自己別失去意識。

「他昏過去了。」

他終究還是失去了意識。在確認他不省人事之後，比克羅斯便轉頭看著凱爾。凱爾看著比克羅斯，心裡忍不住感嘆。

三天的時間，就在那個目中無人的巴尼翁心中種下了恐懼。他不僅渾身是傷，比克羅斯帶給他的恐懼，更偶爾讓他失去理智。

根本不需要凱奇神官的精神拷問。

沒必要叫凱奇來。當然，在這個過程中，比克羅斯下手相當殘忍，很多時候連凱爾都不忍卒睹。只是既然答應了，那他就非看不可。

崔漢走上前，站在凱爾身旁，低頭看著地上的巴尼翁。

「三天來，他一直在等侯爵家派人來營救，看來最後還是不行了。」

巴尼翁唯一能夠堅持下來的理由，就是期待侯爵家會派人來找他。即便他並非正式的繼承人，但繼承人消失，史丹侯爵家為了維持顏面，還是必須出面才行。

「你是認真的嗎？」

「不。」

崔漢以搖頭回應凱爾的提問。

「我本想著應該要再做得更狠一點，但這是拉恩的事情，所以我忍住了。」

「好。」

「總之，說會饒他一命，也算是給了他一點希望。」

崔漢以微妙的眼神盯著巴尼翁。

侯爵家確實如巴尼翁．史丹的期待，正地毯式搜索他的行蹤。長男泰勒的伙伴凱奇以能力抓走了巴尼翁的兩名手下，並透過這兩名手下，得知他與史丹領地的底層社會合作，幹盡了所有非法的壞事。這件事令所有領地居民大感震驚，因為他們始終認為史丹侯爵家即使威權，但仍是最有貴族風範的家族。

此刻，史丹侯爵家正派人到處在找遭到凱奇與伙伴突襲後，丟下受傷的手下獨自逃跑的巴尼翁．史丹。當然，指揮這件事的人，是手握相關證據的長男——泰勒．史丹。

凱爾指示比克羅斯與崔漢。

「去準備。」

比克羅斯戴上新的白手套，手裡還拿著藥水。巴尼翁很快就會像沒發生過任何事一樣煥然一新，在自己準備好的後巷祕密基地裡被抓。

現在是時候讓他在撿回一條命之後，感受何謂真正的絕望。而欣賞他的絕望，是拉恩應該享有的權利。

「真是豪華。」

凱爾發表對椅子的感想，並對崔漢下達指示。

「讓他坐在那。」

「是。」

崔漢將背上的巴尼翁一把甩到椅子上，凱爾盯著崔漢的舉動，崔漢隱約迴避著他的視線。

「……對不起。看到他的祕密基地布置成這樣，我就更生氣了。」

凱爾一行人來到巴尼翁·史丹在後巷偷偷設置的祕密基地，那是個極度奢華富裕的空間。

這個地方的位置，是兩天前瘋狂神官凱奇告訴他們的。侍奉死神的凱奇雖然被逐出教門，但依然是神官。她最擅長下詛咒，在精神拷問上頗有一套。她要從巴尼翁的手下那邊問出情報，可說是不費吹灰之力。

當然，她畢竟還是頂著神的名字，因此詛咒也只能用在她認為屬於正義的事情上。這次的事情，她便以正義之名使用了詛咒。

但還是很了不起。

現在侍奉死神的神官當中，沒有人比她更擅長詛咒。她會被稱為死靈法師再世、會被人們說不適合當神官，都算其來有自。

雖然真正的死靈法師另有其人就是了。

一如大多數的奇幻世界，被認為已經消失在過去的職業，肯定會變成隱藏職業在某個地方等待機會重新出現。例如主角鄰居家的爺爺，其實是前劍術大師等等，驚人的劇情發展無所不在。

這就是故事的樂趣與反轉的威力啊。

這個世界也是一樣。

《英雄的誕生》裡，就有非常多這樣的段落。

凱爾靜靜看著癱倒在椅子上，還沒有清醒過來的巴尼翁。

「崔漢，我能理解你的心情，但這樣會有點困擾。比克羅斯。」

「唉，是。」

重重嘆了一口氣，比克羅斯走向巴尼翁，把他扶正，並替他把衣服跟頭髮弄整齊。這樣看起來，任誰都會以為他是幾天幾夜來吃好、睡好，打扮體面優雅的貴族。

巴尼翁的背上，還有一些用藥水也處理不了的小傷口。不過其他地方的傷口都獲得了治療，尤其是臉跟手。那些望過去能看到的部位，絲毫不見受傷的痕跡。

「那我們先離開了。」

「好。」

比克羅斯帶著崔漢低調地從祕密基地的後門離開，凱爾則走向一直安靜地窩在角落的拉恩。

「開始吧？」

「知道了，人類。」

凱爾蹲坐在拉恩身旁。

「你們也來。」

喵嗚嗚嗚！

氤與紅跳了過來，分別窩在拉恩與凱爾身旁。確認牠們在角落找好位置後，凱爾看向拉恩，拉恩的前爪開始飄出黑色的瑪那。

是時候看點不怎麼好笑的東西了。

啪啊啊。

隨著微弱的聲音響起，凱爾逐漸變得透明，接著他們的身影便從祕密基地消失。

「呃、呃呃——」

不久後，祕密基地裡傳出人的呻吟聲。是巴尼翁，他像是剛作了個噩夢一樣緊皺著眉頭。

「哈啊……」

他吐了口氣，緩緩睜開眼睛，呆滯地看著前方。他眨了幾下眼，開始注意到自己眼前的景色。

「這、這裡是……」

巴尼翁大吃一驚，猛然睜大眼，摸了摸自己的脖子，發現上面並沒有鐐銬，他甚至能發出聲音，不，他能說出人類的語言！這時，他才趕緊查看自己全身，沒有血跡也沒有傷痕，能清楚看見自己完好的手臂與手掌。身上高級的衣裳，也絲毫沒有一點血漬。

一點也不痛。

「……是夢嗎？」

這是在作夢嗎？還是地下室的遭遇才是一場夢？他實在分不清楚了。地下室發生的事情太過駭人殘酷，清楚地留在他的記憶中，卻感覺一點也不真實。

巴尼翁緩緩伸手，他輕輕撫過祕密基地裡自己的書桌，觸感相當真實，這裡真的是現實世界。

對，這是現實。

巴尼翁皺起眉頭。難道他作夢了嗎？清晨，他不是在前往祕密基地的路上遭到綁架，而是真的抵達了祕密基地，就只是作了一個長長的夢？

「哈。」

巴尼翁揚起嘴角，他仍然皺著眉，眼裡閃過無數複雜的情緒。

「對，那是場夢。」

沒錯，那必須是夢，雖然那鞭子與尖銳利刃的觸感，至今仍覆蓋他全身；雖然拷問官那冷酷的眼神、龍那隻畜生的目光彷彿無所不在；雖然他仍然感到恐懼害怕，但那是一場夢。否則現在的狀況又該如何解釋？

「呵呵——」

巴尼翁用雙手摀住自己的臉，一股安心感緩緩湧現，但下一刻——

喵嗚嗚嗚。

巴尼翁一震，接著肩膀顫抖了起來。透明化的凱爾冷冷地看著他，手輕輕摸著紅的頭。紅又再一次，以最令人毛骨悚然的方式叫了一聲。

喵嗚嗚嗚。

巴尼翁的臉瞬間慘白，雙手不斷顫抖，記憶在腦海中浮現。

「我打算饒你一命。」

「所以未來只要沒有胃口，我就會去找你。」

巴尼翁撐著椅子與書桌的雙手指尖相當蒼白。

「怎、怎麼可能——」

他低頭向下看，渾身不停顫抖。

唰啊啊啊——

黑紅色的霧氣，正如蛇蠍般緩緩自他腳底爬升。他就像個孩子，意識到該來的終究擋不住，整張臉因恐懼而無比扭曲。

「那、那隻可惡的畜生！」

他的雙腿胡亂踢著，霧卻沒有退去，反而越升越高。他覺得自己就要瘋了。但下一刻，巴尼翁突然意識到一件事。

這跟上次不一樣！

有別於上次令他動彈不得的黑紅色的霧氣，這次他的身體依然能動。他抬頭環顧祕密基地，接著便看到基地的門。在巴尼翁看著門的時候，凱爾看了時鐘一眼。如果再快一點，應該就能看見時機恰到好處的夢幻場景。於是凱爾摸了摸氳的背。

唰啊啊啊——

霧以更快的速度沿著巴尼翁的腿向上攀升。

喵嗚嗚——嗚。

同時，貓叫聲也變得更大。

巴尼翁的雙腿不停顫抖，他趕緊從椅子上站起。

匡！一聲巨響，皮革製成的椅子瞬間往後倒了下去，但巴尼翁一點都不在意，只是踉踉蹌蹌地往祕密基地的門跑去。儘管身穿凸顯貴族身分的高檔服飾、頂著優雅的髮型，他的臉上卻滿是驚恐，有如一個發了瘋的人。

「要、要快點——」

巴尼翁以不斷顫抖的手握住門把。

喀嚓。

這時，門外傳來門把轉動的聲音。

是手下們嗎？

瞬間，巴尼翁感到安心，終於不用獨自面對這種恐怖的狀況了。現在外面要開門的人，肯定是清晨時跟他一起來的兩名手下。

外頭有人開門。多虧於此，巴尼翁不費吹灰之力便能來到門外的世界。

嘰咿咿——

門緩緩開啟，光線自門縫間微微透入，使得巴尼翁沒注意到自己腳下的霧氣早已消失。

門開了。

「終於找到了。」

站在巴尼翁面前的人是泰勒．史丹，是他親手弄成殘廢的哥哥。

「這——」

巴尼翁嚇得倒退。泰勒．史丹身後是祕密基地的連外通道，而那通道上擠滿了人，都是史丹侯爵家的精銳以及泰勒那邊的人。

「這、這是怎麼回事？」

確認巴尼翁的外表沒有任何傷之後，泰勒才正視他的臉，只見他的臉上充滿恐懼。長男泰勒越過巴尼翁的肩，看著他身後的祕密基地，裡頭空無一人。但泰勒相信，凱爾肯定就在裡面，因為他也曾經跟凱爾借透明化魔法裝置來用，因此他更確信對方就躲在裡頭。

「這、這也是夢嗎？」

巴尼翁停下了倒退的腳步，愣在原地。泰勒看著自己那可憎的弟弟，開口回答他的問題。

「看來你作了一個很長的噩夢。」

他回頭對侯爵家的騎士下達指令。

「逮捕他。」

巴尼翁的噩夢才正要開始。他不僅永遠失去了繼承人的資格，更需要為了各種不法勾當付出代價。史丹侯爵家因為名聲一落千丈而氣得七竅生煙，巴尼翁也必須承擔他們的怒火。

「這、這都是龍幹的，都是龍——」

雖然聽見身後的巴尼翁嘟嘟囔囔，泰勒卻不當一回事。他只專注聽著同伴凱奇在耳邊輕聲的低語。

「今天晚上。」

今天晚上，泰勒將睽違已久地與自己的恩人見面。

「少爺，要立刻搜索祕密基地嗎？」

泰勒搖頭回應騎士的提問。

「現在最重要的，就是把巴尼翁低調地送進城裡。外頭很多領地居民。」

「要瞞著他們會不會很困難？」

祕密基地外聚集了許多領地居民，這讓騎士與侯爵家的人有些慌張。

居民之所以聚集，都是因為奧德烏斯在凱爾的命令下散播傳聞所致，泰勒也知道此事。他演出苦惱的神情，現在他也懂得做這種事了。

「是很困難沒錯，但還是得低調行事。我們可不能再損及史丹侯爵家的名聲了。」

「明白！」騎士慎重地答道。

「之後就去突襲其他的祕密基地，集中逮捕剩下的黨羽。這裡只需要派幾名騎士跟士兵守著入口就好。」

「是。」

泰勒製造了讓凱爾更容易離開的狀況，隨後便轉身離開。現在他得回到城裡，慢慢將巴尼翁與侯爵的手腳一隻、一隻砍下來。

幾名騎士守著空蕩蕩的祕密基地，其他人則出發前往其他幾個祕密基地，準備逮捕巴尼翁的手下。

「要好好警戒。」

「反正又沒有人。已經熬了好幾天都沒休息了，就放輕鬆一點吧。」

「不行。」

「真是不知變通。只要擋住不讓外人進來就好了吧？」

兩名騎士用士兵聽不見的細小聲音對話。瞬間，一陣風從他們身後吹過，他們卻一點都不在意。雖然地下的基地不該有這樣的風，但因為他們沒看見任何東西，因此並沒有起疑。

而揚起那陣風的人，也就是凱爾，此刻已在距離祕密基地一段路的地方，坐上了事先準備好的馬車。跟在後頭的拉恩，則為自己以外的人解除了透明化魔法。

「要出發了嗎？」

「好。」

在凱爾的同意下，奧德烏斯慢慢關上馬車車門，隨後來到馬車夫的位置。接著，馬車緩緩朝宅邸前進。凱爾將身子靠著馬車，鬆軟的皮革觸感，讓他放鬆了身體。

他往下看去，解除透明化的拉恩正趴在他的膝蓋上，也抬頭看著他。那一刻，拉恩開心地咧嘴笑了。

「我覺得很好，我是偉大的龍！」

「是啊，對他們來說，地獄才正要開始。」

「沒錯！」

凱爾對所有人說：「今天大家一起吃點好吃的，好好休息一下吧。」

只是最後凱爾沒有遵守諾言，他們並沒有一起用餐。

「你有時間了嗎？」

「要來見凱爾少爺，我當然非抽空不可。」

長男泰勒與瘋狂神官凱奇，兩人帶著酒瓶與酒杯來找凱爾。他們在深夜時分造訪，也讓凱爾遲至深夜才得以享用晚餐兼酒宴。

「如果不趕在今天，以後恐怕會更忙。」

「是啊。」

凱爾點點頭表示贊同泰勒的話，隨後看向凱奇。凱奇咧嘴一笑，舉起手中的酒瓶。凱爾的表情沒有一絲變化，只是一口氣將凱奇倒滿的酒喝個精光。

「凱爾少爺說的人員，大部分都是巴尼翁那邊的人，他們相互都有關聯。」
「是這樣嗎？」
泰勒無法輕鬆地看著凱爾。是凱爾把巴尼翁的祕密基地與相關人員的情報給了他，光是這些情報就夠讓人驚訝了，沒想到還有更令他訝異的事。
「其中還有幾個我父親的人。」
「這我倒是不清楚。」
凱爾看著泰勒，臉上是發自內心的驚訝，只不過那當然也是演出來的。
巴尼翁在史丹侯爵的命令之下飼養龍，也因此守衛洞窟的人當中，自然會有幾個侯爵的人。其中幾人與巴尼翁幹的骯髒事，都有一定程度的關聯。
這次的事件，至少會讓他們被處勞役刑，甚至是死刑，畢竟史丹侯爵家的領地法最為嚴苛。侯爵為了盡可能撇清此事與自己的關係，肯定會希望這些人永遠不能開口。
「我相信您說的。」
泰勒堅定表示對凱爾的信任，接著拿出一瓶酒來。
「我們還是先把這瓶酒乾了吧。」
「好，喝吧。」
「好。」
三人相互為彼此倒酒，很快便喝光一瓶。等這些酒都喝光了，凱奇與泰勒就得重新回到崗位上。
「您是明天要離開嗎？」
「對。」
「聽說您要沿西邊的那條路往首都去，首都是您最後的目的地嗎？」
凱爾沒有直接回答泰勒的問題，只是咧嘴一笑，而泰勒決定不再追問，只是表達自己的決心。

「這次跟上次的事情，我一定會報答您。」

「我會期待的。」

「好，請您儘管期待吧。」

泰勒以清澈的雙眼看著凱爾，要凱爾儘管期待。看著這樣的泰勒，凱爾想著西北部新形成的權力關係。如今有了泰勒與奧德烏斯，想必在不久的將來，西北部將有許多能為他所用的人才。

隔天一早，凱爾做好離開的準備，臨去前又照了照鏡子。他對著鏡子裡的拉恩說：「你現在知道王儲的魔法是什麼了吧？」

「當然知道了！人類，我可是很偉大的。」

鏡子裡，凱爾的臉上露出了微笑。

chapter 019

算是禮物吧

離開臥房，凱爾來到自家宅邸的後門與奧德烏斯碰面。

「奧德烏斯，我很滿意你的執行力。」

聽見凱爾這番話，奧德烏斯不知是該笑還是該緊張。但就結果來看，他確實該以笑容面對。

「請別這麼說。您給了這麼大一筆委託費用，我才感到開心。」

「我想也是。」

說真的，凱爾給的委託費用不能說少，因為這筆費用足以將巴尼翁從底層社會剷除。

「我之後再跟你聯絡。」

雖然凱爾這麼說，奧德烏斯可不希望兩人再碰面。經年累月的直覺告訴他，凱爾拜託的事情會很危險、很辛苦。但經驗也告訴他，這種事情根本躲也躲不掉，最後還是必須再見到對方。

「是，我會偶爾跟您聯絡的。」

「好。」

在奧德烏斯的護送下，凱爾坐上了馬車。馬車夫的位置坐的是比克羅斯。當初將馬車駕駛到史丹侯爵領地的馬車夫，早已先行返回領地。

「奧德烏斯。」

「是。」

「地下室。你懂吧？」

奧德烏斯的眼角微微顫抖。他看著宅邸後門附近，通往地下室的門所在之處。那裡只有徹底破壞後留下的殘骸。

「我會好好善後的。」

「好。」

地下室被毀之前，奧德烏斯曾經去過一趟，並在那個滿是血跡與拷問刑具的空間裡，看見了用餐的痕跡。

善良個屁。他根本不是什麼富有犧牲精神又善良的少爺，只是個心狠手辣又陰險的傢伙！

「還有，我希望這次的事情不要讓比勞斯知道。」

「委託最重要的就是保密，對吧？」

「對，你很清楚，就是保密。」

見凱爾溫柔一笑，奧德烏斯也跟著露出溫柔的笑容，只是兩人的笑都並非發自內心。

「那我走了。」

「請慢走。」

奧德烏斯的道別之中，隱含了希望永遠不再見面的心願。凱爾笑了笑，隨即關上馬車的門。

啪，馬車的門應聲關上，比克羅斯趕著前頭的馬。

馬車離開史丹領地，從西部大路往王國首都的方向前進。

除了夜晚紮營，馬車都保持著高速行駛。

「覺得無聊了嗎？」

崔漢輕柔一問。看著窗外的凱爾轉過頭來。崔漢臉上帶著他獨有的和善笑容，正在餵氳與紅吃點心。

「沒有啊，不無聊。」

「我最喜歡滾來滾去了。」

氳與紅依序回答，崔漢忍不住感嘆道：「你們跟凱爾大人真像。」

這是在罵人嗎？分不清這究竟是不是稱讚，凱爾不甚滿意地看了看崔漢的反應，隨後又將目光轉到氳與紅身上。

現在馬車正通過壚韵王國西北部與西南部之間，準確地說，是正通過王國的西部。

海尼特斯領地所在的東北部以盛產大理石聞名，而此刻窗外所見的西北部到西部地方，則以花崗岩聞名，這是個坐擁許多石山的地區。

崔漢說：「我以前來過這裡，此處幾乎都只有石山。」

崔漢曾經來過這裡？瞬間，凱爾腦海中浮現疑問，但他很快就找到了答案。蘿絲琳。肯定是為了她而跟拉克一起前往柏雷王國時經過的。

「是去柏雷王國時來過嗎？」

凱爾提問，並看了崔漢一眼，崔漢的神情卻有些古怪。他猶豫著不知該不該回答的樣子，實在令人很在意。

「不是的。」

凱爾故作輕鬆地隨口問了一句：「是在柏雷王國闖禍了嗎？」

凱爾沒再追問了，他一點都不想知道。他只要聽亞伯特王儲說柏雷王國發生之事的結果就夠了。他之所以接著提問，只是因為剛好想起一件事。

「那經過西部的時候，你們有經過十指山嗎？」

「嗯？有哪座山叫這個名字嗎？我是第一次聽到這個地名。」

這名字確實罕見，氳、紅與拉恩也都很感興趣。凱爾清楚感受到那些充滿好奇心的眼神，便有些不願意說下去了。拉恩的前爪搭在凱爾的膝蓋上。

「解釋一下，人類！我想知道！」

於是，凱爾只能解釋。

「西部有很多叫做花崗岩的堅硬岩石，但並不是每一座山都是那種石頭。在壚韵王國西南部，有十座連在一起的花崗岩山峰。」

就像手指一樣，也可以說像塔一樣，十座樣貌特殊的石山，就坐落在西南部的入口處。

「嗯，那時我們沒有往西南部去，是直接從西北部離開，所以才沒看到。回來的時候也是。如果曾經看過那種石山，我應該會記得。」

「是嗎？聽說那景象很特別，我一直很好奇。」

凱爾一說好奇，拉恩便有了反應。黑龍記得凱爾對叢林女王莉塔娜說過，他很喜歡到處走走看看。

立刻就去吧！拉恩正想開口說服凱爾繞去看看，凱爾卻比牠更早一步開口。

「我想大概一年之後去看一下，所以才順口問你。」

「一年後嗎？」

「對。」

凱爾一定要在一年後前往十指山。

因為最後的古代之力會在那裡現身。

最後的、攻擊用的古代之力，神似雷電、神似閃電的力量，凱爾非入手不可。

「我們一起去旅行，應該會很不錯吧？」凱爾淡淡地說了一句。

聽了這句話，氳、紅與拉恩臉上的疲憊瞬間一掃而空，崔漢的嘴角也漾起了淡淡的笑容。

「是啊，真希望能一起去。不過如果是石山的話，附近應該沒有能落腳的村子吧？」

「怎麼會沒有？當然——不對，沒有。」

凱爾看著崔漢與孩子們，為了加深他們的印象而再一次強調。

「沒有，就我所知，那附近沒有村莊。」

哎呀，也不是沒有。

是沒有人類居住的村莊。

只有極度熱愛自然，比魔法師更加崇拜龍的妖精村，而這就是最大的問題。

妖精。

是用幻象魔法隱藏村子，遠離人類的神祕種族。他們相當親近自然，與自然的親近程度僅次於龍。因此他們能操控精靈，而美麗的外貌也總是能博取大陸人類的好感。與雖然同樣美麗，卻因為黑暗屬性而遭到排斥的黑暗妖精不同。

《英雄的誕生》主角崔漢跟拉克一起，前往柏雷王國處理完蘿絲琳的事情回來後，他們便曾經過十指山。

那時他們偶然發現了妖精的村莊，並與妖精有了牽扯。

身為妖精的治療師潘得利所使用的力量能治癒他人，與凱爾的再生之力不同。書中他就是在這時候登場，並加入崔漢一行人，跟他們一起行動。

本來主角一行人當中，就一定會有一名妖精嘛，而這個角色就由潘得利擔任。

問題是他死了。

拉克第一次狂暴化的原因正是潘得利之死。他為了保護拉克而死，他的死也促使拉克經歷第一次狂暴化，大大改變了拉克的性情。

也就是說，潘得利若沒有跟拉克相遇，沒有跟崔漢一行人一起行動，那他就不會死。

現在也已經錯過加入的時機了。

至今潘得利不僅沒跟凱爾有關聯，也沒跟崔漢、拉克有任何接觸。若一直等到一年之後，潘得利就會活得比原本還要久，這可以說是與《英雄的誕生》最大的不同之處。

「對，沒有村莊……」

凱爾再次喃喃自語，並下定了決心。

等一年後去到「十指山」，一定要避開妖精的村莊。

一直以來他都過得太安逸，隨心所欲地行動，讓他多了多少的包袱？凱爾決定，到時候絕對要避免這種事再度發生。

「真想趕快到一年後，趕快去觀光，沒有村莊也沒關係。」

聽見拉恩開朗的聲音，凱爾轉頭看向牠。

尤其是不能把龍帶去妖精村，否則牠肯定會被當成神來崇拜，不用想都知道那會是什麼情景。凱爾被自己的想像嚇得渾身發麻，極力忽視拉恩那張笑臉。他強烈告誡自己，一年後，在拿到王儲給的金牌，並用它取得古代之力前，絕對不要再踏入西部任何一步。

凱爾打開朝向馬車夫的小窗戶，對比克羅斯說：「加快一下速度吧。」

「明白了。」

馬車以極快的速度離開西部，抵達了首都。

「好久不見了，殿下。」

凱爾身穿整齊體面的禮服，嘴角帶著微笑，瞬間吸引了眾人的目光。

「很高興能再見到你，身體都養好了嗎？」

金髮藍眼的王儲亞伯特，有著不輸凱爾的美貌，此刻正帶著歡快的笑容擁抱凱爾。王儲宮前，亞伯特親自現身，迎接在那如今逐漸被人們淡忘的魔法炸彈恐攻事件中拯救眾人的英雄。

即便人們已逐漸淡忘此事，首都廣場至今仍在進行復原工程，騎士們也依舊在首都裡巡查。也有不少人因為恐攻犯人的真實身分尚未查明，而不斷撻伐王室。

「是啊，多虧了王儲殿下的心意、多虧了王室的體貼，我才能好好休息，終於恢復健康。」

好像在證明此話不假一樣，面帶微笑的凱爾看起來相當健康。

王儲亞伯特則一臉真的為此感到慶幸地看著凱爾，隨後便指著王儲宮說：「進去吧。你好久沒來訪了，該喝杯茶再走。」

「是。您公務應該相當繁忙，我不會叨擾太久。」

凱爾聽見拉恩的聲音在腦海中響起。

—真不知道為什麼你們每次都要這樣。

凱爾也這樣想，但他也不能怎麼辦。

喀噠。進到王儲宮的勤務室，一關上門，原本親密無間的凱爾跟亞伯特隨即放開彼此。

「殿下，您應該很累吧？」

「我想你也差不多。」

亞伯特嘆了口氣，用下巴隨意朝角落的桌子指了指。沒想到凱爾早已來到桌子旁，一屁股坐在看起來最鬆軟的沙發上。

「別人看到，會以為你已經來過好幾次了呢。」

「雖然是第一次來這裡，總覺得對這個空間很熟悉。」

雖然凱爾沒特別說出口，亞伯特本也打算隨便找張沙發坐下，但看著特地為自己空出主位的凱爾，亞伯特還是坐到了那張沙發上。

「我好像是叫你盡快前來。」

「所以我夜以繼日地趕來了，殿下。」

亞伯特不屑地哼了一聲。雖然不知道凱爾途中去做了什麼，但他聽說本該在東北部海尼特斯領地的凱爾，這次是從西邊進首都的。而且西邊，準確地說是西北邊，現在不是正發生著什麼事嗎？

「你這個人疑心病還真重啊。」

亞伯特喝著侍從送上的茶，在侍從離開之前都只是靜靜觀察凱爾。今天要跟凱爾說的話很多，也有很多事情要拜託凱爾。

—那個王儲的眼神很陰險。

凱爾同意拉恩的話，但還是假裝沒注意到王儲的眼神。那是想從自己身上撈點好處的眼神，不過今天王儲的想法、兩人之間的關係，應該都會被徹底扭轉。

侍從一離開勤務室，亞伯特便立刻開口，卻仍然慢了凱爾一步。

「殿下。」

凱爾迎上他的視線，亞伯特的眼神就像在問他有什麼事。拉恩的聲音在凱爾腦中響起。

—兩邊都接觸過之後，我現在很清楚了，他真的是罕見的存在。

凱爾從懷裡掏出一個魔法口袋。

「我準備了一個禮物要給您。」

「給我的禮物？」

「對，在我們王國中獨一無二……」

「夠了。」

雖然凱爾說是禮物，亞伯特卻完全開心不起來，反而覺得對方的舉動很可疑。畢竟至今為止，跟凱爾有關的事情都是如此。但說是禮物，還是讓人有些期待。

幾星期前，亞伯特收到了凱爾以普林商會一位商人之名送來的禮物。

「就先看看禮物吧。」

在亞伯特的允許下，凱爾緩緩打開魔法口袋。拉恩的聲音在他腦中響起，同時，他從袋子裡拿出一個玻璃瓶。

—是黑暗屬性。

噠！

悶悶的碰撞聲傳來，凱爾將玻璃瓶放在桌上。

「這是什麼？」

凱爾以行動回答亞伯特的提問。

嘰哩、嘰哩，他緩慢打開玻璃瓶蓋。小小的玻璃瓶裡裝滿了黑色的水。瓶蓋終於完全打開，裡頭眼睛看不見的東西一點一滴流了出來。

—這味道真熟悉，是在黑色沼澤聞到的味道。

死亡瑪那的香味一點一點地流了出來。

這是在前往威波王國的海上與鯨族之王見面時拿到的東西之一。凱爾手上的這瓶跟其他不同，裡頭是已經去除了毒素，只剩下死亡瑪那的黑水。那黑水的三分之一，正裝在這小小的玻璃瓶裡。

「你——」

看著連話都說不完整的王儲，凱爾緩緩蓋上瓶蓋。

「殿下，這禮物當然不是免費的。」

這麼珍貴的東西，哪有免費奉送的道理？雖然對人類來說只是劇毒，一點也不珍貴，甚至必須消滅。

看著王儲，凱爾至今還記得拉恩說過的話。

「這個叫作王儲的低等人類，為什麼要用魔法把頭髮染色？甚至是要我這偉大的龍才有辦法察覺。是其他的龍替他染色的嗎？還是其他的力量？」

其他的力量。拉恩是龍，所以能察覺那力量與一般自然界的瑪那不同，卻無法掌握力量的實際來源。這也是無可奈何的，因為牠不曾體驗過。

但現在牠體驗到了。

死亡瑪那，凱爾喃喃自語。

「應該不是魔族，也不是黑魔法，更不是死靈法師。」

死亡瑪那，是黑暗屬性的生物使用魔法時所用的力量。當然，那與自然界魔法的體系不同。而為了自然瑪那所製造出的魔法裝置，也無法偵測到死亡瑪那的存在。尤其越高階的種族，越無法被偵測到。

「聽說已故的王后陛下是相當平凡的人類，只是膚色稍微有點深，所以經常被誤會是不是跟南部人的混血。」

拉恩說，王儲的頭髮是很平凡的褐色。他的頭髮跟眼睛顏色都很平凡，卻是王國裡知名的美男子。聽說王儲的母親也是位大美人。

「黑暗妖精雖有著黝黑的皮膚，但聽說黑暗妖精的混血與南部人的膚色非常相似。」

凱爾看著王儲亞伯特低聲說道：「那麼，如果是混血黑暗妖精所生的孩子呢？」
王儲用比想像中還要平靜的口氣回答：「真是要瘋了。」
凱爾的嘴角帶著笑意。
「看來我猜對了。」
凱爾與亞伯特，兩人靜靜凝視著彼此。
「所以呢？」
一陣沉默過去，王儲的反應相當平靜。見他的表情沒有一絲動搖，凱爾聳聳肩說：「哪有什麼所以？只不過這雖然是禮物，卻不能免費給您。」
凱爾揭露了驚人的祕密，但面對王儲的提問，他給出的答案卻又是如此平淡。
「哈、哈哈——」
王儲忍不住笑了出來。若勤務室裡沒施展隔音魔法，那事情會變得如何？若他沒將侍從連同隱身的手下都請出房間，事情又會變得如何？他突然覺得膽顫心驚。
「本來想交代你一些事情的，看來我不該找你來。」
凱爾那一如既往的從容態度，讓亞伯特厭煩極了。他的目光轉向裝著黑色液體的玻璃瓶。母親。
這兩個字的重量，重重壓在亞伯特的心上。
見王儲不發一語地盯著黑色玻璃瓶，凱爾也沒有說話。
黑暗妖精。
他們擁有黑暗屬性，也因為這個屬性而受到大陸居民的排斥。這是由於他們使用的力量，是來自生物死後所散發出的瑪那。
過去黑暗妖精主要都在墓地附近被人發現，再不然就是定居於曾爆發過傳染病的荒廢村莊，也因此人們厭惡黑暗妖精，縱然他們從來不曾對活人或屍體出手。也因此，黑暗妖精躲得比一般妖精更加隱密。

亞伯特看向凱爾，凱爾對著王儲露出笑容。

「你願意保密？」

「是。」

「不是免費的？」

「當然。」

亞伯特透露了他的真實想法。

「真是個陰險的傢伙。」

「我是有點陰險。」

凱爾若無其事地承認自己陰險，這點也令亞伯特感到非常厭惡，但一方面又覺得安心。幸好眼前這傢伙是直接來找他，而不是帶著這個情報去找目前最受國王喜愛的三王子，或是覬覦他地位的二王子。也就是說，這代表他願意跟自己做交易，王儲也因此覺得慶幸。慶幸這傢伙跟自己很像，只是有件事他很好奇……

「你真的不是我們這邊的人？」

明明不是黑暗妖精，又怎麼能看出他的真實身分？亞伯特實在難掩疑惑。知道他真實身分的人，只有母親的兄弟而已。他們幫助母親，避免國王發現母親的身分，而他們也是亞伯特永遠的支持者。

凱爾指著玻璃瓶答道：「我喝了那東西就會死。」

對人類來說，死亡瑪那是量一多就可能致死的劇毒。

—沒關係，人類，不要擔心。偉大的龍絕對會把你救活。

凱爾今天也繼續忽視拉恩的話，他將玻璃瓶推向亞伯特。

「您需要這個吧？」

亞伯特很乾脆地承認。

「沒錯，有當然是最好，因為我能變強。這很乾淨，也沒有一點毒素。」

「這是當然的，因為這東西很珍貴。」凱爾接著說，「這是死龍的瑪那。」

「什麼？」

亞伯特直接表達了他的驚訝。看著凱爾笑吟吟地望著自己，他忍不住嘆了口氣。

「我真是要瘋了。」

今天的亞伯特一點都不像王族，總是忍不住表現出只有在與母親的兄弟見面時才會有的態度。而他無法克制，也不想克制。

「你是真的不打算把我的事情說出去？」

如今，死亡瑪那已經是相當難入手的東西，況且還是龍的死亡瑪那。雖然玻璃瓶裡的死亡瑪那分量非常少，不過即便只有這一點點，仍是源自於龍，這能讓亞伯特一口氣成長好幾個階段。

雖然不是免費，但願意讓出這麼珍貴的東西，亞伯特實在不能理解。本以為這傢伙跟自己很像，現在才發現他實在怪得難以理解。

「這種理所當然的事，為何要問？」

凱爾的回答，讓亞伯特一時之間不知該說什麼，但這對凱爾來說是必然的選擇。

壚韵王國必須變強。

就當前王國間的戰力來看，最弱小的國家是柏雷王國與壚韵王國。威波王國可說是已經與湯卡一起，搭上通往亡國地獄的列車，而王室仍健在的壚韵與柏雷兩個王國力量則仍嫌不足。

如今，叢林南部比當初預期的更早撲滅了火勢，變得更加團結。叢林支配者莉塔娜找到並把凱爾帶回去，這加深了叢林居民對她的信賴。

此外，北方聯合三王國也正在準備南下。亞伯特知道這件事，並為了強化自己的權力，因應北方的入侵，正在招募威波王國的魔法師。

只是這樣仍遠遠不足。

因為還有飛龍騎士團與帝國。

凱爾不知道第五集之後的內容，但人類有名為想像的力量。

想也知道是這樣。

當飛龍騎士團占領制空權，皇太子展現野心開始對西大陸出手時，柏雷王國與壚韵王國自然有如風中殘燭。

因此，為了自己安逸的生活，凱爾當然希望壚韵王國變強，在戰爭中撐下來。要達到這個目標，首先必須有強大的領導者。

反正這東西對我有害，不如讓它變成我的助力。

當然，變得太強也會讓人困擾就是了。

就現在的情況來看，王儲的權力比書中所描述的更加穩固，變強的條件也更多了。史丹侯爵家已經落入泰勒手中，等同於在王儲的掌控之下。

此外，還有——

凱爾接著對亞伯特說：「您不是需要魔塔嗎？」

「你這不是明知故問嗎？跟你說話還真是累人。」

加入王儲麾下的魔法師越來越多，聚集速度也越來越快。

「你給的魔塔塔主呼叫器，真的很有用。」

魔塔塔主的祕密房間，第二十一層樓，實際上被稱為第零樓。凱爾把在那個地方找到的某樣東西交給了亞伯特。那是只有歷代魔塔塔主才能擁有，可以向威波王國境內所有魔法師多次發送短訊的物品。

魔塔塔主，是威波王國魔法師的領導者，也是管理魔塔的人。如果沒有任何方式能聯絡國內所有魔法師，那還像話嗎？

只不過第零樓被藏了起來，湯卡他們怎麼也找不到。

凱爾透過比勞斯將東西送到亞伯特手上，亞伯特則持續向威波王國內的魔法師們發送同一條訊息：「**岩石之國，未來的領導者將在那裡守護你們。**」

王儲因而得到了不少好處，也因此希望凱爾乾脆把魔塔搬到壚韵王國，或乾脆在這裡復原重建。只是他現在實在沒有立場說這種話。

「我以後不太能對你下指示或命令了，也許只能好聲好氣拜託你才行。」

「我不打算重建魔塔。」

王儲早就知道會這樣，便決定慢慢哄騙凱爾，因為他知道凱爾討厭麻煩事。

「但之後可以給你一部分魔塔的設計圖。」

亞伯特用雙手抹了抹臉。

「那你想得到什麼？」

王儲明白他不需要再多說什麼廢話，因為現在主導權不在他手上。

「我希望我現在提出的條件，可以不用馬上實現，而是在兩年後。」

為了自己平靜安全的生活、為了自己的無業遊民生活，凱爾認為除了金錢之外，他第二個必須確保的就是主導權。

當無業遊民為什麼好？自然是因為除了家人之外，他不需要看上司的臉色，更沒有客人、沒有往來的客戶需要討好。凱爾討厭看人臉色過日子，就算是當混混也好，他要過自己想過的生活。只顧著吃、睡、玩，那該有多好？

凱爾拿出一份文件交給亞伯特。亞伯特查看那份文件，凱爾能清楚看見他的表情變化。先是驚訝，隨後皺起了眉頭，最後是一臉不解。

「這到底是什麼意思？」

凱爾雲淡風輕地答道：「我認為這是需要由殿下判斷的問題。」

哈，亞伯特無奈地嘆了口氣。

稍後，凱爾便拿著蓋有王儲印章的合約，踩著輕快的步伐離開勤務室。

「我真的是……從來沒有得到好處後，卻還感覺這麼悶。」

「這對我們雙方都是好事，我想您只要享受就好，殿下。」

這筆交易的確對王儲有利。自己的身世之謎能夠獲得保障，又能拿到玻璃瓶裡的死龍瑪那，未來幾年還能拿到魔塔的部分設計圖。

即使獲得了好到無法推估究竟價值多少金錢的回報，卻仍讓他覺得有些不是滋味。只因為凱爾的表情太過歡快。

感覺凱爾就像在自己的花園裡自得其樂。

「那我先離開了。」

「快走吧。」

雖然王儲趕人，但他其實不想讓凱爾離開。他很想抓住凱爾，把凱爾究竟在打什麼算盤給問個清楚，但他終究問不出口。

——闇黑森林、西北大道與海上啊。

他要的不是錢也不是物品，而是其他東西。到最後，亞伯特還是沒弄清楚凱爾的盤算。

相反的，凱爾一點也不在乎亞伯特究竟知不知道他的盤算。來首都的目的已經達成，他隨即搭上馬車離去，因為他沒有理由繼續待在首都。

「要立刻回領地嗎？」

「好。」

聽見凱爾的回答，比克羅斯關上馬車門，隨即駕駛馬車返回領地。

「人類，我們現在要回家休息了嗎？」

「對，我打算暫時休息一下。」

隨口回答了拉恩的問題，凱爾舒舒服服地坐在椅子上。從現在起，短則六個月，長則一年，他能夠暫時舒服地在家打滾度日。

只要能平安撐過之後的戰爭，等著他的就是天下太平的無業遊民生活。

但回到領地，凱爾卻發現伯爵家的氣氛與平時不同。

「發生什麼事了？」

「那個，少爺……」

上前迎接凱爾的人，自然是副管家漢斯。

真是奇怪，漢斯的臉色不怎麼好。

「快說。」

即使崔漢、比克羅斯、氳與紅都來到凱爾身後，但凱爾連看都沒看他們一眼，只是看著副管家漢斯。他覺得不妙，一股莫名的不安湧上心頭。

還是不能休息嗎？

發生了什麼事嗎？

問題是，不光是漢斯，連他身旁的傭人與騎士表情都不太好。不到五秒時間，凱爾的腦袋一片混亂。

「少爺，羅恩先生回來了。」

「羅恩？」

「我父親嗎？」

不光是凱爾，連殺手羅恩的兒子比克羅斯都訝異地看著漢斯。依照原定計畫，羅恩應該還要再幾個月才會回來。

漢斯緊閉雙眼，這讓凱爾更加不安。漢斯再度睜眼，卻不敢直視比克羅斯，只敢看著凱爾說：「羅恩先生回來時受了傷。」

「快帶路。」

見凱爾神色凝重，漢斯立刻轉身快步往宅邸深處走去。凱爾跟在他身後，比克羅斯跟在一旁。

漢斯以最快的速度帶領凱爾來到一扇房門前。這不是侍從羅恩過去使用的空間，而是在頗有臉面的客人來訪時，才會特意準備的高級臥房。

「開門。」

「是。」

在凱爾果決的命令下，漢斯開了臥房的門。

嘰咿咿咿——

門開了。

刺鼻的臭味、腐爛的味道鑽進凱爾的鼻腔。

「少爺。」

這是凱爾來到這個世界之後，第一次吃驚地發愣。

「羅恩。」

殺手羅恩，那陰險的老人此刻正躺在床上。

「父、父親！」

比克羅斯離開凱爾身旁衝進臥房。羅恩看著比克羅斯，凱爾問羅恩：「你的手是怎麼了？」

羅恩回來的時間比預期要早，而且還斷了一隻手。

「碰巧就成了這樣。」

羅恩依然掛著那個假慈祥的微笑。但他臉色蒼白，臉上到處是小傷口，而越靠近他身旁，越能聞到刺鼻的腐臭味。

左肩的一部分跟應該是左手的地方，如今空蕩蕩的什麼也沒有。

「漢斯。」

「是。」

「出去。」

「什麼？」

不光是漢斯，凱爾看著羅恩身旁所有伯爵家的傭人，以及父親德勒特伯爵的手下下達命令。

「你們全都出去，比克羅斯跟崔漢留下。」

漢斯雖然稍有猶豫，但在看了凱爾的表情之後，才把凱爾指名的兩人留下，並帶著其他人一起退出房間。在凱爾的眼神示意之下，氳與紅也稍稍後退。

喵嗚嗚嗚。

喵嗚嗚。

兩隻小貓混亂且不解地看了羅恩幾眼，隨後才離開臥房。

人們都出去之後，偌大的臥房顯得更加寬敞。

「你有力氣說話嗎？」

凱爾平靜地詢問羅恩，羅恩的嘴角掛著溫柔的微笑，絲毫看不出一點疼痛。

「有，少爺。」

「那就解釋吧，去獵狐狸的你，怎麼會弄成這樣？」

羅恩的目光從凱爾身上挪開，停留在兒子比克羅斯身上。比克羅斯跪在床邊，看著本該是羅恩左肩所在的位置。

是不是不該來這裡？

即便如此，羅恩還是只能想到這裡。既然都要死，還不如見見兒子跟其他幾個人再死。

「我是從東大陸來的，在比克羅斯還很小的時候。」

羅恩開始講起自己的故事，他需要一個能託付兒子的地方。

「如您所知，我是殺手。東大陸底層社會裡，有知名的五大暗殺家族，其中的莫蘭家族繼承人就是我。」

「父親。」比克羅斯喊了一聲。

「我們家族被一個名叫『黯』的組織所毀，為了躲避他們，我才會帶著兒子來到西大陸並躲了起來。」

哈啊，羅恩深吸了一口氣，他的臉色看起來非常蒼白。

「黯這個組織雖然支配了底層社會，但只是個低位階的團體，真正的幕後黑手另有其人。那無法掌握的巨大力量令我感到恐懼，所以我才會開始當起根本不適合我的侍從。」

羅恩皺緊了眉頭。

「時隔十幾年，我又再度嗅到他們的味道。」

比克羅斯頓了一頓，羅恩的目光則看向凱爾身後，落在一臉不敢置信地站在那裡，性格有點扭曲卻善良的傢伙身上，而那正是崔漢。

「崔漢來到領主城的時候，身上帶有『黯』的氣息。」

崔漢在經歷哈里斯村事件後來到領主城時，比克羅斯與羅恩之所以會與他拔劍相向，是因為他身上有「黯」的味道。

崔漢震驚地看著羅恩。

「該不會是我在哈里斯村殺的那些人？」

「對，他們很有可能是黯。」

崔漢看著凱爾，羅恩則接著說下去。

「我前往首都調查，才發現他們的力量也延伸到了西大陸，於是我決定開始行動。其實我不是去獵狐狸，只是一隻野狗闖進虎穴送死罷了。」

究竟是憑著什麼自信去行動？羅恩雖覺得自不量力，但要是重來一次，他肯定還是會做相同的選擇。他必須查出來，他得知道那些傢伙究竟想做什麼。

「然後我遇上黯的其中一支攻擊隊，並得知了他們正在幹的勾當。」

羅恩擊潰了一支攻擊隊，獲得了小小的成果。

「但我付出了左臂作為代價，好不容易才死裡逃生。」

羅恩露出苦澀的笑容。都這把年紀了，這是什麼德行……少了一隻手臂，對雙手拿短刀當武器的他來說，可說是相當重的傷害。

原本在旁靜靜聽著的凱爾，這時開了口。

「你還沒查出黯這個團體的真實身分嗎？」

「很遺憾，是的。」

羅恩依舊未能接近真相。

「羅恩。」

羅恩看向凱爾。好一段時間沒見，對方似乎成長了更多。羅恩能感受到一股壓迫感，讓他必須在凱爾面前低頭。

「是誰砍斷了你的手臂？」

「是一名年輕的魔法師。無論是誰，只要被他看見，他便會砍斷對方的手臂。」

崔漢激動地看著凱爾。

「瘋子。」凱爾忍不住激動地說。

凱爾知道黯這個祕密組織。

哈里斯村的事、將拉恩交給侯爵家、首都廣場恐怖攻擊事件、襲擊青狼族等，都是他們幹的。

凱爾似乎也知道是誰砍了羅恩的手臂，而崔漢也知道。

很可能是指揮首都廣場恐怖攻擊事件的魔法師——嗜血魔法師雷迪卡。

雷迪卡因為崔漢失去了左手和左眼，不曉得他是如何單手施法，同時還砍斷別人手臂的，但仍極有可能是雷迪卡所為。

「怎、怎麼會有、有這種事……」

崔漢握緊了雙拳，似乎感到有些混亂。

雖然知道是誰把羅恩弄成這副德行，但凱爾還必須確認一件事情。羅恩很強，特性是暗殺與隱身，他比雷迪卡還強，肯定有什麼理由讓羅恩必須放棄手臂逃跑。

「這股臭味是什麼？」

充斥在臥房裡的這股腐臭味，凱爾得知道這是什麼。

那是肉腐爛的味道。

羅恩沒有回答，只是露出慈祥的笑容，卻令凱爾毛骨悚然。他上前去，掀開蓋在羅恩身上的棉被。

「啊。」

崔漢忍不住發出嘆息，比克羅斯的臉更是扭曲得無以復加。

「因為我中了一些毒。」

羅恩的大腿與側腹的一部分，因為中毒而發黑，上頭覆蓋著濃稠的液體。那是混著治療藥水的黏稠液體，崔漢從未見過這種情況。

凱爾卻並非頭一次見到。

「這是人魚毒。」

羅恩看著凱爾。

「看來他們就是幫助人魚的人。」

凱爾說完便嘆了口氣，還伸手按了按自己的眼角。

其實，他真的已經猜到了。

第一次見到鯨族，聽他們提起闇黑森林的事情時，以及得知人魚是透過闇黑森林裡的東西變強時……

他就已經在猜測，說不定祕密組織與人魚族有關聯。

但他並未深入去想，因為他嫌煩。

也因為他不想被牽扯進去。要是他查出了祕密組織的真相，他就得告訴崔漢，那事情肯定會變得很複雜，於是他便忽略了，畢竟這與他的安危無關。

「真該死。」

但這並不代表他能容忍這些人侵門踏戶、侵犯到他的領域。

凱爾很討厭殺手羅恩這個陰險的老頭。但看到羅恩這個樣子，凱爾才終於意識到，羅恩終究是他手下的人。對於自己與屬於自己的存在的安危，凱爾——金綠秀，可說是相當堅持。也正是因為這樣，凱爾才能撐下來。

比克羅斯、羅恩與崔漢全都沒能開口說任何一句話，他們都是第一次看到凱爾這個表情。

凱爾重新替羅恩蓋上棉被。

「是在海上嗎？」

「是在島上。」

東大陸與西大陸，這之間怎麼可能沒有島？島多的是，那裡有些非常小的島嶼。

「崔漢。」

「是。」

凱爾看著崔漢，崔漢兩眼卻緊盯著羅恩的手臂。想到這是嗜血魔法師雷迪卡幹的事，想到雷迪卡之所以會這麼做，是因為自己也砍了他的左手臂，崔漢心裡就很難受。

「你還愣著幹嘛？」

聽見凱爾平靜的聲音，崔漢才回過神來。

「別想那些沒用的事，趕快帶穆勒來。」

沒用的事。崔漢緊抿著唇，看來凱爾已經看出他在想什麼了。

「只要帶穆勒先生來就好了嗎？」

「對，叫他立刻帶著船隻的設計圖過來。」

凱爾並沒有生氣，只是平靜地下達指令。崔漢的動作比任何時候都要迅速，且悄無聲息地離開臥房。

凱爾突然提起船的事，讓羅恩有些訝異。

「少爺？」

凱爾淡淡地對看著自己的羅恩說：「先告訴你，你也會跟我一起去。」同時又幽幽地抱怨了一句，「殺手還負傷回來，這是要怎樣？」

「至少我還活著。」

凱爾想起羅恩書信上常提到的內容。

我還活著，您還活著吧？

凱爾笑了出來。

「你這張嘴確實是還沒死。比克羅斯。」

「是。」

比克羅斯無力地回答。凱爾的手用力搭在他肩上。

「快去重新打包行李，把所有人都叫上。」

接下來的話，讓比克羅斯連忙轉頭看向凱爾。

「我們得清除人魚毒啊，不是嗎？」

黑暗屬性，並且對人類最為致命的人魚毒，沒有人知道解毒的方法。精通拷問和暗殺的比克羅斯，比任何人都清楚這件事。

羅恩也是，否則他為何要來見兒子一面？正是因為死前想再看兒子一眼、想回家一趟，才會來到他的第二故鄉。

多虧了羅恩能夠承受少許的毒，也多虧了伯爵家的人持續用最頂級的解毒劑塗抹在中毒的部位，才能夠阻止毒素繼續擴散。此刻，羅恩是靠著頂級解毒劑才能減緩疼痛與維持氣力，這是只有富裕的海尼特斯家族才能使用的方法。

「解、解毒的方法嗎？」比克羅斯一反常態地結巴。

凱爾下達明確的指示：「快動起來。」

這本是魔法師蘿絲琳發現的方法，凱爾已經在為了拯救鯨族混血時用過一次。

「別擔心，你父親看起來會很長壽。」

這話聽起來雲淡風輕，比克羅斯卻絲毫不這麼想。因為語氣雖然輕鬆，凱爾的神色卻比任何時候都要凝重。

該死。

本來想好好休息的，但這也不是最大的問題。凱爾正面對一個他始料未及的狀況，故事已經開始偏離，並往無法預測的方向發展。

連比克羅斯都離開了房間，此刻屋裡只剩下羅恩與凱爾。

「少爺。」

「嗯。」

「黯跟人魚似乎在覬覦海上航道。」

羅恩把好不容易查出的情報告訴凱爾，凱爾隨即答道：「我知道。」

「什麼？」

「這很明顯嘛。」

很明顯，既然他們從東大陸來到西大陸，那就更顯而易見了。

「羅恩，我知道你很難受，但我能再問你一件事嗎？」

「是，請說。」

「有誰看見你的長相嗎？」

「只有那個魔法師看到了我的臉。」

長相被人看見，是殺手最大的失誤，因此羅恩的臉色並不好。不過聽完羅恩的話，凱爾眼裡卻閃過一絲異樣的神色。

「少爺。」

「嗯。」

「您不會是想跟那個團體正面起衝突吧？」

「你覺得呢？」

身上的毒雖然令羅恩感到痛苦，但他還是微微揚起嘴角。凱爾想要怎麼做，他一看就知道。

「無論如何，一定都會順利的，少爺會讓自己得利。」

「你很了解我。」

凱爾不打算把事情搞得太複雜、給自己太多壓力。他打算達成必要的目標，然後就迅速抽身。當然，也想順道給對方一點顏色瞧瞧。

凱爾聽見拉恩的聲音在腦中響起，那聲音相當悲壯。

──脆弱的人類，不要擔心。

凱爾非常清楚，自己只是掉到另一個次元的高中生，頂多只有尋釁滋事的力量。

──真是群討人厭的傢伙。

無論是祕密組織、黯還是人魚。

他們肯定很強，要跟他們全面開戰，肯定會很辛苦。

—偉大的拉恩會跟你在一起。

但至少凱爾很清楚黑龍、崔漢、蘿絲琳等人的力量。

他已經想好計畫、想好該如何保護自己以及屬於自己的存在。

為了讓自己過上身心都能放鬆的人生，這是絕對不可或缺的事。

「離開之前就先好好休息吧。」

離開羅恩的臥房，凱爾隨即前往影像通訊室。他必須去烏瓦爾領地，也必須前往東北部海岸。

chapter 020

既然都採取行動

幾天後，凱爾乘著馬車來到一處空氣裡滿是鹹味的地方。下了馬車，他看著依然還留有幾個漩渦的海面。

「初次見面，少爺。」

「你是這裡的負責人嗎？」

「是。」

海尼特斯伯爵家的官員上前向凱爾問好。他是目前參與建設海軍基地的人員中，由海尼特斯方面派出的代表。

王室、烏瓦爾領地、海尼特斯家族，三個勢力分別派出了代表官員，常駐於這片海灘。

「有幾個漩渦消失後，能利用的島增加了，海面變得比較平靜，我們正加快建造的速度。」

「是嗎？」

「是的。多虧如此，我們才能夠迅速建成船隻。」

建設海軍基地。海尼特斯伯爵家充分明白烏瓦爾領地希望盡量減少王室的介入，因而大舉投資了此項建設案。同時，他們也渴望回收相應的利益，條件之一便是無償將海岸的一部分租借給海尼特斯伯爵家。

「那我先帶您去宿舍吧。」

「不，你先等一下。」

凱爾回頭看著馬車，伸出手指敲了敲窗戶。

馬車的門開了，一個臉色蒼白的小人下了車。

「快來啊。」

「是、是！」

混血矮人穆勒搖搖晃晃地跑上前，來到凱爾與官員之間。他胖嘟嘟的，穿著打扮相當華麗。柏歐蘭伯爵夫人將穆勒當成奢侈品一樣精心照料著。凱爾伸手搭在穆勒的肩上。

「先給人家看外部設計圖初稿吧。」

「哈啊，是、是！」

穆勒深吸了一口氣，趕緊將設計圖交給官員。官員負責海軍基地建設，對建築與大海的學識可說相當淵博。

「咦？」

他看了看手中的設計圖，又看了一眼臉色蒼白的穆勒，隨後看向正在觀察穆勒的凱爾。

「少爺，這是……」

「對，就是那個。」

「我第一次看到這種樣子的船。」

凱爾頓了一頓，接著低頭看向穆勒。記得第一次看到船隻外觀時，凱爾也相當驚慌失措。

這傢伙該不會其實也是韓國人轉生吧？

穆勒感受到凱爾銳利的目光，便握緊了精神導師伯爵夫人給的金戒指以安定心神。

看見穆勒的反應，凱爾強忍住嘆氣的衝動，轉頭看向官員說：「但不覺得完成之後，應該會很不錯嗎？」

「先不說好不好——」

官員話說到一半就停了。不論好壞，這東西實在很驚人。

看著沒好好把話說完的自家官員，凱爾面不改色地接著問：「應該能做得很堅固吧？」

「是的，雖然是會非常堅固——」

但這已經超越堅固的水準了。

他很想問，這真的是移動用的船嗎？怎麼更像是打海戰用的戰鬥船？

在官員提問之前，凱爾直接下了結論。

「那就夠了。」

官員實在無法把心中的疑問問出口。沒錯，少爺一定是要找非常堅固的移動用船隻，他就這樣認定了。接著他提出另一個問題。

「但這應該會很花錢，尤其是黃金烏龜的部分——」

「你在擔心什麼？」這對凱爾來說從來不是問題，「我有的是錢。」

凱爾嘴角揚起象徵自己來自富裕家庭的微笑。

「我必定會好好打造出驚世鉅作！」

眼前這名官員突然變得異常熱情，臉上的神情混雜了驚嘆與悲壯。凱爾沒有多加理會，自顧自地回到馬車上。

「讓你的手下帶我去宿舍，你就跟穆勒在這邊好好談談船的事吧。」

「是，我明白了。」

「少爺，請您慢走。」

穆勒鞠了一個九十度的躬，凱爾隨即關上馬車門。馬車很快便出發了，官員這才看見穆勒終於放鬆下來。

「咳嗯，這艘船啊，就算被一顆魔法炸彈打中也不會爛。」

「是，我想也是，但似乎沒辦法量產。」

「是的，目標只有做一艘出來。」

穆勒清了清喉嚨。他可以想像，自己不光是會被帶到領主城，更會被帶到這艘船上。他不想死，於是只好使盡渾身解數來設計這艘船。

「其實第二階段的內部設計圖也幾乎完成了。」

穆勒驕傲地挺起了胸膛，從他的姿態中能看出他的傲慢。

「哇，連內部設計圖都好了？」

「是的。雖然還沒給少爺看過，但我已經決定好概念了。」

「概念是什麼？」

穆勒大聲地說：「最好的防禦就是砲擊！」

在被打之前，先下手為強。

雖然這還只是穆勒的個人想像，也尚需經過凱爾許可，但他想少爺一定會認可的。

凱爾抵達下榻處後，靜靜看著在被當成勤務室的空間裡列隊站好的人們。

「這次的任務不會太輕鬆。」

除了在房裡休養的羅恩與負責照顧他的比克羅斯，其他人都集合了。

三個平均七歲的孩子、崔漢與同行的蘿絲琳及拉克，另外還有副團長希斯曼與十名狼族的孩子。凱爾把自己手中有的牌全都帶上了。

又不是要去毀了王國。

雖然感覺有些誇張，但自己對敵人的組織規模掌握遠遠不足，集中手上所有的資源才是最安全的。

魔法師蘿絲琳開口。

「凱爾少爺，我們要搭船去哈伊斯島嗎？」

「對，我們應該會去到哈伊斯島五附近。」

哈伊斯島。

是位於東西大陸之間大大小小島嶼的統稱，依照島嶼被發現的順序，依序加上了編號。

凱爾的目的地是哈伊斯島五。那是第五個被發現的島，也是最大的一座。此外，那也是距離西大陸最近的地方，搭船絕對能夠抵達。也因如此，羅恩才能駕船前往。

「看來人魚族的基地就在那裡。」

「基地竟然在島上，真是奇怪。」

「那裡應該是『黯』的基地，所以我們首先——」
凱爾已經決定好船要開往哪裡了。
「要去哈伊斯島十二。」
那是第十二座被發現的島嶼，非常小，但離哈伊斯島五最近。
「但是少爺……」
副團長希斯曼小心翼翼地開口，凱爾示意他繼續說下去。
「您不是說未來會跟人魚族打起來嗎？因為現在鯨族跟人魚族正在打仗。」
「沒錯。」
有別於平時，此刻希斯曼非常認真，因為他知道羅恩命在旦夕。看見這樣的希斯曼，凱爾想起父親德勒特曾說過的話。
「無論是殺手還是什麼，他都是我們的人。先救活他之後，再去煩惱也不遲。」
真要說起來，羅恩在他人眼裡不過只是侍從，但德勒特伯爵仍決定要救回他的命。因為十幾年來，他都守在跟家人疏遠的凱爾身旁。做出這個決定，更像是出自於為人父親的心。
「少爺，這樣真的沒關係嗎？人魚是黑暗屬性，而且聽說他們也因為死亡瑪那跟毒的緣故變強了。」
黑暗屬性，再加上死亡瑪那，這是希斯曼擔心的兩件事。
蘿絲琳代替凱爾回答了問題。
「沒關係，凱爾少爺知道人魚毒的解法，就算是黑暗屬性加死亡瑪那，只要用更強大的力量壓制就好。」
與使用死亡瑪那的黑暗屬性對抗時，最常用的方法就是盡量縮短戰鬥及接觸的時間，並一口氣壓制對手。也就是用更強大的瑪那、劍氣或攻擊力瞬間壓制敵人的死亡瑪那。
凱爾知道有另一種與死亡瑪那相反，而且更加強大的力量。

那就是生命力。

雖然很魯莽，但確實有個很直接的方法。

這是很簡單的道理。

生命總是比死亡更加強大。生命體存活，就是最明確的證據。

蘿絲琳開口道：「當然，生命體與攝取死亡瑪那的黑暗種族對抗時，最有效率的方法就是使用血，但那很危險。」

沒錯，血。

而且需要非常多。

再怎麼脆弱的人類，在與攝取死亡瑪那的黑暗屬性對抗時，只要潑灑自己的血，就能在極短的時間內阻止對方靠近。

只是因為失血過多而死的機率很高，但如果只用少量的血，便無法與強大的黑暗屬性種族對抗。

面對黑暗精靈或吸血鬼，就算潑血也沒用。

黑暗精靈屬於自然，即使攝取死亡瑪那也具備對血的抗性。吸血鬼則是吸血維生，因此不在討論範圍。

從古代文獻的內容看來，魔族很喜歡對人類心臟注入死亡瑪那，讓人類在死亡的狀態下繼續保持心跳。

真是瘋狂。

對凱爾來說，這真的很瘋狂，但他同時也有另外一個想法，並且不經意地說了出來。

「我的血應該會非常有效。」

從刻有心臟之活力的心臟流出的血具有再生能力，具備比任何血都還要強韌的生命力。多虧了這股再生的力量，他能源源不絕地製造血液。還有比這更能壓制黑暗屬性的血嗎？

他只是突然有了這個念頭，還得實驗過才知道。

雖然對一般人魚或許沒有用處，但面對攝取死亡瑪那的人魚，他或許能撐上一陣子。最重要的是，古代之力是屬於自然界的自然與人類天生的力量，其中蘊含著生命力與自然的道理，面對黑暗屬性，有可能非常強大。

凱爾試著想像。

「嗯，如果潑我的血——」

將血塗抹在鎧甲上，並在戰鬥時潑灑的話……

凱爾忍不住笑了出來。

看起來應該會滿噁心的。

此時，凱爾感覺到勤務室安靜了下來，他抬頭看著眾人。忽然，原本安靜的空間爆出了怒吼。

「這太瘋狂了！你這麼弱，怎麼會有這種亂七八糟的想法！不需要弱不禁風的你提供血液！」

拉恩非常生氣。

「希望你不要有奇怪的想法。」

「太奇怪了，這個想法太奇怪了。」

氤與紅看著凱爾，就像在看瘋子一樣，凱爾不解地看向蘿絲琳。只見蘿絲琳罕見地用陰沉的眼神看著凱爾，還對他搖了搖頭。顯然是要告訴凱爾，想都別想。

「沒必要做到這個地步。」

凱爾掃視眾人，最後看了不知為何一臉感動的希斯曼一眼，才用一副不敢相信眾人在想些什麼的口吻說：「我是沒打算這麼做啦。」

為何要用他珍貴的血？

除了血之外，還有很多東西能用。

而且會有需要做到這一步的機會嗎？

凱爾討厭疼痛，與其承受疼痛，還不如逃跑。只要帶一具人魚屍體逃回來，就能夠幫羅恩解毒了。

拉恩飛到凱爾坐的沙發附近，語帶威脅地說：「我會監視你。」

沒有人相信凱爾的話。

這反應讓凱爾覺得無力，但他很快決定不再去想。因為這種事根本不會發生，所以他決定不再煩惱，並站了起來。

「你要去哪？」

凱爾回答龍的疑問：「風之崖。」

這片海灘上最陡峭的峭壁，下面有著洶湧的漩渦，凱爾要去的地方正是那裡。

來到風之崖上，凱爾低頭向下看。海邊正忙著建設海軍基地，但他的目光只是短暫停留，隨即便轉向海平面的某處。

「您打算做什麼？」

跟在身後的崔漢一問，凱爾聳聳肩，並沒有回答，而是從魔法口袋裡掏出一個號角形狀的海螺。

崔漢曾經看過那東西。

那是在前往威波王國的船上，與鯨族之王會面時，凱爾從維媞拉那拿到的三件物品之一。

「該不會……」

崔漢半信半疑地等著，接著凱爾便將嘴湊到開口較窄，類似吹嘴的地方並往裡頭吹氣。

嘰咿咿咿咿咿——

細小卻高亢的聲音響徹風之崖，海螺發出了藍色的光芒。聲音很小，小到海灘上的人都聽不見，然而遠方的人卻聽見了。

兩天後的傍晚，凱爾站在風之崖上，看著即將沉沒的夕陽。火紅的太陽緩緩消失在海平面的彼端，接著他將發著藍光的海螺湊到耳邊。

嘰咿咿咿——

他聽見微弱的高音。

「來了。」凱爾說。

「來了！」

拉恩前爪指著海平面的盡頭。

「哈。」

「天啊……」

雖然早有預期，崔漢還是忍不住驚呼。跟來查看情況卻不明所以的蘿絲琳也驚呼出聲。

唰啊、唰啊。

海平面盡頭的海面掀起波濤，浪與浪之間，隱約能看見兩頭鯨魚和一頭小鯨魚逐漸靠近。

凱爾站在懸崖的盡頭，轉身面對身後的一行人。凱爾頂著一頭比晚霞還要火紅的頭髮，面帶微笑站在眾人面前。

「現在我們要出航了。」

嚮導來了。

既然要去，那就該騎著鯨魚去。

從海平面的盡頭穿越大海而來的鯨魚消失，化作人形出現在凱爾眼前。

「少爺，好久不見了。」

「你好啊，法厄同。」

混血鯨族法厄同。這混血的座頭鯨化作人形，出現在眾人面前。天早已經黑了，峭壁上只有拉恩、崔漢、蘿絲琳與凱爾。

「您怎麼突然呼喚我們？」

法厄同的視線落在凱爾手裡的海螺上。雖然他們正與人魚族打得如火如荼，但聽到這聲音，他還是非來不可。因為凱爾送出的是「緊急」訊號，那是只有鯨族獸人才能聽見的聲音。

「您這麼快就需要我們了嗎？」

凱爾與鯨族的交易之一，就是凱爾能夠使用鯨族的力量。面對法厄同的問題，凱爾沒有拐彎抹角，而是直接了當地回答。

「我查到了是誰在幫助人魚族。」

「什麼？」

法厄同愣住了，凱爾帶來的消息出乎他意料。

鯨族本就因為占據哈伊斯島五，暗地裡幫助人魚族的神祕人類而傷腦筋。這些人雖然不是特別強，但幫助人魚族這點讓鯨族很是在意。

「我的手下為了查明這件事，受了很嚴重的傷。他中了人魚毒，得趕緊治療，我也得趕快將情報分享給你們，才會用這種方式聯絡你。」

聽了凱爾的話，法厄同先是覺得疑惑。

「少爺為何要去打聽這件事？」

凱爾沒有立刻回答，他的臉上罕見地掛著尷尬的笑容。

「只是因為有點在意。」

即使拉恩沒有隱形，此刻牠仍透過意念直接對凱爾的腦袋說話。

──又來了。

但凱爾只把這話當耳邊風，並露出了他獨有的、帶著些許不耐煩的神情。

「人魚是透過我們領地附近的闇黑森林變強，不是嗎？雖然鯨族本來就很強，我想應該能獲得勝利，但考慮到跟我們領地有關，我也想做點什麼。」

凱爾的表情似乎讓法厄同覺得有些尷尬。記得凱爾替他的腿清除人魚毒時，也是擺出了這副表情。這名美男子的眼裡一下子閃過無數種情緒，即使是在夜空之下，那雙美麗的眼睛也依舊清晰可見。

凱爾別開了頭。

「原來如此。」

「畢竟我們也算是認識啊。」

他隨便找了個理由敷衍法厄同，兩眼直盯著自己身旁的蘿絲琳與崔漢。兩人都目不轉睛地看著凱爾，他們都在用眼神對凱爾說：

這跟事實有些出入吧？

這時，法厄同再度開口。

「少爺，謝謝您。上次您也是救了我一命。」

凱爾仍然沒有看向法厄同。

蘿絲琳跟崔漢則繼續用眼神追問，少爺又是何時救了他？

凱爾沒有理會，蘿絲琳與崔漢當然也沒有將問題問出口。蘿絲琳開口，順著凱爾的話說了下去。

「凱爾少爺一查出情報便立刻過來了。他說治療人魚毒雖是刻不容緩，但也得立即將這個情報分享給鯨族才對。」

凱爾用眼神向蘿絲琳道謝，這是蘿絲琳第一次幫助凱爾做這種事。崔漢緊抿著唇，向後站了一步。

「原來如此。若想治療中了人魚毒的人，那就得找一具人魚屍體來才行。」
「我打算直接去抓。」
「什麼？」
凱爾終於再次看向法厄同。
有些事情他非做不可。
「我們也要去。」
「我的力量很弱，無法參與戰鬥，但還是希望多少能幫上忙。」
經過包裝的話跟他的真心話確實有些出入，別說是幫忙了，他根本只想拿了好處就跑。
法厄同很是驚訝，鯨族與人魚族的戰鬥事實上充滿危機。當然，他們已經提前掌握了毒與死亡瑪那的情報，搶先做了某種程度的防備而占了上風。但人魚族的數量非常多，鯨族則必須在戰鬥的同時保護脆弱的海洋生物，因而面臨不小的阻礙。
因此，他們需要壓倒性的力量。
雖然少爺說他很弱。
法厄同瞥了黑龍一眼。
但無論是在水面上、在島上還是在海裡，只要有龍助陣就能獲勝。
「小鯨魚，你看什麼？」
長得小巧可愛的龍吸了吸鼻子，擺出自己心中極具威嚴的姿態。看在法厄同眼裡，則是看見了龍的力量，那是種極具壓倒性且令人敬畏的力量。
「沒什麼，龍大人。」
「哼，我也會去。」
見法厄同擺出謙遜的姿態，拉恩哼了一聲便別開了頭，同時直接對著凱爾的腦袋說話。
—這樣行了吧，人類？我很偉大吧？

凱爾輕輕對拉恩點了點頭，就拉恩來說，這樣已經做得很好了。

沒有理會龍是否滿意，凱爾接著對法厄同說：「情報就在路上跟你說，我希望我們盡快出發，你覺得如何？」

法厄同理所當然地答道：「立刻出發吧。」

「好。」

夜裡，凱爾靜悄悄地準備出航。當然，並不是準備從海灘上出發。此刻海灘上與村子裡，都有烏瓦爾領地的士兵與王室的士兵在巡邏。

凱爾所在的地方，是近海一帶最外圍的小島之一。他已經趁著白天跟眾人一起移動到了這裡。

「哦。」

「嗚哇。」

看著凱爾帶來的一行人滿臉驚奇，法厄同有些不知該如何是好。他是料想到了氳與紅會同行，卻沒想到人數超出他預期許多。最重要的是，他能從這些人身上感受到強者的氣息。由於他在鯨族中力量較為弱小，因此他以為是自己的錯覺，但看到同行兩頭虎鯨的反應，他便明白這不是誤會。

「亞契，好久不見。」

聽見凱爾的問候，鯨族之王希凱洛的護衛——虎鯨亞契便一臉不情願地向他鞠躬問好。亞契悄悄將視線從凱爾身上挪開。凱爾注視他的眼神以及在凱爾身後緊盯著他的黑龍，都讓他覺得很不自在。

這時，拉恩說話了。

「我們要騎這隻虎鯨去嗎？」

「應該是吧。」

亞契皺起眉頭。

我有聽錯嗎？騎？騎什麼？我嗎？

亞契看向法厄同，法厄同則迴避他的視線，看著空中答道：「咳嗯，再怎麼說大艘的船隻都很顯眼，得先用最小的中型船載所有人遠離海灘。但因為有傷患的關係，所以船的空間不夠，凱爾大人跟龍大人——」

「我現在叫拉恩！」

「是，拉恩大人以及其他幾位會用飛行魔法跟上，咳嗯，然後就騎在兩位的背上一起過去。」

哈！

亞契發出近似笑聲的無奈嘆息。

拉恩接著說：「但虎鯨比座頭鯨小耶，這麼窄，實在不行。」

虎鯨的體型雖比座頭鯨小，但好歹也有七至十公尺。亞契緊皺著眉，而跟他一起前來的戰鬥人員也是一臉驚訝。

「亞契，拜託你了。」

啪、啪，凱爾輕拍了他的肩兩下，咧嘴露出一個笑容。不知為何，亞契總覺得那是在嘲笑。

法厄同接著說：「啊，順帶一提，兩位似乎還得拖著中型船隻前進。那是以魔法為動力的船，兩位就把自己想成是嚮導，把船綁在身上前進就好。這次是刻意沒讓船員跟來。」

「我憑什麼要做這麼低賤的事？」

「父王不是要求我們都得照辦嗎？」

法厄同一句話，就讓亞契閉上了嘴。近來與人魚族開戰，鯨族之王變得非常敏感。要是太過囂張，搞不好會被他打死也說不定。

「媽的！」

亞契對天咒罵了一聲，凱爾拍了拍他的背。

「那我就要騎到你的背上囉，希望這趟航行很安全。」

虎鯨亞契，成了水上計程車。

唰啊啊啊——唰啊——

聽著嘩啦啦的水聲，凱爾欣賞著夜裡的大海。虎鯨的背非常舒適。

拉恩伸出爪子拍了拍虎鯨的背。氲與紅非常害怕水，只敢躲在船艙的最深處，跟羅恩待在一起。一方面是因為怕水，另一方面是因為牠們似乎比凱爾還要擔心羅恩。

「人類，鯨魚的背好滑。」

「本來就是這樣。」

「原來如此。」

拉恩模仿凱爾趴在鯨魚的背上。亞契是虎鯨中最強大的個體，體型也比一般虎鯨大上許多。約十二公尺長的身軀，幾乎就像是一棟建築物在移動。凱爾往旁看了看，一旁是另一頭以相同速度前進的虎鯨。在亞契與那頭虎鯨之間，一艘中型船隻以瑪那繩固定在牠們身上，被牠們拖著前進。當然，法厄同領在最前面負責指引方向。

真是超高速計程車。

速度非常快。凱爾看了看騎在其他虎鯨背上的人。蘿絲琳與崔漢的表情難以形容，嚴重暈船的希斯曼則摀著嘴，百感交集地坐著。關注完坐得不太舒適的眾人，凱爾便抬頭仰望夜空中的星星。

他想毀掉一個島應該還行吧？

享受著和平的氣氛，最後終於來到了哈伊斯島一。哈伊斯島十二太靠近「黯」基地所在的哈伊斯島五，鯨魚們擔心可能會被注意到，因此決定先在哈伊斯島一停靠，然後再前進島十二。

「我去帶我姐來。」

法厄同神色凝重地告訴凱爾，他要去帶姐姐維媞拉過來。移動的過程中，凱爾告訴法厄同，幫助人魚族的是個龐大的組織，肆無忌憚到敢在壚韵王國的首都發動恐怖攻擊事件。

「好，你快去快回。」

「是。哈伊斯島一在我們的領海內，人魚族不會過來。」

「好。」

向凱爾說明完，法厄同隨即離開，亞契與他的部下更是頭也不回地跟著離去。

「少爺，要搭帳篷嗎？」

「好，搭個帳篷，再把羅恩搬過來。」

「知道了。」

狼族的麥斯沉穩地回應，隨後立即去找拉克跟希斯曼。希斯曼正在嘔吐，狼王繼承人拉克則拍著他的肩一邊安慰。

在蘿絲琳與麥斯的主導之下，眾人在哈伊斯島一的海灘上搭設了幾頂帳篷。當然，凱爾並沒有參與其中，只是在旁觀看。崔漢則罕見地站在他身旁，是凱爾特地把他叫來的。

「崔漢。」

「是。」

「我覺得狡猾，總比我們有人受傷好。」

在鯨魚與人魚的戰爭中能不要發生任何意外，全身而退，就是凱爾的目標。

「趁著這次機會，有件事我非做不可。」

在鯨族來之前，凱爾必須先跟崔漢說清楚。

「首都恐攻的魔法師，你還記得他吧？」

崔漢僵住了——嗜血魔法師雷迪卡，被他砍去手臂的人。

「他是唯一看到羅恩長相的人。」凱爾低聲說，「所以這次最重要的有兩件事。」

崔漢迎上凱爾的視線。

「一是治療羅恩身上的人魚毒，二是清除未來可能會危害羅恩或我們任何人的危險因子。你聽懂了嗎？」

「我會毀掉那魔法師剩下的一隻眼睛，或乾脆殺了他。」崔漢毫不猶豫地回答。

「比克羅斯可能會想出手，但我想由我去比較好，因為他現在無法做出理性的判斷。」他接著補充。

崔漢很清楚自己該做什麼。正是因為放走了那名魔法師，羅恩才會變成現在這樣。對現在的崔漢來說，殺人已經不足畏懼了。雖然仍會令他痛苦，但那種人就算死了……不，應該說是那種人還是殺掉比較好。

「不，你不需要勉強自己去殺他，我也不打算弄髒我們的手。」

「這並不勉強。」

凱爾也知道，崔漢很善良，但對殺生這件事並不會太抗拒，只是凱爾想盡可能避免弄髒自己人的手。雖然卑鄙，但他就是這種人。

「崔漢，我的計畫是——」

就在這一刻，海面傳來浪花聲。

遠方的海面傳來巨大的水聲，凱爾暫時住了口。血腥味瞬間衝入鼻腔，他轉頭望向海面。

「哎呀……」

還真有人用這麼魯莽的方式在打架。不，那不是人，是鯨族。

巨大的座頭鯨，鯨族之王繼承人維媞拉，渾身是血出現在海面上。看來牠似乎是一邊潑灑自己的血，一邊與人魚族戰鬥。

「凱爾少爺，好久不見。」

牠的聲音聽起來相當從容。拉恩的聲音在凱爾的腦中響起。

—我很偉大，不喜歡這樣用血！尤其是你，絕對不行！

拉恩強烈地主張著！

—人類，快給我魔晶石！我會照你說的，做好幾十個魔法炸彈出來！

凱爾手中的魔晶石有上百顆，那是珍貴且破壞力強大的瑪那結晶體，同時還是最頂級的。除此之外，他還有黑龍跟蘿絲琳。

「崔漢。」

只是他有幾件事想特別交代幾個人去做。凱爾朝維媞拉走去，並用只有崔漢聽得見的聲音問：「你擅長隱身吧？」

計畫名就叫做「反射」。

他想要以牙還牙，因為沒有什麼方法比這更讓人煩躁、更能帶給人打擊了。

沒等崔漢回答，凱爾便將注意力轉移到渾身是血的鯨魚身上。

這是故意弄出來的傷口。

維媞拉的身上沒有什麼大傷，都是淺淺的小傷痕。這點程度的小傷，只要用一下藥水，就能不留一點疤痕輕鬆癒合。

「妳用了血嗎？」

凱爾的口氣平靜，不帶一絲擔憂。

「用了一點。我負責領軍，我想這樣比較好。」維媞拉以笑容回應。

在戰鬥中，維媞拉總是跑得比最好戰的虎鯨還要前面，而且一點都不抗拒在身上留下傷疤，這樣的心態正是戰場上不可或缺的。

當鯨族、與他們站在同一邊的獸人族，或是海裡的生物在戰鬥時，看見鯨族繼承人維媞拉一馬當先，在海裡揮灑自己的鮮血，逼得攝取死亡瑪那的人魚節節後退，那該有多感動啊？肯定能大幅提振士氣。

雖然我並不打算這麼做。

管他什麼士氣，凱爾的首要宗旨就是不受傷。

「我們要不要先去帳篷裡談？」

「好。」

眼前掀起一陣水霧，維媞拉化身成人形來到海灘上。

真可怕。

渾身是血的維媞拉直接化身人形，模樣變得更加駭人。凱爾悄悄拉開一步的距離，跟維媞拉一起走進帳篷。

「跟我來。」

「是。」

兩人沒往羅恩所在的帳篷走去，而是來到另外一頂帳篷裡，凱爾隨即切入正題。

「妳應該已經大致聽法厄同說過了吧？」

「是。幫助人魚族的那群人很可疑，我們本來就很頭疼，但沒想到是這麼龐大的組織。」

維媞拉拿出藥水喝了下去，身上的傷口快速復原。

她接著說：「前幾天有劍士跟槍術士坐船從水面上往水下發動攻擊，實在很令人感到煩躁，害得我們鯨族跟鯨魚只能一直衝上水面。」

嗯？前幾天？

凱爾愣了愣，但維媞拉沒有注意到，只是自顧自接著說下去。

「主要使用火魔法的魔法師也讓人頭疼，最煩的是我們跳上水面時，就會有一名劍士往水下射劍氣，真的很礙事。」

射劍氣？那不是劍術大師才辦得到的事嗎？

……這似乎與預期有些出入。

「槍術士也實在煩人，似乎是東大陸那邊熟悉槍術的人。劍氣的強度雖然低於劍術大師，卻能相當精巧地操控劍氣。說不定他很快就會成為槍術大師。」

那也已經是接近劍術大師的水準了吧？也跟預期差太多了。

凱爾驚訝地瞪大了眼。敵人比想像中還強，只是維媞拉的態度卻一派輕鬆。也是，鯨族只是個體少，但擁有鯨王血統的座頭鯨可是比崔漢還強，好戰的虎鯨則與崔漢實力相當，其他則在崔漢之下。

「他們的支援很厲害。」

「是啊。但只要把戰鬥人魚處理到一定的程度，打起來就輕鬆多了。」

從維媞拉那裡，凱爾簡略掌握了目前的戰鬥情勢。攝取死亡瑪那的戰鬥人魚大多刻意避開鯨族，選擇偷襲其他海洋生物與海裡的獸人族。

「劍士、槍術士與魔法師則是主要攻擊鯨族嗎？」

「對。」

鯨魚與鯨族在戰鬥時，必然會遇到必須衝出水面的時刻。祕密組織從不會錯放機會，總在這個時候大膽攻擊。

「雖然鯨族不會受傷，但不少鯨魚承受了傷害。」

維媞拉原本平靜的臉孔流露出憤怒的情緒。雖然不是獸人族，但鯨魚仍是聰明且強大的物種，牠們與鯨族各自在交戰區的最前線與人魚交手。

「……還有很多孩子因此離開了這個世界。」

所以雖然維媞拉想殺了人魚族的協力者，但因為人魚族總在攻擊弱小的海洋生物與獸人族，讓鯨族明知道必須這麼做，卻還是不敢輕易靠近協力者所在的哈伊斯島五。

現在鯨族之王希凱洛正在思考，究竟該選在什麼時候衝入協力者所在的島。

「原來如此。」

就在這個時候，他們接到凱爾的聯繫。凱爾帶來與組織相關的情報，還表示多少希望幫上一點忙，不知讓他們有多麼感激。如果凱爾一行人能與他們在海面上交手，鯨族便不再那麼綁手綁腳。

「是，所以雖然這麼要求有些厚臉皮，但還是希望少爺能稍微幫忙，讓我們行動方便一些。」

維媞拉想要凱爾幫忙一起戰鬥，凱爾想的卻有些不同。

凱爾思考了一下，開口說：「維媞拉。」

「是。」

「我想摧毀那座島。」

「您說想摧毀什麼？」

維媞拉似乎不能理解。凱爾在她面前打開了地圖。

唰啊。黑龍用前爪拉開地圖，然後指著某個地方。

「我想讓哈伊斯島五消失在地圖上。」

凱爾的表情非常真摯。

哈伊斯島一至十五大多都相當靠近，只有兩到三小時的距離，是奇岩怪石形成的群島。據羅恩所述，除了祕密組織以外，哈伊斯島五上沒有其他生物。

「反正以後船只要再往前開一點，停靠在哈伊斯島七就可以了。」

對於要利用海上航道的人來說，哈伊斯島七將會成為哈伊斯島五的替代方案。

「但這是否可行……啊！」

維媞拉似乎想到了什麼，說到一半便停了下來。

黑龍正盯著她看。

「可以，鯨魚。」

「是，就如龍大人所說，確實可以。」

一看見龍，維媞拉便想起之前的事。只要有龍，摧毀一座島並非不可能，雖然哈伊斯島五比闇黑森林的黑色沼澤大上好幾倍，但這次並不需要特別控制力量，說不定還比摧毀沼澤更簡單。

「好，我需要兩樣東西。」

「您需要什麼呢？」

維媞拉的態度變得更加積極。見到她的反應，凱爾能感覺到，維媞拉確實是來自海洋的種族。對於摧毀島嶼、摧毀陸地一事，她絲毫不抗拒。凱爾就不一樣了，若島上除了祕密組織外還有其他生物，他恐怕會放棄這個方案。

「在此之前，我還需要達成一個前提。」

「前提？」

「對。我們打算盡可能不暴露身分，尤其是在與協助人魚的組織對抗時。」

維媞拉能理解凱爾的意思。如果因為幫了鯨族，而與這個協力團體有所牽扯，導致凱爾未來陷入困境，那的確不是什麼好結果。而且如果凱爾能代替鯨族摧毀那座島，那隱瞞真實身分其實也無妨。

「是，我明白了。」

「好，首先，我們需要交通工具。」

「鯨魚會支援您。」

「盡量選體型小一點的。」

「好，我也會考慮機動性跟隱蔽性。」

只要是能讓狼族坐上去的小鯨魚就夠了。
「第二，」凱爾迎上維媞拉的目光。「我需要妳搗亂。」
「搗亂？」
「鯨族必須出面大鬧一場，吸引他們的注意力。」凱爾平靜地說。
「我們會趁著這個機會，把哈伊斯島跟那座島下的人魚全部摧毀。」
「您希望我們幫忙聲東擊西啊？只要吸引劍士、槍術士跟魔法師的注意就好了嗎？」
「對。」
「啊！」
像是想到了什麼，維媞拉突然驚叫一聲，接著說：「不過在劍士跟槍術士來了之後，魔法師似乎都躲在島附近。只有我們靠近島的時候，他才會出現。」
「是嗎？」
太好了。
如果能把嗜血的雷迪卡跟島一起消滅，自然是再好不過。
「對。他似乎……精神有些異常。」
維媞拉的表情相當擔憂，凱爾似乎知道原因。
「妳一邊灑血一邊戰鬥的時候，他是不是就一邊瘋狂地笑一邊朝妳衝過來？」
「您怎麼知道？」
「就我們查出的情報，紅色會令他瘋狂。」
「啊。」
維媞拉擔憂地看著凱爾，黑龍也飛快地轉頭看向他。
在兩人的注視之下，凱爾將自己的一頭紅髮往後撥開，氣定神閒地說：「所以呢，我要是被發現，那可就麻煩了。」

「原來如此，人類！」

「原來如此。」

鯨族與龍都同意凱爾的觀點。

維媞拉低聲道：「那名劍士也很奇怪。」

「劍士？」

「是的，那個女人似乎跟魔法師有類似的傾向，但您應該不會有機會遇上她，可以不用擔心。」

維媞拉輕輕一笑，黑龍則是露出一臉堅決的神情。

「是啊，應該不用擔心吧。」

凱爾隨口敷衍了過去。接著他們簡單討論之後的計畫與日程，維媞拉便離開了。

隔天，凱爾送走了狼族的孩子們與希斯曼。

「鯨魚會好好引導你們，你們就安安靜靜地待在哈伊斯島十二。有帶好我給你們的衣服吧？」

「是！少爺！都帶好了！我會好好帶領孩子們的！」

希斯曼大聲回應，凱爾沒有多加理會，而是專注地看著拉克與麥斯。兩名可靠的少年對他點了點頭。拉克雖膽小卻很有責任感，只要弟弟妹妹們在身邊，便會表現得相當穩重。

「那你們去吧，有問題就發射信號彈。」

「是。」

十二個人坐上體長約四公尺上下的幼鯨，帶著自己的武器前往哈伊斯島十二。

看著他們逐漸遠去，凱爾對身旁的比克羅斯說：「就算難過也要忍住，你得待在你父親身邊。」

「我知道，少爺。」

「嗯。」

「拜託您了。」

凱爾能充分理解比克羅斯雖然很想戰鬥，卻必須忍耐的那份心情。

「別擔心。」

他拍了拍比克羅斯的肩，轉頭看向留下的人。蘿絲琳、崔漢、氳、紅以及拉恩，他們都將與凱爾並肩作戰。凱爾從魔法口袋裡掏出了幾套黑色衣服。

「來，穿上吧。」

看見那套衣服，崔漢的表情有些怪異。

「又要穿這個嗎？」

這是一套搭配黑色面罩的黑色戰鬥服，靠近心臟的地方印有一顆白色和五顆紅色的星星。過去他們去救拉恩時，也曾經穿過這套祕密組織的服裝。當然，這次的服裝比較粗糙，跟真品不能比。

「對。」

凱爾簡單回應，崔漢二話不說就換上衣服。等三名人類換好衣服，拉恩與蘿絲琳便開始匯集瑪那。

「好，要飛囉。」

以拉恩的話作為信號，一行人瞬間飛上天，朝著哈伊斯島五前進。

快速的飛行之下，他們瞬間便來到哈伊斯島五附近。凱爾聽見了巨大的叫喊聲與命令。

嗚喔喔喔喔！

戰鬥吧！

凱爾往下看去，海面上波濤洶湧。

唰啊啊啊！

一隻背上有道十字疤痕的座頭鯨衝出海面，旋即又消失在水裡，掀起了巨大的浪花。

鯨族與鯨魚開始搗亂戰場。

「哇，這真不是蓋的。」

海中央開始掀起一陣巨大的騷動。

嗚喔喔喔！

一隻鯨魚衝出海面，虎鯨嘴裡咬著人魚，而那名人魚早已死亡。

「人類，你絕對不要去那裡。」

「對，凱爾大人，請別過去。」

「老么說的對！要去也絕對不能自己一個人去！」

凱爾對眾人的話嗤之以鼻。

「我瘋了才會跑過去。」

就在這時……

「嗯？」

崔漢低頭往下看，凱爾也跟著看了過去。

絕對不能過去。

兩艘被魔法護盾包覆的船靠近鯨魚，船尾處各站了一個人。其中一名似乎是劍士的金髮女性，手裡的劍對準水下。那把劍被金黃色的劍氣包覆，正閃閃發光。她朝空中揮舞著手裡的劍，不知在呼喊什麼。

「她說什麼？」

「血海究竟會有多美麗呢？」拉恩回答了凱爾的問題。

瘋子。

凱爾拉緊了自己的黑色面罩。

維媞拉必須盡可能把祕密組織的成員從哈伊斯島五吸引到海上。

這樣一來，他們才能安全又輕鬆地逃跑。凱爾停了下來，肩膀微微顫抖。他看著鯨魚大肆胡鬧，期待鯨魚能把人魚和祕密組織的成員引得離島越遠越好。他注視著海面上的情況。

匡匡匡匡！

劍士手中的劍射出金黃色劍氣，碰撞到海面，將海水劈開了好幾公尺。

「拉恩。」

「怎麼了，人類？」

「我們快走吧。」

凱爾感到心臟有些無力。看到敵人發揮如此強大的力量，對心臟確實不太好。

他們的飛行速度加快，凱爾聽見拉恩的聲音。

「那隻鯨魚也很厲害。」

那隻鯨魚？凱爾再度往下看。被劈開的海水之間，除了那個女人之外，還有尾隨在後的男人。

「小鯨魚也還不錯。」

維媞拉與法厄同姐弟各自使著長鞭和劍戰鬥。維媞拉應付劍士，法厄同則迎戰槍術士。戰鬥的同時，他們也不忘潑灑自己的血。他們輕輕在海面上一蹬，便向前衝了出去。

「崔漢。」

「是。」

「好好看著他們。」

崔漢沒有應聲，視線立即轉向下方。

噼啊啊啊！

維媞拉的長鞭與劍士手中被金黃色劍氣包覆的劍碰撞。

匡噹！

維媞拉的長鞭包覆著青光，那是鯨族固有的力量。被蘊藏海洋之力的青光包覆的長鞭絲毫不輸金黃劍氣，兩人之間劇烈較勁。相較之下，曾經與湯卡的戰鬥彷彿只是一場兒戲。

「別擔心，崔漢不會輸，魔法師蘿絲琳也不會輸。」

拉恩如此評價，隨後又加快了速度。凱爾看著崔漢與蘿絲琳，兩人都對凱爾露出微笑。

「請別擔心。即使跟當初說好的計畫不同，我跟崔漢也不會受傷。」

即使有違當初的計畫，他們面臨不得不與敵人戰鬥的情況，也要盡可能讓戴著面罩的人來處理戰鬥。凱爾的目標，是必須清除所有未來可能造成威脅的因素。

拉恩的模樣要是被看見，情況就會變棘手。

由於不了解組織的實際情況，無法將組織一網打盡，因此若他們之中有誰看到了龍還倖存下來，那可就麻煩了。

只是，蘿絲琳跟崔漢都誤會了凱爾那一眼的意思。

「沒錯，凱爾大人，我不會受傷。」

我是擔心自己會受傷啊……

凱爾一句話也沒說，只有凱爾懷裡的氳對崔漢與蘿絲琳搖搖頭，表示他們會錯意了。

氳拍了拍凱爾的手臂。

「你應該不會受傷，你可以放心。」

氳很精準地掌握了凱爾的意思。只不過十歲的孩子對自己投以同情的眼神，實在讓凱爾不怎麼滿意。凱爾只能假裝沒注意到，出聲催促拉恩。

「再快一點。」

「知道了，人類。」

稍後，凱爾一行人便來到哈伊斯島五上空。

「如羅恩先生所說，海灘附近都是陷阱魔法與警報魔法，瑪那的氣息也都集中在那一帶。」蘿絲琳開口道。

「空中沒有。」拉恩替蘿絲琳補充。

牠欣慰地看著蘿絲琳，好像在稱讚蘿絲琳是最聰明的人類魔法師。雖然拉恩表現得像個老師，但其實真正的老師是蘿絲琳，拉恩曾經向她學過人類的魔法。

「能穿過魔法進入中央的建築物嗎？」

凱爾打開以羅恩提供的情報所繪製的地圖問。臥病在床的羅恩無法親自繪製地圖，因此是由他口述、凱爾手繪而成，最後再讓羅恩確認地圖的正確度。

「會有點麻煩。」

「那個魔法師施了很多魔法。」

咳嗯，崔漢乾咳了一聲。雷迪卡可能是因為曾有過藏身處被人發現而差點送命的經驗，所以才會在安全措施上做得更加嚴密。

「是嗎？」

那事情就簡單多了。

「既然這樣，就不要照原定計畫去碰中央基地，直接設置魔法炸彈吧。」

魔法炸彈由拉恩製作，拉恩的瑪那就是信號，爆炸時拉恩必須全神貫注於那十顆魔法炸彈上。

在清除黑色沼澤時，要同時控制炸彈與魔法，必須將專注力分散在這兩件事情上，難度並不低。而這次十顆威力驚人的魔法炸彈，是由最頂級魔晶石製成，控制起來相當耗費精力，況且炸彈製造得有些倉促，因此難度不亞於清除沼澤。

「這十顆要設置在哪裡？」

凱爾將地圖拿給眾人看，上頭總共標註了十個地點。

「每個地點各放一顆就好。」

看了那十個地點，蘿絲琳先是張開嘴，但沒說什麼又閉上了。她看著凱爾跟拉恩，欲言又止，眼神有些複雜。

這竟是最頂級的魔晶石。

拉恩所製作的魔法炸彈跟外頭流通的相比，爆炸威力高出好幾倍，是相當驚人的戰爭武器。而炸彈的原動力則來自魔晶石，這些頂級的魔晶石所帶來的效果更是驚人。

過去還是第一順位的王位繼承人時，蘿絲琳在王宮裡見過一顆最頂級魔晶石，她記得自己當時相當讚嘆那魔晶石凝聚力量的能力。

凱爾少爺究竟是從哪找來這些東西的？

這麼珍貴的東西，凱爾竟然隨手拿出來，什麼也沒說便交給拉恩。光是那十顆魔晶石，就足以證明一個人的財力有多雄厚了。

蘿絲琳被凱爾的膽識嚇到，她不曉得凱爾有著數百顆魔晶石，凱爾大概比一般的大商團都還要有錢。

「那我們先分成兩組行動吧。」

唰啊——凱爾把地圖撕成兩半，一半交給蘿絲琳。

「一半給你們兩個。」

崔漢與蘿絲琳點了點頭。

凱爾對拉恩使了個眼色，接著他們便降落在一處比較安靜的臨海峭壁上，鯨族戰鬥的海邊則在另外一頭。凱爾背對著峭壁，眼前是一片蒼鬱的森林。

窸窣。凱爾往前踩了一步，發出細微的腳步聲。他將面罩拉得更緊，只有眼睛露在外頭，其他人也是。

「我們就在這裡集合。」

凱爾一行人在哈伊斯島五上分頭行動。

—這附近沒有。

沙沙沙沙。

這裡四處都是奇岩怪木與草叢，不見任何動物的蹤跡，凱爾奔走其中。

噠噠、噠、噠。

配合凱爾的速度，氳與紅跟在後頭，跳過一棵又一棵的樹。以防萬一，氳也持續對四周釋放著煙霧。

—在這裡。

聽到拉恩的話，凱爾便停下腳步。凱爾負責哈伊斯島五中央建築物以東的區域。他掏出懷裡的魔法炸彈，動作小心地把炸彈埋進土裡。

要是爆炸，我就要跟這世界說再見了。

這次的炸彈改良自之前在黑色沼澤使用過的魔法炸彈，還提升了原料的品質，使它的威力提升到極致。所以要撼動遼闊的哈伊斯島五和附近海域都不是問題。

膽子小的人，什麼也不做不成啊。

凱爾一邊移動炸彈，一邊想著自己果然不該來到這種戰場上。

—動作快一點，人類！

即使拉恩透過意念催促，凱爾依舊仔細小心地完成炸彈設置。

接著凱爾的腳底匯集了一團旋風，他們再度移動。

—這附近有人類。

凱爾停了下來，並用手勢對氳與紅下達指示。氳釋放出更濃的煙霧，凱爾輕踏了一下地面，跳到最大的一棵樹上環顧四周。

「怎麼會有霧？」

「不知道。畢竟是在海邊，天氣本來就很多變。」

凱爾所在之處是基地的糧食倉庫附近。兩名祕密組織的成員雖悠閒地談論天氣，身體卻相當緊繃。他們一直注視著周圍，那是要因應敵人入侵的姿態。

—要打嗎？人類，要打嗎？

拉恩詢問，凱爾卻搖搖頭。

何必去跟他們打？

每次遇上敵人拉恩就想打，但凱爾可一點都不想吸引敵人的注意。凱爾小心翼翼地從樹上下來，避免發出任何聲音，並掏出了透明化魔法裝置。

—哎呀，弱不禁風的人類，活得還真辛苦。

無論拉恩說什麼，凱爾都還是在樹下的特定區域內設置好透明化裝置，然後才小心地拿起鐽子挖掘。氳與紅在旁嘆了口氣，一同跟著挖起了土。

就在這時，一個意想不到的聲音響起。

嗶嗶嗶嗶嗶嗶——

嗶嗶嗶嗶——

那是吵雜的警報聲。

「搞什麼？這不是一級救援訊號嗎？有什麼人入侵了嗎？」

「不要放鬆警戒，你去看看吧。我繼續守在這裡。」

「好！」

唉，凱爾在心裡嘆了口氣。

好吧，遇上了敵人就得想盡辦法跟對方打起來，這大概就是主角的命了。

凱爾為崔漢不得已的主角人生送上鼓勵，並繼續設置炸彈。

是蘿絲琳跟崔漢被發現了嗎？

他在想什麼啊，肯定是他們啊。

正在挖土的氳與紅加快了速度，凱爾則是慢條斯理地設置炸彈。

他們應該會自己看著辦吧。

若敵人把注意力放在西邊，凱爾行動起來也更輕鬆。

—快點，人類！我們說不定也會被發現！

即使拉恩不斷催促，凱爾仍以非常緩慢的動作設置好所有炸彈。之所以能如此從容，都是多虧了崔漢跟蘿絲琳引發騷動。凱爾總覺得這應該是崔漢惹出的麻煩，而不是蘿絲琳的主意。

只要真實身分不被發現，其實都無所謂。

他們會自己見機行事的。

設置好最後一顆炸彈，凱爾回到最初約定的集合地點。有別於島另一側的沙灘，他們約好的集合地點四處是懸崖峭壁。而此刻，他熟悉的人正在峭壁下方等待著。

「好久不見，亞契。」

看見凱爾身上的服裝，虎鯨亞契頓了一頓。牠有些吃驚，因為那跟人魚的協力者很相似。

「您怎麼會穿這種衣服？先上來吧。」

凱爾輕輕從峭壁上縱身一躍，來到亞契的背上。

拉恩必須控制十顆魔法炸彈以及它們的爆炸範圍，避免殃及無辜。即便是拉恩，也實在無暇同時控制炸彈，再帶著凱爾、崔漢跟蘿絲琳飛行，正因如此凱爾才叫了超高速計程車來。

「剩下的人很快就會過來。」

亞契沒有回答，只是皺眉看著凱爾，好像是在問他「真的要毀了整座島嗎」，可是牠沒有時間真的開口詢問。

「抓住他們！一定要殺了他們！」

島上傳來某人的高聲叫喊，憤怒的吼聲響徹森林。熟悉的聲音讓凱爾頓了頓，接著他整理了一下頭髮，確定連一根髮絲都沒有露在外頭讓人看見。

「不行，不能讓他們跳下去！」

下一刻，兩個身穿黑衣服、戴著黑面罩的人從峭壁上跳了下來。與他們穿著類似的人緊跟在後，卻停在了峭壁邊緣，那是祕密組織的真正成員，其中也有嗜血魔法師雷迪卡。

「你們大鬧了一場呢。」

聽到凱爾的話，崔漢尷尬地笑了笑。

只見雷迪卡被手下攙扶著，他的左眼戴著眼罩，右眼則不斷流血。

「在設置炸彈時遇到了他——」

「之後再說吧。」

凱爾要崔漢先別多說什麼，接著便對亞契說：「快走吧。」

看了雷迪卡與受傷的祕密組織成員一眼，亞契開始高速移動。敵人受傷的樣子似乎讓亞契非常興奮。

凱爾催促他：「要再快一點，盡可能離得越遠越好。」

至少得到能看見哈伊斯島十二的地方。那雖是距離哈伊斯島五最近的島嶼，但兩座島其實相距甚遠。

緊接著，他們聽見拉恩說：「好像有人發現炸彈了。」

崔漢頓了一頓，接著垂下了頭。應該是因為剛才的騷動，讓祕密組織的成員開始徹底搜查整座島，才會導致炸彈被發現。

凱爾拍了拍崔漢的肩。

「開始吧。」

「知道了。」

拉恩開始將黑色瑪那聚集在前爪。

「蘿絲琳小姐，請盡可能多疊加幾層護盾，連亞契也要一起保護。」

「好。」

蘿絲琳開始張開護盾，總共有兩層。亞契朝著東方前進，騎在牠背上的凱爾往旁邊一看，只見東北方以維媞拉為首大膽進攻的鯨族開始撤退。即便離得很遠，凱爾也認為自己確實與維媞拉視線交會了。

唰唰唰唰！

維媞拉朝著海面奮力揮鞭，海水震盪，她藉機向後退撤。騷亂的鯨魚已經完全逃離，終於所有人都脫離了炸彈的波及範圍。

「準備結束了。」

凱爾看向拉恩，對在等待指令的龍下達指示。

「引爆。」

嗡嗡嗡嗡。

在龍的前爪匯集，彷彿隨時都要炸裂的黑色瑪那如箭矢般飛了出去。瑪那分裂成十束，像光一樣噴射。凱爾隨即摀住耳朵。

匡匡匡匡！

匡匡匡、匡匡匡匡！

海面劇烈震盪，接著掀起一陣滔天巨浪。

「咳！所有人抓緊我！」

亞契趕緊大喊。即便在爆炸範圍之外，依然會被強烈的衝擊波影響。不光是凱爾，其他人也都趕緊壓低身子。凱爾趴在劇烈晃動的亞契身上，看著滔天巨浪後頭發出劇烈轟鳴之處。

匡匡——

轟嗡嗡嗡——

唰啊啊啊——

許多聲音混雜在一起，一陣遮蔽視線的白光自島上噴發，緊接著是一陣濃密的黑煙，黑色煙霧之間還有不明的殘骸在空中飄蕩。

「這是……」

島逐漸消失，漸漸化作塵埃。

「威力比預期的還強。」

即便早知道魔法炸彈的威力大幅增強，結果依然超乎想像。雖說是要摧毀一座島，爆炸力卻對周圍的海面造成超越想像的強烈影響，威力遠遠超出預期。

相較之下，拉恩倒是氣定神閒地坐在亞契背上，不解地看著眾人。

「不是要這樣嗎，人類？你說要炸飛，我就覺得是要到這個程度，所以還多強化了幾次。」

溝通失敗。

是也不需要強化啦。

凱爾貼著亞契的背，看著被炸得灰飛煙滅的島嶼。原本島所在的位置，如今被黑色的煙塵所覆蓋。

「再往後撤一些吧。」

聽了拉恩的指示，亞契頓了一頓，接著便二話不說地往後退。凱爾的目光完全無法離開海面，只見黑色煙塵逐漸散去，開始能看見原本島嶼所在之處。

匡匡匡匡——

哈伊斯島五的沿海峭壁正在崩塌，以此為始，整座島從海岸線開始逐漸沉入海裡。

呃啊啊！

嘰咿咿咿——

遠方傳來的微弱聲響，夾雜在海浪聲之間，那明顯是人類與人魚族的聲音。聲音傳來的同時，維媞拉也躍出了海面。

「快攻擊！」

巨大的座頭鯨一下令，鯨族、鯨魚與海裡的獸人族同時朝島的方向衝了過去。那些從島上逃跑的人，必須面對維媞拉的長鞭攻擊。

「這畫面真是不怎麼好看。」

凱爾知道這樣很自私，也知道這情景是因他所致，但他還是覺得不太舒服。也正是因為受不了這樣打打殺殺的場景，他才渴望平靜的人生。

看著海面，凱爾的感受有些複雜。他神色凝重地望著，內心百感交集。這時，耳邊傳來拉恩的聲音。

「心軟是個問題，但也是個優點。」

什麼？心軟？

凱爾覺得荒唐極了，心軟的人會想把島毀了嗎？

拉恩接著說：「為了那個年老的人類、為了幫助我復仇的比克羅斯，我們做了對的事。」

對的事，但不見得是正確的事。

只不過凱爾也並非希望自己凡事都走在正道上。

—你不是說那些人所屬的組織，就是把我送到侯爵家的組織嗎？雖然不是他們做的。

拉恩殺氣騰騰地說。

凱爾沒有多做回應，只是盯著遠方的天空看了一會兒，隨後拍了拍虎鯨的背。

「快走吧。」

亞契沒多說什麼，便朝哈伊斯島十二前進。

「不需要拉克跟孩子們出面了。」

「是啊。」

凱爾回答崔漢。沒過多久，便能看見前方不遠處的哈伊斯島十二，狼族的孩子們跟鯨魚一起在那裡待命。崔漢跟凱爾一樣看著島上的人們，表情顯得有些複雜。

「凱爾大人，是您要孩子們那樣做好準備的嗎？」

「對。」

凱爾毫不猶豫地回答，崔漢沒多說什麼，只是想著幸好不需要他們出面。

哈伊斯島十二面積是哈伊斯島五的三分之一，體型甚大的虎鯨正逐漸靠近那座小島。

現在只要維媞拉把人魚屍體送來，一切就結束了。

成功炸飛了整座島，凱爾對這次的計畫算是滿意。但就在這一刻——

「我要殺了你！」

嗯？

凱爾猛然回頭，拉恩也立刻透過意念告訴凱爾。

—我要透明化了。

這麼突然？

「是那傢伙。」

嗯？

崔漢大吼，凱爾注意到一個陌生的情景。

「真是瘋子。」

看見那用飛行魔法正朝這裡飛來的紅色物體，凱爾忍不住嘆息。

「殺了你、殺了你！我要殺了你！」

那是雷迪卡。這名嗜血魔法師正朝著虎鯨亞契直飛而來。他右眼雖然受了傷，但似乎還未失明。這個嗜血的傢伙渾身布滿自己最愛的鮮血，正筆直地朝凱爾一行人飛來。

但他的飛行非常不穩定，應該是因為只用單手操縱瑪那的緣故。

蘿絲琳低聲道：「嗯，是瑪那暴走的狀態。」

「什麼？」

瑪那暴走，是操控瑪那的人賭上自己性命所做出的行為，顯然此刻雷迪卡已經豁出去了。

「毀了我一隻眼睛跟一條手臂還不夠！你這個瘋子！我一定要殺了你！」

雷迪卡眼裡只有崔漢，即使眼角不斷流出鮮血，他仍筆直地朝崔漢衝去。

「哈，真可笑。」

趴在亞契背上的崔漢冷笑了一聲，挺起身子來站到亞契背上。

怎麼會變成這樣？

凱爾嘆了口氣。無論雷迪卡是否進入瑪那暴走的狀態，他都不怕。畢竟崔漢甚至能阻止龍瑪那暴走，只要身邊有他在，那就沒什麼好擔心的。他反倒慶幸，剛好能趁這機會處理掉雷迪卡。只是凱爾此刻注意的地方不是天空，而是海裡。

「那東西怎麼會往這裡來？」

一艘破破爛爛的船正往哈伊斯島十二靠近。準確地說，是航向在虎鯨亞契背上的凱爾一行人。

操控金色劍氣的劍士所乘坐的船正往這裡靠近。

現在你們的部下、你們的組織成員正在逃命、正在死去，你們難道不該往那裡去嗎？

凱爾真的很想問問他們。

「你們到底是誰？」劍士大聲質問。

凱爾沒有回答，也沒必要回答。凱爾環顧四周，沒有其他人再靠近了。鯨魚們正忙著追趕人魚族，似乎都無暇分心。

「要我去打嗎？」

亞契提問的口氣莫名恭順，凱爾拍了拍牠的背，示意不需要牠出面。

「我去吧。」

蘿絲琳站起身，紅色的瑪那正在她手裡匯集。看了看正往這飛來的雷迪卡，再看看劍士，崔漢緊咬著唇。那名劍士是劍術大師，似乎該由他出面應戰。

這時，蘿絲琳開口：「崔漢，那魔法師給你處理，劍士交給我。」

蘿絲琳是接近最頂級的天才魔法師。

「當然，要完全贏過她很困難，但應該能擋得住。」

蘿絲琳假裝沒注意到崔漢擔憂的眼神，轉頭看向凱爾。

「少爺，這樣就可以了吧？」

見黑龍已經透明化，蘿絲琳注意到這個情況龍不方便出面。既然如此，那只要她站出來就好。

「嗯，蘿絲琳小姐，一起戰鬥吧。」

「什麼？」

凱爾少爺也要應戰嗎？

蘿絲琳驚訝地看著凱爾，凱爾的目光卻不是向著蘿絲琳，而是看向哈伊斯島十二的海灘。她誤解了凱爾的意思，凱爾並不是說自己要上場戰鬥。

只見他對著海灘大喊：「出發吧！」

「是！」

海灘上傳來生氣勃勃的回應。十二人隨即乘坐小鯨魚來到海面上，後頭則有體型稍大的兩隻鯨魚在哈伊斯島待命。他們從凱爾乘坐的亞契身旁經過，筆直地朝著船前進。

「這、這群瘋子！」

站在甲板上的其中一名組織成員，難掩驚訝地看著眼前的光景。

凱爾聳聳肩，對看著自己的崔漢說道：「難道只有他們是祕密組織嗎？從現在開始，我們也是祕密組織。」

狼族的孩子們身穿有著黑色面罩的黑色服裝，胸前還印著一顆白星與五顆紅星，他們正以飛快的速度往船的方向前進。不知他們何時習慣了乘坐鯨魚，連在高速前進的鯨魚背上都能夠自由活動，真不愧是生理能力出眾的狼族。

「你去吧，蘿絲琳小姐也是。」

崔漢與蘿絲琳互看了一眼，接著各留下一句話給凱爾便離開了。

「那我過去了，請您躲好。」

「少爺，請小心。」

虎鯨亞契一臉荒唐地看著他們，並沒有多說什麼。

崔漢降落在一隻體型較大，上頭沒有任何狼族的鯨魚身上，隨後便朝著雷迪卡前進。蘿絲琳則使用飛行魔法，立即往船的方向飛去。

「去死，我要殺了你！因為你，都是因為你！你到底是誰！」

雷迪卡搖搖晃晃連站都站不穩，滿臉鮮血，一邊怒吼一邊施展著魔法。但在魔法靠近自己之前，崔漢便用劍氣在空中將它擋了下來。

「你們是誰？」

劍士高聲質問，手裡的劍往下一砍，如迴旋鏢一般的劍氣朝著蘿絲琳射了出去。

「護盾，瞬移。」

蘿絲琳輕巧地避開了劍氣，並將掌中凝聚的火焰瑪那球朝敵人扔了過去。劍士雖躲開了攻擊，瑪那球卻掉在船的甲板上。

匡啷！

一部分的船首被毀。劍士重新讓金黃色的劍氣纏繞自己的劍。

蘿絲琳即為挑釁地反問：「我們是誰，妳不知道嗎？」

崔漢沒能注意凱爾聽見這段對話的反應，只是短暫閉上眼，隨後便睜眼朝著雷迪卡衝去。

「我們是祕密組織！」

哎呀呀，崔漢那宏亮的聲音讓凱爾忍不住嘆了口氣。這種話可不該講得這麼大聲，但反正只要能隱瞞真實身分就好。

「亞契，再更靠近海灘一點吧。」

「……是。」

看著崔漢、蘿絲琳與乘坐著鯨魚的狼族戰鬥的光景，亞契一邊往海岸靠近，一邊心想——他們很強。

匡啷！

匡匡匡！

耳邊傳來物品破碎的聲音與人的哀號，但都不是出自凱爾這方。

這些人這麼強，為何都聽命於同一個人？

亞契掩飾不了自己滿心的疑惑。

「我也要讓你付出代價！可惡，我要殺了你！」

不知是不是因為飛行魔法難以操控，雷迪卡再也沒有移動，而是讓自己漂浮在海面上，不斷朝著崔漢施展魔法，而崔漢都只是簡單用劍氣擋下。

「再來啊，我陪你玩。」

崔漢的口氣相當平靜，緩慢地朝雷迪卡靠近，試圖將這個渾身是血且瑪那暴走失去理智的傢伙逼入絕境。

「呃啊，我要殺了你！」

雷迪卡的瑪那就像爆炸般四濺，崔漢輕輕地蹬了一下鯨魚的背跳到空中，躲過四濺的瑪那。

匡！瑪那球砸中哈伊斯島十二，上頭的岩石瞬間粉碎。崔漢看準時機，飛快地往雷迪卡靠近。

蘿絲琳也一樣。

「哎呀，這位大姐還真強。」

「是吧？我算是有點強的魔法師。」

劍士與蘿絲琳，兩人的姿態相當從容，船體的損壞卻越發嚴重，海面也更加翻騰。在旁看著一切的亞契，只對這些人竟會聚在一起感到新奇。很快的，這名虎鯨人臉上露出荒唐的神情。

「您這是在做什麼？」

凱爾慢吞吞地爬了下來，假裝沒聽見亞契的疑問。唰啦、唰啦。他們已經來到離海岸很近的地方，水的高度大概在凱爾的胸口。

凱爾躲在巨大的虎鯨身後，透明化的拉恩則攀在他背上。

—人類，有必要這樣躲在鯨魚後面嗎？

當然有。躲在大傢伙身後，才不會那麼引人注意。不過凱爾並沒有回答拉恩，只顧著說他自己想說的話。

「摧毀吧。」

他平靜的嗓音，讓虎鯨驚訝地頓了一頓。

「什麼？又要摧毀？」

拉恩顯得相當平靜，並沒有被亞契的反應影響。

「知道了，人類。」

亞契再次感到驚訝。只見龍再度透明化，從牠眼前消失。那隻小小的龍說牠要摧毀某個東西，亞契縱然感到好奇，還是決定閉上嘴。

「先給他們一點下馬威。」黑龍如是說。

牠要讓那些雖沒有親自虐待過牠，卻在自己還未破殼而出時便將龍蛋偷走的組織成員嘗點苦頭。

嗡嗡嗡嗡——

「哇靠。」

本來決定不再出聲的亞契，忍不住發出粗俗的驚呼聲。只見無數發箭矢飛了出去。

那細小卻數也數不盡的瑪那箭矢布滿整片天空。

「呃啊啊啊！」

這時，雷迪卡的右手臂被砍了下來，掉進了海裡。

金髮劍士看向天空。

「除了大姐之外，還有其他魔法師啊？」

「就說我們是祕密組織了。」

劍士將劍氣提升至最大。看到劍氣擴大，蘿絲琳故意發出一聲訕笑，接著大聲一喊：「後退！」

所有鯨魚快速後撤，但其實根本沒有那個必要。

「發射。」

凱爾話音剛落，無數的瑪那箭矢便如落雷一般，落在劍士搭乘的那艘大船上。

「後退！」

金髮劍士高喊的同時，金色劍氣也朝箭矢飛去。但那金黃色的劍氣，實在無法擋下上百發的箭矢。

「龍果然很偉大。」

見到這發攻擊，凱爾不禁感嘆。那些沒被擋下的瑪那箭矢隨即落到船上。

匡！匡、匡啷啷！

無數細小的爆裂音響起。

「對，我很偉大。」拉恩說。

「瘋子。」

虎鯨亞契語帶嘆息地咒罵了一聲。

船當然是毀了，只是並沒有全毀。

「那個劍士很厲害。」

拉恩的評論非常正確，劍士在剎那間射出迴旋鏢型的金色劍氣，許多瑪那箭矢因而遭到破壞。但即便如此，剩餘的數量依然足以將船摧毀。

「咳呃、呃——」

「他要死了。」

雷迪卡渾身顫抖，崔漢看著已經失去雙臂的他。

凱爾看了看瑪那暴走達到極限的雷迪卡，心想崔漢應該不需要再出手了，畢竟那傢伙很快就會死。

「呃啊啊！」

但他錯了。

唰啊！

鮮血飛濺，崔漢再度揮劍朝雷迪卡的右眼砍了下去。凱爾別開了頭，他可不想強迫自己去看這種場景，於是他看著那艘逐漸下沉的船。

轟嗡嗡。船從船尾開始逐漸崩解，凱爾忍不住咂舌。

「果然還有一個人。」凱爾感嘆。

「是魔槍士。」

「人類，你不知道嗎？」

「對，不知道。」

「原來如此。」

魔槍士——同時使用魔法與槍術者。是槍術實力不到槍術大師等級，卻懂得使用魔法的人。槍術士施展之前未曾展現的魔法，用飛行魔法救了一個人。

金髮劍士，只有她從逐漸沉沒的船隻飛上了天。

「呃啊啊啊！」

「也救救我們——」

或從爆炸的船上墜入海面、或遭瑪那箭矢射傷的組織成員們，看著魔槍士並呼救著。槍術士卻始終注視著雷迪卡，未曾看他們一眼。

「真強。」

凱爾再次體會到那個組織的強大。能施展魔法同時讓兩人飛行的那名魔槍士，施展魔法的能力至少有中上級水準。既是中上級的魔法師，又有接近槍術大師水準的槍術實力，那名魔槍士也不容小覷。

「別擔心，但還是比崔漢弱。」

「我知道，但他比我強。」

兩人沉默了下來，拉恩頓了一頓才接著說：「比你，嗯，比你強的人當然很多，嗯，還算正常，所以你不用太傷心。」

凱爾想回點什麼，卻沒辦法。

匡！

金色劍氣朝著雷迪卡直飛過去，雷迪卡的身體直接炸裂開來。

「真嚇人。」

凱爾跟崔漢與鯨魚同時後退，並看見黑色的劍氣朝著兩名敵人所在的空中飛去，但那劍氣並未碰到空中的魔槍士與劍士。

崔漢神色凝重地舉起手中的劍，蘿絲琳則飛向空中。兩人看似不經意地朝凱爾所在的方向瞥了一眼，卻沒出聲去喊躲在鯨魚後頭的凱爾。

沉默的對峙持續。組織成員的哀號聲不斷，船隻燃燒的劈啪聲也不絕於耳。

四人各自看著自己的敵人，準備迎接再度開戰的時刻。雖然只是短暫的剎那，對當事人來說卻相當漫長。

轉瞬間！

唰啊啊——

劈開海水的聲音傳來，以維媞拉為首的幾名鯨族正朝著這裡前進，四人之間劍拔弩張的氣氛瞬間消退。

「真可惜。」劍士開口。

「就跟妳說乾脆直接跑了。」

槍術士不耐煩地回應，視線依舊鎖定在戴著面罩的崔漢、蘿絲琳與狼族身上。

「真不知道他們是誰。」

「想知道的話，要不要打一場？」

雖然蘿絲琳主動發出戰帖，但槍術士看了看在她掌心形成漩渦的紅色瑪那，便搖了搖頭。

「頂多也就打成平手，何必呢？」

唰啦啦啦！匡！

這時，一條巨大的青色鞭子朝海面劈去，維媞拉藉著這股反作用力衝上天。槍術士的手裡出現一個魔法卷軸。那卷軸散發著五彩的光芒，肯定撒了最頂級的魔晶石粉。

「不行！」

蘿絲琳跟在維媞拉身後朝著兩人過去，崔漢的黑色劍氣則如子彈般飛去。

唰啊啊——

瞬間，魔法卷軸被撕裂，魔槍士與劍士的身影逐漸模糊，那是距離最長的瞬間移動魔法。

金髮女子微微皺眉，用自己的劍氣抵銷了崔漢的劍氣。劍氣相撞引發一波小小的爆炸，她對著崔漢與蘿絲琳揮手。

「再見，不知名的人們。」

接著她又一臉殺氣騰騰地看著維媞拉，露出駭人的微笑。

「真可憐。」

維媞拉的臉部表情相當扭曲。

唧唧唧。

魔法卷軸發動時的特殊雜音傳來，兩人幾乎已經消失在空中。看著這幅情景，凱爾一時不知該說些什麼。

這還真是經典的壞人逃跑畫面啊。

但所有人都忽略了一件事。

「咳！」

魔槍士突然吐出了鮮血，他背上插了一支箭。那支小瑪那箭矢從後頭悄悄飛向他，刺在他的背上並不斷旋轉。旋轉的力道越強，魔槍士的傷口就越大。

「哥！你、你們這些傢伙！」

原本一臉平靜的金髮女子，眼裡頓時充滿了憤怒。

唧唧唧——

然而魔法卷軸已經啟動，他們消失在空中，卷軸發動時的雜音也隨之消失。

「唉。」

蘿絲琳嘆了口氣，維媞拉手中的鞭子慢了一點掃過他們所在的位置。崔漢不甘心地咬著唇，看向早已死去的雷迪卡。

在虎鯨亞契身後的凱爾微微探出頭，聽見身後傳來一個聲音。

「是我做的。」射出瑪那箭矢的拉恩平靜地說，「就算那魔槍士接受治療，我的瑪那也會在他身上留下痕跡，不是龍絕對不會發現。等下次他來到附近，就會死在我手上。」

所有人都忘了拉恩的存在。虎鯨亞契微微顫抖，凱爾則鼓起掌來。

「拉恩真是偉大！」

若能在對方來到附近時感知到，那祕密組織接近時，他們也就能有因應的手段。當然，祕密組織不知道凱爾這方的真實身分，想必彼此不會有太多牽扯，但能有越多因應方法自然是越好。

「對，我很偉大。」拉恩聳了聳肩，一副沒什麼大不了的樣子。

其實，拉恩留下瑪那的痕跡是有原因的。光看他們兩個人，就能知道他們所屬的組織有許多強者。而龍非常喜歡具壓倒性力量的戰鬥。

「等到我再長大一點。」

「嗯？你說什麼？」

「沒什麼，人類。」

雖然凱爾沒聽清楚，弄不清事情原委的虎鯨亞契卻聽得一清二楚。

一股莫名的不安湧上亞契心頭。眼前的黑龍雖然年幼，卻讓牠想起過去曾經聽過，成年的龍懂得使用龍息的事。鯨族可是代代流傳著這樣的故事——當成龍生氣到失去理智時，就會改變大陸的歷史。

凱爾緩緩走向海灘。唰啦、唰啦，當海面降到腳踝的高度時，維媞拉來到凱爾身旁。當然，還有兩名手下跟在她的身後。

「抱歉，少爺。為了清理人魚族，我實在無暇顧及那個組織。」

「沒關係，反正我們也不是應付不了。」
「善後工作就交給我們。」
「好。」
凱爾點頭，同時又往海灘走了一步。見凱爾的表情不怎麼好，維媞拉實在感到愧疚，因為似乎讓凱爾他們莫名捲入了麻煩事，於是她要手下們趕緊將凱爾拜托的東西拿出來。
「少爺，這是你要的東西。」
「喔，嗯，好。」
是人魚的屍體，而且還非常乾淨，儼然跟活的一樣。當初凱爾拜托維媞拉，要找在攝取死亡瑪那的人魚中，特別強大的傢伙。
「這是誰？」
「是王族。」
沒想到維媞拉竟把人魚王族帶來了，而且還是屍體。
「好，這樣就可以立刻解毒了。」
雖然任何人魚的血都能解毒，但既然要用，就要用人魚特性夠強的血，這樣不僅能幫助解毒，更有助於後續治療。
羅恩的毒雖然沒再擴散，卻也在身體裡停留了很長一段時間，凱爾希望盡可能清除乾淨，不要留下任何疤痕。因此與其要刻意隱藏身分的他們去做這件事，不如拜託維媞拉還比較容易一些。
羅恩的手臂暫時是無解了，至少得好好幫他解毒才行。
即使手臂被砍斷，但只要能把手臂帶回來，就還是有辦法治療。只不過羅恩並未把手臂帶回來，即使要找，也過了許多時日，肯定已經腐爛，治療的機會相當渺茫。
確實是有一個方法。

要找回真正的手雖有困難，卻可以做出類似的。
死靈法師——操控死者屍體之人。他們是知識淵博的解剖學者，縫合的技術也相當高超。他們能組合並操控屍體，這方面的技術高超，自然是不在話下。而據說早已消失的死靈法師，其實就在西大陸上。
問題是不知道他人在哪裡。
現在這個時候死靈法師會在哪，凱爾實在不清楚，只能先推遲這件事。
「亞契戰鬥隊長與鯨魚們會帶各位到哈伊斯島一。」
「好。你們還有事要辦吧？」
如今人魚族已經沒了協力者，鯨族可不想錯過這個機會。這也是為什麼鯨族之王希凱洛並未來到這裡，而是拚命追趕人魚族。
「是，他們正往東邊逃竄。我們得追上去，得追到底。」
追到底，這話還真是凶殘。凱爾沒多想便問：「你們要殲滅人魚族嗎？」
「不。這話聽起來或許有些可笑，但要是徹底消滅他們，生態系統也會崩毀。得要留他們活口，把他們納入掌控。」
「鯨族還真是可怕的種族啊……」
維媞拉沒有說話，只是以微笑回應，那微笑卻讓凱爾相當不舒服。雖然幫助鯨族把島給毀了的自己不該這麼說，但鯨族確實有認為自己是高階種族的傾向。站在人魚族的立場，自然會討厭一直以守護和平為藉口支配大海的鯨族。一直以來都是如此，看的角度不同，所見亦會有所不同。
但這不關我的事。
凱爾是個只為自身利益行動的人，因此這不是他該過問的事。
「那我們就先走了，情勢緊急。」

既然找到了材料，就得趕緊治療羅恩。

抵達哈伊斯島一，凱爾隨即進入羅恩所在的帳篷。

「羅恩。」

「少爺。」

比克羅斯代替羅恩起身迎接凱爾。看見崔漢與希斯曼抬著人魚屍體跟在凱爾身後，他原本張開了的嘴又緊緊閉上。

羅恩睡著了。這名殺手，此刻卻沒能感覺到人的動靜。

唉，凱爾重重嘆了口氣。羅恩的床邊，最頂級的藥水堆積如山。

「比克羅斯，把被子掀開。」

「是。」

「希望你能借我一雙手套。」

比克羅斯正掀開被子，要揭開羅恩中毒的部位，卻在聽見凱爾那句話時頓了一頓。

「您要親自來嗎？」他開口詢問，但沒有看著凱爾。

比克羅斯看著父親，羅恩之前的話言猶在耳。「黯」是多麼強大的組織、父親每次醒來都會這樣告訴他。

「對，該由我來才是。」凱爾淡淡地答道。

比克羅斯從懷裡掏出白色的手套交給凱爾。凱爾戴上手套後，仔細檢查了羅恩中毒的部位。可能是因為塗抹了最頂級的藥水，毒素雖然有擴散，但範圍並不大。

凱爾對崔漢做了個手勢，崔漢將屍體帶上前來。屍體的影子籠罩住羅恩的身子，凱爾掏出一把短劍，在那名人魚王族的身上劃下一刀。

答答、答。

先是一滴、兩滴，接著人魚血傾瀉而出。崔漢調整屍體的位置，讓凱爾能把人魚的血塗抹在羅恩的側腹與大腿上。接著凱爾又在屍體其他的部位劃了幾刀，將血塗抹在羅恩中毒處附近。

「比克羅斯，把最頂級的藥水灑上去。」

「是。」

滋滋滋滋。

藥水、人魚血與人魚毒，三者混合在一起，發出灼燒的聲音。眼前看到的，卻是最頂級藥水與人魚血混合後，將人魚毒逐漸蒸發的情景。

「呃呃、呃——」

羅恩發出微弱的呻吟。他的眼皮微微顫動，因為執拗地侵蝕他身體的人魚毒，如今已逐漸消失。

羅恩緩緩睜開眼睛，眼神逐漸恢復光彩。

「少爺……」

「別說話，我在忙。」

即使凱爾拒絕，羅恩仍繼續說了下去。

「您在為我解毒嗎？」

「對。」

確認沾附在羅恩身上的黏稠人魚毒消失後，凱爾才看向羅恩。

「解毒結束，接下來可以做治療了。」

「原來如此。」

凱爾脫下沾滿人魚血的手套扔進火爐裡。

「羅恩。」

「是，少爺。」

羅恩跟兒子比克羅斯都看著凱爾。

「那裡已經沒有人認得你了，你知道這是什麼意思吧？」

凱爾的目光從火爐轉移到羅恩身上。

「意思是你可以回家了。」

凱爾這番話的意思是說，解毒完成，把羅恩手臂砍斷的傢伙也不在這世上了，他可以回到海尼特斯家了。

家，聽到這一個字，羅恩緩緩閉上眼。

「是，少爺。」

聽到回答，凱爾點點頭，再拍了拍比克羅斯的肩。從剛剛開始，比克羅斯就一直握著父親的手。

「到家之後，立刻讓羅恩接受治療。」

留下這句話，凱爾便離開了帳篷。

帳篷之外，映入眼簾的是一望無際的大海與天空。忙了一整天，不知不覺夜已深了。海邊的夜空總有股神奇的力量，能讓人心曠神怡。

「終於能休息一下了。」凱爾嘴角帶著笑意。

凱爾心想，雖然未來還得費心替羅恩治療，但總之羅恩活了下來。

他暫時能夠回到領地，過著無業遊民的生活。

「少爺，您回來啦？」

「好久不見，漢斯。」

回到領地，漢斯欣喜地迎接凱爾。

「那個，少爺，羅恩先生呢？」

「解毒成功了。」

「哦，老天啊，真是太感謝您了！」

「謝我做什麼？領地有發生什麼事嗎？」

「沒有，領地一切安好。」

見漢斯一臉無憂無慮的模樣，凱爾相信自己終於能享受無業遊民的生活，雖然頂多也只有一年。

對，他天真地以為可以。

chapter 021

有預感

一個月。

凱爾不多不少，就玩了一個月。其實從他的角度看來，他的確只是在玩，但從別人的角度來看，卻有些不同。

「你現在是不是很無聊？」拉恩探問著凱爾，神情相當嚴肅。

凱爾正呆看著窗外，吃著夏天的當季水果。

牠之所以這麼問，是因為凱爾已經坐在搖椅上，整整兩個小時只是看著窗外吃水果。不說一句話、眉頭也不皺一下。他拿著整串葡萄，時不時剁個幾顆來吃，簡單來說就是坐在那裡發呆。

「真奇怪，非常奇怪。」

現在稍微長大一些的小貓——紅，坐在拉恩身旁擺著尾巴查看凱爾的狀況。遺憾的是牠們趴在床上，而凱爾坐在離牠們有段距離的窗邊，牠們的聲音根本沒傳進凱爾耳裡。

「他起得越來越晚，飯也吃得越來越少，越來越早睡覺，越來越少動了。」

拉恩嚴肅地總結這段時間的觀察結果，說完後表情更加凝重。

「他又睡著了！」

噠。凱爾手裡的一顆葡萄滾落地板，他又癱在搖椅上睡著了。

拉恩看了看時鐘，現在是下午六點。

一整天下來，凱爾睡著的時間比醒著還長，黑龍感到非常震驚。

睡得越來越多、吃得越來越少，而且不都動！這代表……

「生病了嗎？」

紅也跟著嚴肅了起來，牠微微豎起了貓耳。

「生病可不行啊！」

這一個月來，拉恩與紅眼裡的凱爾，臉色越來越蒼白。當然，這只是因為有別於其他到了夏天就會把臉曬黑的人，凱爾不太曬太陽，看起來相對白了許多。

「應該不是吧……」

只有氳搖了搖頭，不把弟弟們的討論當一回事。在牠看來，凱爾只是不管做什麼都嫌煩。

「不對！我前陣子讀了魔法師蘿絲琳送的書！」

通曉大陸上所有語言的拉恩，正在看蘿絲琳帶來的童話書。

「裡面寫到一個王子被下了會昏睡的詛咒！」

「老天啊！」

紅相當驚訝。

拉恩趕緊接著說下去。當然，顧及凱爾正在睡覺，牠不忘壓低聲音。

「所以我昨天確認了一下，看看他是不是中毒還是被下了詛咒。幸好不是，所以有很高的機率是生病。」

老天啊，拉恩竟然實際做了調查，氳非常驚訝。拉恩沒有理會氳的反應，接著說下去。

「而且來到闇黑森林和哈里斯村之後，他就更誇張了。這可能是某種闇黑森林造成的作用，但無法用言語說明。」

現在凱爾一行人正待在哈里斯村。當然，凱爾之所以來到這個比較不被伯爵等家族與領地官員注意的地方，是因為這樣他才能正式開始自己遊手好閒的生活。

除了凱爾一行人，哈里斯村還有其他人。不過他們大部分是在墓園建成、遭破壞的建築物都清除之後，來進行簡單復原工程的技術人員。成天待在家裡的凱爾，幾乎不會有機會跟他們碰面。

現在凱爾所住的地方，是從他上次來闇黑森林之後便開始建造的雙層宅邸。

「父親，哈里斯村的事情是我提議的，我想親眼見證整個過程。」

「凱爾，你說的別墅還要花點時間才會蓋好。」

「那裡不是有很多技術人員住的房子嗎？從裡面找一間兩層樓的房子就好。而且羅恩也盡量在安靜的鄉間靜養比較好。」

「好吧，我能理解你的心情。」

取得德勒特伯爵的許可，凱爾開心地來到哈里斯村。

對此全然不知情的拉恩感到困惑。

叩叩叩。

有人來到凱爾位在二樓的房間，敲響了房門。

「少爺！」

是副管家漢斯的聲音。聽見這個聲音，氳與紅伸了個懶腰，黑龍則把翅膀收了起來。

喀噠。

「哎呀。」

漢斯開門的同時也嘆了口氣，接著頓了一頓。

「嗨，漢斯。」

「嗨，副管家。」

「副管家，我餓了。」

聽到黑龍、貓——氳與紅接連跟自己打招呼、喊餓，漢斯忍不住皺起眉頭。他的嘴角抽動，鼻孔也忍不住放大。

「我差點被嚇到心跳停止。」漢斯抓著自己的上衣痛苦地大喊。

他之前在霍伊克村得知氳與紅的真實身分，又在來到哈里斯村後得知了拉恩的存在。這兩次都給他帶來很大的衝擊，但其實他很快就接受了。

「唉。」

短暫睡著的凱爾醒了過來，看到眼前的畫面，忍不住嘆了口氣。

漢斯看著凱爾，用一副立刻就要哭出來的樣子大喊：「世上竟有這樣可愛、宛如天賜恩惠的生物存在！我能服侍少爺真的是太幸運了！」

他到底在說什麼啊？凱爾沒有理會漢斯的胡言亂語。

比起凱爾，漢斯更積極地照顧這三個平均年齡只有七歲的孩子。每天會固定照三餐到凱爾房間查看，也不是為了凱爾，而是為了這三個孩子。

「副管家！吃什麼？」

「哎呀，拉恩大人。我們準備了拉恩大人喜歡的軟嫩牛排，還有蘿絲琳大人與比克羅斯一起製作的甜甜香草冰淇淋。」

哦！

三個孩子瞪大了眼睛，都是牠們喜歡的東西。

看著牠們的反應，凱爾緩緩站了起來。

「呃。」凱爾悶哼了一聲。

是不是應該起來伸展一下？

他待在搖椅上太久，現在站起來，只覺得身體相當沉重。但為了無業遊民的生活，這點不舒服凱爾甘願承受。

他無念無想地看了神情嚴肅的拉恩與紅一眼，接著轉頭對漢斯說：「大家都來了嗎？」

「是。今天訓練似乎提早結束了。」

凱爾點點頭，便起身下到一樓去。

餐廳位在一樓，裡頭有一張長長的餐桌。

「少爺。」

「羅恩，你現在看起來很正常。」

「是啊，這是檸檬水。」

看著再度出現的檸檬水，凱爾露出一個難以言喻的表情。就算只剩下右手，羅恩也適應得很好。凱爾拿起這杯曾經熟悉，後來又一度被他遺忘的檸檬水，仰頭一飲而盡。

砰！

這時，比克羅斯粗魯地將盤子擺在桌上，一臉殺氣騰騰地說：「怎麼不梳洗一下再來？」

凱爾頓了一頓，想到自己已經洗過澡了，便沒理會比克羅斯，而是坐到主位看著餐桌。的確是有點誇張了。

包括拉克在內的狼族孩子共十一人，加上副團長希斯曼，這十二人簡直不成人形，全身是汗，髒兮兮的。

「哈哈，主廚，請你體諒一下！我們剛訓練完，實在沒有力氣，得先吃點東西才行。」

希斯曼豪爽地解釋，隨後看向凱爾。

凱爾點了點頭，「我不在意，你們吃吧。」

話才說完，希斯曼與狼族的孩子們便立刻開動，崔漢則心滿意足地看著他們。看到崔漢的反應，凱爾忍不住將他一直好奇的事情問出口。

「你還記得我有說不要勉強吧？」

狼族的孩子們與希斯曼現在每天都會進入闇黑森林訓練。凱爾的話才說完，他們便愣了一愣，隨後看向崔漢。副團長雖然依舊維持他優雅的姿勢，但他手裡的叉子卻微微顫抖。

「是，沒有勉強，正按部就班地來。」

崔漢輕聲答完，臉上還露出和善的笑容，讓凱爾接受了他的說明。凱爾也不想再知道訓練的詳情了。狼族的孩子視崔漢為地獄訓練的助教，仍每天早上都會去找崔漢。

與其說他們是孩子……

更像是騎士團。不，更像是在最前線的突擊隊。

凱爾喝著檸檬水，抹去了腦海中那些沒用的想法。

「凱爾少爺，那我們要在這裡待到冬天嗎？」

凱爾以點頭回應蘿絲琳的問題。

「應該吧。我在想，等到了春天再回去領地。研究如果需要，妳可以自由行動。需要任何研究材料也請儘管說。」

「是，謝謝你，少爺。」

「別這麼說。」

蘿絲琳在雙層宅邸內新蓋的地下室裡，進行魔法研究與實驗。再過不久，她就會成為新任的魔塔塔主，凱爾正全力支援她。

未來可以拜託的人越多越好。

人脈就是最偉大的力量。

用完餐後，凱爾一回到房間，便又癱在搖椅上了。

「哈啊。」

他發出一聲喜悅的嘆息，看著逐漸落下的夕陽，希望能就這樣度過未來的七十年。看著這情景，拉恩與紅開始竊竊私語。

「他嘆氣是因為太無聊嗎？」

「好像是耶，他應該是想去旅行吧？」

氳搖搖頭，看著房間角落一個閃閃發亮的東西說：「影像通訊球在發光！」

嗯？

凱爾有些吃驚。

影像通訊球？是領地嗎？

氳接著說：「是紅色的！」

凱爾瞬間皺起眉頭。他事先設定過，如果聯絡的對象很有可能帶來什麼麻煩的消息，就會閃紅光。

而被他設定成紅色的人只有一個。

王儲——亞伯特．克羅斯曼。

「哦，是王儲！要趕快連接影像通訊！」

拉恩突然積極地往影像通訊球的方向飛過去。

不必這麼積極也沒關係吧。

看著突然忙碌起來的拉恩，凱爾忍不住嘆了口氣，接著把原本面向窗戶的搖椅轉向通訊球。

「連接上了。」

拉恩話才說完，影像通訊球便立刻被藍光籠罩。上頭浮現出一個小小的畫面，接著很快便映出王儲的臉。

王儲亞伯特帶著爽朗的微笑。

「我們王國的珍寶，凱爾少爺。」

他是怎樣？

「今天過得好嗎？」

「您這是在做什麼？」

「我們是什麼關係？你怎麼這麼問呢？」

我們是什麼關係？凱爾這下終於理解，每次他對王儲講出「王國之星王儲殿下」時，亞伯特是什麼心情。

「各方面都可以說是還不錯的關係？」

嘴上是這麼說，臉上的表情卻非常不情願。亞伯特不為所動，依舊帶著和善的笑容。

「是啊，我們就是這麼好的關係。」

真奇怪。凱爾有股莫名的不安。這段時間日復一日，睡飽吃、吃飽睡的美好生活，如電影般從他眼前跑過。

……不會吧？

「**希望你能接受我的一個請求。**」

「**有困難，對現在的我來說非常困難。**」

亞伯特當然沒把這個蹩腳的謊言當一回事，只是自顧自地說。

「**否則我這個王儲會被廢黜，也會沒命。**」

凱爾愣住了。

這個結果還真是有點……真是相當激烈啊。

王儲正在大舉招募魔法師，自己也在不斷進步，進步為能夠守護壚韵王國的好人才。而凱爾為了王國的安危與自己的甜蜜家園，正積極協助他。

凱爾觀察王儲的表情，這才發現他臉上雖掛著歡快的笑容，眼神卻充滿擔憂。在真實身分被凱爾揭穿時，他也不曾露出這樣的眼神。靠在搖椅上的凱爾終於坐起來，挺直身子看著王儲。

「**先說來聽聽吧，什麼事？**」

凱爾覺得背脊發涼，久違地有種大事就要發生的預感。

在影像通訊球視野範圍外的地方，黑龍拉恩與紅正靠在一起，雙眼發亮地看著那兩人。

王儲開口。

「**黑暗妖精。**」

果然。

他就知道王儲會說出這幾個字。

凱爾閉上眼，無業遊民的生活正揮手離他遠去。

擁有四分之一黑暗妖精混血的王儲亞伯特接著說。

「**你能去一趟黑暗妖精的村子嗎？**」

凱爾沒有睜眼，亞伯特也沒有多加責備。因為他的請求不只是去見黑暗妖精，而是必須去到黑暗妖精的村子。

「**我有必須去村子拿的東西，但現在我和幫我的黑暗妖精有事要忙，抽不開身。**」

亞伯特正在使用死亡瑪那讓自己變強，而幫助他的黑暗妖精們，此刻則變了裝在暗地裡行動。

「**要有一個人類去才行。**」

必須親自去到黑暗妖精村子取回的，是具備一定資格的工匠所製作的物品。可笑的是，那東西只能使用一次，若讓其他帶有黑暗妖精血統的人碰到，那物品立刻就會啟動，因此需要有一個非黑暗屬性的種族，或必須交由動物來運送。

凱爾緩緩睜眼，他又靠回搖椅上。

「**是什麼東西？**」

他的姿勢歪到若讓國王看見，肯定會認為他傲慢放肆。但亞伯特不僅連眉頭都不皺一下，甚至也沒有訓斥他。

「**哈，爲什麼我身邊都是這種人？**」

「**您說什麼？**」

「**我是在想，爲何我身邊都是這種帥氣的傢伙。**」

似乎是連自己都覺得這情況有些可笑，只見亞伯特無奈地笑了。不知為何，跟凱爾相處的時候，他總會展現出只在黑暗妖精面前展現的一面。

「**因爲被人掌握了弱點。**」

矛盾的是，他能相信的人只有凱爾．海尼特斯。畢竟至少過去這兩個月來，凱爾都替他守住了祕密。

「**如果您現在不方便動身，也可以之後再叫手下去吧？**」

透過剛才這段對話，凱爾得知亞伯特身旁其實有一群黑暗妖精正在幫助他。

「我是很想這麼做。」

亞伯特輕嘆了口氣。而現在兩人所進行的影像通訊，也不是透過王宮的魔法師，而是透過黑暗妖精魔法師祕密進行。

「但我有事情得去一趟帝國。」

帝國？壚韵王國的王儲要去帝國？

凱爾迎上亞伯特的視線。

「我受邀參加由皇太子與太陽神雙胞胎主辦的慶典開幕儀式。」

慶典？

這是直到《英雄的誕生》第五集為止都沒出現過的事件，凱爾並不知情。但他還是很快掌握了亞伯特所面臨的困境。

太陽神雙胞胎是對異卵雙胞胎，這對聖女與聖子分別被稱為太陽神化身，是奇幻世界裡不可或缺的角色。

「嗯。」凱爾一時之間不知該說什麼才好。

亞伯特會知道這件事嗎？

聖女與聖子被認為是犧牲的象徵，他們彷彿是無比善良的存在，只要有他們，似乎就能使這個世界更加美麗。在《英雄的誕生》當中，聖女與聖子的存在相當特別，他們以自身所代表的神為標準，用於判別世間的善惡。

「不管怎麼想，太陽神教團與黑暗妖精都是兩個極端的存在，我被察覺有四分之一混血的機率很高。這樣的話……」

「會發生很可怕的事情。」

「沒錯。」

黑暗妖精這個種族，在西大陸遭到排斥與厭惡。繼承了該種族的血脈一旦被發現，亞伯特王儲肯定會立刻遭到廢黜。更糟糕的情況下，他甚至可能會送命。凱爾終於理解亞伯特的意思。

「**那對雙胞胎肯定會想殺了我。**」

這點凱爾無法反駁。

太陽是光的象徵，太陽神自然厭惡黑暗屬性。黑暗屬性的種族，總是活躍於太陽不存在的黑暗中。而太陽神的目標便是焚燒、殺死那些祂所厭惡的存在。

繼承了太陽神的特性，雙胞胎一看穿王儲亞伯特的真實身分，肯定會不顧一切試圖殺死他。因為對他們來說，這就是正義。

「**感覺不太妙。**」

這跟聽到黑暗妖精這幾個字時背脊發涼的感覺不同，他現在只感覺到一陣惡寒。

「**祝您一路順風。**」

凱爾下意識地吐出一句祝福。

亞伯特從容地笑著。

「**我本來就沒打算帶你去帝國。**」

「**但皇太子為何要突然舉辦這種慶典，還要邀請您去？他肯定也聯繫了其他王國吧？**」

「**大概是發瘋了吧。**」

亞伯特不假思索地表示，凱爾頓時不知該如何回應。

「**您可以跟我說這樣的話嗎？**」

王儲聳了聳肩，接著說。

「**總之，我也覺得他的邀請非常怪異。就我所掌握的情報來看，現任皇帝與皇太子似乎想要排擠宗教的力量。**」

沒錯。

凱爾之所以有不好的預感，正是因為皇太子厭惡宗教。渴望成為權力中樞的皇太子，已經以鍊金術培養起自己的力量。既然如此，他怎麼可能待見這個不受自己掌控的宗教？

太陽神教團也很清楚，現任皇帝與皇太子想將他們排除在外。

「**這樣一個皇太子，卻突然說要紀念太陽神成爲帝國主要宗教一百五十週年？你覺得這說得通嗎？**」

「**說不通。你知道更好笑的是什麼嗎？**」

「**是什麼？**」

「**他說鍊金術鐘塔落成已有五百年，要一起舉辦祝賀活動。**」

唉……凱爾忍不住嘆了口氣。

「**太陽神教團願意參與鍊金術的活動嗎？**」

「**就是願意，他才會聯絡大陸各國吧。**」

凱爾與亞伯特互看了一眼。

「**眞可疑。**」

「**確實很可疑。**」

王儲微微揚起嘴角。

「**不覺得這活動上，很可能會發生些什麼嗎？**」

肯定會。再不然就是有什麼他們不知道的事在運作。

「**我不清楚。**」

雖然有預感，凱爾卻選擇逃避。

在奇幻世界裡，宗教是主要的題材之一。只是凱爾對宗教沒有興趣，也沒有特別的想法。

「**但也不想跟他們有所牽扯，我討厭麻煩事。**」

只要自己不會被任意擺布就好。凱爾看著影像通訊球範圍外的地方。拉恩有些不解，不明白凱爾為何盯著那裡看。

「無論是宗教還是什麼，只要想操控他人……不，根本不可能發生被操控的情況。」

只要帶著拉恩、崔漢與蘿絲琳，他就不會受人擺布。要是真的不行，還能像之前在海上一樣，直接摧毀一切就好。凱爾的膽子現在可比以前大多了。

「怎麼可能？」

假裝不知情對王儲可是一點都行不通。

「總之，拜託你了，我一定會給你相應的報酬。」

亞伯特如此真摯的請託，讓凱爾無法輕易拒絕。正是因為他無法派第二、第三王子代替自己去帝國，只好親自前往。遲疑了好久，凱爾才終於開口。

「在王國子民心中有如星辰的殿下。」

這句話讓亞伯特忍不住暗自嘆了口氣，因為他認為這是凱爾拒絕的訊號。只是接下來的話出乎他的意料，讓他忍不住揚起了嘴角。

「地點在哪裡？」

不管怎麼想，凱爾都覺得現在在王儲身邊，除了暗地裡幫忙的手下之外，不會背地裡耍花招的人類只有自己了。

沒辦法了。

他不能眼睜睜看著王儲死。

只見王儲亞伯特帶著淺淺的笑容說。

「在西邊，你得去大陸的西邊。」

王儲話才說完，凱爾便想起了一個地方——五大不可思議之一。

「黑暗妖精住在死亡之地嗎？」

「你還眞聰明。」

死亡之地，名稱雖與「死亡峽谷」相似，但跟天然生成的不可思議之地有些不同。

死亡之地是歷史造就的結果。

那是過去最後的死靈法師帶著無數屍體展開最後決戰的地方，由一片沙漠地貌構成，白晝裡的沙子如血一般鮮紅，夜裡的沙粒卻如黑夜般深沉。每天都會生成一座新的沙丘。

「那裡有黑暗妖精的村子，應該說是座城市。你去跟那座城市的首長取回我要的東西就好。」

「好的，殿下。」

聽說沙漠裡的死亡之地非常炎熱，所有的生物都會被曬成乾。

而現在是夏天。

「怎麼了？」

亞伯特的語氣相當溫柔。這並非刻意，也不是演出來的，反而還帶了點真心。

凱爾小心翼翼地問道。

「不能不去嗎？」

一陣短暫的沉默過去。

凱爾終於還是點頭。

「還是得去，畢竟我說要去了。」

「嗯，我會派一名嚮導給你。畢竟是沙漠，得跟認得路的人同行。」

嚮導。不用想也知道，這個知道該如何前往黑暗妖精村莊的人會是誰。

「她是我母親的姐妹，是我的阿姨。現在黑暗妖精當中，只有阿姨有空能跟你一起前往。」

亞伯特補充。

「雖然只有她一位，但仍是統領我麾下黑暗妖精的人，你可以相信她的能力。」

凱爾嚴肅地點了點頭。那模樣相當謹慎，連亞伯特看了都覺得有些抱歉。

「殿下。」

「請說，凱爾少爺。」

「經費可以向您請款嗎？可以多用一點魔法冰嗎？我非常不喜歡熱。還有，報酬可以由我來決定嗎？這次我想要錢。」

凱爾一口氣問了好幾個問題，亞伯特只靜靜地看著他，隨後回道。

「好，都隨你吧。」

凱爾咧嘴笑著說。

「您也知道，我的任務達成率是百分之一百二十，報酬則希望能超過這個數字。」

「我知道，所以我才說都隨你。」

「是，請別擔心。」

「是啊，我相信你。」

兩人又談了幾件事之後便結束了影像通訊。影像通訊球的光一熄滅，拉恩與紅才靠到凱爾身旁。

「人類，我們又要去旅行嗎？」

「沙漠超級熱耶！不可以昏倒喔！」

紅的話才說完，拉恩立刻嚴肅地上下打量凱爾。凱爾沒有理會牠們，指著影像通訊球對拉恩說。

「幫我重新連接影像通訊。」

「重新？」

「對，連到別的地方。」

「哪裡？」

拉恩才問完，凱爾便露出了微笑。

有一個比太陽神教團更強大的教團，是一個無關立場差異，力量絕對大於太陽神教團的教團。

月亮？黑暗？

不。

是永遠的黑暗。

讓人類再也看不見太陽的存在。

死亡。

死亡比太陽更強大。

「向史丹領地請求通訊。」

這點王儲也很清楚，但他實在無法對死神教團提出要求。首先，他無法信任教團，再者他也不能暴露自己的真實身分。

但凱爾認識一個現在連教團都以為她只是普通人的神官，而且世人大多不知道她的真實身分，但她卻依然受到死神眷顧。現在死神教團沒有聖子，也沒有聖女，怎麼會這樣呢？

「**凱爾少爺？**」

「**好久不見，凱奇。**」

凱爾通訊的對象是瘋狂神官凱奇。

「**最近有空嗎？**」

凱奇先是靜靜地看著他，隨後才搖搖頭。

「**不知為何，今天的夢境不太安寧。雖然不太記得夢的內容，但一直讓我很在意。現在就算沒有我，泰勒也能很快成為家族的繼承人。**」

凱爾也聽說了這個消息。

史丹侯爵家的長男泰勒，曾經被遺棄的他，很快就會被公布為正式繼承人。

「**所以我很閒**。」

瘋狂神官帶著淺淺的微笑問凱爾。

「**您需要我做什麼？**」

果然是能溝通的人。凱爾迫不及待地答道。

「**我得去一趟死亡之地**。」

「**好的，我會準備**。」

即便凱爾說的是要去死亡之地，凱奇也絲毫沒有遲疑，真不愧是能為了好友賭上性命的人。凱爾多少能理解為何死神將她趕出教團，卻依然願意與她分享力量。因為她所追求的東西超越死亡。

「**畢竟我也得報恩**。」

凱爾以微笑回應。

「**我們很快會再見的，凱奇**。」

帶著微笑結束影像通訊，凱爾隨即起身。

「人類，對！就是要動起來才會健康！」

「你在說什麼？」

拉恩這番話不是很中聽，凱爾沒有多加理會，只是打開房門探頭出去。走廊上，副管家漢斯正拿著餐後水果往房間走來。

「漢斯。」

「是。」

「叫狼人以外的人都來集合。」

「羅恩先生跟主廚也要嗎？」

那是歷史上死靈法師最後現蹤的地方，只是凱爾不曉得原來死亡之地也有黑暗妖精的村子。

不知為何，他有個預感。當然，他也只有五成把握，但事先做好準備不是很好嗎？
「對，我們要出門，叫他們都來。」
兩天後，凱爾時隔一個月坐上馬車離開海尼特斯領地。載運他們的兩輛馬車，朝著首都方向前去。

抵達首都，凱爾的馬車卻沒有入城，而是停在距離首都最近的村子。
「死亡之地，還有黑暗妖精。」
「如何？」
瘋狂神官凱奇看著凱爾。凱爾喊熱，一把甩開扇子替自己搧風，那模樣看起來一派輕鬆，別人看了恐怕會以為他是出來喝下午茶的。
「哪有什麼如何，當然要去啊。」凱奇的從容也不遑多讓。
我想不起來夢的內容，還以為是什麼大事呢。
凱爾少爺所說的事情，聽起來似乎也不嚴重。
「凱爾少爺從黑暗妖精那裡拿到東西，我再對那東西降下祝福就可以了嗎？」
「對。抵達首都之前，一天一次，要持續對那東西降下死神的祝福。」
黑暗妖精、死神的祝福，這兩者讓凱奇的腦袋有些混亂。
黑暗妖精比太陽神弱，死神卻明顯比太陽神強大。當然，以信徒的數量來說，是太陽神占優勢，但神格並不受信徒人數的影響。
「少爺。」
「是。」
「誰要去殺太陽神的神官？」
「妳沒想過那可能是我嗎？」

「凱爾少爺沒必要跟太陽神神官起衝突吧？您應該是太陽神教團喜歡的人。有錢、有古代之力，而且比誰都善良。」

凱爾並沒有特別反駁凱奇。除了善良這點之外，從太陽神的教理來看，凱爾確實是他們會喜歡的類型。

這時有人敲響這簡樸旅館的房門，凱爾站起身來前去應門。

「我們趕快走吧！」門外傳來一個豪邁低沉的嗓音催促著他們。

「凱奇，我有個人要介紹給妳。」凱爾走到門邊，轉動了門把。

「哦！你有客人啊？」

那是一名身高與凱爾相當，身上穿著長袍，卻仍能凸顯修長體態的女子，她兩天前剛與凱爾會合。凱爾指著凱奇，把她介紹給那名女子。

「不是客人，是要同行的人。」

「啊，是嗎？」

凱奇看著這名對凱爾說話時而恭敬時而隨便的女子。

那女人問凱爾：「你都告訴她了吧？」

「當然。已經告訴她要去哪、要拿什麼回來。」

聽完，那女人笑了一笑。不是在讚賞凱爾把事情交代好，而是在笑凱爾竟然只說了這些。

凱爾對她的態度，也是時而恭敬，時而隨意。

她是誰？

正當凱奇感到疑惑時，那女人便大步走進房裡，對凱奇伸出了手。

「很高興認識妳，我是塔莎。」

這是一名長相清秀的美女。凱奇回握住那隻手。喀噠一聲，凱爾關上了門，塔莎把臉湊到凱奇耳邊說。

「我是黑暗妖精，也是嚮導。」

兩人對望。

「現在的膚色是變過的。」

塔莎嘴上一邊說著，一邊打量凱奇。凱奇露出微笑，向塔莎介紹自己。

「很高興認識妳，塔莎。我是被逐出教門的死神神官，凱奇。」

死神。聽見這兩個字，黑暗妖精塔莎隨即便看向凱爾。凱爾搖搖頭，意思是他沒把王儲的事情告訴她。

「既然有新的同伴，那要不要辦個歡迎會？」

「有酒嗎？」

「什麼飲料都有。」

兩人對話流暢，相處起來相當自然。凱爾開口道：「塔莎，走吧。」

塔莎與凱爾對望了一眼。現在凱爾的伙伴當中，人人都知道塔莎是黑暗妖精，但只有凱爾、拉恩、氳與紅知道她還有一個身分是王儲的阿姨。

「要經由傳送事務所過去嗎？」凱爾問道。

塔莎搖搖頭。

「我的變裝魔法可能會被發現，我們得坐馬車去。」

「啊。」

「我有身分證。」

一邊說著有越過國境需要的身分證，塔莎一邊拿出證件給凱奇看。

「當然，除了名字跟年齡外，其他都是假的。」

塔莎這樣從容自在的態度，實在讓凱奇感到新鮮，也因此對她頗有好感。她看了看塔莎的身分證。

塔莎，二十九歲。

「啊，當然，年齡後面還得再加個零就是了。」塔莎補充道，聲音裡帶著一絲笑意。

二百九十歲。

凱奇抬頭問塔莎：「可以叫妳姐姐嗎？」

「哎呀，妳真的很討我歡心。妳是第三個知道我的年齡後，沒有問我是不是該叫我奶奶的人類。隨妳怎麼叫吧，凱奇。」

「好，姐姐。」

凱爾雙手抱胸看著兩人。瘋狂神官現在看似情緒冷靜，但她個性豪爽又愛喝酒，酒喝多了便會露出本性，而塔莎似乎也是。

應該不會有問題吧？

眼前這兩個女人似乎已經透過短暫的對話建立起情誼，她們正互搭著肩看著凱爾。

凱爾說：「天氣好熱，我們快走吧。」

此時，他聽見拉恩的聲音在耳邊響起。

—騙人！弱不禁風的人類，我施了維持體溫的魔法，還幫你做了冷凍神器耶，你應該很涼才對吧？

沒錯，是騙人的。凱爾現在簡直就像身處秋天。

—我會透明化跟著你們，還會一直待在你身邊。

也就是說，要是凱爾覺得熱，他隨時都能拜託拉恩施展魔法，這比空調還好用。

「我們要去卡羅王國。」

凱爾上了馬車，朝著位在柏雷王國南方與摩戈勒帝國西北部接壤處，同時也是死亡之地所在之處的卡羅王國前進。他懷裡，還小心翼翼地抱著王儲給的新金牌。

喀噠，一個微弱的聲音響起，馬車門應聲打開。

「這熱氣真不是開玩笑的。」

乾燥的風吹進寬大的沙漠服飾裡，即便已經是夕陽西下的時間，四周依舊瀰漫著炙熱的空氣。

「少爺，要來點涼爽的檸檬水嗎？」

「不用了，你顧好自己就好。」

羅恩、比克羅斯與抱著氳與紅的崔漢跟在凱爾身後。

「塔莎。」

凱爾一喊，塔莎便輕巧地從馬車夫的位置跳了下來，朝他們走去。

現在凱爾一行人來到卡羅王國西境邊疆，位於沙漠起始點的德柏里領地，這是與死亡之地接壤的地方。

「從西邊的城門出去，馬上就會到死亡之地嗎？」

「對。」

凱爾聽見黑龍興奮的聲音。

—沙漠！第一次在書以外的地方看到！人類，果然就是應該要到處走走，親眼看看世界才對！書上的沙漠跟真實的相比，很不一樣！

聽完這番話，凱爾頓了頓，並竭盡所能地忽視說出這番驚人言論的拉恩。

見凱爾的態度似乎有些彆扭，塔莎苦笑著問：「這很怪吧？」

「是有些怪異。」

凱爾同意塔莎的話。

前去死亡之地的人類無法再回來，才有了死靈法師盤踞此地的傳說，也因此這裡才被命名為死亡之地。

塔莎揚起嘴角。

「回不來的地方，為何會有城門？這很奇怪吧？」

聽見塔莎的話，正在下馬車的蘿絲琳答道：「確實很怪。」

「沒錯。」凱奇也同意。

塔莎開口，正想回答問題，凱爾卻搶在她之前指著城牆。

「我似乎知道為什麼要有城門。」

凱爾指著城牆。但那只是一些低矮破舊的石牆，要說是城牆都有些勉強。而此刻正有些人想攀爬過那道牆。

「抓住他們！」

「把他們抓來狠狠教訓一頓！」

呃啊啊啊！

領地居民的慘叫聲與士兵的嬉笑聲傳進耳裡。

「那是怎麼回事？」

面對崔漢的提問，塔莎苦笑了一下。她看了看四周，接著低聲說：「德柏里領地的稅很重，這座鄰近沙漠的村莊無法負擔，非常沉重。而越過沙漠之後，就有能夠前往其他王國或任何地方的海岸。」

不需要再多加說明了。那些試圖翻越城牆的人，看也知道是貧窮的領地居民。

凱爾說：「是為了抓那些逃跑的人，所以才有這扇門。」

「也是為了抓那些想偷偷從那道門逃走的領地居民。」

死亡之地，以及為了逃避暴政般的沉重稅賦而逃往沙漠的領地居民。

「人數雖然不多，但還是持續有人逃跑。因為德柏里家族代代治理這片領地，也代代提高稅賦。」

世上有好的領地，就有更多不好的領地。

「我們過去城門那吧。」

凱爾來到這個要說是城門似乎稍小的門邊，門前站了一群士兵與兩名騎士。

「你是誰？」

騎士吊兒郎當地看著凱爾一行人。他的口氣之所以沒有非常不客氣，是因為凱爾一行人的外表看起來很富裕。凱爾往那群士兵的方向看了一眼，然後又看向騎士。

兩名稍早意圖翻過石牆逃往死亡之地的領地居民，正被士兵們圍著打。

「呃啊，饒、饒命啊！」

「大膽的傢伙！以為晚上我們就不在嗎？要是我們早點去吃飯，你們說不定就跑了，是吧？一群愚蠢的傢伙！」

「是、是我錯了！騎士大人，是我錯了！我們實在是沒、沒有錢啊，呃！」

啪、啪，拳打腳踢的聲音不斷傳來。

「我想出這道城門。」

凱爾的口氣極其自然，讓那名騎士愣了一下，接著他露出不懷好意的微笑。

凱爾掏出一個卡羅王國的金幣給他，騎士迅速將金幣塞入懷中，對守著城門的士兵喊道：「開門。」

騎士臉上依舊掛著不懷好意的笑容，兩隻眼睛始終沒有離開眼前這名看起來像貴族的男子。他知道，凱爾就算不是貴族，也肯定是個有錢人。

「希望您能活著回來。」

這對前往死亡之地的人來說是最好的祝福。

嘰咿、嘰咿咿——城門敞開的聲音傳來。看著敞開的城門，凱爾聽見騎士說：「希望您的血不會有機會染紅沙子。」

凱爾能清楚看見，敞開的城門外是比晚霞、比他的頭髮還要紅的沙子，那就像是蒐集鮮血凝結而成的顆粒堆疊出的一座小山。
「我會如你所願。」凱爾回答騎士。
「什麼？」
騎士接過凱爾扔出來的東西，那是枚金幣。
凱爾看著騎士說：「放了他們。」
「好。」
騎士再度露出不懷好意的笑容。正常的騎士或士兵，肯定不會在未經許可的情況下打開這扇門。但對這群人來說，領地的法律打從一開始就不重要。連領主都不將法律當一回事，底下的人自然也是如此。
「呵呵，真是位善良的少爺啊。」
「不需要你多嘴。」
凱爾冷冷地回應騎士，看著兩名領地居民被釋放並踉蹌逃往城門外後，凱爾也跟著朝門外走去。
臨去前，還不忘再留下一句話給騎士。
「等我活著回來，我會再給你一枚金幣。」
「呵呵呵，我會期待的。」
藏起了訕笑的態度，騎士恭順地行了個禮，接著凱爾便踏入沙漠。
嘰咿咿咿——匡！
士兵們沒有一絲遲疑，城門發出一聲巨響，應聲關上。
「你們在看什麼？」
凱爾看著一行人不滿地問道。崔漢的表情特別複雜，但凱爾選擇忽視。他本來就不滿意自己現在的行徑了，實在不想再多去顧慮別人的感受。

「塔莎，快帶路吧。」

若是別人，肯定會因凱爾冷淡的口氣而有些困惑，塔莎卻只是帶著颯爽的笑容站在凱爾身旁。

「當然沒問題。我們少爺還真是善良呢。」

「善良什麼？這明明是種不負責任的行為。」

見塔莎還想接話，凱爾趕緊下令。

「快帶路吧。」

「哎呀，知道了。」

塔莎走到凱爾前面。

「我們先走一段路吧。」

塔莎健步如飛。凱爾則用腳踢了踢沙子，噠一聲，他也跟著迅速前進。崔漢、氳與紅跟在他後面，蘿絲琳則對自己和凱奇使用急速魔法跟著。

「爸，要扶你嗎？」

「說什麼廢話，我的腳還很健全。」

最後是羅恩與比克羅斯。羅恩的速度與崔漢相當，比任何人都還要輕巧地在沙漠上奔馳。

「傍晚真的很適合跑步吧？哈哈哈！我們先盡量離城牆遠一點吧！」

塔莎豪邁地一喊，便加速往前衝出去。凱爾暗自驚嘆，因為塔莎使用的既不是魔法，也不是身體的力量。

那是精靈之力。

即使黑暗妖精違背了自然的道理，卻仍依循自然而活。他們是妖精，因而能夠操控精靈。

也因此即使違背了常理，黑暗妖精依然稱自己為自然的生命體。

糟透了，真是糟透了。

沙子因為凱爾一行人的行動而噴濺到空中。看著這紅色的沙粒，凱爾覺得新奇，因為那真的像極了血。

一行人跟著塔莎在夕陽之下跑了好久，直到離城門有一大段距離，塔莎才終於停下來。她看著晚霞，對眾人說：「現在起，請把這景色記在腦海中。」

這景色？

正當凱爾感到困惑時，最後一抹晚霞便徹底從空中消失，太陽已經完全沉入地平線。

「哇。」

喵嗚嗚嗚！

喵嗚！

眾人忍不住驚嘆。

太陽西沉、晚霞消失，天空暗了下來，沙子也瞬間轉變成黑色。這樣瞬間的轉變，真是神祕又令人感到驚奇。

「真是不可思議。」

腳下的黑色沙子閃閃發光。

—是跟我一樣的顏色！這片跟我一樣的沙漠果然很美很酷！

拉恩似乎也很開心。

「這確實是夜晚降臨大地。」凱爾也分享了自己的感受。

「沒錯。」

塔莎咧嘴一笑。

「夜晚降臨大地，那大地該降臨去哪呢？」

一陣風吹來，那是一陣涼爽的風。

唰啦、唰啦啦。沙子被風吹起，沙漠裡幾度堆起了山一般高的沙丘。

「哈。」

凱爾這才弄懂了塔莎的話。

看著隨風移動的黑色沙子，凱爾答道：「如果夜晚降臨大地……」他看向塔莎，「黑暗妖精就會降臨至比夜晚更深的地方。」

「正確答案。」

塔莎拿下掛在脖子上的項鍊扔了出去，

「啊。」

蘿絲琳驚呼了一聲。

如黑色沙子一般黑到發亮的皮膚、黑色的瞳孔、黑色的頭髮，塔莎瞬間變得像一顆閃閃發亮的黑珍珠。她原本的膚色與大陸中央地區的人無異，如今正逐漸變回原本的模樣。

「現在我要帶你們去黑暗妖精的城市。」

風匯集在她的掌心，那是精靈之力。那陣風使沙的移動更加快速。

在遠離了城門，沒有人會看見的沙漠中心，一座沙丘移動之後，地面上出現一扇巨大的門，塔莎奮力抬起那扇圓形的門。

蘿絲琳驚呼：「地下……」

黑夜降臨大地，大地只須降臨至比夜更深的地方。

「我帶頭吧。最後一個進來的人，希望能順便把門帶上。」

塔莎輕巧地跳入那個黑洞。

「我在最後負責關門。」崔漢自告奮勇。

凱爾微微後退，因為那洞實在太深，什麼也看不見。

應該不可能摔死吧？

—人類，走吧！

是啊，還有拉恩，應該沒問題。

在眾人的注視之下，凱爾縱身躍入洞中。

「哦。」凱爾忍不住驚呼。

這是個溜滑梯，凱爾能感覺到背後有個堅硬的東西。拉恩正緊貼在他身旁，跟他一起向下溜。

—人類，這好好玩！我還想再玩！

沿著通往地下的溜滑梯，凱爾不斷向下、再向下。最後，終於在通道的盡頭看見一道相當明亮的光芒。

噗！凱爾落在鬆軟的棉花堆上，黑暗妖精的城市就在他眼前。

閃亮的光芒滿布天棚，好幾根巨大的柱子一起將天棚撐了起來。樹木、河水，宛如天然形成的美麗地下城市迎接凱爾。突然，一隻手伸到他面前，那是塔莎。

「歡迎來到死亡的城市。」

死亡的城市。凱爾握住塔莎的手，在塔莎的幫助之下站了起來。

「真不錯。」

他簡短的稱讚，讓塔莎笑了出來。

咚、咚、咚。

眾人跟在他後頭，接二連三地落在棉花堆上。他們站起身後，也都做出跟凱爾相同的反應。

「哇。」

喵嗚嗚嗚！

「哇。」

所有人都忍不住驚呼。地下城市，光用聽的只讓人覺得是個昏暗陰鬱之處。但實際來到這裡，才發現這座城市竟是如此明亮。

那高到彷彿無法觸及的天棚上，有一閃一閃的光芒不斷轉動。城市的一角有溪水流過，溪水的兩旁還有旱田與水田。有些地方的樹木長得非常高，甚至形成了森林。

「地底怎麼會有這種地方？」

魔法師蘿絲琳一臉不敢置信。她對黑暗妖精沒有偏見，說死亡之地有隱藏城市的時候，她也很快就接受了。雖然她早就聽說，黑暗妖精會從死去的存在身上獲得力量，而她使用自然界的瑪那，天生便排斥死亡瑪那。

這時，她聽見凱奇幽幽地說了一句話：「果然，死亡也是一種自然。」

她看向凱奇。凱奇對眼前的一切感到理所當然，凱爾也是。

「是精靈的力量嗎？」

凱爾看著塔莎。

「是自然的力量。」

自然之力即是精靈之力。

雖是透過死亡瑪那獲得力量，黑暗妖精仍是屬於自然界的存在。既是黑暗種族，也是妖精族。他們能夠操控精靈，也能使用死亡瑪那。

塔莎對遠方正朝凱爾一行人走來的黑暗妖精張開雙臂。

「好久不見！」

帶著爽朗的笑容，她輕聲地問候，三名黑暗妖精趕緊跑上前來。

「妳這傢伙！」

「五年來連封信也沒有，還說什麼『好久不見』？」

其中兩人開始斥責塔莎，另一人則鄭重地向凱爾一行人問好。

「很高興見到諸位，我先帶各位到住的地方。」

「肖恩，好久不見！」

「諸位請跟著我來。」

塔莎靠近這名叫做肖恩的黑暗妖精，並主動跟他打招呼，他卻沒有聽見。

「欸，肖恩，你生氣啦？」

「諸位有行李嗎？有的話，就交給我們來搬運吧。」

不，他不是沒聽見，而是不理會塔莎。

凱爾噗嗤一笑，回答肖恩說：「我們沒有行李，請您帶路吧。」

肖恩露出一個溫柔的笑容，對著凱爾說：「聽說您是貴族，您說話可以不必那麼拘謹。」

「好，那就這樣吧。」

凱爾從不拒絕。

凱爾一行人與三名黑暗妖精一起進入黑暗妖精的基地，死亡的城市。往城市深處走去，便能更清楚看見其中的風景。巨大的地下空洞裡竟有著自然景觀，真是令人無比驚訝。

「這裡比一般的城市還要發達吧？」塔莎自豪地問凱爾。

地下城市在各方面都相當發達，與壚韵王國一般的大城市相當。但凱爾並沒有回答，他只是注視著城市裡的另一個光景。

「這裡也有人類耶。」

塔莎嘴角隱約帶著微笑。

原來如此。

城市裡的確大多都是黑暗妖精，但也有一些人類在裡頭行動。約莫每十人裡就有一個是人類。

死亡之地，五大不可思議之一。前往那裡的人，從沒有一個能活著回來，據說是人類的死造就了血一般鮮紅的沙粒。那裡流傳著陰森的故事，人們相信是死靈法師的詛咒將人類逼向了死亡。

「逃向沙漠的人類之所以回不去是有原因的。」凱爾說道。

聽見凱爾的話，一旁身兼護衛與嚮導的黑暗妖精露出一抹微笑。

塔莎聳聳肩答道：「不能見死不救啊，畢竟我們黑暗妖精也有逃亡的歷史。」

黑暗妖精曾經逃亡，因此能理解為求生而逃向死亡之地的人類。那種明知是死路一條，仍然非逃跑不可的迫切感受，黑暗妖精非常了解。

「真了不起。」凱爾真心敬佩。

這真的很了不起。

黑暗妖精雖從未對人類帶來危害，只因為居所與死亡有關而遭人類排斥、被迫逃亡。即便如此，他們依然能夠擁抱人類。

黑暗妖精確實與討厭和人類扯上關係的妖精不同。從富有憐憫之心這點來看，他們又像極了妖精。自然、精靈之所以沒有捨棄他們，都是有原因的。

「我知道為什麼自然會愛黑暗妖精了。」

妖精主動親近自然環境，自然則是主動為黑暗妖精空出一席之地。凱爾注意到，在這地下空洞裡所遇見的人類，臉上的表情都相當開朗。

「這也是多虧了這塊土地的特性。」

凱爾看著那位名叫肖恩的黑暗妖精。

只見對方推了一下眼鏡，匆匆瞥了魔法師蘿絲琳一眼，接著說：「這裡是死亡之地。我們也不明白真正的原因，但這片沙漠中確實瀰漫著死亡的氣息。一年總會有一、兩次，沙漠的沙子會飄散出少量的死亡瑪那。」

凱爾對瘋狂神官凱奇使了個眼色，她則對凱爾點了個頭。

「這片沙漠充滿死亡氣息，但這股氣息並不邪惡，是依照自然常理必須離開的死亡氣息停留在此所致。」

「您應該是死神神官吧？」

「我被逐出教門了。」

肖恩主動跟凱奇搭話，但凱奇的回應令他愣了一愣，他沒想到凱奇會大方回應這種事。

凱爾點了點頭，發表自己的感想。

「說不定這就是死神所賞賜的土地。畢竟需要死亡瑪那的黑暗種族，也並非全都是邪惡的。」

看著那些望著自己的黑暗妖精，凱爾接著說：「就像人類之中也有很多瘋子跟壞蛋，不是嗎？」

「沒錯，少爺。」羅恩表示同意。

肖恩看了他一眼，用一個尷尬的笑容回應羅恩故作慈祥的微笑。

塔莎看著眾人，做出一個美麗的結論。

「總之，這是個適合生活的城市。」

這是無庸置疑的答案。

沒多久，凱爾一行人便來到下榻處，那是間不錯的旅館。

「這裡是第一次有客人入住。」

「是嗎？」

肖恩點頭。

「這是為了在我們找到其他黑暗妖精村莊時，邀請其他黑暗妖精來此交流，或讓他們移居此地而建造的訪客用旅館，可惜至今我們仍找不到其他的黑暗妖精村莊。而來到這裡的人類，則大多都不是能入住旅館的狀態。」

「他們是怎樣的狀態？」

崔漢隨口一問，肖恩淡淡地答道：「他們大多是營養失調、脫水，或處在接觸黑暗妖精與死亡之地的恐懼狀態。所以都立刻被送至醫院。」

肖恩來到旅館老闆面前。

「第一組客人來了。」

「哦，大哥，你終於帶客人來了。」

旅館老闆是名年約七十的白髮老人，他用力鼓掌歡迎凱爾一行人。

「哎呀，歡迎歡迎，幾位客人。別看我這樣，我可是在這村子裡住最久的人類呢。我對這地方地理環境的認識，可不輸黑暗妖精大哥們喔。」

塔莎低聲對眾人說道：「順帶一提，肖恩跟我同年。」

凱爾與旅館老闆握了握手。

「入住期間要麻煩您了，老闆。」

「別客氣，歡迎各位來到生命之城。」

「生命之城？」

凱爾略顯驚訝，老人卻以爽朗的笑容回應。

「是的，我們都是這麼稱呼它。」

「這名字似乎更合適。」

簡短的回應旅館老闆，凱爾接著詢問肖恩：「既然知道旅館的位置了，我想立刻去見見市長。」

「市長剛好也在等您。」

市長在一棟三層樓高的建築物裡。

最後決定由塔莎與肖恩兩人帶著凱爾與崔漢前往，剩下的人則留在旅館等候。當然，透明化的拉恩也跟著去了。

「這是負責處理城市行政事務的官員工作的地方。」

生活在自然中的妖精們，既沒有官僚體系，也沒有官職制度，他們過著如同修行者般的生活。黑暗妖精則與他們非常不同，反倒與人類有幾分相似。

一進到建築物內，便能看見官員們四處奔走，其中也有幾名與黑暗妖精共事的人類，他們大多相當年輕。

塔莎也發現凱爾注意到了這件事。

「來到這裡的人類大多不識字，比起文書工作，很多人更希望務農。但出生在這片土地上的孩子們，則會跟年輕的黑暗妖精一起接受教育。」

凱爾曾經想過，西大陸上跟地球最相似的地方會是哪裡。

看來就是這裡。

至少這座地下城市與地球相當相似。自權威的世界逃離的人聚集在一起，才有可能實現這樣的世界。

「這裡是市長室。」

肖恩指著一扇普通的木門說。

「我們的城市通常由最年長的人來擔任市長，現任的市長是五百二十一歲——」

肖恩的話都還沒說完，木門便發出喀噠喀噠的聲響。

那是門環急速轉動所發出的聲響，市長室的門猛然敞開。

「市、市長大人？」

眼前是一名年老的黑暗妖精，有著與黑色皮膚形成對比的白色鬍鬚，以及精心打理過的一頭白髮。衣著簡潔、鬍鬚與髮型皆精心打理過的這名黑暗妖精，有著不同凡響的氣勢，只是此刻不知為何，他的面容卻像是受到驚嚇一般相當蒼白。

「這、這股氣息！」

肖恩的臉上閃過一絲慌張的神色。他看了凱爾與崔漢一眼，隨後走上前去。

「市長大人，您怎麼了？」

塔莎也來到市長面前，態度卻不如肖恩那般恭敬。

「爺爺，您怎麼了？」

爺爺？聽見塔莎吐出這兩個字，凱爾愣了一愣。難道是因為塔莎跟市長關係很好，才以爺爺來稱呼他嗎？還是兩人真的有血緣關係？

如果是親人，那他就能理解為何王儲與這座黑暗妖精城市的關係這麼深。

「孫女久違地回來一趟，您怎麼這麼驚訝？」

塔莎果然是他的孫女。

王儲這樣的人，家庭背景自然不可能太普通。

凱爾這才明白，亞伯特王儲的家庭背景一點都不普通。

不，這家世可以說是相當驚人了。

凱爾有些不敢置信地看著塔莎與市長，也在這時恰巧迎上了市長的視線。

他才發現，市長從剛剛開始就一直盯著自己。

「請、請問……」市長用顫抖的聲音對凱爾說話。

不知為何，總有股不好的預感。

年老的黑暗妖精以顫抖的手掏出手帕，擦了擦自己的額頭，又接連嚥了幾次口水。

「我聽說您擁有死龍瑪那。」

真怪。

即便凱爾是貴族，地位也沒有崇高到要讓一座城市的首長說話這樣畢恭畢敬。

「請問，少爺是不是龍——」

肖恩與塔莎停下了動作，崔漢瞪大了雙眼。

「不是。」凱爾果斷地回答，「我不是龍。」

凱爾神色自若且口氣堅決，語氣中還透露出對這個疑問感到荒唐的態度。這讓肖恩與塔莎一下就相信了他，只有市長未輕易接受。

「但我明明就感受到龍大人的氣息！在少爺身邊，我感受到龍大人的氣息，感受到掌管自然的力量！」

果然，歲月累積的經歷不容小覷。

──那個老黑暗妖精，直覺很敏銳。

透明化後飛在凱爾身後的拉恩似乎對這名黑暗妖精興致勃勃。凱爾依舊堅決，再一次重複自己的答案。

「我不是龍。」

「真奇怪……」

凱爾第二次否認，市長才稍稍冷靜下來。他趕忙擦去額頭上的汗珠，嘴裡還不斷喃喃自語。

「過去我曾見過龍大人一次，這氣息與當時一模一樣！我的精靈當時也跟我一起見過龍大人，他說這氣息跟當時極為相似。」

凱爾又愣住了。

他說看見誰？精靈也一起看到了？

這世上最難欺騙的存在便是精靈。

──什麼？看見龍？

拉恩的興趣更加濃厚了。

市長的年紀是五百二十一歲，這的確是足以見過龍的年紀。就在這時，一個陌生的聲音傳來。

「市長大人，您找我嗎？」

有那麼一瞬間，凱爾以為那是導航的聲音。這名女性的聲音來自身後，語氣極為平靜且像極了機器。

「要我在這裡待命嗎？」

凱爾轉身看去，只見一個從頭到腳都用黑色長袍緊緊包住身子的人站在那。

—嗯？這個人類為何是黑暗屬性？她完全就是個人類啊。

果然。人類要百分之百變成黑暗屬性的方法屈指可數，凱爾的直覺沒錯。

但要談到這個人之前，凱爾還得先解決一些事。

「您真的、真的不是龍大人嗎？」

「真的不是。」

看著眼前打從心底不相信自己且滿臉驚懼的市長，凱爾嘆了口氣。

凱爾帶頭進到市長室內，眾人跟在他身後。

凱爾看了崔漢一眼。接收到凱爾的指示，崔漢最後一個進門，還不忘順手把門帶上。

喀噠。門應聲關上，凱爾先是靜靜環顧市長室，隨後才緩緩開口。

「拉恩。」

chapter 022

是真的

崔漢關上門後，凱爾一臉嚴肅地吐出兩個字。

拉恩？黑暗妖精們滿臉疑惑，那是他們從未聽過的名字。

「我可以現身嗎？」

黑暗妖精肖恩的肩膀抖了一下。沒有任何東西的空中，竟然傳來一個稚嫩的聲音，而且就在凱爾附近。

「呵、呵呵。」

市長的笑聲吸引了肖恩的注意，只見市長連連乾笑，不停拿著手帕擦著手掌心的汗水。看到市長這個模樣，肖恩心想，真的嗎？真的是龍嗎？

這時，那個聲音又再度傳來。

「那我要現身了。」

聲音從凱爾的背後傳來。

「哦，老天啊！」

塔莎雙手摀住了嘴。

「你幹嘛還不出來？」

此刻黑暗妖精們已經聽不見凱爾的聲音了，他們的視線都鎖定在從他身後探出頭來的那張臉。

拉恩躲在凱爾身後，只有稍稍探出頭來。凱爾嘆了口氣，主動往旁邊站了一步。黑龍拉恩便在眾人面前現身。

「天啊，這——」

塔莎驚訝得連話都說不完整。她轉頭看著肖恩，想問問自己的朋友，自己現在所看到的東西究竟是不是真的，但一旁的肖恩也瞪大了眼睛愣在原地。意識到跟肖恩搭話沒有意義，塔莎便轉而看向自己的祖父。

相較之下，這名黑暗妖精市長顯得相當冷靜。起初反應最大的他此刻只是不停冒汗，總體而言還算是冷靜。

「爺爺——」

塔莎話才說到一半便住了嘴。

黑暗妖精市長一臉虔誠地對拉恩說：「老朽實在不能這樣站得直挺挺地跟龍大人說話。」沉著的老人作勢下跪。

凱爾忍不住嘆了口氣，他知道妖精對龍有多著迷，沒想到連黑暗妖精也不例外。

但既然精靈都看到了，就不能說謊。

自然屬性的精靈對氣息的感知敏銳且準確。黑暗妖精市長說精靈曾見過龍，並斷定凱爾周遭瀰漫著龍的氣息，那麼即便凱爾否認，這位市長想必也一輩子都不會相信。

只要感知過一次，精靈就會終生記得那種氣息，況且那還是龍的氣息，更沒有弄錯的可能。

凱爾看向門邊，崔漢正帶著尷尬的笑容像守衛一樣站在那。而穿著黑色長袍，看不清究竟是什麼表情、是怎樣一個人的那名女子，則像稻草人一樣站著沒有動靜。

拉恩來到三名黑暗妖精面前。

牠想幹嘛？

凱爾有些意外地看著拉恩。

「我是偉大的拉恩．米樂！」拉恩介紹起自己。

凱爾還能看見牠趾高氣昂地挺起了胸膛。哎喲喂呀，這黑龍還真是懂得如何自我介紹。

「我今年是偉大的四歲！」

但有必要連年紀都報上嗎？

「喔喔，原來如此！」

黑暗妖精市長已經跪下，且對拉恩的每一句話都有超乎尋常的反應。

這究竟該怎麼辦才好？凱爾覺得有點頭痛。而拉恩的自我介紹尚未結束。

「然後凱爾．海尼特斯看起來很弱，所以我在照顧他！」

這不太對吧？

凱爾重重嘆了口氣，靠到似乎打算鉅細靡遺地介紹自己的拉恩身旁，伸手摸了摸牠的頭，拉恩才沒有接著說下去。

「我想我們應該要先扶市長先生起來。」凱爾對塔莎說。

「啊，好。」

塔莎這才回過神來。正準備動作，市長卻制止他們。

「不，之前我見過的龍大人曾經說過，直挺挺地站在他的面前，就等同於向他宣戰，而我並不想與龍大人交手。」

他到底是見到哪隻龍了？

凱爾突然發現，這位市長對龍的態度似乎是恐懼更勝於尊敬。

「你可以起來，我不喜歡你跪著！」

拉恩話才說完，市長便在兩秒內站直了身子。

凱爾響亮地拍了下手，吸引眾人的注意。感覺到眾人把目光集中到他身上後，他才開口說：「大家先冷靜。」

凱爾指著沙發，好像這裡是自己的辦公室一樣。

「大家坐吧。」

空下該留給市長的主位，凱爾往沙發的方向走去，並在三人座的沙發上坐了下來。市長一臉平靜地跟在他身後，他已經不再流汗了。

市長對拉恩說：「龍大人，您請坐。」

市長所指的地方是凱爾專為市長空下來的主位，凱爾覺得荒謬地看著市長。

拉恩見狀便道：「不要，你坐吧！」

拉恩飛到凱爾旁邊坐下，自然地把臉靠在凱爾的膝蓋上。為了聽從龍大人的指示，市長迅速就坐。

感覺氣氛終於平靜下來，凱爾對肖恩說：「我可以要一杯水嗎？喉嚨有點乾。」

「我去幫您倒。」

肖恩也覺得口渴。雖然他表面上看起來最為冷靜，但他其實是眾人中臉色最蒼白的一個。

對著肖恩離去的背影，凱爾喊道：「龍的事情是祕密。」

「是祕密。」

拉恩在後頭低聲地重複了一次。

肖恩點點頭答：「賭上與精靈的緣分，我一定會保密。」

黑暗妖精說賭上與精靈的緣分，就相當於死亡誓言。一旦妖精斬斷與精靈的緣分，便會因為深深的絕望感而終生活在痛苦之中。拉恩看著塔莎與市長，在這樣的注視之下，他們也賭上了與精靈的緣分。

「賭上與精靈的緣分，我必定保密，龍大人。」

「我也賭上與精靈的緣分，絕對會保密。」

聽見三人的回答，凱爾才終於放下心來，擺出了舒適的坐姿。

很快地，肖恩便回來了，他不只帶了一杯水，更以極快的速度準備了超豪華茶點。

喝了一口茶，市長開口：「我名叫奧班特。」

「我是凱爾．海尼特斯。」

市長對凱爾說話無法太隨便，他不得不這麼做，因為凱爾跟龍在一起，而且與龍的關係看似相當親密。

市長奧班特所認識的龍是令人驚奇的存在，卻也是情緒瞬息萬變的善變物種。這世上沒有比龍更自私的存在，這就是奧班特對龍的印象。

「凱爾少爺，亞伯特知道嗎？」

亞伯特。市長這樣輕易呼喚王儲的名字，凱爾自然更相信兩人肯定有血緣關係。

「殿下不知道。」

「哈，沒想到亞伯特竟然在我不知道的時候，認識了這麼尊貴的大人。那麼，我是否也應該對亞伯特保密？」

「我會自己看著辦。」

凱爾的意思是說，他會自己決定是否要讓亞伯特知道此事，市長只需要遵守精靈的誓言。市長奧班特以一臉惋惜地點了點頭，接著說：「是，我必定遵守誓言。那麼言歸正傳，少爺，我聽說您並不知道究竟要取什麼東西便出發前來了。」

「對。」

「那我想先告訴您，那東西是個手環。」

五百二十一歲的閱歷並沒有白費。正當塔莎與肖恩都還在看拉恩的臉色時，市長已經切入正題。只是雖然他想提供更多情報，但凱爾並不想了解更多與手環有關的事。

「市長先生，這我可以不用知道。」

凱爾一臉完全不想知道那物品的細節，也一點都不感到好奇的表情。這樣的態度，讓奧班特頓時不知該如何接話。

「我只想知道，能讓多名人類碰觸那條手環嗎？」凱爾問。

「您為何要問這個？」奧班特語帶警戒地問道。

「因為我同行的伙伴中，有人知道該如何進行死神的祝福。」

市長奧班特豁然開朗。

注意到他的表情變化，凱爾笑著補充：「在將東西交給王儲殿下之前，我希望能每天為那手環疊加死神的祝福，只有我跟那位神官兩人會碰觸手環。」

「若是這樣，那我自然是相當感激，這能降低亞伯特被發現的可能。而且這樣一來，就算真的發生什麼危險情況，他也有了能夠避開危險的機會。」

雖然被逐出教門，但瘋狂神官凱奇的祝福絕對不弱。死神教團沒有聖子與聖女，但凱爾認為凱奇的祝福應該與太陽神雙胞胎不相上下。

「既然如此，那就得做足準備啊，不是嗎？」

「沒錯，凱爾少爺，就拜託您了。」

市長奧班特開始向凱爾說明接下來的行程。

「物品會在明天完成加工。」

「那等過了明天，我就隨時都能離開了。」

「這可能有點困難。」

奧班特的神色有些為難。

「嗯？爺爺，有什麼問題嗎？」

想盡快離開的塔莎，這時突然開口提問。

「不曉得凱爾少爺是否聽過此說，但這片沙漠每年會有一到兩次不規律的死亡瑪那少量釋放。而我們要等到接近那個時間點，才會有所感知。」

透過地下空洞的天棚，也就是支撐著沙漠的地基，黑暗妖精能提早幾天察覺死亡瑪那的釋放。

「那個時間快到了嗎？」

市長點點頭。

「預計會在接下來兩到三天內發生。」

在那段時間裡，人類在沙漠裡移動會變得相當危險。塔莎自然是能夠平安越過沙漠，但凱爾一行人最好在一星期後再動身離開，這樣才能避免健康受到危害。

「是液體型態的瑪那嗎？」

「是煙霧。」

那就更難辦了。不是類似液體型態流動的死亡瑪那氣味，而是死亡瑪那本身像煙霧一樣飄散。這不僅是對健康不好，更可能讓死亡瑪那立刻滲入血液，造成非常嚴重的影響。

「嗯——」

凱爾沉吟了一聲，似乎陷入了沉思。見到凱爾這個反應，奧班特的神情既尷尬又愧疚。這時，凱爾開口了。

「那就得玩一個星期了呢。」

「是的，想必您很傷——什麼？」

「這裡有地下城市的觀光地圖嗎？」

見凱爾如此從容地回應，奧班特先是愣了一愣才點點頭。

「……有。還可以讓肖恩為各位導覽。」

黑暗妖精不僅蓋了旅館，還繪製了觀光地圖啊。凱爾點頭，接著環視一圈，最後目光鎖定在沙發一角。

「話說回來，那位是誰？」

「啊，那孩子——」

凱爾所指的，正是那名穿著黑色長袍靜靜坐著的人類。

「她負責加工本次您要護送的手環。」

製造與黑暗屬性相關物品的人類，凱爾努力壓抑微微揚起的嘴角。

找到了，對身體、對死亡都有淵博學識的人類。

「本來是為了說明這件物品，才叫她過來。」

奧班特含糊帶過，沒把話說得很清楚。他偷偷看了塔莎一眼，不知在猶豫些什麼。注意到奧班特的舉動，凱爾意識到他似乎有話想告訴塔莎。

「有什麼問題嗎？」

那一瞬間，凱爾還以為是神或極具威嚴的皇帝在說話。這充滿威嚴的語調來自拉恩，讓凱爾不自覺低下了頭。拉恩伸長了脖子，一臉嚴肅地皺著眉頭。雖然語氣跟神情都煞有其事，只可惜身軀太小，看起來一點威嚴也沒有。

「那個，龍大人，事情是這樣的……」

即便是龍開口詢問，奧班特也不敢輕易開口。就在他遲疑之時，一個聲音吸引了眾人的注意。

「我對這個世界感到好奇。」

那語氣不帶任何情緒，一點感情也沒有，宛如機械導航。聲音的主人正是穿著黑袍子頭戴黑帽兜的女人。凱爾的目光自然轉向她。

「我想到外面的世界看看。」

「……什麼？」

肖恩與塔莎都驚訝地瞪大了眼睛。

「唉。」

奧班特嘆了口氣，拿起手帕來擦拭眼角。五百二十一歲的他顯得相當無奈，瞬間衰老得像是六百歲。塔莎開口，她似乎認識那名穿著黑長袍的女子。

「梅里，這是什麼意思？」

梅里，應該是那名女性的名字。塔莎有些憤怒地看著奧班特。

「爺爺。」

塔莎語帶責怪，聲音裡還聽得出些許的憤怒。但看見一旁的凱爾跟拉恩，她又有些遲疑，不知該不該說下去。因為從別人的角度來看，她像是在拒絕一個人想去看看世界有多大的請求。而這也確實是事實，她的確不同意梅里這麼做。塔莎沉默了，換肖恩開口。

「梅里，妳也清楚外面很危險吧？」黑長袍女答。

「所以我要一個人出去。」

「一個人更不可以！」塔莎猛然起身，高聲喝止。

「跟我一起出去都可能會有危險了，更何況是一個人！那更不行！」

在她高喊之後，眾人沉默了下來，沒有人敢輕易開口。沒過多久，一個充滿疑惑的聲音傳來。

「為什麼不行？那個人類很強啊，比我認識的魔法師都強。」

哦，凱爾面不改色，內心卻在驚呼。

——她比蘿絲琳還強，是這個意思吧？

黑長袍女抬頭。當然，即使她抬起頭，也因為被黑色的帽兜遮住而完全看不見她的臉孔。

梅里看向凱爾與拉恩，接著便有了動作。

「梅里！」

肖恩驚訝地伸手，但梅里比他更快一步。她拉起長袍，一隻手臂暴露了出來。

「唔。」

站在門邊的崔漢忍不住哼了一聲。

「唉。」

肖恩無奈地撐著自己的頭。塔莎一臉慌張，目光在凱爾與崔漢之間來回。凱爾看著那隻手臂，眼底發出異樣的光芒。

梅里的手臂與手掌露在黑色長袍之外。上頭布滿了燒傷的疤痕，如蜘蛛網般的黑色絲線，以詭異的型態覆蓋了皮膚。初次見到的人，肯定會不自覺因為這可怕的傷疤而皺眉。

凱爾目不轉睛地盯著傷疤看。

她是真正的……是真正的死靈法師。

這下能夠幫羅恩做一隻新的手臂了。

黑蜘蛛絲人。

過去的敵人，都是這樣稱呼死靈法師。

「梅里，妳怎麼能這樣在陌生人面前曝光？唉。」

塔莎嘆了口氣，一把抓住梅里的手臂，小心翼翼地拉下長袍遮掩。與此同時，還不忘查看凱爾與崔漢的臉色。

塔莎緊握著梅里的手說：「這、這個……」

塔莎罕見地在凱爾面前驚慌失措。不，自從拉恩出現之後，她便一直是如此。只是比起驚恐，此刻的她似乎更顯得窘迫。

「塔莎。」

凱爾看著她，想明確讓她知道自己的意思。

「我不打算說出去，妳不用緊張，反正我已經跟你們是同條船上的人。」

塔莎的嘴幾度開闔，似乎想說點什麼，最後還是決定保持沉默。她想起王儲曾經說過的話。

「阿姨，他雖然很囂張，但是個說話算話的人。平時的行徑可能讓人難以相信，但在關鍵時刻仍是個值得信賴的傢伙。」

亞伯特這番話的意思是說可以相信凱爾。而一路觀察下來，塔莎也能同意這番話。

「我也不會說出龍大人的事。既然無法以精靈發誓，我就以我的真實身分發誓。」梅里說道。

凱爾臉上閃過一抹微笑。她竟然要賭上自己的性命，看來似乎不用擔心拉恩的事情被洩漏出去了。

市長爺爺奧班特接著說：「凱爾少爺，您知道死靈法師嗎？」

「了解的程度就跟大家差不多。」

當然，他還知道《英雄的誕生》裡提供的資訊。

死靈法師指的是使用死亡瑪那操控死者戰鬥的人。他們身上有著連變裝魔法都無法掩蓋的傷疤，就如稍早梅里露出來的那隻手。他們全身的血管都浮現在皮膚表面，有如黑色蜘蛛絲一樣駭人。

也正如此，他們才被稱為黑蜘蛛絲人。

這是因為他們使用了人類無法使用的死亡瑪那，才產生這樣的副作用。死靈法師會被趕盡殺絕，也許不只是因為使用屍體戰鬥，更是因為他們那駭人的外貌。

只不過人們忽視了他們有用的一面。

每一種職業都為這個世界所需要，任何存在都一定能在某處派上用場。

「我叫做梅里。」梅里再度開口，「今年二十五歲。」

她像拉恩一樣開始自我介紹，凱爾靜靜聽著。拉恩則興致勃勃地盯著梅里。

「十五年來，我都生活在這座生命之城。我在十歲的時候，跟家人一起逃往沙漠。」

死靈法師梅里同樣也是從村子裡逃跑的人類之一。

「我只記得這些。」

嗯？

凱爾隨即察覺了這句話的意思，並為此感到難過。

「梅里是在十五年前，沙漠釋放死亡瑪那的那天被人發現的。」

黑暗妖精肖恩神色凝重地說，凱爾轉頭看向他。

「是我發現她的。」

肖恩回想起十五年前的事。

「就如剛才所說，死亡之地會釋放少量的死亡瑪那。接近釋放的時間，我們就會每晚到地面上去，盡可能把逃亡的人類帶進城市裡。因為他們大多營養失調，只要接觸少量的死亡瑪那，就很有可能致命。」

「但我們無法拯救所有人。」

塔莎沉著臉低聲說。她是跟肖恩一起發現梅里的人。

「距今十五年前，是近百年來釋放最多死亡瑪那的一年，幾乎是平時的二十倍。」

嗯，凱爾能想像那是什麼狀況，同時也明白為何梅里會成為死靈法師。

「看來，你們就是在那時發現梅里小姐的。」

人類只要少量接觸就會致命，那天的沙漠卻釋放了二十倍的死亡瑪那，而梅里就是在這樣的情況下被找到。

「對，我們發現她的時候，她已經吸收了相當程度的，老實說，是吸收了非常大量的死亡瑪那。」

「但她活下來了？」

肖恩想回答凱爾，梅里卻搶先他一步。

「對，我活下來了，但真的很痛。」

她喊痛的語氣也相當平淡，絲毫感受不到任何情緒。

「感覺像全身的血管都要爆開一樣難受。我承受著這樣的痛苦，發現若想活下來，就必須學會操控死亡瑪那的方法。於是在黑魔法師與死靈法師之中，我選擇成為死靈法師。」

十歲的梅里為了活下來，必須成為死靈法師。

「後來就不痛了，我覺得很好。現在更不痛了。」

塔莎低下頭，似乎不忍心再聽下去。

更不痛。

死靈法師攝取了神不允許人類使用的死亡瑪那，因而犯下大罪，必須終生承受隱約的疼痛。

「但我失去了記憶。」

凱爾這才理解，梅里為何說她只記得自己逃跑的事。

「我在沙漠裡不停跑著，家人在後面倒下，但我還是一直向前跑。我只記得這些。家人的臉、在此之前生活的人類世界，都記不起來了。」

梅里只記得一件事。

「梅里，繼續跑！不要回頭，繼續跑！」

那是母親的聲音。她只記得自己在聲音的陪伴之下，踩著鬆軟的沙子不停向前跑。也多虧了那個聲音，她才能記得自己的名字。

她繼續以那毫無情感的聲音說：「雖然我痛了十五年，但仍過得很幸福，我也很感激。」

梅里感激這座死亡之城，不，能來到這座生命之城，她既幸福又感激。包括現在想盡辦法要阻止她的市長奧班特，以及當年救了自己一命，從小看著自己長大的肖恩與塔莎，她都心懷感激。

但她每晚都還是能聽見母親的聲音。

「我知道人類討厭死靈法師，但我還是對人類的世界感到好奇。」

地下城市裡的人都說人類世界是地獄，外面世界的人則大部分憎恨死靈法師。即便如此，她仍感到好奇，不，應該說，她仍覺得空虛。

「我不想帶給任何人困擾，所以我要自己去。」

十年前的那個經歷，讓她失去了十年的記憶，且必須終生與疼痛相伴，但她還是想找回記憶，想知道那十年裡究竟有什麼。她的心告訴她，若想知道，那就必須去人類世界看看。她舉起沒被塔莎抓住的那隻手，駭人的傷疤再度出現。

「我聽說別人都覺得這傷疤很噁心，所以我只要不讓這道疤被發現，並避開神殿，安靜地行動就行了。我已經做好萬全的準備了。」

梅里雖然看著凱爾與拉恩，實際上卻是對著三名黑暗妖精說話。塔莎沒能拉住梅里的另一隻手，只是靜靜地看著。她眼裡所看見的，是多年前那個深夜裡，被死亡瑪那覆蓋的沙漠，以及倒在沙漠裡奄奄一息的孩子。

「要跑才行，啊，要繼續跑！」

孩子渾身布滿了黑色的絲線，嘴裡不斷喃喃自語。

當塔莎把這個不知吸收多少死亡瑪那的孩子，從沙子裡拉起來抱在懷裡時，她才看見那孩子的父母倒臥在遠方。

這孩子一個人跑了很遠，還戰勝了黑色瑪那，成功活了下來。

「我對這個世界感到好奇。」

市長奧班特一句話也說不出來，因為他知道梅里好奇的不是世界，而是渴望找回自己失去的十年。一陣靜默中，他注意到有個東西動了起來。

是黑龍。

拉恩飛到梅里面前停下，盯著她看了好久，接著高聲說：「活下來真了不起！當然，沒有我這麼偉大，但也很了不起！」

凱爾也同意拉恩的看法，只不過有別於龍的激動口氣，他平靜地說：「真了不起，活下來就夠了。」

「沒錯！妳是個了不起的人類！我同意！」

拉恩的話還沒說完。

「但如果弱不禁風的人類只因為自己變得跟我的前爪一樣強，就認為自己不會受到傷害，一個人偷跑出去探險，最後卻受傷回來，那我絕對會把這塊地給毀了！」

這好像不太對吧？難道不是應該先幫對方治療嗎？

凱爾心中有很多疑問，卻沒有立刻說出口。他多少同意拉恩的話，認為梅里應該更加謹慎。

梅里當然也不希望自己受到傷害讓親近的人難過，所以她能理解拉恩的意思，也能理解黑暗妖精的心情。也正是因為這樣，她才在滿二十歲之後又忍耐了五年。但即便過了這麼多年，她仍好奇地上的世界。

「所以在得到許可之前，我是不會出去的。如果能夠出去，我會在一年之內，在不被任何人發現的情況下回來。」

她不帶一絲情感的語氣聽起來相當生硬，卻意外地具說服力。

奧班特拿起手帕擦了擦手心的汗，無力地說：「之後，我們之後再說吧。」

她是這座城市，不，是這西大陸上唯一的死靈法師。而為她開啟這條路的人，正是奧班特。正是因為無法眼睜睜看著她死去，奧班特才決定把應該留在過去的遺產，交到渴望活下去的梅里手上。

「是，我知道了。」

聽見梅里的答案，奧班特才再度將視線轉回凱爾與拉恩身上。

「等死亡瑪那釋放的時間過去，我會再跟您聯絡。這段時間，就請您好好休息。」

「謝謝你，市長。」

凱爾簡短地與奧班特握了握手，便起身準備離開。肖恩與梅里也跟著起身，只有一個人依然坐著。

「塔莎。」

「啊，是！」

在奧班特的呼喚下，塔莎才驚醒過來，從椅子上跳了起來。從她的臉上，可以明顯看出她正在煩惱。凱爾假裝不知情，帶頭離開了市長室。此時拉恩已經透明化，三名黑暗妖精與梅里也假裝拉恩從來不存在。

市長留在自己的辦公室，塔莎與肖恩則走在前頭為凱爾帶路。凱爾身後跟著崔漢，死靈法師梅里走在崔漢身旁，拖著長長的黑色長袍默默跟著。

「梅里。」

身披長袍的梅里聽見凱爾的呼喚，轉頭看向凱爾。凱爾緩緩走到她身旁問道：「妳能做一隻手嗎？」

「您是說人類身體部位之一的手嗎？」

她的語氣生硬，凱爾卻回得溫柔。

「對，左手。」

「您需要嗎？」

「對，我需要。」

「我知道了，我做給您。」

見梅里沒有詢問報酬或代價，凱爾問：「妳想去人類世界看什麼？」

聽見這個問題，走在前頭的肖恩與塔莎頓了一下。

梅里毫不猶豫地答道：「我不知道。」

她真的不知道。

「我沒有記憶，只靠書跟故事，實在無法想像人類世界是什麼樣子。所以我想去看過之後，應該就會知道我想看些什麼。」

「說的沒錯。」凱爾表示同意。

這話說得沒錯。因為什麼都沒看過，確實有可能沒有特別想看的東西。或許要等真的看過之後，才會知道自己想看些什麼。凱爾聽見拉恩的聲音自腦海傳來。

—我懂她的心情。

離開洞窟前的那四年裡，拉恩沒有任何想看的東西，牠只是茫然地渴望獲得自由。除此之外，沒有什麼具體的想法，因為牠什麼都不知道。
—了不起的人類。
從剛剛開始，拉恩就不停對著凱爾稱讚死靈法師梅里。
—看起來很善良。
梅里想看看人類世界，而拉恩明確地表達自己想跟她同行。
—當然，她不像弱不禁風的你，但基本上是我們這邊的。很善良，而且活得很了不起。
凱爾一如既往，假裝沒聽見拉恩的話。

兩天後，凱爾在旅館一樓，躺在餐廳兼大廳裡的沙發上呆望著天花板。
「真不是開玩笑的。」
轟隆隆。一個巨大的聲響傳來，地下空洞開始震動，只是強度並不大。
「少爺，看來是沙漠在釋放死亡瑪那。」
「是啊。」
凱爾一口氣將羅恩送上的檸檬水喝下。地下都市裡也有人種檸檬，這裡要什麼水果都有。
比克羅斯做了冰淇淋，放在凱爾跟透明化的拉恩所在的餐桌上。旅館老闆雙眼發亮，拚命表達出想雇用比克羅斯的意願。
凱爾身旁的拉恩再度對著他的腦海說話。
—好無聊喔！
凱爾沒有理會，只是看著旅館的門。
「比克羅斯，你去再泡一杯檸檬水來。」
「什麼？」
「少爺，讓我去吧。」

比克羅斯疑惑地反問，羅恩則主動表示他要去。這時叮鈴一聲，旅館的門開了，一個人進到旅館裡。

「羅恩，你坐下。」

穿著寬大的黑長袍，全身上下包得密不透風的梅里來到旅館。乍看之下會覺得她似乎看不清前面的路，但黑鴉鴉的梅里卻不偏不倚地朝凱爾走去。

「比克羅斯，去準備一杯檸檬水給她。」

比克羅斯疑惑地看著眼前的黑色物體，凱爾接著說：「她是要幫你父親做一隻新左手的人。」

比克羅斯愣了愣，一旁故作慈祥，面帶微笑的羅恩，嘴角卻微微沉了下來。看著站在自己面前的梅里，凱爾直接切入正題。

「梅里。」

凱爾喜歡免費的東西、喜歡錢，也喜歡給人一記悶棍，但他並不是個騙子。他，金綠秀認為，對於願意為自己完成重要大事的人，就應該要給予相應的報酬。

羅恩是使用雙手刀的殺手，因此凱爾認為，應該要好好報答願意為羅恩做一隻手的人。

「六個月，我會給妳住的地方。」

——耶！太好了，弱不禁風的人類！

拉恩高喊。

「這是什麼意思？」

梅里機械般的聲音微微顫抖。

「意思是說，我會提供一個能讓妳過冬的地方。只是那個地方，不是妳口中的人類世界，也不是人類居住的村落或城市。」

旅館老闆靜靜來到門邊，牢牢鎖上了旅館的門。他擔憂地看著梅里，凱爾看了老闆一眼，然後才接著說：「但妳能夠過著欣賞天地之美的生活。」

雖然是闇黑森林，雖然有許多怪物，但那裡的美麗與清淨的自然，絕對是地下城市所沒有的雄偉與美好。

「我不能給您帶來困擾……」

沉默了好久，黑長袍下的梅里才終於出聲回答。

困擾啊。凱爾笑了笑。

「我想，妳是因為還不夠認識我，才會說這種話。」

坐在椅子上抬頭看梅里，凱爾才發現在黑色帽兜之下，梅里還用黑色面罩將臉包覆起來。

他突然意識到，自己從沒看過梅里的眼睛。

「我絕對不會勉強自己去做任何事。」

他不是因為發瘋才去做這種會與眾多教團為敵的事，只是因為現在的情勢一定能讓事情順利發展，而且不會被發現，所以他才願意出面。

「然後，那之後的六個月。」

梅里說過，她要出去一年。凱爾當然記得這件事。

「我會在那六個月裡至少幫妳一次，讓妳就算遇到太陽神教團也能順利逃跑，免於一死。」

黑色長袍抖了一抖，顯然是梅里因為吃驚而猛然抬起了頭。

「這有可能嗎？」

旅館老闆加入了對話。肖恩告訴過凱爾，這名七十多歲的老人在塔莎離開之後，便開始以梅里的家人自居。

「真的有可能嗎？」

老人的聲音微微顫抖，凱爾看著老人說：「我會給妳龍的死亡瑪那。」

但他說話的對象，卻是長袍之下的梅里。

若梅里的力量接近魔法師蘿絲琳的等級，那只需要再讓她變強，她便能在必要之時躲避太陽神神官。

必須給出這種程度的回報，來報答梅里為羅恩做一隻手，這樣才符合凱爾自己的標準。

「少爺。」

原本靜靜在旁看著的羅恩這時插嘴，凱爾抬起手來制止他。

「你別說話。」

「但是少爺，怎麼能用龍的死亡瑪那呢？我這樣也——」

「比克羅斯。」

凱爾沒有理會羅恩，而是喚了比克羅斯一聲。他就站在旁邊，整個人聽得出了神。

對著還沒回過神來的比克羅斯，凱爾說：「就叫你去準備檸檬水了。」

「啊——」

「快去。」

「是。」

比克羅斯迴避父親的視線，逃跑似地溜進了廚房。

凱爾邀請梅里坐下，「坐哪都可以。」

凱爾自在從容，別人看了，說不定會以為他才是旅館的老闆呢。

「總之，」梅里的聲音自黑長袍下傳出，「我先為您把手做出來，再來想這件事。」

梅里將頭轉往另一個方向，看著站在一旁的羅恩。羅恩的感受一言難盡，他以一臉複雜的表情接受梅里的注視。

梅里開口，用那有如導航一般清晰，卻不帶一絲情感的聲音說道：「你的肌力相當發達，相當神奇。從右手跟身體的平衡看來，應該是個平均使用左右手的人。我得特別費心為你製作這隻手，接下來還得經過幾次的試用與校正。」

「要多少時間？」

「……會花上一、兩個月。」

凱爾啜飲了一口檸檬水，看起來就像躺在海邊的日光浴床上一樣，無憂無慮。

他主動開口發布結論：「那就到地面上妳住的地方做就可以了，羅恩就在妳住的地方工作。」

「這讓我很混亂，很為難。」梅里用生硬的聲音，一字一句地說著，「這似乎是個很困難的問題。我不能給您帶來損害，但因為……看起來很強大，恐怕很難不造成任何損害。」

她這番話，說的大概是崔漢與黑龍拉恩。

—沒錯！善良的孩子果然聰明！有我在就不可能不造成損害！只要通通摧毀就行啦！

凱爾依舊沒把拉恩的話當一回事，畢竟龍本來就是過於偏激的物種。

「……我下次再來。」

「隨妳吧。但我幾天後就要離開了，妳在那之前打包好吧。」

凱爾起身。該說的都說完了，他往樓梯的方向走去，準備回到二樓房間。

「啊，喝了檸檬水再走吧，妳得了解一下我們主廚的手藝，畢竟以後要經常相處。」

即便凱爾指示她喝下檸檬水，梅里仍一動也不動地看著他。凱爾沒再看她一眼，逕自返回自己的房間，羅恩則跟在後頭。

「少爺。」

罕見地，羅恩臉上並未帶著故作仁慈的微笑。

「那人是誰？您現在這又是——」

「羅恩。」

凱爾來到房門口，伸手轉動門把。喀噠，微弱的開門聲響起，凱爾走進房內。

「你可以放心接受這些。」

關門之前，凱爾自始至終都沒看向站在身後的羅恩一眼。過了好久，門外才再度傳來羅恩的聲音。凱爾輕輕笑了。

「少爺，要準備一些糕點嗎？」

「好，去弄吧，還要喝的。」凱爾再補充，「不要檸檬水。」

檸檬水已經喝膩了。

卡羅王國德柏里領地，與死亡之地接壤的村莊。騎士今天也守著通往沙漠的城門，一早心情就很不好。

「這神經病，不過比我早三年當騎士，就在那囂張的咧。」

這村子裡只有兩名騎士，其中一人是另一人的前輩，比他早三年拿到騎士爵位。在這名前輩騎士的命令之下，年輕騎士已經不知是第幾天負責清晨至上午的警衛工作。士兵們緊閉著嘴，假裝沒注意到騎士神經質的反應。沒事亂答腔，或是誰去向前輩騎士打小報告，那他們很有可能小命不保。騎士緊皺著眉頭。

錢也都是他一個人拿走。

想盡辦法守著城門弄到的錢財，全被前輩騎士給獨占。雖然他偶爾會請年輕騎士喝杯酒，但在這小村子裡就算喝免費的酒，也實在不會讓人覺得美味。

「前幾天那兩個金幣也是被他獨占！混帳東西！一天到晚拿這些錢，遲早會出事——」

啪！

「啊！」

一個東西掉到他頭上，他摸了摸自己的後腦勺。

「可惡，什麼啦？是誰在丟——咦？」

騎士注意到，打到自己的後腦勺再掉到地板上的東西又小又圓。

那是個金幣。

天上竟掉了錢下來！騎士趕緊把金幣撿起來，並四處張望了一下。他抬頭往上看，卻什麼也沒看見。

這是怎麼回事？

無論如何，騎士決定先將金幣塞進自己的口袋裡，然後對士兵們使了個眼色，意思是要他們不許說出去。

距離城門稍遠處。

「你遵守了約定呢。」

坐上託給村子旅館保管的馬車，凱爾回應黑暗妖精塔莎。

「不是上次那個騎士，真有點可惜。」

「等我活著回來，我會再給你一枚金幣。」

可惜的是，當時聽見凱爾說這句話的騎士，並沒有出現在早晨的城門邊。

「真應該直接翻過城牆的。」

「要是這樣，少爺就無法救到上次那兩名領地居民了。」

凱爾假裝沒聽見塔莎的話。塔莎一直跟他說話，實在有些煩人。雖然凱爾顯得不耐煩，塔莎卻仍然溫柔地看著凱爾。

「真舒服。」

對凱爾來說，還是施展了魔法的馬車最為舒適。他靠坐在馬車裡，轉頭望向一旁。一團黑色的物體靠在窗邊，雙眼緊緊盯著窗外，一旁則是興奮不已的黑龍。

「覺得神奇嗎？」

「是的，拉恩大人，很神奇。這裡是我生活過的村子嗎？」

「這我也不知道！」

「這樣啊……我第一次看到這種村子，很神奇。」

即使梅里的聲音聽不出任何情緒，拉恩依然很是得意。

「真正的天空好像沒有盡頭，我感覺不出來有多大，好厲害。」

「好好期待吧，夜空更美麗。去我們家看會更棒。我還會帶妳去看闇黑森林。」

「謝謝您，拉恩大人。」

原本看著梅里與拉恩對話的凱爾，這時將目光轉向塔莎。

「幹嘛這樣看我？」

塔莎感動地看著凱爾，那眼神讓凱爾很有壓力，逼得他不得不別開頭看向窗外。

「出發吧！」

馬車出發，凱爾伸出手腕，塞到瘋狂神官凱奇面前。

「凱奇。」

原本看著拉恩的凱奇收回視線，小心翼翼地伸出雙手，溫柔地握住凱爾的手腕，接著溫柔地低聲念道：「降下死神氣息，降下死亡帷幔予意圖致你於死之敵。使在永恆黑暗中徘徊之敵無法將你阻擋。使敵人失去雙眼、失去雙腿、失去聲音與光芒，終生徘徊。」

凱奇嘴裡念念有詞，都是些可怕的詞彙，凱爾別過頭，靜靜看著窗外的風景。感覺一股寒涼的氣息纏繞手腕，準確地說，是纏繞住那個手環。

「結束了。」

「凱奇，死神祝福都是這樣冰冷嗎？」

凱奇從容地答道：「當然！死神的祝福就是死亡，死亡哪會有多溫柔？」

說的沒錯。

不知為何，凱爾開始擔心這手環接受幾天這種祝福之後，恐怕會成為詛咒之物。但這對王儲來說畢竟是寶物，於是他決定不再多想，甚至決定對凱奇提出新的請求。

「有更激烈的祝福嗎？」

「我打算每天提升強度。」

「太好了。」

果然是瘋狂神官。

凱爾安心地閉上眼，朝著首都前進。

抵達首都，凱爾一行人再度入住之前曾經住過，位於首都附近的旅館。凱爾打開自己的房門。

「這裡就是我的房間嗎？」

「是的，少爺從今天起就住在這裡。」

塔莎的眼神裡充滿過度的感激，凱爾沒有多加理會。

喀噠。

接著……

砰！

巨大的聲響傳來，門跟著關上。凱爾看著塔莎，只見她咧嘴對凱爾笑。凱爾重重嘆了一口氣，再度把門打開，然後拖著不情不願的步伐進到房間裡。

塔莎關上了門，隨後一個熟悉的聲音傳來。

「這不是你的房間。」

「不用您說我也知道，殿下。」

王儲亞伯特·克羅斯曼勾勒出如畫像般的完美笑容。那房間裡，還有相當華麗的晚餐在迎接凱爾。

「我沒想到您會這樣特地來迎接我。」

「因為我有點急。」

急？

凱爾看著亞伯特，亞伯特接著說：

「湯卡當上威波王國的總司令官兼大將軍了。」

安靜了幾個月的湯卡，終於正式開始有所行動。湯卡坐上這個職位，就代表威波王國正式被他所掌握。

「真是走上了亡國的捷徑呢。」凱爾淡淡地說。

亞伯特的嘴角帶著微微的嘲笑。

「是啊，雖然現在還跟我們無關。」

「看來他們還不知道殿下搶走了魔法師？」

「當然不知道。連我們王國的人都還不清楚，威波王國怎麼會曉得？」

凱爾迎上亞伯特的目光。

啪一聲，凱爾手中的手環落到亞伯特手上。滋滋滋滋，接著就像有人拿了一盆水將火澆熄一樣，亞伯特的身上冒出一陣黑煙，同時還傳出刺耳的滋滋聲。亞伯特將手環戴到手上。

「殿下，您這模樣看起來也挺不錯的。」

四分之一混血的黑暗妖精亞伯特露出自己原本的模樣。

金髮藍眼的形象消失，取而代之的是褐色頭髮與黑色的瞳孔，以及比其他人更加黝黑的皮膚。即使只有四分之一混血，黑暗妖精的特色依然相當明顯。

——肯定是因為攝取了死亡瑪那。

但也或許是因為在他身上，黑暗妖精的特徵本就遠遠強過人類的特徵。

「這是當然的，有必要特別說出來嗎？」

說的也是。

「上頭還施加了死神的祝福啊，真是太好了。」

王儲能感覺到手環上的力量，也能明確認知到這是凱爾送他的禮物。感受著這股力量，他告訴凱爾一個情報。

「聽說大將軍湯卡要代替王室的繼承人前往帝國。」

凱爾皺起眉頭。

「肯定會是一團混亂。」

「我同意。」

「你打算待在領地嗎？」王儲問凱爾。

「對，我是這麼打算的。」

凱爾耳邊傳來拉恩的聲音。

—啊！講到湯卡那無知的傢伙我就想起來，種子發芽了！

從魔塔帶回來的種子發芽了。

「你想幹嘛？」

「我想種種田，稍微休息一下。」

他要培育人才、培育種子、培育金錢。

當然，他只打算出一張嘴。

「你用那種表情說要種田，肯定沒人會相信。」

凱爾那不知在打什麼主意的表情，讓王儲感到很是不安。他恢復金髮藍眼，隨後便跟凱爾道別，他得趕緊前往帝國才行。

沒過多久，凱爾也離開了首都，回到闇黑森林的哈里斯村去。

一個多月來，凱爾都在享受鄉村生活。王儲在凌晨時分聯繫他，但他並沒有在當下就接到，直到現在才終於開始聽取留言。

「你到底都在做什麼啊？」

王儲的語氣聽起來很是困惑。

「湯卡大將軍為何稱呼你是朋友？你怎麼會是叢林的英雄？柏雷王國的其中一名王子也問起你的事情，說要找他姐姐蘿絲琳。大家都私下來找我問你的事情。」

「哈，眞是要瘋了。」

凱爾一早還昏昏沉沉，沒把王儲的抱怨聽進耳裡。羅恩上前為他遞了杯水，同時送上好幾封信。

「是鯨族寄來的。」

鯨王繼承人維媞拉寄信來了。

海裡暫時恢復平靜了。凱爾少爺，鯨族之王想帶您去看海上航道。

本想說日子終於舒服點了，不料北方又來聯繫。

「真煩人。」

羅恩沒有理會凱爾的嘟囔，慈祥地說：「另外，伯爵家也有聯絡我們。慶典就快到了，他們想問您要不要回去與家人見見面。」

安靜的臥房裡，突然冒出了好多個聲音。

「慶典？」

「說是有慶典耶？」

「慶典！」

在臥房角落睡覺的拉恩、氳與紅一下子跑了過來。凱爾沒有理會那幾雙盯著自己看的眼睛，一頭倒在床上。

「真煩人。」

就在這一刻，影像球裡的王儲先是嘆了口氣，隨後留下最後一句話。

「**唉，總之，我會跟柏雷王國的王子一起回去。還有，太陽神教團的教皇死了。**」

「嗯？」

柏雷王國的王子要來訪的事，只需要轉告蘿絲琳就好。但接下來的那句話倒是有些古怪。

「**據說犯人是太陽神教團的聖女聖子雙胞胎。他們似乎逃了，不知躲到哪去，找都找不到。**」

他說什麼？

「**哈，眞是亂七八糟，眞是的。**」

噠一聲，影像通訊球留下的訊息到此結束。凱爾跟羅恩對望了一眼。

「去聯絡蘿絲琳小姐。」凱爾嚴肅地說，「剩下的就別管了。」

「少爺，您越來越賢明了。」

chapter 023

一直忘記

「慶典也別管嗎？人類？」

拉恩盯著凱爾，氲與紅也用同樣的眼神看著他。凱爾沒看拉恩一眼，便接著對羅恩說：「兩天後回伯爵家吧。」

「是，少爺。如果想讓孩子們參觀慶典，的確得趕緊出發。」

「廢話少說，去請蘿絲琳小姐過來。」

「是，少爺。」

羅恩離開房間，臉上的笑容夾雜著虛偽的仁慈與些許淘氣。凱爾從床上坐起身來，拉恩、氲與紅在一旁笑開懷，但凱爾沒有理會牠們。

「人類，要準備離開了嗎？」

「不是現在走。」

「知道了！我去說一下要離開了！」

拉恩從敞開的窗戶飛了出去，氲與紅也跟在牠身後跳往窗外。三個孩子朝闇黑森林前進，凱爾沒有理會，他一點也不在乎。

稍後，蘿絲琳來訪，凱爾把消息分享給她。

柏雷王國的其中一名王子向亞伯特王儲問起蘿絲琳的消息，也問起了凱爾的事，亞伯特王儲還要帶著那名王子從帝國回來。

「蘿絲琳小姐，我請妳來，就是想轉告妳這個消息。」

凱爾話都說完後，蘿絲琳臉上便露出溫柔的笑容。

「想必是四王子。」

「是嗎？」

「是個把教養扔在龍巢裡的傢伙。」

……她說把什麼東西丟在哪裡？

凱爾是第一次聽到蘿絲琳用這種口氣說話。

「他從小就是個不管做什麼都愛哭鬧的孩子。」

「是嗎？」

凱爾決定先附和，不多發表意見。

「是的。所以我經常在他耳邊嘮叨。說他身為王子可能不明白，但這世界可不是哭鬧一下或撒嬌就能如願的。」

蘿絲琳笑得相當爽朗。

「所以我說，我會帶他認識世界。」

會是怎樣的世界呢？總覺得很可怕。

「總之，不管來的是四王子還是誰，我都會把他們送回去。」

不知為何，凱爾覺得送回去這幾個字聽起來有些可怕，但他決定不追問詳情，反正蘿絲琳肯定會自己看著辦。

叩叩叩。

這時，一陣敲門聲響起，一個黑色的東西迅速從窗外飛了進來。

「開門，人類！」

看拉恩身上沾了許多樹葉跟泥土，凱爾努力忍住了想嘆氣的衝動。不用問也知道黑龍帶來的人是誰，凱爾對著門喊：「進來。」

門應聲開啟，一個比黑龍還黑的物體走了進來。

「您好嗎？早安。」

來人是梅里，她的聲音仍然像機器一樣不帶任何感情。

死靈法師梅里很適應哈里斯村。一開始無論白天黑夜她都只望著天空，讓人很是在意，現在卻已經相當融入地面上的生活。

說得更明白一些，是黑龍跟她玩在一起，他們相處得很好。

「人類，你聽好，我跟這個好孩子發現了一件事。」

蘿絲琳帶著淺淺的微笑，拿起面前的杯子喝了口茶。

凱爾滿臉不高興地問：「怎麼，又找到什麼神奇的石頭，還是什麼有很多洞的樹葉了嗎？」

黑龍帶著梅里，跟她介紹闇黑森林裡的大小事。對於梅里透過拉恩學習地面上的自然環境這點，凱爾感到有些不放心，但他也覺得麻煩，最後便決定任由他們去。

拉恩帶著梅里出去，每次發現神奇的石頭或樹葉，就一定會跟凱爾報告。起初黑龍說發現神奇的東西時，凱爾還興奮地以為是什麼寶藏。

「不！我們發現跟那不相上下的東西！」

跟石頭或樹葉不相上下？難道是土嗎？凱爾敷衍地點了個頭，對著梅里指向了一張椅子。梅里拖著黑色長袍走過去坐了下來，蘿絲琳將點心推到她面前。

「對！我們發現了骨頭！」黑龍高喊。

骨頭？

「好像有好幾百個！」

凱爾轉頭看著梅里。

「我們發現大約有兩百多具屍體的屍堆，全都埋在地底下。大部分都是死後立刻埋進去的，骨頭保存的狀態非常好。埋在地底的時間頂多只有兩年。」

「崔漢說，應該是他們在闇黑森林裡面打起來，然後全部都死了！」

在闇黑森林裡偶然發現死去的怪物或動物，梅里都會用來練習死靈術。而梅里不會使用人類或妖精族的屍體。

「骨頭得拼起來才有辦法做精確的推論，但應該是地面怪物與飛行怪物等少數種族，彼此發生爭鬥造成的結果。」

那一刻，蘿絲琳看到凱爾的表情突然變了，她看見凱爾的嘴角微微抽動。

「人類，那些骨頭可以讓好孩子用嗎？」

蘿絲琳的表情變得有些怪異。

每次拉恩與梅里在闇黑森林裡發現新東西，都會跟凱爾報告，並詢問凱爾能否使用。

「一定會保持乾淨！」

「不會破壞骨頭。」

面對黑龍與黑長袍這對黑色組合的保證，凱爾沒有立即答應，而是拿起了茶杯，先悠哉地喝口茶。

我怎麼都沒想到？

凱爾的嘴角止不住地抽動，為了忍住笑意，他連茶都沒能好好喝。最後他放棄喝茶，轉而問梅里：「飛行怪物的骨頭堪用嗎？」

「是。雖然彎折的部分還需要修復、組合，但應該算是非常堅固。」

「數量呢？」

「地面怪物的數量比較少，約七十多具。」

「大小呢？」

「應該是變種怪物——」

「有飛龍那麼大嗎？」

「比飛龍要小一些。」

這時提到飛龍是有些突然，但梅里依舊老實回答。聽著梅里知無不言的回應，凱爾覺得自己心跳飛快。

北方的飛龍騎士團。

每一次想到這件事，凱爾就會思考，是否該用火和魔法去因應。但若真這麼做，自己也會承受不少損失，因此他相當煩惱。

「梅里。」

「是。」

「妳感謝我嗎？」

「真的很感謝您。」

凱爾的問題有些突然，但梅里的回答始終毫不遲疑。聲音雖然生硬，但她總是真心回應。

跟著凱爾來到這裡，雖然不是住在卡羅王國，但仍是在人類的村子裡。偶爾還能去領主城看看，這都讓她得以在自在的環境裡體驗地上世界的美好。

未來等她回到地下城市，應該會懷念這裡的夜空、蔚藍的天、廣闊的自然以及這個家。

「好。以後等我遇到困難，妳應該會想報答我囉？」

凱爾露出溫柔的笑容，看在一旁的蘿絲琳卻很不放心。但在場只有她這麼想。

「是，沒錯。我想報答您。」

凱爾久違地露出大大的笑容。

「那就在我呼喚妳的時候，來領地一次吧。」

「是。我希望以後還能有機會來這裡。」

凱爾的腦海中，此刻正浮現一幅畫面。他一邊想像著，一邊對梅里說：「用怪物的骨頭盡情練習吧，但離開前要記得還回去，知道嗎？」

「這是當然的，我一定會弄乾淨才離開。」

「不愧是人類！我就知道你會給她用！」

蘿絲琳一臉「怎麼會有這種交易」的表情，凱爾沒有理會，而是對準備跟拉恩一起離開的梅里說：「飛行怪物的屍體，應該能在空中飛吧？」

「是，沒錯。但我是第一次遇到飛行怪物，需要再多練習。」

如果說北方有飛龍騎士團……

凱爾腦中浮現了一個名字——骨骸飛行團。

不覺得這名字很帥嗎？

凱爾相當雀躍，此刻還有另一件事情讓他心情更加激動。他按耐著這份心情，溫柔地跟梅里說：「梅里，等妳熟悉了飛行怪物，記得告訴我。」

「是，我明白了。那我離開了。」

「我快去快回，人類！」

梅里跟拉恩離開了房間。越過窗戶，凱爾看著正往闇黑森林飛去的拉恩想——區區飛龍，應該會被龍壓著打吧？

凱爾手上有龍的屍體，而且還是條成龍，是在闇黑森林的黑色沼澤發現的。

一想到龍骨與飛行怪物的骨骸在空中飛行有多壯觀，凱爾就悸動不已。光用想的，他就已經覺得自己既安全又幸福。

「蘿絲琳小姐。」

「……是。」

凱爾露出陰險的表情，讓蘿絲琳回應得不是很情願。在她眼裡，凱爾這個人真的很善良，卻總有一些天外飛來的想法。

「柏雷王國的軍事能力如何？」

「什麼？」

「現在我要跟妳說的事情是最高機密。」

蘿絲琳注意到凱爾臉上的表情逐漸嚴肅起來。

王儲亞伯特絕不會沒來由地跟他國王子一起行動，尤其他必須隱藏自己是四分之一黑暗妖精混血的事。其中肯定有什麼事，讓他必須承擔風險，與他國重要人士一同移動。

他現在或許是在測試，看看柏雷王國是怎樣的地方、王子是否值得來往。

亞伯特無法任意洩漏重要情報，現在肯定是藉著此次同行，暗地裡觀察柏雷王國的王子。如果觀察的結果不錯，亞伯特定會有所行動。雖然他追求利益，但他更重視大義、重視王國。

「北方三國已經聯手了。」

「什麼？」

而凱爾是個最重視自己與伙伴的人。安全與舒適，是他最重視的兩件事。

「這是祕密，只有幾個人知道。」

「凱爾少爺，這是什麼——」

喀噠。凱爾將手中那杯從沒動過的茶放回桌上。

「蘿絲琳小姐，所以說……」

凱爾露出了笑容。

在凱爾心中，蘿絲琳就跟拉克一樣，是自己的伙伴，但凱爾並未因此忘記她過去的身分。她雖然已經離開了王室，但接下來要說的事情，其實是為了至今提到弟弟仍會露出笑容的她。

蘿絲琳雖然拋下了公主的身分，但她仍有家人留在柏雷王國，這也是凱爾要提起這件事的原因。

「不可能只讓他們聯手啊，不是嗎？」

蘿絲琳的眼神變了。

之後兩人之間便沒有任何對話，結束了這次的茶敘。

那天晚上……

「殿下，四王子說要過來這裡嗎？」

「你這個神通廣大的傢伙，真是什麼都瞞不過你。對，四王子要去。」

「**殿下——**」

王儲浮現在影像通訊球上方的臉，臉色實在說不上好。凱爾試探性地看著他。之前，凱爾實在無法告訴王儲自己知道北方聯合的事情，因為當時還不該提起這件事。

現在，時機來了。

「**北方三國是否聯手了？**」

亞伯特沒有回答凱爾，只是靜靜看著他，隨後才露出淡淡的笑容。

「**你果然只是假裝不知情。就是因爲這樣，你才會幫我招募魔法師，還幫忙建設海邊的軍事基地。**」

凱爾沒有否認，亞伯特似乎也不期待他的回應，立即接著說下去。

「**那這次的事情該怎麼做才好？**」

「**蘿絲琳小姐說要跟弟弟見面。**」

「**看來她也知道這個情報了吧？**」

「**她是我的伙伴。**」

聽見這個答案，亞伯特忍不住笑了一聲。

「**保密。安全是最重要的，你知道吧？**」

「**所以我才會一直瞞著殿下到現在。**」

凱爾露出一個狡猾的笑容，讓亞伯特一臉嫌惡地結束了通訊。

「**那下次見了。**」

「**是，殿下。**」

影像通訊中斷。

印有海尼特斯伯爵家黃金烏龜的馬車行經領主城前，朝後面的伯爵家前進。

「很快就會有慶典的感覺了。」

凱爾點點頭，以肯定的態度回應崔漢，隨後望著窗外的風景。城內處處都是華麗的裝飾，整座城人聲鼎沸。尤其平時安靜肅穆的領主城前，此刻更是萬頭攢動，排隊等待的人非常多。

「第一次看到領主城前有這麼多人！」

「沒錯！我也是第一次看到！」

凱爾隱約發現，崔漢似乎也跟拉恩、氳與紅一樣興奮。也是，那傢伙應該是第一次經歷如此像樣的一場慶典。

「我也是第一次看到！我也想去排隊！」

紅看著長長的等待隊伍高喊，凱爾聽到後忍不住笑了出來，伸手摸了摸那小小的腦袋。

海尼特斯領地舉辦慶典時，會有許多特別的比賽登場。料理大賽、繪畫大賽、雕塑大賽等等，都是由柏歐蘭伯爵夫人主導，獎勵也相當豐厚。

「脆弱的人類！為什麼大家都要排隊？」

「應該是為了申請參加慶典比賽，或是為了參加預賽。」

這時，崔漢低聲說了句話，聽起來似乎很感興趣。

「難怪可以看到兩、三個有實力的武士。」

咦？

「看來是要舉辦鬥劍大賽！」

沒有吧？

料理、雕塑、繪畫，只有這樣而已吧？

「鬥劍？」

「是啊。」

一股不祥的預感湧上心頭。

崔漢沒注意到凱爾凝重的神色，只顧著觀察窗外領主城門口的人群。

「雖然不知道他們要參加什麼大賽，但其中有兩個人的實力非常出眾，他們應該能夠打進決賽。」

崔漢的眼神變得相當銳利。

「嗯，雖然不知道他們主要使用的武器是什麼，但應該不是一定要用劍吧？看其中一個人的肩膀，我覺得他主要應該是用弓。」

凱爾看向羅恩，對方正咧嘴笑著。

「都有殺手來做侍從了，更何況是料理或藝術呢？」

凱爾一時忘了，這裡是奇幻的世界。

在這個世界上，看似平凡的廚師都有可能是用毒高手。在店裡幫忙修東西的普通人，也很有可能利用手上的鐵絲殘忍地將人殺害。

這裡就是這樣的一個世界。

「崔漢。」

「是。」

「海尼特斯領地的秋收祭典，只會舉辦料理、繪畫與雕塑大賽。」

凱爾很好奇，崔漢會有什麼反應。

「啊，原來如此！那他們可能只是把武術當興趣。」

崔漢隨口回應，並不覺得這些休閒比賽的參賽者當中，有武術高手是什麼怪異之事。凱爾覺得這就像奇幻故事的主角才會有的反應，而他也得承認，崔漢本來就是奇幻故事的主角。

「但那些人還是不及我的前爪！」

「姐姐，我們會贏嗎？我想去比賽。」

「你不會做菜、不會畫畫也不會雕刻啊，不是嗎？」

聽著身旁這些傢伙的對話，凱爾只能告訴自己，這裡就是這樣一個世界。馬車經過領主城，很快便看到了伯爵家的正門。

凱爾問羅恩：「比賽的日程怎麼安排？」

領地內的強者自然是越多越好。

羅恩拿出日程表交給凱爾，凱爾看了看便問崔漢：「你記得剛才那幾個人的臉吧？」

「記得。」

真是的，強者的世界真的誇張過了頭。這個世界上，怎麼隨隨便便就能遇見實力高強的傢伙？這讓弱者要在這世界生存實在很不容易。凱爾看向坐在馬車角落的蘿絲琳。聽說北方聯合的事情之後，她就變得沉默寡言，似乎一直在思考什麼。

「少爺，能不能先讓我跟老么，也就是跟四王子見過面之後，您再跟他會面呢？當然，我不打算立刻把聯合的事情告訴他。」

昨天蘿絲琳主動提議後，凱爾便要她隨自己的想法去處理。

「哦哦哦——」

擔任馬車夫的副團長希斯曼讓馬匹停下，馬車並未直接進入伯爵家，而是停在正門口。凱爾輕輕笑了一笑，便打開馬車的車門，拉恩也跟著透明化。

「人呢？」

「哥哥！」

老么莉莉站在正門口。一整個夏天過去，這個七歲的孩子似乎曬了不少太陽，只見她整個人都曬黑了。

「看來妳很認真接受訓練呢。」

「對！我非常認真！」

莉莉大聲回應，凱爾也能看出她確實有了顯著的成長。專注於訓練，把自己曬得這麼黑，想必也有不少進步。凱爾注意到莉莉的腰上掛著一把木劍，背後則斜揹著另一把更長的木劍。凱爾的注視讓莉莉頓了一頓，趕緊開口解釋。

「背上那把劍，只是因為我對長木劍很好奇，所以才做來用用看！」

「是嗎？」

那木劍上頭還有許多刮痕，看起來像是拿木劍去砍木頭的痕跡。

「對！沒錯！」

莉莉迴避凱爾的視線，態度極為恭敬。

「現在騎士團的訓練都結束了！我正要去玩！在母親的許可之下，我要出去一個鐘頭！我只會去領主城附近的餐廳街，很安全！」

這七歲的孩子，鉅細靡遺地向凱爾說明所有的狀況。凱爾根本沒開口說一句話，只是看著她而已，莉莉卻像被審問一樣認真解釋。

「好，妳去吧，晚上見。」

「好的！」

凱爾做了個手勢要莉莉快去，莉莉幾度回頭，又以極快的速度往領主城門前的餐廳街跑去。那裡主要是在領主城工作的人或官員吃飯的地方。價格便宜，也相當乾淨。

凱爾坐在馬車上想。

真可疑。

這不就像是什麼武俠故事裡，文人世家的老么與隱世高手結下緣分拜其為師，瞞著家裡人偷偷習武的情節嗎？凱爾看了羅恩一眼，羅恩的左手還得要兩個星期才會完成。

「去打聽看看。」

「是，少爺。」

即使不用多做解釋，羅恩也一點就通。這老人家比凱爾經歷了更多歲月，對於這件事也跟凱爾抱持同樣的想法。雖然伯爵夫人可能已經打聽過莉莉的事情，但凱爾自己最好也去打聽看看。

凱爾拿著料理大賽的日程表回到家中，才剛要跨進大門，便發現前來迎接的人出乎他意料。

「巴森。」

「大哥。」

「嗯，你在等我嗎？」

巴森沒有回答，只是攤開手裡的文件。凱爾沒進門，只是站在門口看著不知為何有些侷促不安的巴森。

「我聽說您慶典期間都會待在這。」

「對。」

「我希望慶典期間，領地比賽的頒獎能交由大哥負責，可以嗎？」

凱爾揚起了嘴角。巴森手裡的文件是跟領地有關的事，顯然巴森現在也已經能參與領地事務了。相較之下，凱爾至今還不曾碰過任何跟領地事務有關的文件。這是個很好的訊號。

只是他有個疑問。

「父親呢？」

「父親要負責慶典的開幕致詞。他說那些比較小的比賽，他沒有時間一一顧及，希望由我或大哥、莉莉來協助。」

「母親呢？」

「她是評審委員長，要負責頒發評審委員獎。大哥則負責大獎。」

「怎麼不由你來？」

凱爾實在不想做，而且這就應該由巴森來做，人們對巴森的印象才會更加深刻。

「我忙著處理領地事務。目前我正在學習與行政相關的事務，若要頒發大賽獎項，還必須出席觀賽，但我實在沒有時間。」

凱爾露出微笑。

好，巴森說他忙著學習領地事務。這種事情就得好好學，才能夠成為像樣的領主。我就頒這一年的獎，人們總不可能一直記得我吧？

從下一次慶典開始，再讓已經充分熟悉領地事務的巴森來負責就好。

「好，既然你很忙，就該由我來負責。以後跟領地行政有關的事物，就全部交由你來引導了。」

軍事則有莉莉會負責，而她也很認真。

「你變得真可靠。」凱爾拍了拍巴森的肩膀鼓勵他。

巴森帶著堅毅的神情慎重地說：「是，大哥，請儘管交給我吧。」

當然，樂意之至，這領地是屬於你跟莉莉的。

凱爾久違地露出輕鬆愉快的笑容點了點頭。

「別太勉強了。那我先進去了。」

留下巴森，凱爾往自己的臥室走去。他的步伐緩慢、輕巧且從容。巴森看著哥哥上樓，接著跟其他人互相寒暄了一陣，便出發前往領主城。

巴森知道自己不像莉莉那樣在武藝方面有出眾的才能，因此他決心認真學習行政事務，以期成為行政專家。十五歲的巴森．海尼特斯有了夢想，而全家人都支持他的夢想。一想到這點，木訥的巴森臉上便浮現了笑容。

但要是讓凱爾知道巴森的夢想是什麼，他恐怕會昏倒，甚至根本不會支持巴森。

凱爾露出一臉厭煩，甚至近乎厭惡的神情。

「不要再露出那個表情了。」

「殿下不也是一樣嗎？」

王儲亞伯特厭倦地看著凱爾。近來兩人幾乎天天透過影像通訊球聯絡，現在已經看膩彼此了。即便如此，他們依然保持聯繫，只因為他們有事必須處理。

「四王子終於開口了，他說他要帶著三名隨行騎士前往海尼特斯領地。明天我就會離開帝國，你可以推估一下他抵達的時間。」

「是，我會再通知蘿絲琳小姐。」

最遲在一個月內，四王子就會抵達。

「也告知德勒特伯爵一聲。」

「明白了。」

父親知道蘿絲琳曾經是公主嗎？雖然凱爾沒提過，但副管家漢斯知道這件事，凱爾認為父親德勒特伯爵或許也會知道。

「無論如何，他畢竟是海尼特斯家的家主，是有頭有臉的貴族首長，應該還是能認出公主吧？」

凱爾沉浸在自己的思緒中，王儲的聲音傳入耳裡。

「你想不想聽一件好笑的事？」

「一點都不想。」

凱爾下意識地說出自己的真實心聲。

「聽一聽吧。」

王儲亞伯特卻不把他的拒絕當一回事。

「你知道太陽神教團的教皇是怎麼死的嗎？」

「殿下，您人在帝國，現在眞的能跟我說這種事嗎？」

「我早就施展了遮蔽聲音的魔法。你忘了我是誰嗎？」

還會是誰？是吸收許多魔法師為手下的王儲啊。現在手上肯定握有不少魔法裝置。

凱爾點點頭表示明白，亞伯特便接著說：「**皇帝宣布慶典卽將開始之後，因爲是跟太陽神有關的活動，就輪到教皇致詞，地點是在帝國首都，太陽神神殿前的講臺。**」

回想當時的情景，亞伯特露出一個苦笑。教皇站的臺子比皇帝低，卻高過站在皇帝身旁的皇太子。這凸顯了教皇的地位，但這並不是讓亞伯特苦笑的原因。

問題在別處。

「**那臺子飛走了。**」

「**什麼？**」

「**神殿跟臺子都飛走了。**」

瞬間，凱爾想起了哈伊斯島五。

「**是爆炸了嗎？**」

「**你還眞聰明。對，是爆炸。**」

真是瘋狂——凱爾差點脫口說出這句話。他同時也感到疑惑，本以為這是摩戈勒皇太子做的事情，但皇太子可不是這麼明目張膽的人。而且王儲說了，太陽神教團的雙胞胎才是犯人。

「**跟我們的情況很類似。**」

我們，這兩個字，讓凱爾的表情稍稍變了。能讓亞伯特這麼形容的爆炸，就只有首都魔法炸彈恐怖攻擊事件。

「**雙胞胎、穿著黑衣服的人與魔法炸彈，炸彈的破壞力跟在首都看到的相當類似……你沒有什麼感覺嗎？**」

凱爾神色凝重，一言不發。

亞伯特似乎能理解凱爾的反應，他接著說：「**多虧了魔法師的護盾，我才能活下來。但在講臺前的那些信徒，可是悽慘無比。不是只有教皇遇害而已。一想到他們當時也打算對我們王**

國做這種事，我就一定要找出這個組織，絕不會善罷干休的。」

亞伯特始終忘不了在首都魔法炸彈恐攻時見到的那些魔法師。

「**雖然這次不是那個人，而是另一個人。但總之，我一定要逮到那傢伙，好好給他們懲罰。**」

「**嗯，殿下。**」

「**怎樣？**」

「**那魔法師已經不在這世界上了。**」

「**什麼？**」

「**他死了。**」

凱爾迴避了王儲的視線。

「**你殺了他？**」

「**不是我殺的。**」

這是真的。雖然崔漢奪走了他的雙眼跟雙臂，但殺他的人也不是崔漢。動手的是那個瘋狂劍士。

「**唉。**」

王儲無奈地嘆了口氣，但凱爾並沒有太過在意，因為他的心情已經夠複雜了。

「**不管怎麼想，我都覺得太陽神雙胞胎和魔法炸彈實在太可疑了。**」

但實在不知該如何深入追查。這是新的事件，他難以掌握因果關係，又不能叫羅恩或其他人去調查。最重要的是，凱爾希望這把火不要燒到自己身上。

「**以後這種事要告訴我。**」

「**是。**」

凱爾從容且氣定神閒地回應，這態度反倒讓亞伯特更頭痛了。

他嘆了口氣，隨後說道：「**四王子到了就跟我聯絡。他是個彬彬有禮又斯文的人，你可以多跟他聊聊。**」

但我聽說他很沒禮貌，還很愛抱怨耶？

凱爾回想起蘿絲琳說過的話，但還是選擇不多嘴，只是點點頭表示理解。兩人的影像通訊很快結束。接下來暫時不需要再進行影像通訊，凱爾將通訊球塞進魔法口袋裡。

隔天，凱爾站在撐起了遮陽傘的地方，從容地往下看。

觀眾席圍繞著寬大的空地設置，凱爾坐在最高處，正攤開手上的紙。

—現在要比賽嗎？

拉恩提問，凱爾點頭回應。從今天開始，每天都會舉辦一場比賽。

—人類，晚上可以去參觀夜市嗎？

今天早上，凱爾教了拉恩有關貨幣的事。

—我要你買的東西，你都會買給我嗎？

凱爾點頭。當然，不過是夜市裡賣的東西，要買多少就能買多少。聽著拉恩竊笑的聲音，凱爾低頭往下看。

氳與紅兩隻貓分別掛著一條繫有袋子的項圈，裡頭裝的是零用錢。梅里也坐在一旁，手裡拿著一個黑色的袋子，裡頭同樣是零用錢。

「有時候啊，我真的覺得我的心胸很寬大。」

—沒錯！你很善良，人類！

要是蘿絲琳聽見這句話，想必會覺得很荒唐。凱爾看向站在一旁的崔漢與羅恩，對他們伸出了手，兩人將一張紙交到他手上。

「你們說是這三個吧？」

廚師、畫家、雕塑家。

崔漢依照順序，介紹寫在上頭的詳細資料。

「他們分別是前任騎士團長、弓箭手與殺手。」

哈，凱爾覺得又好氣又好笑。

前任騎士團長、弓箭手與殺手啊——簡直可以組個休閒戰鬥團了呢。

繼骨骸飛行團之後又有休閒戰鬥團，敵人要是遇上他們，該會有多無奈呢？連凱爾都覺得換作是自己，遇上這樣的對手，肯定是無奈得不知該如何是好。他的嘴角微微上揚。

「你說他們的實力是中上程度？」

「是，三人都擁有相當於副團長希斯曼大人的實力。」

—人類，你為什麼要這樣笑？快告訴我！

拉恩提問，凱爾卻只是看著羅恩，沒有回答。至於崔漢嘛，就是對這種事很不敏銳。羅恩迎上凱爾的視線，隨即露出虛偽的慈祥笑容。

「少爺，這領地比想像中的還適合人居啊，不是嗎？」

「是啊。」

從凱爾那得知北方三國聯合的事之後，德勒特伯爵便開始加強城牆工事。這是以穆勒的設計圖為基礎展開的大工程。

父親不僅想增加兵力，也想提升軍隊的品質，但他並不打算徵用領地居民。若是要徵用領地居民，就不可能會有這麼多人來觀賞比賽了。

在提升領地的軍事實力與防禦工事上，德勒特伯爵毫不吝惜地花了很多錢。但即便如此，他仍認為準備遠遠不足。

「真的是非常好的領地。」

凱爾把自己深埋在特等席的沙發裡，那是個無比傲慢的姿勢，相當適合他的形象。

「首先，這位是弓箭手。」

現在正在舉辦繪畫大賽。其實與其說是比賽，更像是個友善切磋的聯誼活動。

繪畫大賽通常會在慶典開始前先針對第一次徵稿進行審查，隨後再透過第二次審查決定得獎者。現在通過第一次審查的合格者，正在進行主題式的繪畫比賽。這次的主題，是繪製海尼特斯領主城附近的石山與採石場。當然，這個主題式的繪畫比賽，也將會單獨選出得獎者。

凱爾的目光停留在崔漢所指的弓箭手兼畫家身上。這名留著長髮與鬍鬚的男人猛然起身，粗魯地用手中的筆畫著大大的叉。

「不是這樣！我怎麼這麼不會畫？怎麼會畫出這種垃圾？我的手真是瘋了！」

顏料四處噴濺。

男人雙手抱著頭，「我是垃圾！藝術不該是這樣的！」

看著那幅畫，凱爾心想，明明就畫得很好啊。

他疑惑地看向崔漢，崔漢看著前方答道：「聽說他是位個性有些敏感的人。他來到領地已經第三個月，是最晚才來到這裡的人。目前在貧民區最高處的白樹旁蓋了棟房子住，他說那是他靈感的來源。」

什麼的來源？

凱爾看向下方，氳與紅喵喵叫了幾聲，嘻嘻笑了起來。

獲得第一個古代之力「不破之盾」的地方，就是吞噬貧民街居民的樹。多虧了凱爾，那棵樹才能變成白色，樹上也總是有著翠綠的葉子。

「不，不是這樣！我不能讓人看到這種垃圾！」

凱爾對羅恩說：「先跳過他吧。」

貧民街的白樹讓凱爾有些在意，因為他是不破之盾的持有者。要是去這名弓手的家裡拜訪，樹卻對凱爾有所反應，引起震動的話……

一個不小心，我就有可能成為靈感的來源。
凱爾有著不祥的預感。
「雕刻家呢？明天會參加決賽嗎？」
「不會。」
「那不然呢？」
「她在預賽就被淘汰了。」
嗯，崔漢頓了頓，隨後才接著說：「她是最後一名，是屬於沒有才華的那一種。」
「但有當殺手的資質。」
羅恩插嘴問凱爾：「少爺，要我去預約餐廳嗎？」
「好。」
先去看看那個曾經是騎士團長的廚師吧。
凱爾悠閒地觀察著繪畫大賽。而在看到那個一邊高喊著自己畫的東西都是垃圾，一邊衝出去大發脾氣的畫家兼弓箭手時，他也忍不住嘆了口氣。
「哥哥。」
看見凱爾走進餐廳裡，莉莉的眼神顫動。凱爾沒當一回事，只是逕自走進這間名為「溫暖的空間」的餐廳。
「歡迎光臨。」
領主的兒子來訪，主廚自然是出來迎接，畢恭畢敬地問候。
主廚是名七十歲的老人，雖有著健壯的體格，卻仍然敵不過歲月的摧殘，逐漸變得矮小。
凱爾在調查了這位老人的身分後相當驚訝，但並未覺得他的來歷有任何怪異之處。
「我帶您至您預約的包廂。」

這間餐廳位在領主城前，偶爾會有人選擇來這裡招待客人，因此店家才特意準備包廂，以提供這些客人使用。凱爾看著面前這名要指引他前往包廂的年邁主廚，主廚則靜靜迎上凱爾的視線，一旁的莉莉緊張地來回看著兩人。

最後，凱爾主動伸出了手。

「很榮幸能見到母親的老師。」

「什麼？」莉莉驚訝地看著廚師，大喊道，「師父是母親的老師？」

師父兩個字下意識脫口而出，莉莉趕緊摀住自己的嘴。她一雙眼睛骨碌碌地轉動，看到大哥對他咧嘴一笑。她知道，自己的祕密被發現了。

「應該對家人保密的！被發現了！」

但不同於莉莉的認知，其實伯爵夫人柏歐蘭早就知道這件事了。

「您也是我妹妹的師父，我一直很想見您一面，才會主動上門拜訪。」

凱爾說完，廚師先是盯著他看了一會兒，隨後才放聲大笑。

「您稱呼我為伯爵夫人的老師？這真是不敢當啊。」

眼前的人是廚師兼前任騎士團長埃德洛，凱爾想起羅恩報告過跟埃德洛有關的事。

「在領地住超過十年的人都知道他的真實身分，他是跟伯爵夫人一同來到領地的人。」

柏歐蘭來自沒落的貴族之家，當年的她經營商團，為了交易奢侈品而來到海尼特斯領地。當時，埃德洛就是扮演鏢師的角色，負責保護這個商團。

他曾經在柏歐蘭那沒落的家族中擔任騎士團長，當柏歐蘭說要進入競爭激烈的商界時，他便拋棄了騎士的人生，轉而成為傭兵護衛商團。

「也是伯爵夫人年輕時的劍術老師。」

海尼特斯家族自古便是武家名門，德勒特伯爵和次男巴森都會基本的劍術，就連柏歐蘭夫人也不例外。

「在伯爵夫人結婚後，他就說自己的夢想是要成為廚師，並在此地落腳。」

這是十多年前的事情，因此凱爾、莉莉跟巴森都毫不知情。據說這餐廳所在的地方，也是德勒特伯爵所建。

「我聽說這裡的料理非常美味，我相當期待。」凱爾帶著溫柔的微笑表示自己的期待。

看著眼前的凱爾，埃德洛的感受有些複雜。

世上哪有這樣的混混？

埃德洛過去曾看過凱爾喝酒鬧事的樣子。當時他心想，這種人就應該把他按在地上多磨個幾次，給點震撼教育才行，他實在無法容忍有人的精神狀態如此萎靡。

此時的凱爾看起來似乎有些不同。

「我的料理還算能吃。」

埃德洛平靜地回答，並帶領凱爾來到包廂。

—人類，你跟你妹妹好好吃飯吧。

凱爾跟莉莉在一間包廂，其他人則在另外一間。這是為了讓拉恩、氫與紅能夠輕鬆吃飯。

「少爺由我來服侍吧。」

羅恩跟在凱爾身後。埃德洛與羅恩的視線交錯，他已經從伯爵夫人那裡聽說羅恩過去曾經是殺手。這件事已經讓他感到驚訝，而更讓他吃驚的是，親眼見到羅恩之後，他才發現對方的實力高深莫測。

「陰險的傢伙。」

「哈哈，大哥不也是嗎？」

羅恩露出和善的笑容，回答的口氣卻相當狡詐，埃德洛不滿地看著他。見凱爾跟莉莉在自己的指引下進到包廂並坐下，主廚便緩緩關上包廂的門。他得回廚房去料理餐點，而負責服侍凱爾的羅恩則跟在他身後。

從逐漸闔上的門縫當中，埃德洛可以聽見凱爾對莉莉說的話。

「他是很厲害的人，妳要好好學。」

埃德洛看著羅恩。

「我們少爺長大了吧？」

埃德洛完全把門關上之前，羅恩能越過他的肩膀看見凱爾正看著自己。少爺長大了，變得很陰險。

喀噠，一個小小的聲音響起，門完全關上。羅恩隨即開口說出早已準備好的臺詞。

「今天來此，一方面是因為少爺跟莉莉小姐的事，另一方面也是因為想見見曾經服侍過伯爵夫人的您。這次拜訪並未告知伯爵夫人，還請您幫忙保密，大哥。」

說完，羅恩又補了一句：「少爺現在開始想要了解母親的人生。」

埃德洛，一個七十歲的老人，毫無保留地為自己的主人兼弟子犧牲奉獻。此刻，他的目光變得深邃。

埃德洛聽見門外傳來那對兄妹的聲音。

「莉莉，我相信妳會成為偉大的劍士。」

「是的，哥哥，我會成為守護這片領地的騎士！」

咳，埃德洛清了一下喉嚨，走向廚房。跟在他後面的羅恩想起了凱爾下的命令。

「去讓埃德洛在未來領地有危險時會願意挺身而出。他有年紀了，要真的出面並不容易，但有這樣的人站出來號召，大家才會受到感動，願意站出來，不是嗎？」

少爺真是變得非常非常聰明又狡猾。當然，羅恩也很喜歡這樣。

總之，他先照著凱爾的指示，埋下了招募埃德洛的種子。

接下來，他們要去拜訪名單上的第二個人。但其實排除了那名瘋狂的畫家之後，這個人也等同於是他們最後要拜訪的對象。

—人類！雖然是晚上，人還是好多喔！好亮！

「真美。跟地下不同，黑暗中有這麼多發光的東西，讓我心跳得好快。」

凱爾穿著褐色長袍，身旁是穿著黑色長袍的梅里與透明化的拉恩。至於崔漢，則抱著氲與紅跟在後頭。

夜市燈火通明且人聲鼎沸，許多人穿梭在形狀怪異的石燈之間，凱爾穿著長袍靜靜從他們身旁走過。

—是好吃的味道！我有十銀幣！買雞肉串給我！我給你錢！

凱爾嘆了口氣轉身，副管家漢斯遲來地跟在後頭。

「漢斯。」

「是！」

「雞肉串也要再加三串。」

「是、是！為了我們可愛的寶貝們，我去買雞肉串！」

漢斯手裡拿著一堆食物，全都是要回到家裡吃的。見他興奮的模樣，凱爾忍不住搖了搖頭。他不停歇地前進，最後停在了某個攤販前。

「歡、歡迎光臨！」

顧攤的女子匆忙起身迎接凱爾。

真是糟糕。

看到放在攤位上，那看不出究竟是什麼的怪異雕塑，凱爾一時之間不知該說些什麼。他看著眼前這名女子。

該女子應是實際上為殺手的雕刻家。

「她的身手確實很好，因為我無法完全掌握她的真實身分。少爺，一個職業殺手若懂得隱藏自己的身分，那就算是成功了一半。」

凱爾指著一個雕塑。

「這是惡魔嗎？」

這名四十多歲的女人面相溫柔，擁有看起來完全不像殺手的豐滿身材，簡直就像個心地善良的鄰居。但她的雕塑很不一般，都是些看不出究竟是什麼的作品，既怪異又陰森，令人聯想到惡魔、刀、抽象的黑暗……等。

「哎呀，這是花，是迎春花。」

迎春花？

——真是大受衝擊。人類，這不是迎春花。

這也是一種才能啊。凱爾真心這麼想著，一把拿起了那雕塑，他還以為那是個露出獠牙的惡魔。

「沒錯，迎春花，我想買一個。」

「真、真的嗎？」

「對，我想送給重要的人。」

凱爾順著她的話說下去，要博取對方的好感，過程實在不容易。

——咳！人類，如果你真的想送，那個驚人的東西我願意收！

「這裡，這、這個是老虎嗎？」

「那是可愛的兔子！」

「好，也給我兔子吧。」

那兔子簡直就像惡魔的守衛。

「謝謝！」

「別這麼說，這些作品都很棒。」

拿著兩個雕塑，凱爾直到最後都相當溫柔。

「很符合我的喜好。」

「我、我是第一次聽到有人這麼說，真是太感激了！」

中年女性的眼裡掀起了感動的波瀾。看著她，凱爾可以確定一件事——她真會演。

別人看了，會以為她是真的沒什麼才能，卻打從心底愛著雕塑的藝術家，並會為她的熱情所感動。

但凱爾想起羅恩說過的話。

「她一直沒被注意到，真的很厲害。」

「她只可能是下面兩種身分之一。」

「殺手或間諜。」

調查結果顯示，她不是間諜。

雖不知道是為了什麼，但她停留在領地的時間已經邁入第三年，是偽裝成雕刻家的殺手。

羅恩過去從未遇見過這名雕刻家，因而不曉得有這樣一個人存在。而見到她的時候，也是崔漢說她的身手高強，羅恩才好不容易辨認出來。

凱爾收下那女子拿給他的惡魔兔子與惡魔迎春花，並從懷裡掏出錢來交給對方。

「哎呀，我沒有零錢。」那女子說。

凱爾將一枚金幣放在她手上。貧窮的雕刻家頓時不知該如何是好。

「妳如此辛勞，這是我的一點心意。」凱爾說。

「……自從開始雕塑以來，您是第一個看見我努力的人。」

看著感動的中年女子，凱爾悄悄掀起了自己的帽兜。凱爾・海尼特斯，領主的兒子露出了他的臉。

「咦？少、少爺！」

雕刻家驚訝地當場要鞠躬問好。

還真會演戲啊。凱爾湊到她身旁，低聲說道：「妳逃命如此辛苦，這是我的一點心意。」

「什麼？」

「四處躲藏，很辛苦吧？」

中年女子的眼神變得有些陰沉。而羅恩也在這時悄悄出現在凱爾身後，沒有一點聲息，也沒人察覺到他的動作。

「羅恩，後面就交給你處理吧。」

「是，少爺。」

面對這名依舊神色慌張，眼神卻無比冷峻的雕刻家兼殺手，凱爾說：「有了一枚金幣，妳今天可以休息了吧？應該有足夠的時間跟羅恩談談。」

雕刻家兼殺手——逃亡者芙里西亞完全沒料到羅恩的出現。眼前這個人，知道要如何隱藏自己的步伐，騙過身為殺手的她。芙里西亞充滿警戒地上下打量羅恩。

凱爾帶著溫柔的微笑，對逃亡者芙里西亞說：「逃亡很累吧？」

第二個人也依計畫上鉤了。

「少爺，後面就交給我來辦吧。」

殺手知道該如何與殺手對話。凱爾將後續事宜交給羅恩，羅恩則詢問凱爾是否需要知道什麼情報。

凱爾當然需要情報。他靠情報走到現在，因此更迫切需要關於未來的情報。現在他所握有的資訊，短則在一年內，長則在兩年內就會徹底用罄。

「您給了我手臂，又救了我一命，我一定會報答。」

雖然不需要，但羅恩還是說他會給予回報。

喵嗚嗚嗚。

喵嗚。

氳與紅似乎本能地知道，雕刻家跟自己屬於同一類型。兩隻貓很清楚地知道，如果光只是因為逃跑就能收留這個人，那對方說不定有機會成為羅恩的弟子兼手下。

—人類，如果你要把那兩個都給我，我願意收下。

於是，氳與紅都極度嫌棄的兩件雕塑品，便被蒐藏在拉恩位於亞空間的寶物倉庫裡。

慶典結束的那一天，凱爾簽署了一張文件。

「芙里西亞。」

「是，少爺。」

「能夠贊助像妳這樣擁有大好前途的雕刻家，我實在很開心。」

風姿綽約的芙里西亞謙遜又感激，緊握著雙手說：「少爺，雖然我才當雕刻家三年，但我一定會讓自己的名聲威震雕刻界！」

真是夠難為他了。

但凱爾、羅恩與芙里西亞都帶著笑容。

「聽說她殺了首長。」

「為什麼？」

「她原本所隸屬的暗殺組織，原則是只負責暗殺貴族。新的首長卻接受貴族的命令，答應幫忙綁架小孩。首長真的打算去執行任務，她認為首長瘋了，便殺了首長並且逃了出來。」

「她被暗殺組織趕出來了嗎？」

「不。她似乎還想殺掉那個委託的貴族。」

深入調查才知道，這名雕刻家的來頭並不小。

「那個貴族是誰？」

「據說是西南部首長的家臣。」

這真是天上掉下來的好運啊。

壚韵東南部與威波王國接壤，西南部則與帝國相鄰，這可是相當有用的情報。

「芙里西亞，未來也要拜託妳多雕些作品了。」

「是。我一定會為您帶來讓您滿意的雕塑。」

才不需要什麼雕塑。

「據她自己所說，她的同事們也都在逃亡。」羅恩說明。

「讓他們都過來。」凱爾答得理所當然。

既然要組個休閒戰鬥團，那就得認真組，不是嗎？

凱爾送走了芙里西亞與羅恩，看著掛在書房裡的月曆。他的視線落在三星期之後。

很快就要到了。

一如凱爾預期，三星期很快便過去。

「姐、姐姐，嗚嗚嗚。」

「唉。」

蘿絲琳嘆了口氣，四王子緊握著她的手痛哭。

「妳怎麼會在這麼簡陋落後的地方，我可憐的姐姐啊！妳是世界上最好的人！怎麼會在這種除了石頭什麼都沒有的地方呢？嗚嗚嗚，什麼伯爵家！怎麼可以！嗚嗚！」

聽著四王子痛徹心扉地哭喊，凱爾氣定神閒地拿起一塊餅乾。

蘿絲琳手裡形成一個水球，凱爾還是第一次看見她這麼生氣。

—那個小廢物又是誰？我們家石頭多，我就很喜歡啊。那個蠢蛋廢物！

拉恩的聲音聽起來很可怕。

—還會是誰？

真如蘿絲琳所說，是個不懂事又愛抱怨的王子。這名王子此刻連看凱爾一眼都不願意。

——人類啊，你今天看起來有我的腳爪那麼強。

支配的光環。凱爾久違地發動能力，讓那道光芒籠罩著自己。他看著四王子。

「一個沒有爵位也沒有官職的伯爵家子弟，竟敢讓我姐姐服侍你？」

這是凱爾出去迎接四王子時聽到的第一句話。才剛見面就拿這句話當開場白，於是凱爾決定拿出支配的光環來對付他。

咯吱。

咀嚼餅乾的聲音在屋裡響起，四王子更加逃避凱爾的視線了。

咯吱、咯吱。

凱爾一臉溫柔，緩慢地咀嚼著餅乾。順帶一提，凱爾最討厭這種沒禮貌又愛嚷嚷的類型。

凱爾的坐姿彬彬有禮，連吃餅乾的姿態都像極了貴族。

咯吱、咯吱。

即使他盡可能維持禮節，盡量降低咀嚼聲，嚼碎餅乾的聲音仍然響徹整間房。

——人類，餅乾好吃嗎？

凱爾能聽見拉恩不停吞著口水的聲音。

「殿下，您有什麼話要說嗎？」

「沒、沒有。」

原本還抱著蘿絲琳不停嚷嚷的四王子，趕緊迴避凱爾的問題。

壚韵王國王儲亞伯特・克羅斯曼告訴四王子佩恩，凱爾「有能力又有禮貌」。

「我認為凱爾・海尼特斯是王國的珍寶。」

但佩恩認為，凱爾遠遠不足以接待曾經是柏雷王國之星的大姐。初次見到凱爾時，他只覺得凱爾是個長相俊秀的貴族。那時海尼特斯領地的領主城正在施工，一切看起來都很混亂，實在沒什麼好印象。

但這是怎麼回事？

佩恩一眼就察覺，蘿絲琳跟凱爾的關係跟自己所想的截然不同。蘿絲琳與凱爾看起來是平等的。

「嗚嗚嗚，姐姐。」

這讓佩恩忍不住想哭。

「姐姐，妳為何要過得這麼辛苦？嗚嗚。」

「佩恩，這裡沒有會在你哭的時候安慰你的姐姐。」

蘿絲琳面帶微笑，聲音也相當和善，態度卻殺氣騰騰。

「佩恩，你來做什麼？」

「因為想妳啊。妳是我們王國的驕傲啊。」

美麗、聰慧、帥氣，在沒有什麼特色的柏雷王國，蘿絲琳始終是最耀眼的那個人。身為現任王儲的哥哥固然也很認真，但他就只是個踏實勤懇的人。

佩恩不喜歡這樣。適合黃金王冠的人，只有紅髮、紅眼的姐姐，只有她。

「但妳怎麼可以帶奇怪的人回來，把一切都毀了之後就一走了之？」

把一切都毀了這句話，讓蘿絲琳頓了頓。她看了凱爾一眼。

凱爾今天散發出格外難親近的氣勢，此刻正帶著神祕的微笑看著她。凱爾雖沒另外交代，但崔漢跟蘿絲琳確實將王宮給炸飛了。

「嗚嗚，我每天每天都好想妳啊，姐姐。但妳居然待在這種只有石頭的窮鄉僻壤！有考慮到我的心情嗎？可惡！」

順帶一提，佩恩跟凱爾同年。

那傢伙今年十八歲，這讓凱爾受到了一點打擊。更讓他驚訝的是，講究責任與義務的王族，竟然是這副德行。

為何王儲會說那傢伙還不錯，是個認真的人？

凱爾懷疑起亞伯特・克羅斯曼看人的眼光。他瞪著佩恩那張不知消停的嘴。

「姐姐，妳摧毀的大公家，後續我都處理好了。處理得乾乾淨淨，也把妳的宮殿復原了。財政問題不用擔心，我把分配到我宮裡的預算，還有公共採購廳的工作都管理得很好。」

哦，看來他真的算有點能力。

終於停止不恰當的哭喊，佩恩的臉看起來正常多了。

「姐姐，現在還是有很多人在等妳。」

這是事實。她耀眼又華麗，柏雷王國仍有許多人在等著她。

「你要我再次坐上那個我不要的繼承人之位嗎？你要踐踏你哥哥的夢想嗎？」

蘿絲琳的表情變得相當陰冷。她身為年紀最長的公主，現任王儲是她的弟弟，也就是大王子。大王子其實並不想要王儲之位，他很單純，只是一天到晚告訴蘿絲琳，想跟她一起建立一個「好的國家」。

但正是因為大王子的這番話，讓蘿絲琳認為他比自己更適合當國王。也因此父王、母后都相當尊重蘿絲琳與大王子的意願。

「不是這樣的。我不是那個意思！但是……」

佩恩支支吾吾，不知該怎麼接著說下去。

看著這幅情景，凱爾心想：他還是個孩子。

佩恩接下來所說的話，更讓凱爾堅信這個想法了。

六姐弟中的老么，四王子佩恩高聲對蘿絲琳說：「那妳在這個鄉下做什麼？妳不是說夢想是要當魔法師嗎？那就想辦法當上大魔法師啊。妳原本是王位繼承人，卻跑來這種小領地當個魔法師，這像話嗎？又不是當什麼魔塔塔主，領地魔法師就能讓妳滿足了嗎？」

姐姐離開時曾說，她要去威波王國的魔塔看一看，因此佩恩更無法容忍她現在這樣。他毫不避諱地看著姐姐那雙紅色的眼睛，蘿絲琳的臉色更沉了。

這時，一道淡淡的聲音傳來。

「會不會成為魔塔主，這誰會知道呢？」

原本看著佩恩的蘿絲琳，將目光轉向那名仍然氣定神閒的男子。

凱爾像在講述平靜的日常生活一樣，口氣稀鬆平常。

「我認為她有足夠的資質。身為公主的蘿絲琳小姐如何我是不清楚，但就我所認識的蘿絲琳小姐，應該能夠成為魔塔塔主。」

身為魔法師的蘿絲琳，她是未來有望成為魔塔塔主的人選，也很快就要成為最頂級的魔法師。雖然這只是凱爾一個人的想法，但若柏雷王國與壚韵王國聯手，那能夠率領魔法師的人，也就只有她了。

當然，還是要先確保我們的安全。

至少，凱爾很確定身旁這些伙伴的能力。

他接著說：「如果是蘿絲琳小姐，無論面對任何狀況都能成長。」

凱爾看著四王子佩恩。

兩人的視線交會，佩恩的肩膀微微一顫。記得在見到帝國皇太子時，他也有這個感覺——不自覺地覺得自己變得渺小。

「你不相信蘿絲琳小姐嗎？」

問完，凱爾看向蘿絲琳，眼裡充滿了信任。

瞬間，佩恩啞口無言。

凱爾靜靜地看著那愛抱怨又愛嚷嚷的小王子，微笑著提問：「相信吧？」

「……當然，當然相信。」

答案早就已經決定好了，佩恩比任何人都要相信姐姐。

凱爾帶著笑凝視佩恩，佩恩只覺得眼前這人確實彬彬有禮，卻似乎以居高臨下的態度對待自己。佩恩眉頭微微一皺，不自覺地握緊拳頭，試著擺脫這股壓迫感而提高了音量。

「區區一個連爵位都沒有的貴族子弟，竟敢質疑我對姐姐的心意？啊！」

唰啊，突然有水從佩恩頭上澆了下去，原來是蘿絲琳手中的水球在佩恩頭上爆了開來。

突然被澆了一整頭的水，佩恩看起來有些慌亂。

蘿絲琳語帶和善地問道：「我們姐弟好久沒有聊聊了，佩恩，跟我來吧。」

「姐姐，我哪裡錯了？為什麼要突然……啊！」

唰啊啊啊。

就在佩恩轉頭看向蘿絲琳的那一刻，便遭到比剛剛更劇烈的水球攻擊。似乎是不小心被水嗆到，只見他劇烈地咳了幾聲。那水球看起來並不大，佩恩的模樣卻像被一陣大浪打到一樣，渾身上下都濕透了。

—我不喜歡他。那個小廢物不知道我們的魔法師蘿絲琳有多厲害，竟敢嘲笑我們家，還不把弱不禁風的人類放在眼裡！

凱爾聽著拉恩的聲音在腦海中迴盪，並試著維持尷尬的微笑。

—為了讓他清醒一點，我用了最冰的水！我做得很棒！

蘿絲琳看了凱爾一眼，凱爾聳了聳肩。剛才爆炸的水球，跟她用的小水球完全不同等級。

佩恩似乎以為那也是姐姐做的，只能一邊咳著一邊看著蘿絲琳。

「咳呃、咳，姐姐，再怎麼說，這樣也……」

「佩恩，你閉嘴。」

蘿絲琳冷酷的視線讓佩恩閉上了嘴。她看向凱爾，佩恩也跟著看了過去，但凱爾渾身上下那股莫名的壓迫感，讓佩恩不自覺垂下了視線。

「凱爾少爺，能跟你借一下演武場嗎？」

不知要做什麼，蘿絲琳提到了演武場幾個字，佩恩一聽臉色卻瞬間發白。

「機會難得，我想跟弟弟對練一下，順便聊聊天。」

凱爾理所當然地回應面帶和藹笑容的蘿絲琳。

「既然是姐弟之間的敘舊，我當然要為妳騰出空間，希望兩位聊得愉快。」

蘿絲琳輕輕笑了。以凱爾的性格來看，應該也不太看好她的弟弟。

當然了，她自己也是。

臉色陰沉的蘿絲琳站起身來。就在這時，一個聲音傳來，讓她停下了動作。

叩叩叩。

一陣敲門聲後，漢斯的聲音自門外傳來。

「少爺，負責影像通訊的魔法師來訪，說是王儲殿下與您聯絡。」

凱爾跟蘿絲琳互看了一眼，接著蘿絲琳看了佩恩一眼，便點點頭。

「進來吧。」

凱爾下達指示，門立刻敞開，魔法師帶著影像通訊設備入內。漢斯跟在後頭進門，卻因為佩恩的狼狽樣，而跟魔法師一起愣在原地。

「啊——嗯，那要連線嗎？」

「好，請連線吧。」

蘿絲琳擺了擺手下達指示，施展乾燥魔法，讓佩恩一下子便從渾身濕透的狼狽樣恢復過來。

領地魔法師先是暗自讚嘆蘿絲琳的實力，接著才趕緊連結影像通訊。

王儲的臉很快出現在影像通訊設備上，佩恩接著說：「**多虧亞伯特王儲，我才能順利見到姐姐。**」

「**那真是太好了。**」

凱爾同意王儲的觀察，因為現在的佩恩，看起來確實斯文有禮。

「**我會在這裡待上幾天再離開。**」

「**是嗎？**」

亞伯特與佩恩對話，卻與站在佩恩身後的凱爾交換了一個眼神。看著佩恩的凱爾表情雖然平靜，但身為同類人，亞伯特卻能從他的眼裡讀出一絲異樣。

這叫什麼斯文有禮的王子？

凱爾的眼神是這麼說的。像是在問亞伯特，從哪找來這種像頭小馬一樣失控的傢伙。

亞伯特沒有理會。

看來搞砸了。

亞伯特總算意識到，佩恩並不是能討論聯合的對象。而且比起佩恩，他更相信凱爾。

「**希望您能在壚韵王國享受愉快的旅行。**」

「**謝謝。**」

影像通訊一結束，蘿絲琳立刻開口對佩恩說：「去換上對練服，到演武場等我。」

「啊……」

佩恩愁眉苦臉，卻還是乖乖聽從姐姐的指示。

「下次再見，殿下。」

凱爾一句溫柔的道別，讓佩恩頓了一頓。他很清楚自己的態度不算有禮貌，因此凱爾對他露出的笑容，反倒讓他背脊發涼。

「這是個只有石頭的領地，因此演武場的地板也是石子，又硬又堅固，非常好，哈哈！」

佩恩拚命忽視凱爾一臉和善的笑容，卻看見滿臉陰森笑容的姐姐。佩恩意識到——他們很像！

因為相似，兩人才會走在一起。從凱爾與蘿絲琳的笑容之中，佩恩領悟到這一點。

此刻的他，只想趕緊擺脫壓迫感更勝皇太子的凱爾。

佩恩忽視所有凱爾的發言，倉皇離開接待室。見他離開，蘿絲琳這才靠向凱爾。

「其實比起佩恩，聯合的事情更應該跟我大弟討論才是。」

提起聯合，蘿絲琳的神情充滿了煩惱。就現在情況來看，若想跟柏雷王國的王儲見面，就必須由她親自出面。但她當初可是宣稱自己不需要王族的地位，拋下了一切之後離開的，因此她不得不思考起來，她真的能再回去王國嗎？

「蘿絲琳小姐。」

凱爾察覺了她的煩惱，而凱爾希望蘿絲琳能親自出馬，這樣才能確保安全，同時也能確保一切進行得更順利。

「要想實現夢想，真的非得放棄其他的一切嗎？」

蘿絲琳看著凱爾。凱爾就像平時一樣平靜，只是那平靜有時卻使他看起來更難親近。凱爾今天散發的氛圍，讓蘿絲琳覺得不知該如何應對。

但偶爾也會像現在這樣，讓人覺得凱爾心胸寬大，似乎一點都不難相處。

「妳可以以魔法師的身分回家一趟。」

不是以公主的身分，而是以魔法師的身分回去……凱爾的話讓蘿絲琳安心了。

拉恩也解除了透明化，現身道：「沒錯！妳是很棒的魔法師！大家都會說妳很棒！」

蘿絲琳笑了。

「我去去就回。」

「當然，妳去了之後還要再回家！」

黑龍的一句話，讓蘿絲琳忍不住輕笑出聲。

她看著凱爾，凱爾淡淡地說：「回來的時候能帶點紀念品那更好。」

回來時帶紀念品，這倒是讓蘿絲琳笑開了。她想起崔漢曾經說過的話。

「我雖然有家，卻回不去，不過現在我也有其他的家了。感覺自己擺脫一個人四處飄泊的那種心情，真的很難解釋清楚。」

現在的蘿絲琳，似乎能明白那是怎麼樣的感受了。她有一個家，裡頭有著相信自己能力的人。

「當然，我會帶很多紀念品回家。」

這是她第一次親口說出家這個字。

凱爾不明白其中蘊含的意義，他只因為將能更順利地促成聯合而感到安心。

一星期後，蘿絲琳帶著嚇得魂飛魄散、臉色發白的佩恩前往柏雷王國。

凱爾指示眾人：「我們回去吧。」

闇黑森林哈里斯村，他們打算在那裡待到明年春天。

「人類，這裡冬天會下雪嗎？」拉恩語帶不滿地問。

凱爾答道：「會吧。」

「那等到了春天，森林裡會開很多花嗎？」

「會吧。」

如同凱爾的回應，那年冬天拉恩賞了雪，初春時也欣賞了百花盛開的美景。

十九歲，不知不覺，凱爾又長了一歲。

「少爺，您該起來了。」侍從羅恩前來喚醒凱爾。

凱爾蜷縮在被子裡，怎麼也不肯露出臉來。已經長大不少的氳與紅，用前腳用力踩了踩凱爾。

「人類，你已經睡了十三個小時！你在冬眠嗎？你不是熊耶！春天都要結束了，你不要再睡了！」長大了約十公分的黑龍拉恩也再一旁催促凱爾。

凱爾在床上滾來滾去，閉著眼睛說：「哈，時間過得真快。」

春天竟然快結束了。

十指山，他該前往最後的古代之力所在之處了。

chapter 024

可怕的

不過在離開之前，還是有些要先確認的事。

「這東西坐起來不太舒服耶。」

聽到凱爾這句話，死靈法師梅里點了點頭，遞給了凱爾一塊坐墊。凱爾把坐墊放在自己身下，隨後將視線移往了正面。

「視野可真不錯呢。」

只是需要擔心這骨頭會不會斷掉。

「人類啊！你屁股坐在骨頭上，感覺很好玩耶！」

「對啊，很好玩。」

得到凱爾這番回答，黑龍拉恩開心地咧嘴笑了笑。凱爾低頭看著自己正騎著的這堆骨頭，從骨頭之間的縫隙還能看到下方的森林，要是從這裡直接摔下去，絕對是死路一條。

凱爾現在騎著的，就是只剩骨頭的飛行怪物。

梅里將七十二具飛行怪物的屍體收集起來並復原，接著把凱爾送她的兩顆頂級魔晶石磨成粉，灑在這些屍體上面，就成了現在的骨骸飛行團。

「妳能一次操控全部吧？」

「是的，要不是擔心其他人會看到，我還想讓它們一口氣通通飛起來呢，真是可惜了。」

從梅里的語氣聽得出她很惋惜，凱爾則是很擔心會有人看到他現在這副模樣，小心翼翼地騎在上頭飛行。

「人類，你看下面！副管家來了！」

凱爾往下一看，就看到正不斷揮著手的漢斯。只剩骨頭的飛行怪物揮了揮巨大的骨頭翅膀往下飛，載著凱爾和梅里緩緩降落到了地面。

砰！

「哎唷喂呀！」

漢斯被震得往後倒退了幾步，隨後他看到凱爾板著臉，趕緊又開了口。

「我收到了伯爵大人和穆勒傳來的消息。」

凱爾立刻從飛行怪物上跳了下來，並打開漢斯遞過來的書信，他馬上就看到了信中的重點內容。

看來已經快要完成了呢。

凱爾少爺，我正按照向您提出的設計樣式來裝潢內部。我一定會用盡全力，努力到身高都變高的程度！

不只城牆，還有以「最強的防禦就是先發制人攻擊」概念設計的那艘船也快要完成了。

接下來馬上就要見到蘿絲琳，維媞拉也很快就會來了。

蘿絲琳自願負責協商的工作，因此正不斷往返柏雷王國和壚韵王國進行交涉，而這份工作也即將完成了。現在依據協商的結果，有幾名柏雷王國的魔法師，已經悄悄來到壚韵王國王儲的身邊。

鯨族則是在得知凱爾要延後前往北方的行程後，表示有想請維媞拉傳達的事項，因此會直接來找凱爾一趟。距離約好的日子還有一段時間，這段空檔，凱爾打算開始行動。

「行李都打包好了吧？」

「是的！」副管家漢斯精神抖擻地回答。

凱爾則是盯著身穿黑色長袍的梅里，別說是她的臉，根本連她的眼睛都沒看過，這時梅里向凱爾開了口。

「那我也要離開了。」

「好的，要在這分道揚鑣，還真是可惜。」

聽到梅里要走了，凱爾心中覺得有些惋惜，畢竟梅里可是一個不錯的戰力。

這段日子裡，梅里並沒有踏上旅途，而是要盡快回到地下都市，然後再度重回外頭的世界。

一聽到凱爾覺得很可惜，穿著黑長袍的梅里身體抖了一下，接著用像是機器人的聲音開了口。

「我一定會回來的，在我回來之前，就麻煩您照顧孩子們了，我一定會非常想念這裡的。」

凱爾表情變得有些微妙，但還是用不太情願的臉點了點頭，算是同意梅里說的話。

「嗯，就這樣吧。」

梅里說的「孩子們」，就是在闇黑森林中她和拉恩一起收集的那些骨骸怪物們，這座森林有著形形色色的突變怪物，被梅里形容得就像是夢幻的森林。總而言之，這些骨骸怪物，也就是孩子們，都暫時被存放在闇黑森林裡的一個洞窟中。

梅里將這些孩子們交給了凱爾，包括飛行怪物在內，共計超過三百隻。凱爾看著直直站在原地，似乎很希望他能好好照顧孩子們的梅里，隨後又把視線移開，看向了漢斯並下達指示。

「我們走吧。」

睽違將近九個月，凱爾終於離開了哈里斯村。

「真是好久不見了呢。」

凱爾將背靠在沙發上，雙手放在沙發扶手來回摸著皮革。

「這皮革還真不錯耶。」

「我換了比較便宜的。」

「別說這些無聊的話了。」

凱爾看著站在辦公室裡閃閃發光的水晶吊燈下的人，他就是壚韵王國西北部黑市的暗黑商人，奧德烏斯·普林。許久未見的這名老商人，外表看起來更硬朗了，甚至還有變年輕的感覺。

「看來你生活過得挺好的嘛。」

看著散發出典型反派角色氛圍的凱爾，奧德烏斯露出了慈祥的笑容。

「這是當然的，現在巴尼翁．史丹下半輩子都要被關在地牢裡，我可是每天都快活得很呢。」

凱爾嘴角露出了一抹微笑。

在過去九個月內，史丹侯爵家和西北部發生了劇烈的變化。巴尼翁．史丹被關進了地牢，其實原本沒有打算祭出這麼嚴厲的懲罰，畢竟雖然還沒有正式對外宣布，但巴尼翁好歹也是一個家族的繼承人，只是就算沒把他關進去，史丹侯爵家也會私底下把他殺掉就是了。

想到巴尼翁的下場，奧德烏斯就忍不住嘴角上揚，不過他看著凱爾的眼神，卻藏有一絲畏懼。

巴尼翁．史丹這個人，已經完全瘋掉了。據說每次在地牢要用餐時，巴尼翁就會發作一次，而讓巴尼翁瘋掉的那個人，現在就站在奧德烏斯面前笑得很燦爛。那個人，也就是凱爾，向奧德烏斯開了口提問。

「我聽說侯爵把手足們一個一個擺平了？」

「泰勒少爺的手段可是相當高明。」

泰勒現在成為史丹侯爵家的正式繼承人，而他已經宣布過，不會殺掉兄弟姐妹，與此同時，他也依照史丹侯爵家的規則，除去了所有覬覦他繼承人地位的可能性。

靠著「死亡的誓言」，也就是找來死神神官，並且在家族成員面前和手足們一起以性命發誓。

「當然了，我相信泰勒少爺的辦事能力。」

只不過比起泰勒，奧德烏斯對眼前的凱爾更感到害怕。

「不過話說回來，您是為何而來的呢？」

凱爾並沒有馬上回答奧德烏斯的問題，只是用手指不斷敲打著沙發扶手，就這樣沉默一陣子的凱爾，又反問了奧德烏斯一個問題。

「你應該會有比較正常的管道吧？」

果然以奧德烏斯的歷練，馬上就聽出了問題的核心所在，他開口回答凱爾。

「如果您指的是正當的交易地點，那的確是有幾個地方可選，畢竟我可不只是在黑市做生意啊。」

「哦，是這樣嗎？」

凱爾動了動原本敲打著沙發的手指，伸進上衣的內部口袋拿出了一塊金牌放在桌面上。

「這是…金牌？」

那是刻著壚韵王國克羅斯曼王家符號的金牌，奧德烏斯沒想到會突然看到這個東西，露出了慌張的神情。

不過凱爾還沒有說到重點。

「銀。」

銀，相當於一萬加隆，和相當於一百萬加隆的金比起來，算是價值比較低的。

「幫我弄來二十萬枚銀幣吧。」

二十萬枚……那就另當別論了。

「二十……萬嗎？」

看著困惑的奧德烏斯，凱爾明確地開口回答：「就是二十萬沒錯。」

「你說二『十』萬嗎？」

奧德烏斯不知道為什麼特別強調了「十」這個字，但凱爾還是平靜地點點頭。

「對，二十萬，幫我準備好這個數目吧。」

二十萬枚銀幣，相當於二十億加隆，但奧德烏斯並不是被這個天文數字的金額給嚇到，他向凱爾提出了心中的疑問。

「換成金幣不行嗎？」

「你能幫我弄來二十萬枚金幣的話，我也是沒意見啦。」

二十萬枚金幣，等同兩千億加隆，奧德烏斯一瞬間還以為自己聽錯了，但看著對方一臉淡定的表情，奧德烏斯終於接受了這個事實。

「原來如此，不管是哪種，只要找來二十萬個就可以了吧？」

身為支配著西北部黑市的商人，要找來二十萬枚金幣，雖然的確有點難度，但並非完全辦不到。

「不過……」

奧德烏斯將視線移到了金牌上，他看著凱爾將金牌的蓋子打開，並拿出了放在裡面的王家印章，與其讓王儲發現自己實際掌控著相當於兩千億的資產規模，還不如讓他以為自己只有二十億。

「不過二十萬枚的話，重量會很驚人呢。」

「沒關係。」

「您究竟要拿那些東西來做什麼？」

奧德烏斯終究還是忍不住好奇心，開口向凱爾提問，究竟要把二十萬枚銀幣用在哪裡，真的令人感到非常好奇。

凱爾嘴角的微笑幅度越來越大，過去九個月裡，他整天遊手好閒、吃飽睡，睡飽吃，整個人都容光煥發了起來。

凱爾開口說道：「你很想知道嗎？」

聽到凱爾這麼反問，奧德烏斯馬上揮了揮手表示算了，畢竟對眼前這個人的事了解得越少，應付起來反而越容易。

「沒關係，我只是隨口問問而已，我不想知道。」

「那好吧，限你一小時內幫我準備好東西，辦得到吧？」

「啊，一小時太誇張……算了，沒問題，我這就去準備。」

凱爾看著強忍住好奇心的奧德烏斯，他的眼神中還是充滿著疑惑，就像是在問著「那二十萬枚銀幣究竟要拿來做什麼」。

還能拿來做什麼？當然是替接下來的發大財之路鋪路啊！

一小時過後，凱爾來到了奧德烏斯家地下室的倉庫。

奧德烏斯並不在場，現場只有凱爾自己一人，他指向了堆滿倉庫角落的無數個布袋，裡頭總共裝著二十萬枚銀幣。

「拉恩，幫我全都打包起來。」

「知道啦，人類！」

拉恩將銀幣全都收進了亞空間中，凱爾向一瞬間就把所有銀幣收拾好的拉恩遞出了五枚銀幣。

「人類，我也有份嗎？」

「當然，好東西就是要分享啊。」

「嘻嘻！」拉恩的嘴角往上揚了揚，並從亞空間中掏出一個小存錢筒，「人類，幫我放進這裡面吧！」

匡啷——匡啷——

凱爾將五枚銀幣投進存錢筒，拉恩的零用錢越來越多了，除了凱爾定期給十枚銀幣之外，這是牠第一次拿到額外的零用錢，拉恩似乎也因而感到很開心。

在確定拉恩完全透明化後，凱爾才打開了地下室的門。

「咦……」

奧德烏斯看到空蕩蕩的倉庫，不敢置信地嘆了口氣，凱爾見狀拍了拍他的肩膀，當作是告別的問候。

「您現在打算要去——算了沒事，我什麼都不會過問的。」

「這是非常明智的選擇，再替我向比勞斯問好吧。」

凱爾整個人看起來很開心。

「接下來我要過著揮霍無度的快樂撒錢人生了。」

「好的，凱爾少爺，還請您慢走。」

「好。」

凱爾對著希望自己趕快滾出這裡的奧德烏斯，露出了「我一定會再回來的」那種反派角色笑容，隨後離開了史丹家的領地。

凱爾的馬車正前往壚韵王國西部的最外圍，同時也是十指山所在之處，而十指山正因有十座山峰而得名。凱爾來到了還算靠近這座山的一處村莊。說是「還算」靠近，就是因為從這座村子搭馬車出發，還需要幾天的車程才能真正抵達十指山。

「凱爾少爺，我們最可愛的小貓咪說牠很喜歡這家旅館呢！」

凱爾看向了被副管家漢斯抱在懷裡的氳和紅。

喵嗚！

喵喵！

現在這兩隻貓已經完全馴服漢斯，把他變成貓奴了。凱爾看著這一人兩貓的模樣，無言地笑了笑，隨後從馬車上走了下去。

氳和紅現在也長得滿大了，獸人族在動物和人類型態的成長速度都差不多，如果氳和紅是普通貓咪的話，那牠們現在應該就是成貓了，但因為是貓族，所以到現在都還算是幼貓。

崔漢、狼族少年拉克、比克羅斯和羅恩等人，都跟在了凱爾後方。

「凱爾大人，我們要在這裡等蘿絲琳嗎？」

「沒錯。」

這座布羅克村，是位於接近壚韵王國西部邊境的村莊，規模已經相當於一個小城市了，也是許多商人和旅人的聚集地。

凱爾悠閒地環顧四周，他的目的地十指山就在附近，而妖精村則位於幾天車程外的距離，不過凱爾卻相當從容。

畢竟討厭人類的傢伙，絕不會來到這座布羅克村吧？

在小說《英雄的誕生》中，「十指山」上妖精村的村民們，絕對不會前往人類居住的村莊或是城市，包括布羅克村在內，因為這是妖精村的規定。

除非是遇到了什麼滅村的危機，否則他們是不會下山的。

妖精就是這樣的存在，所以凱爾才能悠閒地走進旅館準備休息。

「我馬上去辦入住手續。」

「好啊，慢慢來吧。」

氳和紅挑選的這家旅館，看起來非常乾淨舒適，凱爾環顧了旅館一樓，這裡有大廳和餐廳，現在凱爾就站在櫃檯前方，整個一樓人山人海，其中大部分看起來都是商人。

正慢慢觀察著旅館一樓的凱爾，突然望向了距離自己所站的櫃檯附近最遠的一個角落，那裡聚集了五個人，全都穿著長袍並將臉孔遮了起來，正圍著一張桌子坐下。凱爾的視線裝作若無其事地瞟了過去，瞄了一眼放在桌子上的食物，接著忍不住定睛一看。

全都是蔬菜，除了青菜沒有其他東西。

「……咦？」

妖精就是只吃蔬菜和水果。

凱爾感到背部發涼，這不妙的感覺在聽到拉恩的聲音後又更嚴重了。

——弱不禁風的人類呀，坐在那邊的好像不是人類耶？

凱爾瞬間陷入了沉思。

難道妖精村出現滅村危機了嗎？

接著凱爾又思考起另一件事。

那裡頭會不會像黑暗妖精市長一樣，有著能夠辨識出龍族氣息的妖精和精靈？

匡啷——

那五名穿著長袍的人，其中一人手上的叉子掉在地上，他的手不斷顫抖著。

完蛋，好像真的有人感覺得到龍的氣息。

凱爾趕緊用坐在角落那五名妖精聽不到的聲音，小聲地開了口。

「拉恩，你去餐廳那邊繞個幾圈，不過不要現身，裝作我們彼此不認識。」

——嗯？好吧，我知道啦，人類！

凱爾閉上眼睛，進入透明化狀態的拉恩開始在餐廳的空中不斷來回打轉。

砰！

一聽到巨大的聲響，凱爾睜開了眼，疑似是剛剛弄掉叉子的那名長袍妖精，從位子上站了起來，不斷地看著四周。

看到這幅景象，凱爾只能在心裡認了。

我太大意了。

過去九個月過得太爽，這次才會大意了。不過凱爾決定暫時無視這五名穿長袍的妖精，因為他觀察了四周，很多人正不斷進出旅館，在旅館裡也有非常多人，還不至於馬上被發現。

我什麼都不知道。

先裝作什麼都不知道吧。凱爾把自己當作一個普通的路人甲，自然地繼續看著周遭。

「請問您怎麼了嗎？」

剛剛站起來弄倒椅子的長袍妖精，被另外一個也跟著站起來的妖精緊緊抓住。

「放開，放開我！」被抓住手臂的妖精忍不住高聲大喊，低沉厚實的聲音迴盪在整座大廳。

凱爾腦中莫名浮現出一個有著低沉聲音的中年妖精臉孔，隨後他將視線從那些長袍妖精身上移開，看向了天花板。

——人類，我在轉圈圈耶！

拉恩正在一樓餐廳的上空打轉，凱爾則是再度將視線往下拉回餐廳，那名疑似是妖精的人，細緻潔白的手正在瑟瑟發抖。

「……怎麼可能！」

可能以前有見過龍族的那名長袍妖精，踏出了猶豫的步伐，緊緊戴著帽子的頭不斷地左右搖動，看起來相當徬徨。

砰——砰——

踏著踉蹌的腳步、非常徬徨無助的中年妖精，不斷碰撞到其他人的肩膀。

「什麼事啊？」

「搞什麼？」

被撞到的人各個接連不滿地開口，但這名妖精選擇無視，不對，與其說無視，應該說是他受到的衝擊實在太大了，才什麼話都說不出來。另一名長袍妖精趕緊一一向被撞到的人賠不是，並跟在中年妖精的後方。

凱爾越來越緊張了。

不要過來啊！

凱爾悄悄地觀察著那名徬徨的妖精，與此同時戳了漢斯一下，漢斯不知道正和櫃檯人員說些什麼，遲遲不過來，凱爾只好用動作暗示他。

——人類，我要轉圈圈到什麼時候啊？沒要我停，我就繼續轉下去喔！

拉恩似乎覺得轉圈圈很好玩，聲音聽起來異常興奮。

凱爾決定裝作不認識已經滿五歲、正愛玩的拉恩。

黑暗妖精與王儲有所關連，再加上知道拉恩存在的就只有我們，因此當時要假裝不認識拉恩有一定的難度。

但現在也只能盡量裝傻到底了。

在小說《英雄的誕生》中，有一句寫到關於妖精對龍族有多麼地崇拜。

妖精們就算只看到龍拍了下翅膀，也會熱烈歡呼。

不需要再多做說明了，要說到對龍族的崇拜，黑暗妖精和妖精比起來，可說是小巫見大巫。要是拉恩拍一下翅膀，妖精們可能就會興奮到直接暈過去。

這太嚇人了。

凱爾的表情越來越僵。

到底為什麼要走到我們這邊來？拉恩又不在這裡！

看著事情的發展越來越不如自己所願，凱爾的心臟也開始撲通撲通地猛跳，所幸在這個時候，傳來了讓凱爾放心的聲音。

「凱爾少爺！」副管家漢斯叫了凱爾一聲，並露出了燦爛的笑容。

「漢斯！你來啦！」

漢斯還是第一次看到對自己這麼熱情的凱爾，雖然心裡感覺點怪怪的，還是接著開了口。

「高級的房間都在三樓以上，您沒關——」

「很好！就這麼辦！」

凱爾用低沉的聲音表達出強烈的意志，暗示著他想快點進到房裡。而漢斯似乎也看懂了自家少爺的催促之意，趕緊轉過頭看向旅館櫃檯人員。

「那三樓全部的高級套房都安排給您住，這樣可以嗎？」

現在只要漢斯開口說好，凱爾就能立刻跑去三樓躲起來。

「您這麼急要去哪裡呢？」

「去三樓啊！」

凱爾已經邁步走向前往三樓的樓梯。

崔漢見狀，露出疑惑的表情追了上去，凱爾的表情相當凝重，讓崔漢以為他可能很累。

—人類啊，你要丟下我跑去哪啊？你臉色很差耶！是不是不舒服啊？要我去找你嗎？不要，絕對不要過來。

凱爾小心翼翼地搖了搖頭，終於踏上前往三樓的樓梯。就在這時，他聽見背後傳來了一個聲音。

「真是的，這大叔是喝醉了嗎？怎麼一直到處撞人啊？」

「非常不好意思，他平常不是這樣的。」

沒錯，聲音就來自凱爾正後方，凱爾聽到背後傳來一點碰撞的聲音，接著就是雙方的對話聲，他用力抓住樓梯的扶手。

明明有精靈在不是嗎，為什麼要來找我啦！

凱爾覺得很納悶，精靈應該也發現了正在不斷轉圈圈的拉恩才對，為什麼是往這個方向來？是因為自己平常都跟拉恩黏在一起，身上也有了龍的味道嗎？

凱爾趕緊邁步上樓。

「那個……」

凱爾聽到自己正後方傳來了低沉厚實的聲音，背部瞬間起了雞皮疙瘩。該轉過身嗎？

凱爾腦中浮現出一個畫面，是被妖精們團團包圍歌頌讚揚、不知所措的拉恩，以及蹲坐在一旁的自己。

這令凱爾陷入了苦惱。

「請問您是哪位？」

「有什麼事嗎？」

崔漢和羅恩擋在凱爾以及走向凱爾的長袍妖精之間，凱爾見狀，嘴角隨之往上一揚。

對耶，我還有他們可以幫我嘛！

凱爾緩緩轉過身，在樓梯下方可以看到崔漢、羅恩，還有被他們擋住的那名妖精。雖然看不到妖精特有的那種耳朵，不過現在長袍帽子稍微掀了開來，可以看到一點眼球的樣子，凱爾就這樣盯著那雙眼開了口。

「這是怎麼回事？」

這名妖精愣了一下，隨後被跟上來的另一名妖精抓住了手臂。

「大叔，您到底怎麼了？」

跟上來的這名妖精，臉孔也稍微從長袍帽子中露了出來。

真是要瘋了。

妖精那張臉帥氣到周遭所有人都變成醜八怪，不過凱爾在乎的不是他的長相，而是那名妖精的眼角有個Z字形的傷口。

他為什麼會在這裡啊！

他是治療師潘得利，其帥氣程度位居妖精之冠。

凱爾已經想要回家了，腦中充滿各種複雜混亂的思緒。

會和潘得利一起行動，還被他叫「大叔」的會是誰呢？

小說中有提到，所有妖精都長得很好看，也因此外人很難去區分誰是誰，書中對妖精族長和潘得利有比較多的描述，所以只要看到特徵就能立刻認出來，但要區分其他妖精就很難了。

叫住凱爾的那名妖精，完全沒有理會潘得利的疑問，而是直直盯著凱爾，陷入了混亂。

「那……那個……」這名妖精用顫抖的聲音向凱爾開了口，「那個，請問您相信瑪那嗎？」

還以為他是要問「請問您信神嗎」這種問題，凱爾覺得有點荒謬地笑了笑。

看到凱爾揚起一邊嘴角的笑容，這名中年妖精猛然抖了一下。那從容不迫的態度，還有覺得除了自己以外的存在都是次等、不重要的銳利眼神，就像是龍才會有的那種偉大眼神啊！

能感覺到空中有龍族的氣息。

中年妖精心想，龍族不可能會像那樣冒冒失失地在空中轉圈圈，一定是為了要玩弄在這裡的人們和生物，才會故意讓自己的氣息在空中打轉。如果猜得沒錯……

那位男子身上有著最多大自然的香氣。

在旅館餐廳中，有非常多強者，不過所謂大自然的香氣，和強者是屬於不同的氣息。

中年妖精的雙手又開始顫抖起來，除了龍族之外，最接近自然的就是妖精了，所以比起黑暗妖精，他們對自然之力的敏感程度高了幾十倍。

從那位男子身上能感受到風、木和水的氣息，普通人類不可能一次散發出這麼多種自然香氣。

中年妖精思考著，就算人類窮盡了一生的好運，要得到一個古代之力就已是難如登天，更何況是一次擁有好幾個，甚至還是不同屬性的古代之力，簡直是天方夜譚。

這種力量和瑪那不同，是來自大自然的天然力量。而一次擁有這麼多天然力量的，就只有一種可能——龍族。

這是妖精連說出口都誠惶誠恐的字眼。

精靈……要是現在有精靈在我身邊就好了！

要是還留在村裡的精靈現在就在身邊，就能馬上確認眼前這名男子的真實身分。中年妖精在內心嘆了口氣，不過他現在也無法隨意把那些正代替自己在村裡努力的精靈叫來。

然而，這裡的確就是有一名不用窮盡一生好運，還是獲得了好幾個不同屬性古代之力的人類。這名人類，也就是凱爾，開口答道。

「我不相信什麼瑪那。」

如果是崇尚自然的龍族，一定會表示相信瑪那，所以凱爾才故意回答不相信。凱爾直直盯著中年妖精的眼神，堅定地表達了自己的立場。

中年妖精的視線慢慢地往下移動，看向了地板。

「我會照著您的心意來行事的。」

凱爾疑惑地看著彬彬有禮向自己低下頭的妖精。

他的回答怎麼這麼奇怪？說「行事」是什麼意思啊？

凱爾感到有點不安，但也不能直接抓住那名妖精說「我才不是龍」、「我是人類啦」這種話。

奇怪，這名妖精應該有精靈跟在身邊才對，為什麼會跑來找自己而不是去找拉恩？

「大叔，這究竟是怎麼一回事啊？」

「沒事，我們就照著原本的步調走就好。」

「什麼？本來就該這樣了吧？」

「對啊。」

和潘得利對話的中年妖精看了看凱爾，露出了溫柔的笑容。這名妖精儘管已經步入中年，帥氣依舊，他看著凱爾開口說道。

「我們就默默繼續做我們該做的事就好了。」

這種話為什麼是對著我講啊！

凱爾覺得很荒謬，眉頭也跟著皺了起來，結果妖精一看到他的表情又愣了一下，立刻彎腰鞠躬。

「不好意思打擾您這趟旅行，接下來我們會裝作什麼都不知道，請您不要生氣。」

真的好奇怪。

凱爾再怎麼看都覺得他們把自己當成龍族了。

明明有見過龍族的精靈，馬上就能告訴他我是人類了啊。

心中雖然很納悶，但凱爾決定先裝作什麼都不知道。

「看你好像想說的都說完了，那我們就地解散吧。」

凱爾說完便轉過身，完全不給對方任何說話的機會，崔漢和羅恩則是繼續盯著這些穿著長袍、身分不明的人一陣子後，也跟上了毫不留情就閃人的凱爾，離開現場。

—人類啊，我再轉個十分鐘再跟上去，這很好玩耶！

拉恩就像蜜蜂一樣，在空中不斷畫出8字形打轉，速度還越來越快。

中年妖精對餐廳裡打轉速度越來越快的龍族氣息，感到無比畏懼。

「大叔，您到底怎麼了？」

「沒事，我們快走吧。」

潘得利納悶地嘆了口氣，隨後彎下身子靠向中年妖精耳邊小聲地開了口。

「守護戰士大人，您真的沒事吧？」

守護戰士，也就是這名中年妖精，用穩重的表情點了點頭，儘管他覺得有點可惜，但也沒辦法。

「我真的沒事。我們趕快走吧，要快點回到村莊補足力量。」

「好的。」

潘得利用凝重的表情看向了妖精一行人所在的桌子，他們也站了起來，儘管來到了人類的世界，卻一無所獲，還是盡快回到村莊裡，補足守護村莊的力量。

「抱歉剛剛為了我的事拖了一些時間，我們加快動作吧！」

聽到這名中年妖精，也就是守護戰士的這番話，妖精們紛紛離開了餐廳，迅速地朝十指山前進。他們的村莊就位於十指山十座高度不一的山峰之中，現在那裡正面臨危機。

幾天後的清晨，凱爾單獨帶著拉恩來到了十指山中的第三座山峰。

「人類，出來散步真開心！」

這才不是什麼散步。

凱爾一邊擦了擦額頭的汗，一邊繼續施展風之聲，快速朝山頂衝去。

這十座山峰，為什麼會被稱為十指山呢？正是因為十座山峰的模樣，看起來和人類的十根手指頭一模一樣。所以第三和第八座山峰，正如同手指中最長的中指，海拔高度是最高的。這座山看起來和雲的高度差不多，也因此一直到盛夏之前，山上的雪都不會融化。

不過山峰卻是在「熔」化中。

原因正是凱爾最後要獲得的那個古代之力——「破壞之火」，不過其他人目前還不知道就是了。這個古代之力大約兩週後，就會把第三座山一半的山峰給熔化。

「人類，好熱喔！這裡是怎麼回事啊？」

「哎唷！」

伴隨著一聲叫喊，凱爾終於站上了山頂。

「這個就是熔岩吧？我在書裡看過！比叢林裡那個奇怪的火還要滾燙！是非常少見的力量！」

在凱爾和拉恩眼前出現了岩漿，雖然規模不是真的大到很誇張，卻也是一大片的熔岩坑洞。

而這座山並不是火山，但現在熔岩正在熔化這座山，冒出了溫度高到嚇人的熱氣。

不過凱爾因為有「心臟之活力」的再生能力，還有裝著支配之水的項鍊，因此這些熱氣對他沒有造成太大影響。

凱爾看向了冒出熱氣的熔岩坑洞中心，嘆了一口氣。

「唉。」真是無言。

只見眼前，有一座金黃色的小豬雕像在團團打轉。

「拉恩。」

凱爾開口叫了拉恩，原本正看著眼前稀奇景象的拉恩，將視線移往了凱爾這邊，映入牠眼簾的是一個魔法口袋。

「拿錢出來。」

「人類，怎麼啦？」

拉恩愣在原地眨了眨眼，隨後便將錢拿了出來。凱爾嘴角上揚的弧度越來越大，他心裡想著，可以久違地在不影響其他人的情況下，做出讓心情爽快的事了。

紓壓的最佳方法，就是瘋狂撒錢。

「哈哈，哈哈哈哈哈！」凱爾大聲地笑了出來。

「人類，你搞什麼？」

拉恩往後退了一步，但不是因為凱爾的突然大笑，而是因為他難以預測的行為。

匡啷——

唰啦啦——

魔法口袋中發出了清脆聲響，銀幣不斷湧出，凱爾抓了一把，接著直接往前方一撒。

「人類啊！這些錢不知道能買多少烤雞串和糖葫蘆耶！你幹嘛這樣！你有什麼不滿就說出來啊，人類！」

「哈哈哈哈哈！」

凱爾完全沒聽到拉恩講的這些話。

不久後，他們眼前出現了神祕的現象——

嗚嗚嗚嗡——

熔岩坑洞發出了神祕的聲音，這些銀幣沒有被熔化，而是直接貼在了熔岩上。

這個古代之力的主人，生前是名貪得無厭的富翁，同時也是一名戰士。他所留下的，是需要砸下重金才能得到的力量。

果然，錢就是要像流水一樣花才有價值。

「哈哈哈哈！」

凱爾發出像是偉大英雄的宏亮笑聲，持續往自己的前方不斷撒下銀幣。

眼前出現了大量錢流，或者應該說是「銀流」。

我真沒想到會有這種傢伙出現呢！

凱爾腦中響起了他最後要獲得的古代之力——「破壞之火」的主人的聲音，聽起來就像是遇見神經病的語氣。

唰啦啦啦——

凱爾眼前的銀幣就像是雪花一般到處飄散。

啊，真是太幸福了！

尤其他撒的是別人的錢，幸福感更是強烈。

這輩子不知道什麼時候能再做這種事一次呢。

「好吧！通通撒下去好了！」

凱爾從魔法口袋中抓起滿滿一把銀幣，接著伸手朝黃金小豬雕像的方向，把銀幣用力撒了出去。

「真、真是的！人類，我不管了啦！雖然感覺這樣下去不太好，但看起來很爽快耶！」

剛滿五歲的拉恩陷入了混亂。

無論如何，這些銀幣就像口香糖一般地黏在熔岩的表面，而且沒有被熔化，還形成了一條路。

破壞之火。

其實凱爾眼前這些紅色的滾燙液體，說是岩漿有點怪，說是火也不太對，要精確地形容的話，應該說是「液態火」還比較接近，因為這就像是火變成了液體的型態。

出現在十指山第三座山峰的「破壞之火」，在把整座山峰燃燒殆盡之前是不會熄滅的。在操縱火之精靈的妖精得到這個古代之力以前，不管是人類還是妖精，都無法阻止這些「液態火」在山上到處流竄。

小說《英雄的誕生》中出現的這個古代之力，普通人無法用正規的方法獲得，不過已經讀過小說的凱爾，當然知道獲得破壞之火的方法。

人們根本沒想過要往火裡丟錢，然而，其實這到處流動的「液態火」並不會把錢給燒掉。至於為什麼呢……

我真的好久沒有感覺到錢幣這冰冰涼涼的觸感！天啊，還有這迷人的銅臭味！

因為這個力量的主人可是個視錢如命的傢伙。

再多撒一點！像你這樣瘋狂撒錢的傢伙，除了當年我那個瘋狂的同事之外，我還是頭一次看到！哈哈哈！

「哈哈哈哈！」

凱爾和古代之力的主人都開心地大笑著，伴隨著笑聲，銀幣也不斷地打在熔岩上頭。

拉恩從亞空間拿出自己的存錢筒，緊緊抱在懷中，接著牠用嚴肅的表情來回打量凱爾和存錢筒。

「你在看什麼？」

停下笑聲站在原地的凱爾，看起來有些古怪。在滾燙的熔岩上，出現了一條銀幣打造出的路，正散發著銀色光芒，這銀光和紅髮的凱爾微妙地很搭。

「脆弱的人類！」

「怎麼啦？」

「錢不夠的話就開口說吧！我可以把這個給你！」

凱爾大聲地噗哧一笑，他可不是那種會搶走別人錢的人，尤其是小朋友的錢，他才沒興趣。錢！快點再給我多聞一點錢的香味啊！

而且凱爾可是有王儲給的這二十萬枚銀幣呢。

「都給你吧。」

凱爾今天成了世界上最慷慨的人。

那名妖精無法獲得完全體型態的「破壞之火」，因此覺得這個力量沒什麼作用，就沒有去使用它。其實只要撒下越多錢，就能獲得越強大的破壞之火，要是那名妖精知道這個力量究竟有多強大，一定會覺得相當可惜。

破壞之火原本的主人，那名戰士需要的不是權力或名譽，他想要的就只有錢，主要正是因為他小時候過著非常貧窮的生活。

我也好想要像這樣把錢當作垃圾一樣亂丟！我的錢都被那些黑暗的傢伙搶走了！連我同事的錢也都拿走！這些兔崽子，一輩子都把人當奴隸使喚的惡毒傢伙！

凱爾聽到了古代之力主人開始說起了不堪入耳的髒話，不過他並沒有認真聽這些充滿憤慨的叫罵聲，而是走向了黃金小豬雕像所在的地方。

「唉，真是麻煩！」

凱爾現在直接從魔法口袋中拿出一個個錢袋，接著一邊把錢袋中的銀幣倒出來，一邊繼續往前走。

「竟、竟然有這麼好的事！」古代之力的主人聲音聽起來正興奮地發抖。

嗚嗚嗚嗡——嗚嗚嗡——

凱爾的嘴角往上揚了揚，黃金小豬雕像散發著光芒。

嘶——

岩漿中散發出紅色的水蒸氣，拉恩為了避開這些水蒸氣，往更高處飛了過去，畢竟這些可是含有液態火的水蒸氣。

啪哧——

凱爾的身體被不破之盾和翅膀給包圍住。

這也算是勞動耶。

凱爾開始覺得煩躁和疲憊了。剛撒錢的時候感覺很爽，現在他卻是一邊咂嘴一邊不耐煩地撒著錢。這個坑洞還不算太大，所以已經快要抵達中央小豬雕像的位置了。

「嗯。」

凱爾不知不覺已經來到小豬雕像前方。

我認可你了！你的確有著值得拿走這份力量的偉大抱負！像這樣把錢當身外之物的你，我相信一定什麼痛苦都能承受！

古代之力的主人已經認可了凱爾，並用認真的語氣對凱爾開口，似乎希望他能快點拿走小豬雕像。

不過不久之後，馬上又聽到了古代之力主人傻眼的聲音。

咦？

唰啦啦啦——唰啦啦啦——

凱爾又拿出了更多銀幣。

還真多耶。

要撒完二十萬枚還早得很呢。

怎、怎麼會有這麼像天使的瘋子！

古代之力主人不斷發出驚嘆，他越是感到驚訝、越是發出興奮的尖叫，小豬雕像就跟著震動得越來越劇烈。

嗚嗚嗚嗡——

山峰的頂端開始劇烈晃動。

哧嘶——

大量紅色的水蒸氣不斷飄了出來，朝著小豬雕像飛去。不久之後，凱爾終於把二十萬枚銀幣通通撒光了。

……

古代之力的主人已經說不出話了。

凱爾在撒完全部的錢後，伸展了一下身子，他累到都流汗了。

「這也很消耗體力耶。」

凱爾凝視著堆滿銀幣上閃閃發亮的金色豬雕像。金色雕像的周圍被發著光的紅色水蒸氣包圍著。

我認可你了！原本我感覺到你身上有我朋友的力量，還對你有點懷疑呢。朋友的力量？難道破壞之火的主人，真的是那個擁有風之聲的盜賊的朋友？

凱爾無奈地心想，很好，又得知了一個無用的情報。不過接下來他聽到的話，讓他緊緊皺起了眉頭。

果然擁有古代之力的人，沒有一個正常的！給你吧！拿去吧！這是能把一切燃燒殆盡的力量！當然，只有錢燒不掉啦！

「哦。」

被紅色水蒸氣包圍的小豬雕像飛到了凱爾面前。

這力量的主人比想像中還膽小耶。

凱爾沒有想到價值二十億的古代之力，會主動先跑到自己面前，他一派輕鬆地向小豬雕像伸出了手。得到這個力量之後，就等於防禦、再生力、迴避和攻擊……等，所有的能力都到手了。

這時凱爾聽到了古代之力主人的聲音。

明明是來自岩石之國，但你卻沒有岩石之力呢。

岩石？

凱爾一愣。

其實除了錢以外，還有另一種岩石是我無法燒毀的。因為你幫我解決了心中的遺憾，所以我才特別告訴你。

這是關於另一個古代之力的提示。

其實我不太需要耶。

凱爾只要有現在這些力量就足夠了，他已經有了支配之水，還有支配光環，目前為止應該沒有其他人類像他一樣，同時擁有這麼多古代之力。

在岩石之國裡，有個被稱為石頭之王的『小石頭』。

岩石之國，這個名稱讓人想起壚韵王國，凱爾現在實在笑不出來。

為什麼偏偏要叫「小石頭」？這古代之力的名字聽起來就超級遜。

凱爾看著似乎已經沒話要說的古代之力主人，沒有做出特別的反應，只把手伸向了黃金小豬雕像。

哧嘶——

紅色水蒸氣碰到凱爾的手，不過凱爾卻一點都沒有受傷。

嗡嗡嗡嗡——

終於，凱爾的手碰到了小豬雕像，金黃色和紅色的光芒瞬間包圍了凱爾。

把你眼前的一切都熔化吧，而你也要承受這股力量。

古代之力主人的聲音慢慢變小，最後完全消失。凱爾掀起了上衣，心臟所在的左胸口處，原本銀光盾牌的圖樣上，出現了一個紅色閃電橫穿過盾牌。

凱爾這才安心下來，「幸好不是小豬的圖樣。」

雖然剛剛那個小豬雕像還滿可愛的，不過凱爾可不想拿來當作刺青圖案。

凱爾展開了雙手——

「哇哇哇！」拉恩發出了驚嘆聲。

哧嘶——

伴隨著刺耳的燃燒聲響，所有銀幣通通在一瞬間化作銀色的水蒸氣，隨後消失不見，與此同時露出的火紅色熔岩，飛向了凱爾的手掌心，接著形成了一顆球狀物。凱爾像是要抓住這顆球，握住了拳頭——

啪哧！

熔岩球發出了一個小聲響後便消失不見，在這十指山的第三座山峰上，只剩下一個巨大的坑洞。

「人類，剛剛那個力量現在是你的了嗎？」

「是啊。」

「你現在變得跟我一半的腳小拇指一樣強了！稍微變得沒那麼脆弱了！」

凱爾得到了拉恩的認可，嘴角露出了笑容，感受著微風吹拂過身體。四周滾燙的熱氣消失，這個海拔高度的山區，恢復了原本該有的清涼氣溫。

「只不過，人類。」

「怎麼了？」

「因為剛剛你很忙，所以我一直等到現在才跟你說。」

拉恩咧嘴露出了燦爛的笑容，這讓凱爾覺得不太妙，感覺頭突然有點痛。

牠幹嘛這樣啊！

隨後拉恩淡定地開了口：「有一名魔槍士來到附近了。」

「什麼？誰？」

凱爾一瞬間想不起這指的是誰。

「他剛剛就來到這附近了，我也感應到了。」

啊，凱爾這時才想了起來，在哈伊斯島十二遇到的那名祕密組織底下的魔槍士。當時他和金髮的劍術大師一起行動，拉恩還在他的肚子上留下瑪那之箭的傷痕。

為什麼會突然感應到那個傢伙？

雖然又長了一歲，變得更強了，不過拉恩還是一副小巧玲瓏的模樣，牠伸出前爪，指向了遠方第七和第八座山峰之間。

「我感應到他就在那一帶！」

凱爾用雙手遮住了整張臉，一副煩躁樣。

十指山中第七和第八座山峰中間，有一座被施展了幻影魔法，一般人看不到的村莊。

當然，那就是妖精村，據說在那裡有著一座小湖泊，還有活了數百年的高聳神木，看起來就像童話世界裡的村莊。

這又是怎麼一回事啊！

當然，這件事在小說《英雄的誕生》的前五集並沒有出現。

不知道為什麼凱爾有種不好的預感，他似乎知道了到底是誰讓那座精靈村陷入危險，那五名妖精才不得不離開村莊。

魔槍士不會無緣無故地跑來這裡。

凱爾大概知道妖精們要對抗的敵人是誰了。

拉恩則是用開朗的聲音又補充道：「還有上次看過的那個傢伙也來了！」

上次？凱爾將遮住臉的手放了下來，上次看過的傢伙太多了，到底拉恩指的是在什麼時候見到的什麼人，他實在沒有頭緒。

「他的速度好快，已經要爬上山頂了！我就先躲起來囉！」

聽到拉恩傳進腦中的這番話，凱爾突然有一股想哭的情緒。

這種事就不能早點跟我說嗎！

拉恩當時應該是不想妨礙凱爾獲得重要的古代之力，才會什麼都沒說，不過對凱爾來說，眼下發生的事更要緊。凱爾似乎猜得到「上次看過的傢伙」指的是誰了——那個到現在還甩不掉的傢伙。

唰唰——

凱爾聽到一些動靜，有人出現在附近。

「唉……」

凱爾忍不住嘆了一口氣，慢慢地轉過身去，從這片土地上被熔化的焦黑坑洞的中央，看向了出現的人。

「這裡明明就……」

來到這裡的人慌張地環顧四周，他幾天前明明就在這裡發現了大量熔岩，本來因為村子的事已經很頭痛了，還發現了整片岩漿，讓他陷入了絕望。不過也正因為熔岩的力量，讓他看見了一絲希望的曙光。

原本正仔細觀察周圍的男人，最後和凱爾對上了眼。熔岩好像都消失不見了，站在那裡的紅髮男子也格外顯眼。

「你、你是——」

治療師潘得利看著眼前的紅髮男子，想起之前在哪裡看過他。就是幾天前在旅館餐廳中，守護戰士緊抓著不放的那個人。

「那個男人到底是誰，您才會這樣抓住他不放？」

「其實我也不太確定，但我認為我們不知道他是誰會比較好。」

這還是守護戰士第一次這樣形容一個人類。

潘得利看著盯著自己的紅髮男子那沒有情緒的眼神，本來想說些什麼，卻又閉上了嘴。倒是直挺挺地站在熔岩消失之處的男子，先用了冷淡卻毫無猶豫的語氣開了口。

「你是誰？你認識我嗎？」凱爾決定徹底裝傻。

不過對凱爾這裝傻的態度，還沒等到潘得利反應，拉恩倒是先開了口。

—人類，我知道那傢伙是誰，要不要我告訴你？就是我們在旅館的時候，和你搭話的那名妖精後方站著的另外一名妖精呀！因為我是偉大的龍，所以我全都記得！

真是的，不用你特別說我也知道啊！

因為拉恩硬要跟自己解釋，害凱爾腦中亂糟糟的。

牠為什麼這麼興奮啊？

他下意識皺起了眉頭。

而看到和拉恩做出不同反應的潘得利，凱爾有些慌張。潘得利將長袍的帽子稍微掀了開來，雖然還是看不到他的耳朵，不過能清楚看到他有Z字傷痕的眼角。

「先前在旅館和您見過面，我還記得曾和您對上眼。」

對了，當時凱爾就是和潘得利對到眼，看到眼角的傷痕才嚇了一跳。

「原來如此啊。」

不過凱爾打算要裝傻到底，而且回答要盡量簡潔有力，因為到目前為止他已經吃過太多虧了。

說太多話準沒好事。

聊得越多，就會牽扯得越深。凱爾直接轉身背對著潘得利，朝他的反方向邁開步伐，一步步往坑洞上方走。

窸窸窣窣——

凱爾踩到的黑色石塊全都直接碎裂，冷冽的風將凱爾一頭紅髮吹得在空中飄揚。

這樣他就不會想理我了吧？

當然會這樣想的凱爾還是太天真了。

「請問您獲得了古代之力嗎？」

儘管凱爾聽到從背後傳來的提問，他卻沒有停下腳步。

「對啊。」凱爾簡短地回答。

潘得利聽到這個無心又冷淡的回答，站在原地一愣，就這樣看著那名男子越走越遠的背影。明明村子裡已經天翻地覆了，但潘得利還是離開村子來到這裡，就是因為那散發出驚人力量氣息的熔岩。

潘得利就是那種不會操縱精靈的妖精，他擁有的能力，只有治療和戰鬥。也因此，潘得利看到山峰上猛竄的火光，才起心動念覺得這是自己能幫助村子的機會。他認為或許這個火可以把對妖精們來說有毒的「那個」給燒毀。然而，潘得利也早就聽說過，古代之力的主人都是早已註定的「天選之人」，因此想要獲得，還要有老天爺的眷顧才行。

「不好意思！」潘得利一邊邁出腳步，一邊對著凱爾的背影大喊。

凱爾聽到後猛然抖了一下。

幹嘛跟上來啦！

凱爾依舊沒有回頭，直視著前方並加快了步伐，不過還是開口回應：「有什麼事嗎？」

「可不可以借用您的古代之力呢？」

早知道就不要回應了。

凱爾一張臉皺在一起，哪有人突然這樣找上門的？凱爾現在只想嘆氣，他就這樣皺著眉頭轉過了身。

咦？凱爾直接愣在原地。

妖精潘得利就站在那裡，他將長袍帽子完全脫了下來，連耳朵都露了出來。

在小說《英雄的誕生》中，描述過鯨族美麗動人的外貌，連妖精都自嘆不如，不過潘得利畢竟再怎麼說都是書中主角一行人之一，因此還是有著非凡的帥氣外表。

這名妖精一輩子都因為不會操縱精靈而活在絕望之中，不過身為治療師的他，那一張白皙透亮的臉蛋可說是帥氣逼人。

「那名妖精生病了嗎？臉色看起來很蒼白耶！」

他只是看起來像生病，但其實好得很，而且長得很帥。

凱爾就這樣直直盯著妖精潘得利，這讓潘得利陷入了沉思。

他果然不是普通人。

就算看到妖精出現在眼前，凱爾的眼神中也沒有一絲驚訝，而且也不打算開口詢問，就直接用眼神示意對方趕快好好說明。

潘得利見狀，趕緊對剛剛貿然說出口的話做解釋。

「我是一名妖精，生活在妖精村裡頭——」

凱爾在心中嘆了一口氣，眼前潘得利滔滔不絕、仔細說明的模樣，讓他忍不住把視線移開看向遠方，總覺得這次也準沒好事。

果然只要出門就會遇到一堆鳥事。

就在這時，有一句話引起了凱爾的注意。

「想要搶走世界樹樹枝的組織闖了進來。」

「什麼？樹枝被搶走的話，妖精村不就完蛋了嗎？」凱爾實在太驚訝，下意識地脫口回應。

世界樹是奇幻小說世界中一定會有的設定，也就是有著撐起整片大陸的世界樹傳說。只不過在這個世界裡的世界樹，並不是那麼龐大的存在，反而只出現在特定地區，幫助自然界的精靈得以好好生活。而妖精也被允許能摘下世界樹的部分樹枝，用以建立他們的村莊。妖精就住在用大自然的樹木打造的安樂窩，而世界樹的樹枝則是透過幻象魔法，使妖精得以居住在安全的環境中。要是世界樹的樹枝不見，妖精村也會跟著消失。

「沒錯，妖精村會滅亡。」

潘得利用平淡的語氣回答，但其實他正強忍心中的驚訝，並且更仔細地觀察著凱爾。

看來他很了解妖精。

這個人看到潘得利也完全不訝異是有原因的，眼前這個人可不只是像普通人單純對妖精抱有幻想和好奇心，而是對妖精和精靈生態有一定程度的了解。

「所以現在妖精和精靈正在和那個組織戰鬥。」

那個組織……

凱爾強壓下心中的不情願，開口提問：「那個組織是什麼來歷？」

「我們也不清楚，只知道他們都戴著鑲有五顆紅色星星的白色星星，儘管我們已經調查過，但還是查不出那是哪個組織的標記。」

那些瘋子……

凱爾實在搞不懂那個叫「黯」還是「暗」的祕密組織到底想要幹什麼。

—果然是那些大壞蛋！那些傢伙應該要遭到天譴！竟然想把別人的家毀掉，要是有人把我家拆了，我會讓整個世界同歸於盡！

凱爾不想去管拉恩又說了些什麼，直接開口提出心中感到不解的部分。

「但你為什麼需要借用我的古代之力？」這也就是在詢問妖精遭遇的事和凱爾的力量有什麼關係。

潘得利沒有正面回答，而是反問了一句，「您知道對妖精來說，最致命的毒是什麼嗎？」

知道啊，真是該死，我居然連這種事都知道。

凱爾嘆了一口氣。

妖精和黑暗妖精之間的關係並不好，原因就在於「死亡瑪那」。

「不知道這股火之力能否燒毀死亡瑪那。」

對妖精來說，死亡瑪那是劇毒，當時守護戰士把精靈留在妖精村中，獨自出來調查是有原因的——因為精靈能夠不受死亡瑪那影響。因此現在守護著妖精村的不是妖精，而是精靈。

潘得利露出意味深長的眼神，眼前這個人對妖精的了解程度真的很高，要找到這樣的人類可說是非常困難。

「雖然不確定，但我還是想試試看，請幫幫我們吧！那個組織在妖精村到處潑灑含有死亡瑪那的水，連精靈都沒辦法處理。」

「我為什麼非得出手幫忙呢？」

聽到凱爾這句話，潘得利一瞬間不知道該說什麼，與此同時凱爾則想起了另外一個人。那個身體總是疼痛不適，但因為不到非常痛，所以就不當一回事，和疼痛共存的人，也就是死靈法師——梅里。

以後還要好好使喚她做事呢，現在先讓梅里欠一些人情應該還不錯吧？反正事情都這樣發展了。

「那個，我們會好好報答您的。」

聽到潘得利似乎有點猶豫地這麼說，凱爾便也開口反問：「報答？」

一看到凱爾產生了興趣，潘得利瞬間愣了一下，他開始思考該給人類什麼才好。妖精村如果和一般人類村莊比較，其實是很貧窮的，錢財、寶物或寶石之類的通通沒有，他們有的只有樹木而已。

「沒錯，我們會好好報答——」

「算了吧。」

「什麼？」

「你們這些生活在大自然的妖精，能給我什麼錢或寶石？」

當然啦，治療師潘得利和精靈可以用其他方式報答。

凱爾沒把他心裡想的話說出來，因為——妖精們最喜歡的就是超脫物欲的人類。

妖精族是崇尚無欲無求的種族。

凱爾現在已經下定決心了，拉恩也從剛剛開始就一直用強烈的語氣碎念。

—人類，我要把那個魔槍士一拳打爆！

既然凱爾一行人中最強大的存在都這麼說了，還有什麼辦法呢？而且小說劇情被改寫後，潘得利好不容易活了下來，凱爾也不想讓他就這樣死掉，也還有其他要再確認的事。

「我就幫你們一把吧。」

「您說的是真的嗎？」

潘得利第一次看到眼前的男子嘴角露出笑容。

「我總不能對正在受苦的妖精們見死不救吧？」

儘管凱爾的語氣聽起來很隨意，潘得利還是非常感動和感激，因為他知道自己做出了多無理的要求。當他正想張開嘴再說些什麼時，凱爾的聲音先傳了過來。

「而且我之前應該見過那個組織裡的傢伙。」

「您這話是什麼意思？」

凱爾看著遠方的另一座山峰，嘆了口氣後繼續開口。

「我曾經去幫忙過鯨族，當時那個組織中的傢伙，將死亡瑪那交給人魚，讓人魚在大海中到處灑毒。」

「真沒天理，這太慘無人道了！」

他們竟然幹出這種事！不只殘害海洋生物，連大海也要一起陪葬！

潘得利在心中感到無比詫異。

「不只如此，他們也曾經想用魔法炸彈殺害壚韵王國首都的人民，當時我好不容易才阻止了他們。」

潘得利頓時想起來了，也就是首都魔法炸彈恐攻事件。

這次他們為了蒐集情報離開妖精村，得知一件疑似和那個組織有關的事，而在調查這起事件時，他們聽說了一個貴族的名字，他記得那名貴族還擁有古代之力。那位貴族使用古代之力拯救了所有人，並且當場暈了過去，而那個人有著一頭紅色的頭髮……

「凱爾．海尼特斯？」

潘得利看到眼前的男子露出溫柔的微笑。

「咦？原來你認識我嗎？」

「啊。」

潘得利忍不住發出了一聲驚嘆，他果然不是什麼普通人。

——人類，你幹嘛擺出那個和王儲在一起時才會露出來的笑容？你要騙人喔？

儘管聽到了拉恩的疑問，但凱爾直接無視，繼續向潘得利開口。

「告訴我妖精村的位置吧，我會帶著伙伴們立刻趕過去的。」

潘得利立刻低下了頭，「太感謝您了。」

原本態度高冷的凱爾．海尼特斯，看起來就像是覺得有潘得利這份感謝的心意就夠了般，回以一抹溫柔的微笑。

而這些，潘得利也都看在眼裡。

當然，凱爾是因為又能好好撈一筆，才會露出笑容。

沙沙——沙沙——

凱爾一邊感受著輕拂過身上的葉子，一邊快速地往前走。貓咪氳和紅也緊跟著凱爾快速的腳步，穿梭在一棵棵樹木之間。

「凱爾大人。」崔漢來到了凱爾身旁開了口。

凱爾一行人正朝著十指山的十座山峰之中，第七和第八座之間的山谷前進。

「怎麼了？」

聽到凱爾生硬的回應，崔漢的表情變得有些複雜，隨後用有點為難的聲音說道。

「我們一定要打扮成這樣嗎？」

「對啊。」

「我可以問這是為什麼嗎？」

「其中一個原因是考量到保密問題。」

羅恩、比克羅斯和拉克這些跟在凱爾和崔漢後方的人們，這時也都豎起耳朵仔細聽，與此同時他們也沒有停下腳步，繼續迅速地朝著目的地——妖精村邁進。

「那另一個原因呢？」

崔漢看向凱爾，對方露出了笑容回應。

「為了讓他們覺得煩躁啊。」

崔漢聽到後，咬了咬下唇，他覺得凱爾心中比起保密的考量，應該更在乎後者。

他的確沒猜錯，凱爾真的非常討厭那個妨礙他悠閒度日、老是出現找麻煩的祕密組織。

—人類啊，我就繼續跟你們保持這麼遠的距離就好了嗎？

凱爾點了點頭，雖然現在拉恩正飛在上方的高空，不過身為龍還是能看得到凱爾的動作。

因為他們要前往妖精村，凱爾便叫拉恩不要進入精靈的感應範圍內，但是為了預防緊急情況，他還是叫拉恩在一定的距離外跟著他們一起移動。

「凱爾少爺，似乎能看到目的地了。」

聽到羅恩的話，凱爾便抬起了頭，他看見遠方出現非常罕見的景象。

鏗！鏘！

砰——

遠處傳來了刀劍碰撞及爆炸的聲響。

「真是少見。」

凱爾同意狼族少年拉克的這句話。

十指山第七、第八座山峰之間的山谷，這個看起來像普通山谷的地方卻出現不明的「波動」，而在波動之間，能看到被散發著清香的樹木擋住的另一個地點。

那裡就是妖精村。

凱爾看著村子的入口，脫口說出心中的想法：「真是一片狼藉呢。」

實體化的精靈還有幾名妖精正和祕密組織激烈交戰。

「走吧。」

凱爾嘴角往上揚了一揚，接著快速奔向妖精村的警戒線。

「氳。」

一陣霧氣包覆住了凱爾的身體，接著不用他開口，紅也隨即施放出毒素，形成了毒霧屏障。

「由我站在您前方掩護。」

比克羅斯一邊拿出白色手套戴上，一邊站到了凱爾前面，崔漢則是已經衝在最前頭開路。

「少爺，我會悄悄跟在你們身邊的。」

羅恩這麼說完後，凱爾就看著他無聲無息地消失在森林的黑暗角落。

鏗！

凱爾聽到銳利的聲音立刻回頭，他看到拉克的指甲已經完全伸了出來，拉克也正害羞地笑著，這傢伙到現在還是有點放不開。凱爾再次轉過頭看向前方，那邊傳來吵鬧又混亂的聲響，凱爾繼續向前，往妖精村邁進。

砰！

「呃……」

吱——

整個空間充斥著人類、動物、妖精和精靈的叫喊聲，而在這個空間中的強者們停下了動作，他們將視線移往了第七座山峰上。

有一群人正從第七座山峰上衝下來，而且是用非常快的速度。

「什、什麼？竟然還有更多敵人過來？」

一名妖精發出了慘叫般的嘆息聲，不過這名說話的妖精卻突然愣住了。

「呃啊！」

敵人的一條手臂被砍了下來，而砍下手臂的，正是那群從第七座山峰下來的人當中，跑在最前面的那位。

「咦？」

等到這群人靠近後，這才終於能看清楚他們的模樣。

「你、你們是誰！」

其中一名敵軍高聲大喊，他們身穿黑色衣服，上頭掛著鑲嵌著五顆紅色星星的白色星星，其中幾人因為太慌張，忍不住喊了出來。

妖精們看著從第七座山峰下來的這群人，他們的打扮看起來和敵人的衣服很像，不過品質卻比較差一點，上頭還有像是不擅長縫紉的人縫上去的星星。

這群穿著粗糙仿冒服裝的人走了過來。

「大哥，就是那群人！」

「潘得利，你說什麼？就是他們？」

聽到潘得利說的話，妖精們都瞪大了雙眼。

凱爾和崔漢、比克羅斯帶頭，一行人來到了戰場上，凱爾看到了一個眼熟的人，而站在最前方的崔漢開了口。

「他們不會生氣嗎？」

凱爾一行人就像當時在哈伊斯島一樣，穿著用粗糙手法仿冒出來的祕密組織服裝。

凱爾從容地回答：「這樣很好啊，不是嗎？」

「真不錯呢。」

凱爾聽著崔漢若無其事地附和，隨後看向了那名眼熟的人，也就是魔槍士。當時在哈伊斯島他想用魔法卷軸逃走之前，被拉恩用瑪那之箭射中，留下了傷痕。

「哈哈！」

手拿著長槍的魔槍士看到凱爾一行人便失笑，他看著這群在哈伊斯島把自己逼到不得不逃跑的人，嘆了口氣後說道。

「真的是要瘋了。」

凱爾覺得，一名反派角色會說出這種話，其實還滿有趣的。

「你們到底是誰啊？」

聽到魔槍士的問題，崔漢立刻答道：「祕密組織啊。」

現在崔漢已經很淡定了呢。凱爾可以看到在有些破洞的面具下，崔漢那上揚的嘴角。

天啊，崔漢竟然還帶著冷笑，還真是嘲諷滿分呢。

「看來是一群神經病呢。」

這句話能聽得出魔槍士是發自內心講出來的，他整張臉充滿難堪、焦慮和煩躁的情緒。

凱爾看了以後，嘴角上揚的幅度也越來越大，誰叫你們到處找麻煩，還傷害那麼多人呢？

「小子，他們是誰啊？」

「這些傢伙是哪來的啊？」

兩名看起來像是魔槍士同伙的人靠了過來，其中一個是看起來十二歲左右的小男孩，另一個則是中年男子。

——這兩個人都沒有比魔槍士強，不過那個小男孩有點特別。

化身感應器的拉恩對著凱爾腦內傳話。

之前治療師潘得利也提到過這兩個人。

「小男孩是馴獸師，而且聽他講話的用字遣詞，他應該是只有外表像小孩而已，他操控著失去意識的動物，不斷對著妖精潑灑死亡瑪那。至於那個中年男子則是劍士，負責保護馴獸師。」

除了他們之外，還有數百名祕密組織的成員進攻妖精村，村裡頭成年妖精的數量頂多才兩百名而已，就算妖精陣營還有精靈，但戰力差距還是太大，加上祕密組織還握有死亡瑪那，對妖精族來說這是一場硬仗。

「大哥哥你們是誰？竟然還學我們！」

凱爾和盯著自己的小男孩馴獸師對上了眼。

馴獸師可以說是擁有很特別的能力，他們可以成為活著的動物或怪物的朋友，一起並肩作戰，也能夠直接奪走動物或怪物的意識，把牠們變成喪屍。如果用的是後者方法，那麼被奪走意識的動物或怪物，就完全無法恢復到原來的狀態，就算解除馴服，牠們也只會不斷暴走，最終死去。

吼喔喔喔——

在小男孩的周遭，有許多扛著裝有死亡瑪那液體桶子的動物，看起來足足有兩三百隻。這些動物似乎都中了死亡瑪那的毒，全身布滿黑色血管。

「那名小男孩一翻白眼，居住在我們山谷中的狼群就全都立刻失去意識。其實最大的威脅，就是那名馴獸師不斷到處潑灑死亡瑪那。」

「另外，馴獸師在操縱那些動物時，只能讓自己的部下撤到後方，以免中了死亡瑪那的毒；妖精們也為了躲避拿著死亡瑪那的動物們，只能轉頭逃跑。這個時間點是由馴獸師掌控，因此我們很難發動有效的攻擊。」

與此同時，還會有另外兩名強者保護這名小男孩。

砰！

其中一隻動物突然爆炸。

那隻狼已經承受不住死亡瑪那的力量而爆炸，牠的身體殘骸冒出了黑色的氣體，隨後整個屍體融化得一乾二淨。

「不、不可原諒！」

凱爾轉過頭一看，拉克的雙眼充血，紅通通一片，偏偏這些被操縱的動物，都是狼或狐狸這類的哺乳類動物。

小男孩雙眼瞪得大大地說：「咦，看看那個男人的指甲，不就是狼族嗎？哇塞，我好想得到他喔！」

拉克發出了低吼聲，露出尖銳的虎牙，感覺得出來他非常憤怒。崔漢站到了拉克前方，手上的劍凝聚出劍氣。看到這個劍氣，包括馴獸師小男孩以及中年男子，都發現崔漢是劍術大師，讓他們愣了一下。

中年男子對魔槍士說道：「破壞人魚族計畫的就是他們吧？」

「對啊，就是那群瘋子。」

互相看著彼此的中年男子和魔槍士之間，突然傳出一道冷酷的聲音。

「你們這些弱不禁風的傢伙廢話可真多。」

中年男子和魔槍士的視線看往了同一個方向，凱爾則是小聲地笑了一笑，對看著自己的那個冷酷聲音的主人說道。

「你就出手吧。」

是時候替父親報仇了，比克羅斯今天戴上了整整四層的白色手套，他的手上拿著一把長劍。

不過隨後傳出的慘叫聲，卻不是因為他的攻擊。

「呃啊啊啊！我的手啊！」

一名祕密組織成員的左手臂被砍了下來，他抓著左肩大聲哭喊，卻看不到把他手臂砍下來的人。

不久後，凱爾背後傳來了一道非常小的聲音。

「凱爾少爺，這些畫面太殘忍了，您看了身體有沒有不適？」

出手的就是羅恩，看起來真像個陰險的老頭子。

身邊都是這麼強的人，今天凱爾根本不用擔心，他看著一大群祕密組織成員後方的妖精村警戒線，那裡有一道防禦用的矮牆。

潘得利和其他妖精正看著凱爾。

看到他們茫然的神情，凱爾對著一行人說道：「我們先到警戒線那邊去吧。」

凱爾使出風之聲，迅速地往前衝了出去。

「一定要先阻止那群瘋子！」魔槍士大聲吼了一句。

數百名祕密組織成員和上百隻動物，全都一起朝著凱爾一行人的方向衝去。

看著他們的動作，凱爾露出了燦爛的笑容。和凱爾對上眼的魔槍士愣了一下，凱爾對他開了口。

「看來你太小看霧氣了喔！」

包圍著凱爾身體的霧瞬間擴散開來，氳和紅現在也變得更強了。

喵嗚！

喵喵！

讓人忍不住起雞皮疙瘩的貓叫聲迴盪在空中，白色的霧氣瞬間轉紅。與此同時，毫無畏懼的凱爾帶著這些霧氣衝向了正在接近自己的敵人們。

跑在最前頭的敵人突然伸手抓住自己的脖子。

「呃啊！」

「嘔！」

要對這麼多人使用致命的毒氣有點困難，不過麻痺毒氣還是可行的。而好不容易拖著麻痺的身子靠過來的人，也都立刻被砍掉了左手臂。

「少爺，您可不要太勉強自己啊。」

「我知道啦。」

羅恩雙手拿著短刀，將所有靠過來的敵人的左手砍掉，沒有直接殺掉他們，已經算是手下留情了。羅恩現在使用著梅里做的左手義肢，這隻散發灰色光芒的左手，用起來和右手一樣自然順暢。

凱爾的雙手上各出現了一個小漩渦。

「解除霧氣吧。」

霧氣立刻消失不見。

「把毒素加進漩渦裡。」

漩渦的顏色變成了紅色，一隻身上被塗成黑色的小貓咪從樹上跳了下來，站在凱爾的肩膀上，牠正是紅。

凱爾雙手伸向天空，將毒漩渦發射出去，隨後開始往前移動，而羅恩就跟在他的身邊護衛，拉克也緊緊跟在後方，他正露出牙齒，不斷發出低吼。

「吼喔喔喔——」

聽到拉克還沒狂暴化的吼叫聲，失去意識的動物們愣了一下，因為這是狼王繼承人發出的叫聲，這些被操縱的狼也出於本能地感到一絲畏懼。

拉克趁著這空檔，走到了凱爾身邊低聲問道：「凱爾少爺，牠們都已經治不好了吧？」

「變成那個狀態的話，很難治癒了。」

「也沒有辦法恢復原狀嗎？」

「沒錯。」

「我了解了。」

就算馴獸師的操縱狀態解除，牠們還是會因為已經失去意識而暴走，最後被死亡瑪那折磨至死。所以拯救這些動物的唯一方法，只有盡快讓牠們脫離馴獸師的操縱，然後終結牠們的生命。

凱爾斜眼瞄了瞄得到答案後往後退去的拉克，隨後又繼續往前邁進，同時背後傳來了魔槍士憤怒的吼叫聲。

「這些傢伙到底是從哪裡冒出來的啊！」魔槍士氣得牙癢癢，不滿地高聲怒罵。

比克羅斯聽到後將劍指向了他。

「你給我閉嘴，我今天可是打算把所有白色手套給用光。」

鏗！

比克羅斯的長劍和魔槍士的長槍碰在一起，魔槍士伸出了另一隻手開始施咒。

「火球術！」

砰！

現場傳出了爆炸聲。

「他媽的，就是這樣我才不想來出差。」

魔槍士的語氣像是已經受夠了這一切，他施放的火球被不知道何時衝過來的拉克輕易用拳頭打碎。儘管手燒傷了，拉克也並不在意，狼族的戰鬥方式本來就是沒有防禦的攻擊。不過拉克的真正目標並不是魔槍士，而是魔槍士保護的那個人。
魔槍士見狀，緊急大喊：「該死！大叔，快點保護培羅德！」
拉克銳利的指甲揮向了馴獸師，現在沒有任何人擋住他。原本應該擋在他面前的中年劍士正吃力地應戰。
「真是要瘋了，這群瘋子到底想怎樣！」
「你還有力氣說話啊，看來我要再多出點力了。」
崔漢輕鬆地壓制住中年劍士，這名劍士身上出現越來越多傷口，不過崔漢沒有直接殺死他，而是一邊觀察著周遭，一邊將劍士逼到絕境。
「哇！」
那名馴獸師還在一派輕鬆地開心大笑時，拉克尖銳的指甲已經揮到了他面前。
「一定要抓住這隻狼！」
小男孩原本黑色的瞳孔瞬間翻白，不過就在他完全翻成白眼的瞬間，卻有個不明物體遮住了他的眼睛。
「在小男孩翻白眼的瞬間，我們這邊所有的狼都失去了意識。」
幸好當時潘得利有好好說明過。
喵嗚嗚！
一隻被塗成黑色的貓咪現身了，隱藏著原本銀色毛髮的貓咪，一瞬間來到了馴獸師身邊。原來是氳，牠用霧氣遮住了馴獸師的雙眼。
「咦？這是什麼鬼東西？」馴獸師瞬間感到有點慌張。
第一階段目標，就是讓馴獸師不能再馴服更多的動物。拉克銳利的指甲穿過了霧氣，直直揮向馴獸師的眼球。
鏘！

然而，一把短劍擋住了拉克的指甲，從一旁草叢的暗影中跳出了一名全身被白色布條覆蓋、看起來像木乃伊的人，那個人正是一名職業殺手。

職業殺手手上拿著的短刀，彎曲成不自然的詭異角度，似乎下一秒就要割傷拉克的手背。

「看來得砍斷你的手指才行呢。」

這名白布條職業殺手說話的瞬間，看到了拉克的雙眼，而此刻的拉克正露出一抹笑容。

潘得利曾經和凱爾說過：「似乎有兩個人在守護著馴獸師。」

不過就在他們遇見潘得利之前、在他還正爬上這座山的時候，那時拉恩也跟凱爾說魔槍士是剛剛才來到這裡，那麼潘得利看到的那兩個人是誰？

「一號，快躲開！」

職業殺手聽到了叫喚自己的聲音，與此同時，一號也感受到一股冷冽的氣息包圍住自己的身體。

「你說要砍掉誰的什麼東西？」

崔漢的劍直接橫向砍過職業殺手的腰部。

「呃啊！」

不過職業殺手還是及時用手臂繞住馴獸師的脖子，將他一起往後拖，拉克的指甲只輕輕劃過小男孩的臉頰。

「好痛啊！一號，我快痛死了！我一定要殺了那隻狼！」

小男孩在濃霧中不斷掉下眼淚。

「呿。」

拉克咂了咂嘴，一把抱起氳，頭也不回地衝向妖精村的警戒線。

馴獸師憤怒地大喊：「把那些小雜種都殺掉！」

小男孩馴獸師的話音突然變成老人般粗獷沙啞的聲音，在他一聲令下後，所有被操控的動物眼睛都變成了血紅色。

崔漢立刻走向比克羅斯，現在應該要趕去凱爾身邊了，他擔心比克羅斯已經失去理智，殺紅了眼。

「你還不快走，待在這裡幹嘛？」只見比克羅斯板著一張臉，跑向崔漢，並用「你在搞什麼啊」的語氣對崔漢開口。

因為比克羅斯比魔槍士弱，所以崔漢會擔心，但他回頭看了看後，便忍不住笑了出來。

「那些手套是怎麼回事？」

「因為他真的太煩了。」

比克羅斯把雙手的四層，總共八個白色手套通通扔在魔槍士身上，雖然比克羅斯擺出撲克臉，不過還是能看到他的嘴角微微上揚。

兩人簡單講了幾句後，立刻動身追上已經抵達妖精村警戒線、還爬上防護用矮牆的凱爾。

凱爾在羅恩的護衛以及紅的毒素幫忙下，就像跑百米一樣迅速抵達了防護牆所在地。

「潘得利，又見面啦。」

潘得利用茫然的表情點了點頭，「是、是啊。」

凱爾直接經過回答得傻里傻氣的潘得利，隨後又看到了另一名眼熟的人。

「你也是，好久不見了呢。」

哪個眼熟的對象就是中年妖精，守護戰士——吉特。

他無法相信現在眼前出現的景象，成年妖精基本上都能夠操控精靈，因此也都有一定的強度，不過絕對沒有那麼強。

不只有劍術大師，還有狼族獸人；不只會使用毒氣，還有實力難以估計的職業殺手在一旁護衛，甚至另一名劍士實力也和吉特不相上下。

這麼多強者，怎麼會全部聚在一起？

他們大概都是實力與王室騎士團長相當的強者，吉特看著帶領這群強者的凱爾．海尼特斯，隔了好一陣子才終於擠出一句話。

「好久不見。」吉特的態度依舊非常敬重。

吉特在看見凱爾之後，立刻問了自己的精靈：「能感覺到龍族的氣息嗎？」

「沒有，他只是人類，不過他擁有強大的自然之力。」

他並不是龍，不過聽潘得利說，凱爾是一名貴族，也聽說了目前為止與他相關的事蹟。據說他是不要求任何報酬，就願意出手幫助我們的人類。

就算再怎麼討厭人類，如此單純又有使命感的人，還是會受到妖精的尊重。

凱爾能看到在吉特後方遠處，一名有著一頭白髮的妖精正朝著這裡走了過來，他就是妖精的族長，可惜的是沒時間噓寒問暖了。

「凱爾大人，大家都已經到齊了。」

凱爾確定一行人都抵達後，走向了防護牆最前方，崔漢和比克羅斯也跟在他的身旁。凱爾就像走在海尼特斯領地的城牆上，彷彿這裡是他們家的土地一樣，態度相當自然又堅定。

這道牆其實蓋得有點凌亂，根本稱不上是城牆，這時凱爾看見衝到防護牆下方的動物們。

「快殺啊！一定要先殺了那些傢伙！我這珍貴嬌嫩的皮膚快痛死了！」

馴獸師果然不是個小孩，凱爾聽到他粗獷沙啞的老人聲音後轉過了身，至少有三百多隻動物扛著裝有死亡瑪那的桶子，發瘋似地往這裡衝來。

這個氣勢太過嚇人，妖精和實體化的精靈都愣在了原地，這可是目前為止最大規模的攻勢。

「凱爾大人，就這樣放著不管嗎？」

潘得利嚇得臉色慘白，他看著衝過來的動物身上帶著的死亡瑪那液體灑落地面，立刻就讓土地變成了一片漆黑。

這時傳來凱爾的聲音，「我是故意惹怒他們的。」

潘得利聽聞後，猛然抖了一下，隨後轉頭說道：「您說什麼？」

凱爾彷彿就像是城主一樣，背對著妖精村，站在這道品質低劣的牆上，看起來相當的淡定。凱爾發現，到目前為止還是只有動物衝在最前面。

「看來他們還很冷靜呢。」

雖然馴獸師已經氣到暴出青筋，不過他還是不會讓團員中死亡瑪那的毒，祕密組織的成員們通通站在動物後方，而站在最後面的，則是馴獸師和魔槍士等人。

潘得利見狀，眼中出現異樣的光芒，隨後露出了悲傷的表情。

「您打算先把動物和死亡瑪那消除掉嗎？」

要是用那個岩漿一般的火焰把這些動物和掛在牠們脖子上的死亡瑪那桶子通通燒掉，對妖精們來說，戰況就會變得有利。

理性告訴潘得利，這樣做才是最佳的選擇，守護戰士以及其他妖精也都不發一語地盯著凱爾，畢竟他們找凱爾來幫忙，就是為了使用那個古代之力。雖然這些都是一起生活在同一片土地的動物，但是真的無計可施了，或許快點出手反而對牠們才更好。

「沒有喔。」

凱爾平靜的聲音傳到了妖精們耳中。

凱爾在自己的領地使用最後一個古代之力——「破壞之火」之前，想要確認這個力量到底有多強，這可不是小說劇情中精靈獲得的那種派不上用場的力量，而是完全體的破壞之火，凱爾很想知道它的攻擊力到底有多強大。所以雖然凱爾只打算在這裡用一次，但要試著發揮出最強的力量。

凱爾一邊微笑，一邊對著妖精說：「我打算直接用在那些傢伙身上。」

凱爾張開了雙手。

撲通——撲通——

伴隨著劇烈的心跳，凱爾手掌上出現了火紅的光芒。

魔槍士看到這幅景象身體震了一下，似乎感覺不太妙，他立刻大喊。

「大家快攻擊敵人啊！大叔、一號，你們也要上！」

「你是叫我們穿過那些動物和死亡瑪那，衝過去攻擊嗎？」

聽到中年男子反問，魔槍士露出彷彿阿修羅般的憤怒臉孔，對著他們冷酷地開了口。

「這是命令。」

中年男子、殺手以及其他還在猶豫的組織成員，聽到這句話後咬了咬嘴唇，接著加入動物的行列，朝凱爾一行人的方向奔去。

「沒錯，全都殺掉！把那些傢伙的臉都抓花吧！」馴獸師還在不斷大喊著。

就在這個時候——

嗚嚕嚕嚕——

妖精們往天空的方向看去，飛在天上的拉恩向凱爾腦中傳了話。

—人類，這些是什麼啊？我可以待在這裡嗎？

那一瞬間——

—哇！

拉恩發出了驚嘆聲。

「他媽的，瞬間移——」魔槍士大喊，不過說到一半他的聲音就被蓋了過去。

轟！

一道紅色閃電打了下來，所有人的眼前都是紅色的亮光，一度看不清楚狀況，同時耳朵也嗡嗡作響，什麼都聽不見。

一閃即逝的閃電消失後，人們的耳邊響起了一道聲音。

「呃嘔！」

凱爾彎下腰，口中吐出了血。

可惡，沒人跟我說後座力這麼大啊！

在小說《英雄的誕生》中，並沒有提到這個古代之力會有後座力，此時凱爾腦中突然想起了古代之力的主人對他說過的話。

是你的話，像這樣把錢當身外之物的你，我相信一定什麼痛苦都能承受！

把你眼前的一切都熔化吧，而你也要承受這股力量。

這該死的傢伙，就直接跟他說會很痛不就得了？

當時自己根本沒把古代之力主人說的話當一回事。

凱爾伸出一隻手摀住嘴巴。

滴答，滴答，鮮血滴了下來。

chapter 025

偉大的

——凱爾！

凱爾腦中聽到了拉恩的聲音。

好痛。

這是凱爾來到這個世界後，第一次感到這麼痛。

「咳咳。」

黑色的血不斷從凱爾口中流出，往下經過凱爾的手最後滴在地面，腳下的城牆被浸濕了一塊。凱爾到現在還彎著身體，一直吐血。

「咳咳。」

「凱、凱爾大人！」

一雙手著急地扶住彎著腰的凱爾，那雙手的主人正是崔漢。看到凱爾似乎隨時都可能從城牆上摔下去，崔漢下意識地就把凱爾扶了起來。

不過，卻有人阻止了崔漢的動作。

「住手。」

「怎麼了嗎？」

隨從羅恩和崔漢對上了眼，羅恩用冷酷的語氣開了口，不過卻可以看到他的嘴唇似乎也因為驚嚇變得蒼白。

「這樣可能會讓血逆流，要是流進氣管怎麼辦？」

原本想把凱爾攙扶起來的崔漢，瞬間停下動作，他看到了有一隻手正抓著他的手臂，上頭還沾染著鮮血。

原來是凱爾，他正用痛苦的表情看著羅恩和崔漢。

「快、快點，要趕快過去……咳嘔！」

這該死的血！

因為血不斷湧出，讓凱爾沒辦法好好講話。

為什麼會流這麼多血啊？

在施展紅色閃電後，凱爾的腰部瞬間痛到整個人彎起身子，不過在經過大概一分鐘後，心臟之活力的治療效果就出現了，痛覺頓時減退。不過還有兩個問題，一個是嘴巴不停吐出鮮血，另一個則是——

快餓死了。

可能因為把全身力量都用掉了，所以凱爾肚子餓到不行，甚至還出現像是餓了太久，胸口開始發痛的那種不適感。這和金綠秀小時候，在習慣了飢餓之前，感受到的那種不適很類似。

「崔漢……趕快過去！」

「您不要再一直說話了！請先好好照顧您自己的身體吧！」

凱爾本來想說的是，趕快過去拿些麵包什麼的過來，他真的快餓死了。不過看著崔漢那充血的凶狠紅眼，他只敢小聲地嘟囔。

「去把馴獸師處理掉，動作快點。」

這時，凱爾聽到了一聲慘叫。

「呃啊啊啊！我、我的皮膚！」

這是粗糙又沙啞的老人聲音，一定是那個馴獸師，他似乎躲過閃電攻擊活了下來。

到現在還沒辦法挺起身子，繼續吐血的凱爾，無法確認戰場上的狀況到底變成什麼模樣，只聽得到各種淒慘的叫聲，以及陣陣燒焦味。

不過崔漢清楚看到了眼前的景象，在那道紅光降下的地方，整片土地變得焦黑，而土地上還有巨大的火焰在燃燒，火焰周遭沒有看到任何生物生還。閃電的攻擊範圍非常大，就連跑向城牆的祕密組織成員中，位在比較後方的人也都消失得一乾二淨。

「我、我嬌嫩的嬰兒皮膚啊！呃啊啊啊啊！」

崔漢的眼神變得冷冽並暗了下來，馴獸師和魔槍士似乎在千鈞一髮之際成功施展瞬間移動，驚險逃出了閃電的攻擊範圍。不過他們似乎還是受到了影響，魔槍士的棕色頭髮全都燒焦，長槍也消失不見，右手更是被燒傷。

「全、全都給我殺掉！我好痛，快痛死了！」

不過馴獸師受的傷似乎更嚴重，可能是因為瞬間移動沒有完全成功，馴獸師的手臂出現一道深深的傷口，臉部則是嚴重燒傷。

崔漢想起了在前往妖精村之前凱爾說過的話。

「我得到了一個古代之力，所以想要來使用看看，到時候你們可要離我遠一點。」

這真的是非常嚇人的力量。

崔漢知道，即便是自己，也無法瞬間讓戰場變成現在這副模樣，所以他能夠理解為什麼妖精們到現在還是只能呆站在原地，看著城牆下的光景。

「你在幹嘛？還不快點走？」

崔漢感覺到自己的手臂被抓住，便轉過頭去看。

凱爾儘管還在吐血，但眼神顯得相當冷靜，可以看出他還保持著理性。

「快點過去啊！你要放那些動物在那不管嗎？」

凱爾緊緊抓著崔漢的手臂，手背上的青筋都浮了出來，崔漢卻感覺不到任何力量。正是這一點，讓崔漢的臉色變得更加凝重。

在首都炸彈恐攻的時候也是，每次……每次都這樣。

凱爾總是不顧自己受了傷，還先想著要拯救其他生命，會染上血的事情、吃力不討好的事，凱爾都想要親自參與其中，但明明他已經這麼痛苦又疲憊了。獲得了那麼強大的力量又有什麼用，搞得自己這麼痛苦。

不過崔漢卻也能理解凱爾的想法，此時他聽到了凱爾平靜的聲音傳了過來。

「只能靠你了。」

凱爾看著把手放在自己肩膀上的崔漢。

真的只能靠崔漢了。

本來想要叫拉恩過去，不過拉恩現在的狀態似乎有點奇怪，凱爾腦中滿滿都是牠的聲音。

——人、人！血、血！

他在說什麼東西啊。

拉恩無法說出完整的一句話，只是不斷地在凱爾腦中亂叫。

這個時候，崔漢向凱爾說：「我去一下，馬上回來。」

還沒等到凱爾回應，他便立刻消失在凱爾眼前。

「呃啊啊！」

「咳嘔！」

現場立刻傳出許多慘叫聲，大概就是崔漢幹的好事。凱爾擦了擦嘴角似乎開始減少的血，想要試著站起來，同時也向在場其他人指示。

「羅恩，把死亡瑪那收集起來。」

「好的。」

羅恩的左手，也就是死靈法師梅里做給他的手臂，因為只是義肢，所以可以接觸死亡瑪那。

凱爾打算把那些珍貴的死亡瑪那賣給黑暗妖精和亞伯特王儲。

當然不能錯過賺錢的機會呀。

凱爾最討厭的就是當義工沒錢賺了。凱爾現在因為太餓，全身都沒有力氣，他使出身上最後一絲力氣慢慢抬起頭，看到了拉克和貓咪們。

「去吧。」

聽到這句貌似無心的話，讓拉克瞬間愣了一下，但他立刻跟隨崔漢的腳步跳下了城牆，而氳和紅則是來到了凱爾的身旁。

喵嗚嗚！

喵喵喵嗚！

兩隻貓咪用身體開始蹭著凱爾的腳，不過凱爾卻立刻避開了。

你們身上那些碳粉要是被蹭掉了怎麼辦啦！

凱爾似乎想快點趕走貓咪，揮了揮原本正擦著血的手，氳和紅看著凱爾又喵喵叫了幾聲，隨後露出了虎牙朝拉克的方向快速跑了過去。

凱爾費力地站了起來，這才終於看清楚城牆下發生了什麼事。

嗯？

凱爾當場愣住了，眼前視線似乎變得模糊，不知道是不是因為耗盡了所有能量，還是因為眼前景象真的太嚇人了，讓凱爾瞬間有點站不穩。

破壞之火的威力這麼驚人嗎？

焦黑的土地上，大火正猛烈燃燒著。

破壞之火，這個古代之力完全體的力量，完全超越了凱爾原本的想像，雖然依舊站不穩，不過凱爾心想，這可真不錯耶。

不愧是值得二十億的強大力量。

雖然凱爾心裡非常滿意，但也因為耗盡了所有力氣，他整個身體突然支撐不住，往後倒下。

「凱爾少爺！」

「該死……」

潘得利和比克羅斯向凱爾伸出了手，雖然他們來不及抓住凱爾，不過凱爾也沒有摔倒。

—不行啊，凱爾！你可不能倒下啊！

凱爾感覺到有一顆頭支撐著自己的背，原來是黑龍拉恩。他可以感覺到拉恩那圓滾滾的頭型，還發現背部似乎變得濕濕的，看來牠哭得很慘呢。

下一刻，凱爾卻皺起了眉頭。

這可不行啊。

龍飛下來了，凱爾看向來到自己身邊的潘得利後方那群妖精，他們還愣在原地，呆呆地盯著城牆下方。然而不久之後，其中兩名妖精，也就是守護戰士和不知不覺已經來到這裡的族長，他們的視線慢慢往凱爾所在的方向移了過來。還不只這樣，這兩名妖精的身旁，已經變成半透明狀的藍色和白色精靈，正在瑟瑟發抖。

「您沒事吧？」

潘得利的手發出白色的光芒，那是治療的力量，他立刻將手伸向了凱爾的背部。

潘得利的手卻在半空中碰到了某個東西。

「這是什麼？」潘得利感到有些奇怪，喃喃自語。

還能是什麼，是龍的身體呀。

為了轉移潘得利的注意力，凱爾打算開口搭話，雖然現在他已經沒吐那麼多血了，不過依舊有小量的血持續從口中流出。

「在我們處置完馴獸師之後，剩下的動物應該交給你們妖精族處理比較妥當，畢竟牠們過去都和你們生活在一起。」

潘得利聽到後，停下了動作，他看向凱爾那依舊冷靜沉著的表情，那表情讓他再度不知道該說些什麼。潘得利現在才想通，凱爾施展出的紅色閃電……那個一定要犧牲自己才能使用的力量，為什麼他不用在那些動物身上。

因為凱爾在為他們著想，要讓和動物一起生活的森林中的妖精，能夠好好送動物最後一程、好好向牠們道別，所以才會選擇用比較吃力且麻煩的方法，來解決眼前危機。

凱爾大概瞄了一下潘得利的眼神，覺得自己現在又餓又累，心想幹嘛把自己搞得這麼辛苦，隨後把視線移往城牆下方。

「唉。」

凱爾看著戰場，發出了既像難過又像是鬆了口氣的嘆息聲。

「我選擇了一條不好走的路啊。」

包括崔漢在內，他們一行人正在激烈地戰鬥，凱爾能看到崔漢那砍向馴獸師腹部的劍氣。

「血！我流血了！布朗，快點過來保護我啊！」

「可惡！」

鏗！

因為魔槍士的長槍已經被火燒毀了，他只能拿已經變成屍體的部下身上的劍來對付崔漢。

崔漢從容地躲過了對方的攻擊。

「因為那對金色雙胞胎我已經夠忙了，現在又給我搞這一齣！」

魔槍士彷彿要發洩心中的憤恨，用力地揮舞著劍，但是他的劍卻完全打不到崔漢。

凱爾面無表情地看著崔漢和其他正在戰鬥的人，因為自己不在戰場上，拉克、貓咪們還有羅恩似乎都如魚得水，可以放開來打。

其實，應該說他們正在戰場上大開殺戒。不只是崔漢，所有人似乎都殺紅了眼，場上到處都能看到斑斑血跡。

凱爾突然覺得眼前的景象有點嚇人，默默在心中反省。

我好像太過火了。

凱爾心想，的確太過火了，早知道不要選擇困難的路走。原本只是為了試試看破壞之火的威力才站出來，結果搞得自己如此狼狽。

想到此，他嘆了一口氣，明明身邊有這麼強的人們，應該好好利用才對。總覺得身上力氣不斷流逝，越來越疲憊，可以的話，真想立刻原地睡上一覺。縱然身體已經不會痛了，但還是想先吃一塊麵包充飢。

即使有心臟之活力的幫忙，凱爾還是感覺自己有可能餓到昏倒。

看著凱爾因為太餓露出苦澀的微笑，潘得利卻解讀成不同的意思，他露出了複雜的表情，猶豫了一陣子後終於開了口。

「凱爾少爺和其他人對我們的恩情，我們絕對不會忘記的。」

不過凱爾現在卻無法回覆潘得利的這番話。

「你們這群瘋子！」

來到凱爾附近的比克羅斯凶狠地大喊，同時揮舞著手中的長劍。凱爾轉過身，看到了白色的繃帶，是一號——那名職業殺手。

當時儘管紅色閃電就要打下來，一號也完全沒有回頭看一眼，只盯著前方不斷狂奔。剛剛他也隱藏得很好，悄悄來到凱爾身邊，連比克羅斯都沒有發現。

凱爾看到了那雙從繃帶之間露出的眼睛，就在這時，他的腦中響起了一道冷酷的聲音，那聲音聽起來就像剛哭過一樣。

—我要殺了你。

隨後那整團白色繃帶立刻被打飛出去，凱爾就這樣呆呆看著還沒碰到自己就被擊飛的職業殺手，比克羅斯也不必揮劍了，因為拉恩已經率先出手。飛在半空中的白色繃帶慌張地想移動身子，卻發現自己完全動不了。

「搞、搞什麼啊？是魔法師嗎？」

凱爾聽到白色繃帶的疑問，默默在心中替發動攻擊的拉恩回答。

不是，是龍喔。

這時凱爾腦中又聽到了凶狠的聲音。

—我絕對饒不了那些混蛋。

那些混蛋會是誰呢？

—人類，我會聽你的話不現身的，不過接下來的事情你不要看，你太脆弱了，承受不起！

凱爾很樂意聽從拉恩的話，他對著可能會大暴走的拉恩說道：「好啊，我先睡一下。」

隨後他便閉上了眼睛。

實在太累，快要撐不住了，凱爾感受著撐住自己身體的爬蟲類，那圓滾滾的頭還有前爪，準備慢慢地進入夢鄉。

「呃啊啊啊！」

淒慘的叫聲就像回音一樣，迴盪在戰場上。

砰！

接著傳來某種爆炸聲，聽起來就像是人體爆開的聲音。凱爾心想著要不要睜開眼看一下，不過反正已經贏定了，而且在來這裡的路上他也都好好交代過，這些比自己還強的傢伙應該能好好善後吧？

「偉、偉大的庇佑啊！」

凱爾聽著從未聽過的聲音以驚嘆的語氣說出的話，隨即失去了意識。他感覺自己正緩緩往下墜落，在睡著之前，凱爾在心裡默默想著——拜託醒來的時候，至少要有一塊麵包可以吃。

凱爾躺在一片美到不可思議的花田中。

唰——

一陣微風吹了過來，五顏六色的花朵就像是展開笑容一般隨風搖曳，凱爾的一頭紅髮似乎也呼應著花朵，在空中飄揚著。

在凱爾那比任何花都還要鮮豔的紅髮上，戴著一頂用葉子做成的桂冠。戴著桂冠躺在花田中的凱爾，累得睜不開雙眼，就這樣繼續呼呼大睡。

感覺自己像是從沼澤中脫身般，凱爾慢慢地恢復了意識，在打起精神後，他馬上就想起了一件事。

我昏倒了啊。

凱爾用盡力氣昏倒了，而他也意識到現在應該要睜開雙眼，不過他感覺到有人正在自己腦中說話。

—三、二、一，一的一半，一的一半再一半……人類啊，我再從一百開始數一次，數到零之前你要趕快起來！不然的話，我要把整個大陸給毀掉！一百、九十九、九十八……

聽到拉恩的聲音後，凱爾馬上睜開了眼睛，隨後當場愣住。

花田？

隨風飄蕩的花瓣們正朝向清澈的天空飛去，凱爾耳邊出現了拉恩的聲音。

—九、九十五！

這像是在講悄悄話的聲音變得慌張，凱爾稍微低下頭，說話的聲音來自他肚子上方。凱爾舉起了手，摸了摸坐在自己肚子上的透明物體，那正是黑龍拉恩。

牠在我醒來之前都一直待在這裡嗎？

凱爾想到在這段時間不斷數數的黑龍拉恩，感覺像是什麼恐怖片裡會有的劇情。他感受到爬蟲類特有的冰冷肌膚，輕輕拍了拍在他人眼中什麼也沒有的空氣。接著，將視線移了開來。

嗯……

偏偏最先看到的是羅恩那張冷酷的臉孔，他臉上完全沒有慈祥的笑容，反而是僵著一張臉。羅恩發現凱爾醒來後，停下了手邊的工作，直直盯著凱爾猛看，這讓凱爾又陷入了一陣慌張。

……他為什麼在磨刀？

羅恩正在花田外圍的分界線附近磨著他的短刀，刀上沾到的血漬都洗乾淨了，刀面映照著清澈的天空正閃閃發亮，光是碰到那個刀刃，皮膚可能就會馬上裂開。

凱爾就這樣看著眼前的景象，隨後又因為腦中傳來的聲音而轉移了目光。

—人類，你怎麼就這樣暈倒了三天啊！那種閃電我放出一百個也沒問題，你下次不要再用了！明明就那麼脆弱，給我好好認命！

三天？我暈倒了整整三天？我嗎？

「凱爾大人！」

「醒來了！終於醒過來了！」

喵嗚嗚！

凱爾看著衝向自己的崔漢、氳、紅和其他人，立刻皺起了眉頭。

我不是暈倒了三天嗎？他們怎麼會這副模樣？

凱爾看著正往他身邊過來的崔漢和拉克，他們身上還穿著原本的服裝，上面乾掉的血漬和黑色液體都沒有洗掉。凱爾隨後低頭看了看自己，雖然也穿著同樣的衣服，不過幸好已經沒有血跡或塵土了。

—我用魔法幫你把衣服用乾淨了！我是愛乾淨的龍！

果然，還是拉恩最可靠了。

凱爾就這樣靜靜躺著，看向還沒把身上碳粉洗掉的氳和紅跑過來，他甚至懶得起身。

「終於啊，終於啊！您終於醒過來了！」崔漢代表大家開了口，他的語氣充滿安心和感動。

過去三天裡，崔漢和其他人都一直守在凱爾身旁。妖精保證這個地方很安全，可以相信他們，不過崔漢跟其他人都無法完全相信，畢竟他們本來就不是會輕易相信他人的類型。

崔漢和凱爾對上了眼，凱爾的眼神看起來就像是在問這裡是什麼地方，他的確也正這麼想。

我到底為什麼會以這副鬼樣子出現在這裡？

崔漢也開了口，似乎是想解答凱爾心中的疑問。

「根據妖精的說法，這個地方有著極大化的生命力和自然之力，對恢復體力和治療身體非常有幫助，所以才會帶您來到這個地方。」

聽完崔漢的解釋，凱爾就知道這裡是小說中妖精村的花田，在這座花田附近有世界樹的樹枝。

凱爾伸出了無力的手摸了摸頭，總覺得頭上好像被戴了什麼，似乎是一頂用世界樹葉子做成的桂冠。

凱爾一摸到這些葉子的觸感，嘴角就往上一揚。

看來他們給了我最好的待遇。

妖精讓他來到最靠近世界樹的地方，甚至還給了他這個人類世界樹葉子做成的桂冠，這已經不只是對待恩人的高級待遇了——那麼可能的答案就只有一個。

凱爾回想起了在自己暈過去前，聽到了某人用驚嘆語氣說的一句話。

「偉、偉大的庇佑啊！」

看來是妖精村的族長發現了龍的存在。現在的問題是，是只有族長知道而已，還是村裡所有妖精都已經知道了？

凱爾看著崔漢，用手比了比自己的肚子上方，崔漢見狀悄悄地將視線移開。

氣氛有點微妙。

凱爾的眼角稍微抖了一下，崔漢則假裝若無其事地摸著附近的花，隨後用只讓附近的人能聽到的音量迅速說了幾句。

「咳咳，沒有人親眼看到拉恩的樣子。不過族長和守護戰士已經知道拉恩就在這附近了。」

凱爾用眼神向崔漢確認，像是在問「只有這兩個人嗎」。

崔漢偷偷瞄一眼凱爾，接著又把視線移開後答道：「大家可能已經猜到了大概的狀況。」

凱爾接著聽到了拉恩喃喃自語的聲音。

——我、我沒有被其他人看到！我有遵守約定！我只有乖乖待在你身邊而已！就算族長來跟我搭話，我也完全沒有理會！

暈倒了整整三天，真的太久了……

凱爾完全不知道這段時間裡，這些傢伙都幹了什麼好事，凱爾的視線越過似乎不敢看自己的崔漢，隨後一一看了看氳、紅、拉克、比克羅斯還有羅恩。

「凱爾少爺，您還有力氣跟我們說話嗎？」

聽到羅恩這番話，一行人都轉頭直盯著凱爾看。

凱爾吐完血之後暈倒了三天，他們雖然知道凱爾為人善良、樂於助人，但也知道他是個不會過度勉強，也不會讓自己受太多傷的人。沒想到這次凱爾會這麼拚命，還讓自己失去意識。大家都太過驚訝，一時不知道怎麼開口。

凱爾慢慢張開了口準備說話，所有人都屏息以待，不過聽到的就是那句很常聽見、卻不帶任何感情的關心。

「大家都沒受傷吧？」

羅恩原本僵住的臉露出一絲微笑，氳和紅則是喵喵叫了幾聲，開始用身體來回蹭著凱爾的衣服，已經不管會不會蹭掉碳粉了。

「是的，沒有任何人受傷。凱爾少爺，您不用太擔心我們。」

我才沒有擔心咧！凱爾覺得很荒謬，默默在心裡吐槽。

「這是當然的了。」

要是崔漢受了傷，那麼對手一定是有著鯨族國王等級的力量，因此沒受傷是理所當然的事。

凱爾突然覺得，嘴角抽動著笑的崔漢那張臉實在令人不舒服，還有慢慢脫下沾滿鮮血的白手套的比克羅斯也一樣，再加上擺出慈祥模樣的羅恩也是。

「咳咳。」

凱爾看了看假咳了幾聲的崔漢，身體的力氣也恢復得差不多，感覺應該可以站起來了，下面這片花田比想像中還舒適呢。

「凱爾大人。」

崔漢必須先報告三天前那場戰鬥的結果。

雖然好好收拾善後了，不過似乎做得有點過火，大家當時都有點失控，殺紅了眼。

「三天前的那場戰鬥，我們成功擊潰了所有敵人。疑似是職業殺手的一號已經被殺死，中年劍士則是受重傷，下半身已經癱瘓。至於馴獸師——」

這時崔漢眼前出現了凱爾的手掌，似乎是在暗示自己不要講了，因此崔漢便停了下來。

凱爾的臉色雖然看起來還不錯，不過表情還是非常疲憊。

「我肚子餓了。」

「您說什麼？」

「我要吃肉。」

「什麼？」

在只有蔬食的妖精村，凱爾卻要求要吃肉，雖然在暈倒之前，凱爾是想說能吃個麵包就好了，不過現在醒來之後發現，已經餓到一定要吃肉才能解決的程度了，雖然他的體力已經恢復，但還是處於空腹狀態。

凱爾對只會呆呆問「什麼」的崔漢感到煩悶，用更強烈的語氣開了口，不過似乎因為太久沒好好講話，他的聲音有些分岔。

「叫他們拿肉過來。」

就在這個時候，比克羅斯站了起來。

「我去找吧。」

果然還是要靠主廚啊。

凱爾還是頭一次覺得比克羅斯很可靠，比克羅斯戴上了新的手套開始去準備料理。

看著他離去的背影，凱爾緩緩撐起了身子。

啪！

頭上的桂冠掉在大腿上，這頂美麗的桂冠上，有幾片葉子特別的搶眼。

世界樹的葉子，並不是一般那種綠葉，乍看之下雖然像是平凡的針葉樹樹葉，但其實在樹葉邊緣能夠隱約看到有極光般的光芒圍繞。據說從世界樹上摘下來的樹葉，都會隱約散發出這種光芒。

凱爾想到自己戴著這頂華麗又看起來有點神聖的桂冠，躺在花田裡三天，就覺得心裡發毛。他用食指和拇指嫌棄似地拿起桂冠，看向花田邊緣外的地方。外頭本來沒有任何人，不過就在比克羅斯離開的時候，正好有一群人抵達了這裡。

凱爾看著這群人開了口：「其實比起這裡，我還比較想躺在床上。」

站在最前面的妖精是潘得利，還有在小說《英雄的誕生》中被多次提及的配角——妖精族長卡娜莉亞，她一頭白髮俐落地往上盤起，滿是皺紋的臉露出了和藹的笑容，並且對凱爾彎下了腰。

「您是獲得偉大庇佑的人，我們會讓您到與您地位相符的地方。」

卡娜莉亞的態度非常尊敬，甚至可說是極度敬重。雖然崔漢已經觀察了這個族長三天，但他還是對這種過度禮貌的態度莫名抗拒，他們確實幫了不少忙，但這樣的尊重也太過頭了。崔漢下意識皺起眉頭，看了凱爾一眼，在王宮裡的時候也一樣，崔漢知道凱爾對這種過度的繁文縟節很反感，不過崔漢還是默默看著凱爾，沒有多說一句話。

「也是啦。」

凱爾露出一副理所當然的模樣，一派輕鬆地揮舞著手上的世界樹葉桂冠。

「請替我帶路吧。」

別人看了，還以為凱爾就是龍本尊，無論如何凱爾已經不想管了，他用虛脫的心情看待著眼前的一切。不過看到他們被帶來的這間房子，凱爾頓時感到有點不好意思。

「就是這裡了。」

這是用妖精村中最大的樹幹打造出的屋子，隱身在巨大樹木中的這棟房子看起來非常神祕。凱爾看向了妖精族長卡娜莉亞。

「這是我的家。」

妖精族長把她的家借了出來，因為這是妖精村中最好的一棟房子。凱爾先是愣了一下，隨後理直氣壯地開了口。

「可以進去看看嗎？」

既然他們要給我們最好的房子，那也沒有理由拒絕嘛。

凱爾坐在用樹葉打造的柔軟沙發上吃著麵包，聽完了過去這三天發生的所有事情。他接下羅恩遞過來的果汁，隨後看著坐在自己面前的崔漢、族長、守護戰士還有潘得利。

「所以，馴獸師失去了雙眼並暈了過去，隨後被魔槍士用瞬間移動帶走了。」

凱爾口中說出了三天前戰鬥的結果。

「魔槍士的雙腳受了重傷，下半身應該已經完全癱瘓了，只有他們兩個逃走，中年劍士和幾名組織成員現在被我們虜獲，剩下的——」

包括動物，全都死掉了。

凱爾和族長卡娜莉亞對上了眼，她睿智的雙眼有著經過漫長歲月累積出的自信，凱爾看著她的眼眸開了口。

「看來我們也是時候離開了。」

畢竟事情都解決了，凱爾便表達了要離開的意思，這堅定又簡潔的一句話讓潘得利愣了一下，隨後趕緊對凱爾說道。

「我們還沒報——」

凱爾一行人對他們的幫助，超越所有妖精的想像，包括潘得利在內。不過潘得利卻看到凱爾舉起了手，阻止剛要提到報答的潘得利繼續說下去。

「沒關係啦，妖精光是要重建村子還有復原警戒線就很吃力了，我們哪有臉再要求什麼回報。我們一行人都平安沒有受傷，這樣就夠了。」

潘得利眼神閃爍了一下，雖然從上次就已經有感覺到，但他想不通凱爾這個人怎麼能如此灑脫？他聽說越有權勢的貴族就越貪心，都想要獲得更多的權力，看來自己過去的認知都是錯的。這時，潘得利聽到了族長的聲音。

「果然您是獲得龍庇佑的人，有著過人的氣度。」

潘得利瞪大了雙眼，果然這段時間族長說到的「偉大」指的就是龍。過去妖精們不知道那到底是什麼意思，還私下猜來猜去，不過族長和守護戰士都一直不願意透露。現在潘得利聽到族長的這番話，才終於證實了心中的猜想。

那龐大的自然之力，把敵人們輾壓殲滅的力量主人，果然就是龍。妖精的認知當中，雖然相信有神的存在，不過地面上唯一的神就是龍。

生命體發展到最極致的存在就是龍，原來他就是受到龍庇佑的人啊。

潘得利再度將視線移往了凱爾身上，族長卡娜莉亞也同樣正看著凱爾。

「龍大人沒有現出真身，只圍繞在您的身邊，一定有牠的道理在。」

雖然龍沒有現身，卻讓力量曝光，活過了漫長歲月的卡娜莉亞自然懂得其中道理。

龍不喜歡自己被崇拜，不過會有龍庇佑的人存在，就是要我們把他當作龍一樣來對待吧。

卡娜莉亞剛聽說有人類要來幫忙的時候，其實是完全無法信任人類的，不過，如果是這位受到龍的庇佑和喜愛，以及明明自己都在吐血，還想著守護妖精和世界樹的人——

我認為是可以相信的。

卡娜莉亞慢慢地開口說道：「您是獲得龍庇佑的人，所以我認為您有資格聽取所有的情報。」

資格？凱爾微微皺起了眉頭。

感覺不太妙耶。我只想要拿到在妖精村中能得到的東西，然後趕快拍拍屁股閃人啊！

凱爾著急地開了口：「等一——」

「他們的目的似乎是想找到世界樹。」

在凱爾喊出「等一下」之前，就先聽到了派不上用場的情報。凱爾眼神閃爍了一下，族長似乎也發現了他的表情，露出了淡淡的微笑。

「世界樹的所在地並不為人所知，幾乎沒有人類知道它的位置。」

雖說是幾乎沒有，不過其實凱爾知道，就在絕望之湖——五大不可思議中的最後一個地點。這個人們避之唯恐不及的地方，就是世界樹的所在地。只有妖精和其他少數存在才知道這件事。

「畢竟那是人類不需要知道的事啊。」

凱爾假裝不知情地這麼回答，他實在不想透過這名妖精族長來告訴他世界樹的位置。

聽到凱爾這番話時，卡娜莉亞似乎明白了他話中之意，嘴角浮現一抹微笑。

「說的沒錯，畢竟做人不能太貪心，通常都是太過貪心的人才會想知道世界樹在哪裡，這次事件也是一樣的狀況。不過，也有人和他們完全相反。」

卡娜莉亞認為，眼前這個沒有欲望，懂得犧牲小我、完成大我的人類，有資格知道一切前因後果，尤其是龍也正在他的身邊聽著。

通常只在乎自己的龍，卻願意為了這個人類使出力量，就代表這個人類是將會被記載在史冊上的英雄人物。不然，為什麼被人類遺忘的古代史中，那些名聲響亮的偉大英雄身邊都會有一隻守護龍呢？畢竟龍只會幫助有才能又有堅定意志的人類。

當然啦，這次這個人類看起來沒什麼特殊的才能，卻有著能獲得好幾個古代之力的天大好運，跟普通人比起來，也算非常特別了。

族長卡娜莉亞接著說到了重點。

「我們打算派潘得利去向金龍大人報告我們遇到的狀況，因為現在世界樹的防護罩，就是靠金龍大人的魔法維持的。」

凱爾聽聞後當場愣住，他剛剛聽到了什麼？

—她說金龍嗎？

拉恩和凱爾做出了一樣的反應。

這次和上次在黑暗妖精市長那裡不一樣，妖精族長卡娜莉亞似乎清楚知道金龍的位置在哪裡。

……我真想裝作什麼都不知道。

當然，凱爾完全不想知道那隻金龍到底在哪裡，這和世界樹的關聯性應該比較低才對，況且就算世界樹從西大陸上消失了，也不會真的發生多大的災難。

—人類！我好好奇喔！

不過拉恩似乎很想知道。

—你幫我問啦！我很好奇龍的事情！

為什麼明明只在乎自己的龍，會對其他的龍產生這麼大的興趣呢？

凱爾猶豫了一下後，還是開了口：「潘得利要去的是哪裡呢？」

凱爾沒有直接問金龍的所在地，他在心裡默默希望妖精族長可以回答說「這不關你的事」，沒想到卡娜莉亞不到一秒就回答了。

「金龍大人就位在威波王國。」

凱爾聽到後肩膀猛然抖了一下。那一瞬間，拉恩也興奮地大喊出來。

—人類，我們不是要去找那個無知的傢伙責他幼苗嗎？而且也要去把魔塔給摧毀掉！是沒錯啦。

在見完鯨族的維媞拉後，就要出發前往威波王國去找湯卡，除了好好地撈他一筆錢，還要去把魔塔給炸掉。

—哦哦！

拉恩發出興奮的叫聲。

這下可不妙了，龍耶！

除了拉恩之外的另一隻龍，凱爾其實沒有很想再去見另外一隻龍。通常在奇幻小說中，活了漫長歲月的龍都是主角一行人的關鍵助手，又或者是以拿著某種關鍵鑰匙的角色登場。不過在《英雄的誕生》中的龍，卻都是不好惹、個性很差的存在。

這個世界裡的龍都是超級自私的傢伙吧？不過拉恩算是特例。

凱爾皺起眉頭，陷入了苦惱。

—世上當然沒有比我還要偉大的龍啦，不過我好好奇喔！大家都有見過同族其他存在，只有我沒有！

凱爾聽到「只有我沒有」這句話，突然愣住了一下。

—當然啦！像你這麼脆弱的人類也只有你一個，所以沒關係啦，我會陪著你的！

「唉……」凱爾深深嘆了一口氣，隨後用雙手從上往下撫過整張臉，似乎很煩惱。

事情怎麼會變成這樣啦……

明明一切看起來都照著他的目標和計畫順利發展，為什麼會一直發生這麼多意想不到的突發事件？凱爾想不透，難道是因為把龍和原本的主角崔漢帶在身邊的關係嗎？

這時，凱爾聽到拉恩充滿擔憂的聲音。

—人類，你又不舒服了嗎？

唉，真是的。

凱爾用雙手遮住臉，詢問妖精族長道：「請問我可以知道詳細的位置嗎？」

——太好啦！

拉恩忍不住開心歡呼。

卡娜莉亞也露出了開心的表情，她現在的心情就像是一個興奮的小粉絲，彷彿自己喜歡的兩名偶像即將同臺演出，讓她滿心期待。放下雙手的凱爾看到妖精族長的表情，心裡莫名煩躁。

「請問那隻龍的個性好嗎？」

「龍是如此尊貴的存在，我不敢隨意置喙牠們的個性如何。所有的龍都是高貴、偉大的存在。」

這問題不該拿來問龍的粉絲，真是白問了。

「牠是成年的龍嗎？」

「已經是古龍了，而且牠非常善於交際。」

——原來是老爺爺龍呀！

聽到妖精族長的話，拉恩又興奮地開口。

凱爾的臉色卻不太好看。

極度自私的龍會多善於交際啊？

不過凱爾還是多少比較安心了，卡娜莉亞這番話至少代表黃金龍可能會對拉恩釋出善意。

——我會證明拉恩．米樂有多偉大！

才剛安心的凱爾聽到拉恩這句話又捏了把冷汗，這麼傻乎乎的幼龍不知道能在古龍面前撐多久？凱爾心裡默默有點擔心，不過這一份擔心才剛冒出頭來，又馬上消失了。

妖精族長卡娜莉亞，露出有點苦澀的微笑說道：「也因為牠已經是古龍了，所以體力大不如前，讓我們非常擔憂。我想，要是牠見到其他龍，可能會因為開心而恢復一點精神吧！」

太好了，她說金龍體力非常不好。

凱爾的擔憂稍微減少了點，萬一拉恩跟金龍真的打起來，應該還是有機會可以逃跑的。真的不行的話，就逃跑好了。

只要帶著包含崔漢在內，還有其他強大的伙伴一起去，拉恩應該不可能會打輸。

凱爾現在開始思考，要帶什麼樣的陣容才能讓古龍變成「不過只是隻古龍而已」。

然而這時族長卡娜莉亞那滿是皺紋的臉，露出了和藹慈祥的笑容。

「兩位龍大人真的見面的話，那一定是世界上最美的景象。」

最好是會多美啦。

凱爾反而擔心現場會見血，不過現在又有更讓他擔心的事情出現了。因為守護戰士突然向露出慈祥微笑的族長使了個眼色，卡娜莉亞看到後表情僵了一下，接著和凱爾對上了眼。

「不過呢，凱爾少爺——」

這句話讓凱爾有非常不祥的預感，他拿起一個麵包又開始吃了起來，想轉移注意力。

「可以請您去見一下那名中年劍士嗎？」

這些不要臉的妖精。凱爾吞下麵包的同時，也把差點罵出口的話吞進了肚子裡。

這群妖精什麼都沒有給，倒是一直厚臉皮地要求東要求西，就算他說沒關係，至少也要拿出點什麼東西再來拜託人家吧？

在《英雄的誕生》中也是這樣，這個族長也是占了崔漢不少便宜。

在凱爾看來，族長卡娜莉亞就像是一隻老謀深算的狐狸，一邊說著物質欲望是人類要不得的貪念，同時不斷提出請求，還什麼報酬都不給。

凱爾可不會就這樣讓卡娜莉亞占便宜，他便故意板起一張臉盯著對方。

「我為什麼非得去見他呢？」

凱爾冷酷的聲音和生硬的表情，讓卡娜莉亞小心翼翼地開口。她從來沒有對一個人類這麼謹慎過，不過凱爾可是有龍在身邊庇佑，想必現在那偉大的龍也一定正在聽著這場對話。

「無論我們如何審訊，那名劍士就是不願意開口。雖然凱爾少爺您說過不知道他們的真實身分，不過這是第三次和他們交手了，我們才會認為您比較有可能從他身上獲取一點情報。」

卡娜莉亞靜靜地看著一邊吃著麵包，一邊盯著自己看的凱爾。只見眼前這名貴族優雅地吃完麵包，隨後看著她露出了微笑，這是和她看起來很相似的笑容。

「為了大家好，我會接受您這個請託的。」

卡娜莉亞的表情變得有些微妙，不過凱爾對她的表情變化沒有做出反應，而是對著其他人繼續開口。

「潘得利，你也這麼認為吧？為了讓所有人過上好日子，應該要彼此互相幫忙才是，只要在自己的能力範圍內就好。」

「凱爾大人，您說的沒錯。」

「是啊，這是超越物質層面、彼此分享心意的好事，守護戰士大人應該也這麼想吧？」

突然被凱爾點名，讓守護戰士猛然抖了一下，隨後他也立刻鎮定下來誠實地回答。

「咳咳，我也覺得沒錯。能夠和我們互通心意的人類，咳咳，也就是凱爾大人您，我們還是第一次遇到呢。果然您是值得獲得龍族庇佑的人。」

「您說的是，就像守護戰士您說的一樣，我付出的這份心意，也需要你們的心意來報答呢。」

凱爾雖然是用溫柔的語氣，不過他選用的字詞卻帶著一點強制意味。

看到他充滿感情的笑容，兩名妖精都只覺得凱爾說得很有理，也以微笑回應。

潘得利充滿活力地回答：「沒錯！用物質所無法衡量的東西，就只存在於心中啊！」

凱爾滿意地看著說出自己想聽的回答的潘得利。

當然得這樣啊，所以下一次就換你們用盡所有心意來幫我了。

凱爾沒有說出心中的真實想法，而是看向了卡娜莉亞，並露出了比她臉上還要和藹溫柔的笑容。

在只有一堆樹木花草的妖精村，凱爾實在沒什麼東西可以帶走，只能好好利用妖精的勞力了，還能順便使用精靈的力量呢。妖精和黑暗妖精都有各自擅長的強大力量，既然都要幫助妖精了，至少要多撈一點好處吧？

再加上妖精村就位於壚韵王國和柏雷王國之間，是絕佳的戰略位置。

——人類，你為什麼又露出了見到王儲時的那種微笑？他們做錯了什麼嗎？

凱爾並沒有回答拉恩，而是直接從位子上站了起來，「那現在就立刻過去吧。」他和族長對上了眼，「有人需要幫忙的話，就要趕快盡我的這份心力啊！」

妖精族長卡娜莉亞的表情開始變得微妙，她總覺得眼前這名貴族用某種能力在施壓他們要照著他的話去做，而她也似乎知道這股施壓的力量是什麼。

真是特別的古代之力。

一個不知名的古代之力正在對妖精族長卡娜莉亞施加壓力，她再度深切感受到凱爾的特別之處。他有著天大的好運，還有特別的古代之力，而且——

他的話術也很高明呢。

卡娜莉亞也跟著凱爾從位子上站了起來，她從潘得利和守護戰士盯著凱爾看的眼神中，可以知道他們對凱爾很有好感，其他妖精大概很快也會像他們一樣。

真是一名有趣的人類，他博取妖精的好感究竟存著什麼樣的目的呢？

雖然卡娜莉亞非常好奇，但她沒辦法一直待在凱爾身旁。

「我還得去看看村子裡重建的狀況，就由潘得利帶您過去吧。」

「我了解了。」凱爾說完便看向了潘得利，「那就走吧。」

「好的。」

潘得利走在前頭並打開了房門，凱爾和其他在門外等待的伙伴們，都跟著他開始移動。
但是不久後，凱爾便停下了腳步。
「啊！」
「請問您怎麼了嗎？」
看著一臉疑惑的眾人，凱爾拿出魔法口袋開始翻找，隨後便說道：「大家都戴上面具吧。」
凱爾從魔法口袋中拿出當時為了吃飯而脫下的面具，一行人嘆了口氣後接過面具，認命地戴了上去。隨後凱爾也對他們下達了一些指示，潘得利在一旁聽得一愣一愣的，他對這些指示的內容有些猶豫，不過最後他還是聽凱爾的話，又邁開了腳步。
「我們繼續走吧。」
「好、好的。」
凱爾跟著潘得利走向了族長家的後方，族長家就位於妖精村落和凱爾醒來的花田之間，凱爾一行人現在則是往妖精村落的反方向前進。不久後他們眼前出現了一顆巨大的石頭，石頭下方有個地下室，走進地下室的凱爾露出了微妙的表情。
這是在小說《英雄的誕生》中沒出現過的地方，剛剛凱爾聽到族長說「審訊」時，原本以為妖精把祕密組織的劍士關在某一個地方，進行簡單的相關審問而已。
看似單純的種族其實更狠呢。
凱爾眼前出現的是被血染紅的陰森地下室，其實用地牢兩個字來形容應該更貼切，凱爾沒想到，原來妖精也會進行拷問。
凱爾在心中默默想著，刻板印象果然都不準，隨後他動了動下巴對潘得利示意。
「你們把他搞成這樣，他有辦法說話嗎？」
「那是因——」
潘得利不知道該怎麼回答，他和正在地牢前站哨的妖精們都露出尷尬的神情。

被關在地下室的人渾身是血地坐著，他的雙腿也扭曲成非常不自然的形狀，幾乎要認不出他就是那名中年劍士。

我記得是崔漢砍了他的下半身吧？

凱爾偷偷瞄了一眼手拿著拷問道具的妖精，隨後蹲坐下來，開始喃喃自語：「看來妖精和人類也是半斤八兩。」

聽到這句話的潘得利，身體猛然震了一下，如此冷酷的話語從眼前這名沒有貪念、為了拯救大家而行動的凱爾口中說出，聽起來特別尖銳。

「潘得利，你可以請其他妖精暫時離開嗎？你留在這就好，我希望能在讓他安心的氣氛下對話。」

「好的，我了解了。」

潘得利使了使眼色，地牢中的妖精紛紛離開。

與此同時，凱爾開始仔細觀察這名全身被血給浸濕、低著頭的男子，他是和馴獸師還有魔槍士一起行動的人，這名中年劍士應該是有著相當實力的強者。

「你們知道他的名字嗎？」

「那個，因為他都不願意開口……」潘得利支支吾吾地回答。

凱爾心想，潘得利身為一名治療師，卻能若無其事地站在這座地牢中，還真是罕見。

隨後他又將視線移往了劍士身上。

「呵呵呵。」

原本靜止不動的中年劍士突然笑了起來，聲音聽起來像是累積了很多痰，相當沙啞。

凱爾看著這名劍士，冷靜地說道：「至少你沒有裝睡，算是好的開始。」

這時比克羅斯對凱爾道：「他叫貝爾伯德。」

這名中年劍士，也就是貝爾伯德，笑聲戛然而止。

凱爾將視線看往了比克羅斯後，身體抖了一下，不知何時已經拿出白色手套戴上的比克羅斯，正拿著一把輕薄又銳利的短刀。凱爾看到他這副模樣，露出了慌張的眼神，比克羅斯卻誤讀了這個眼神。

「當時在戰場上魔槍士叫他貝爾伯德，他似乎負責護衛馴獸師。他的名字和馴獸師很相似，所以相當於替死鬼，是個隨時都能被犧牲掉的角色。」

「呵呵呵，哈哈！」

劍士在聽完比克羅斯的話後，更加猖狂地笑了起來。不過他依然只是不斷笑著，並沒有說出任何話。

凱爾對著一直看著地板的劍士開了口。

「你什麼話都不打算說嗎？」

貝爾伯德卻出乎意料地回答了，「到底——」

他緩緩地抬起頭，妖精那種傢伙根本沒有認識的必要，但眼前這些傢伙他倒是非常的好奇，尤其他們依舊穿著那套粗糙仿製的服裝，就像在嘲笑著祕密組織一樣。

「你們這些傢伙到底是誰啊？哪來的傢伙敢這樣對我們！」

貝爾伯德恨得牙癢癢，他過去從來沒有看過或聽說過這些強者，所以他才更覺得輸得冤枉，就算要死也得先知道他們的真面目才行。不過，抬起頭的貝爾伯德，看到的卻是面具下揚起的嘴角。

那名施展紅色閃電後就暈過去、看起來像是團體領袖的人，用低沉的聲音吐出了一個字。

「黯。」

貝爾伯德稍微瞪大了雙眼，他正打算低下頭移開視線時，卻突然有一隻手用力抓住了他的頭髮。

那當然不會是凱爾。劍士貝爾伯德頭髮上的血，把比克羅斯的白色手套染出了一片鮮紅，被扯住頭髮的貝爾伯德，不得不直直盯著凱爾看。

在貝爾伯德閉上眼睛前，凱爾輕聲細語地開了口。

「看來東大陸對你們來說還不夠啊。」

眼前的貝爾伯德露出慌亂的神情。

「你、你那是什麼意思？」

「太陽神。」

凱爾不理會貝爾伯德，繼續自顧自地說下去，他打算趁這次機會把所有好奇的事情一口氣問清楚。

「壚韵、狼族、人魚族還有帝國。找人魚大概是為了海上航道，但你們是為了什麼盯上壚韵和摩戈勒帝國的？」

從剛剛凱爾提到東大陸後，貝爾伯德就出現相當激烈的反應，凱爾就這樣直直盯著他的雙眼。貝爾伯德皺起了眉頭，他心中非常納悶，也想不透眼前這個知道黯還有東大陸，以及其他所有事情的人到底是誰？

貝爾伯德稍微咬了咬下唇，眼中閃過一絲絕望，隨後他揚起了嘴角。

「哼，你覺得我會把這些事情都告訴你嗎？」

貝爾伯德動了動舌頭，他的口腔深處有一個揮之不去的苦味，只要把這顆珠子咬破，他的心臟就會立刻停止跳動。反正不管怎麼樣，自己也只是個作為替死鬼的存在罷了。

貝爾伯德又開始笑了起來，他用充滿憤怒的眼神向凱爾挑釁，接著他便打算咬破嘴裡的珠子自盡。

「我絕對什麼都不會說——咳嘔！」

中年劍士貝爾伯德突然發出慘叫，他看到面具之下那感到滿意而瞇起的眼睛。

「你以為這樣就能得逞的話，也太小看我了吧？」

喵嗚！

原本躲起來的紅貓——紅跳了出來，凱爾一行人當然也包含氳和紅兩隻貓咪。被比克羅斯抓著頭髮所以無法往下看的貝爾伯德，他的下方已經被濃霧給圍繞，這可是麻痺毒啊。

「咳咳，嘔！」

正渾身發抖的貝爾伯德，嘴巴被一隻戴著白手套的手伸入，隨後掏出了一顆小珠子。

—那是魔法裝置！我要來分析！

拉恩的聲音傳進了凱爾腦中。

凱爾看著比克羅斯摘下白色手套並將小珠子收好，隨後他又轉過了頭，對著因為麻痺毒而逐漸失去意識的貝爾伯德露出了微笑。

「這麼普通的套路我才不會上當。」

小說中很常出現那種悲情的劇情，主角一行人抓住了敵人的其中一員，那個人嘴裡卻藏著毒藥或是某種裝置，使他突然身亡，結果什麼情報都問不出來。不過凱爾心想，自己又不是主角，他可不想經歷這種爛事。

看著原本瞪大雙眼盯著自己看的貝爾伯德失去意識後，凱爾接著站了起來，對著目睹全程的潘得利輕聲說道。

「所有人的生命都是很珍貴的，幸好在他自殺之前把他救下來了呢，你說對吧？」

潘得利頓時不知道該回答些什麼。

凱爾走向因語塞而呆站在原地的潘得利，「你們決定好要怎麼處置貝爾伯德了嗎？」

「那個……」

「還在猶豫吧？」

潘得利聽到後點了點頭。

依照妖精村過去的慣例，貝爾伯德和其他一起被抓住的人員，應該都要被判處死刑。不過在還沒有問出任何情報的前提下，要是立刻執行死刑，就浪費掉可能獲取情報的大好機會了。

「我倒是有個提議。」

「提議？」

儘管看起來有些疑惑，不過潘得利的語氣中也透露出一絲期待。

凱爾見狀，笑了笑。潘得利一定有注意到，剛剛他提到了「黯」還有「東大陸」，這可是他在妖精族長面前沒有提到的資訊，潘得利一定很想要得到相關情報。

畢竟沒有其他種族像妖精族這麼會記仇了。

妖精族自認是清高又優雅的種族，他們會有這樣子的想法，是因為妖精自認為比人類還要優越，並且他們遠離世俗的利益欲望，與大自然共生共存。似乎也因為這樣，妖精對於跑來侵犯自己的敵人，一定會展開徹底的報復。某種意義上，或許精靈們比起黑暗精靈，更加崇拜龍也說不定。畢竟在精靈之上，優越感更強的種族，就是龍。

凱爾的視線看向了已經暈倒的貝爾伯德，比克羅斯正在用鎖鍊緊緊纏住他。

「要不要把貝爾伯德交給其他人處置呢？」

潘得利一聽，神情變得很微妙，看來這似乎不是他希望的發展方向，才會露出這種曖昧不明的表情。

「您是說要把他交給凱爾少爺您嗎？」

雖然潘得利也知道這是很狡詐的提議，不過站在妖精的立場來看，他們比較希望凱爾能夠挺身而出。

現在為了要修復妖精村所在的山谷，動用村裡頭所有的精靈也還不夠。而且說不定之後敵人還有可能會再發動攻勢，他們必須為防禦和應戰做好準備。但即使有這麼多事情讓妖精們忙不過來，他們還是想完成這場復仇。

潘得利努力壓抑住心中的期待，靜靜等待著凱爾的回答。要是凱爾願意挺身而出那便再好不過，大概沒有比他還要合適的人選了。

「不是耶。」

「什麼？」

潘得利等到的，不是他期待的回答。

那麼他說要把人質交出去，指的是要交給誰？潘得利的疑惑全寫在了臉上。

「我還是先和卡娜莉亞族長談談我的提議，你們再好好考慮吧。俘虜要交去哪裡還有其他細節，等到你們願意接受之後再說。」

「是要交給值得信賴的人嗎？」

潘得利看到凱爾沒有一絲猶豫地點了點頭。

「沒錯，那是我非常信任的人。」

因為我手上有他的把柄啊。

凱爾想起了已經被遺忘在魔法口袋某個角落的影像通話道具。

凱爾真的覺得祕密組織相當煩人，也很討厭他們，但他也不想親自出馬和他們對抗，畢竟那些傢伙都不好對付。

「你們就好好考慮一下，今天傍晚之前給我答覆吧。我還有其他事情要處理，明天就要離開這裡了。」

凱爾說完便拍了拍潘得利的肩膀走出地牢，潘得利就這樣看著凱爾離去的背影。

他非常信任的人，應該也是很值得信賴的吧？

這雖然還不能確認，不過凱爾這次也幫忙來見貝爾伯德一面，這對他來說完全沒有利益可圖，因此潘得利心中也默默覺得凱爾那番話可以相信。

「啊，對了。」

「有什麼事呢？」

走出地牢後凱爾又轉過身對潘得利說道，「你要自己一個人去威波王國嗎？」

「啊，是的，大概會一個人過去。」

「那我們也一起去吧。」

「您說什麼？」

凱爾刻意裝出了一個非常溫柔的笑容。

在見金龍的時候，有牠已經認識的妖精在場，總比他們自己闖進去好吧？

凱爾希望在去找金龍的時候，盡可能帶著所有能提供幫助的人一起過去。當然，到時候他要站在最後面，或至少躲在崔漢後方。

「現在隻身前往威波王國很危險，我們也正好有事情要去辦，大家一起過去比較安全啊。」

的確現在威波王國裡已經亂成一團，去年秋天湯卡當上了大將軍之後，威波王國就可以說是搭上了「滅國」的直達列車，雖然現在威波王國的子民還是比起以前任何時刻都還要覺得有希望就是了。

潘得利露出了不好意思的表情看著凱爾，「我實在不好意思再這樣麻煩──」

「說什麼麻煩，不用想那麼多沒用的事啦。如果要引渡人質的話，我們也能在半路上多討論一些細節，這樣不是很好嗎？你就再考慮看看吧。」

「……那就先謝謝您了。」

「這也不是什麼要說謝謝的事情，我們本來就該互相幫忙啊！」

潘得利的嘴角掛了一抹微笑，他那張弱不禁風的臉，讓他的笑容看起來也格外友善。不過比起潘得利的微笑，凱爾更清楚地看到了一旁的比克羅斯，他非常不滿地盯著凱爾，眼神中充滿無奈。

「沒錯，凱爾少爺您這番話說的沒錯！」

「是啊，我說的話都是對的。」

凱爾難得用開玩笑的語氣回答了潘得利，接著一行人離開了地牢的所在地。

半路上，凱爾背後傳來了潘得利的聲音。

「我們會盡快討論完，之後馬上通知您的。」

那當然最好。

凱爾加快了腳步，他也要和另外一個人討論這件事。

正確來說應該是要把事情推給那個人。

在潘得利的帶領下，凱爾再次回到了妖精族長的家，他也立刻指示拉恩檢查一下周遭的環境。或許是妖精知道凱爾身邊跟著龍，因此沒有安裝任何竊聽或是錄音的裝置。

凱爾進入了族長為了給客人使用打造的一間寢室，並且吩咐一行人在門口看著。

「拉恩。」

「知道啦，人類。」

拉恩在空中現出了身，凱爾將影像通話道具放在桌上，隨後坐到了對面的沙發上。拉恩在凱爾的指示下，將影像通話道具連結到某個地方。在等待了一下子後，影像通話道具上出現了一個人的臉孔。

「**眞是好久不見了。**」

是亞伯特王儲，他的眼神中閃過一絲喜悅。

「**殿下，您依舊如同王國子民心中的星星呢。**」

聽到凱爾這番話，亞伯特王儲立刻皺起了眉頭。

「**你又打算拜託我什麼了？**」

「**現在不用多說，您就能了解我心裡在想什麼呢！眞是感動——**」

「**別廢話了。**」

凱爾閉上了嘴，嘴角卻是微微上揚，亞伯特王儲似乎很討厭他這副模樣，又再度皺了皺眉。

兩人大約是時隔將近三個月再度通話，三個月前他們用影像通話談了威波王國的事情後，就沒有再找過彼此。

「你是為了要去威波王國的事才來找我嗎？」

雖然還是皺著眉頭，不過亞伯特王儲眉宇之間還是能看出一絲好奇心，因為他已經聽說了凱爾要去威波王國賣某個東西，也知道他要用什麼方式賣。

「**沒有，很可惜我不是要聊威波王國。**」

「**那是？**」

「**我們抓到了一名發動首都炸彈恐攻的祕密組織成員，推測他應該是中下階級的一名劍士，我們已經將他拘留了起來。**」

雖然凱爾是用從容不迫的語氣慢慢說話，不過他一口氣說了太多資訊，讓亞伯特王儲一時恍了神，還無法完全消化這一段話。

不久之後，亞伯特王儲才露出了驚訝的眼神。

「**你們怎麼抓到的？算了，過程已經不重要了。**」

「**過程其實滿重要的，我們是在壚韵王國抓到他的。**」

亞伯特王儲的表情立刻僵住，凱爾看到這個表情便在心裡默默想著——上鉤了。

亞伯特王儲已經對這個情報產生了興趣。

凱爾已經不想要再和祕密組織糾纏在一起，也不想要再親自出馬解決所有事情。

他不過是個伯爵家子弟，幹嘛要跳出來去和那個想玩弄整片大陸的組織對抗呢？

就算有龍陪在身邊，這也不是件容易的事，因此凱爾就想起了一個人。

不管是祕密組織或是妖精族都不敢隨便招惹，而且善後還能做得比他還要乾淨俐落的那個人——就只有我們亞伯特王儲了。

「更詳細的內容要等我們都討論完才能向您說明，總之我們是在壚韵王國的十指山抓到了那名祕密組織成員。」

「你爲什麼要跟我說這些呢？」

凱爾沒有回答，只是露出了笑容。

亞伯特王儲見狀咂了咂嘴，隨後開口：**「把他交過來吧。」**

「好的。」

凱爾回答的模樣實在太令人不爽了，亞伯特王儲只能面無表情地看著對方。

「你每次都把麻煩的事情推給我耶。」

「您不開心嗎？」

「沒有啊，開心，當然開心了。」

雖然亞伯特皺著整張臉，不過眼神倒是挺開心的。不只搞不定摩戈勒帝國，壚韵王國連那個祕密組織的真面目都還查不清楚，經過一年卻什麼都沒查出來，這已經可以說是國恥了。因此凱爾知道，亞伯特王儲一定會用盡所有辦法，從貝爾伯德身上問出情報來，也知道他一定會好好利用這個情報。

「殿下。」

「你說吧。」

「您打算試一下水溫吧？」

亞伯特王儲笑了出來，他一邊笑一邊問：**「你指的是哪裡？」**

明知故問。

「我指的當然就是摩戈勒帝國了。」

「哈哈哈哈哈，是啊，當然要試一下帝國的水溫囉。」

摩戈勒帝國到現在都還無法抓到殺死太陽神教皇的祕密組織以及聖子聖女雙胞胎，這件事總讓凱爾有點不放心。儘管帝國聲稱他們非常認真地展開搜索，但因為同時還要牽制威波王國，所以無法在調查上放太多心思。

當然，也有一部分原因是摩戈勒帝國希望太陽神教團的勢力能漸漸式微，才沒有盡全力搜查，但畢竟這件事導致很多帝國子民喪命，還是得做做樣子。

皇太子可是個非常愛面子的人啊。

摩戈勒帝國到現在對於恐攻事件完全沒有查出相關的情報，這是非常不像話的事。壚韵王國多次提出要一起合作調查，卻被摩戈勒帝國拒絕了，所以亞伯特王儲非常好奇摩戈勒帝國現在在打什麼鬼主意。雖然凱爾也同樣很好奇，但他在意的點有些不太一樣。

皇太子是為了成為權力核心，不惜放火燒了叢林的人，而且他得知北方要攻下來後，就默默看著北方人、壚韵王國和柏雷王國互相作戰直到兩敗俱傷。這樣的人怎麼可能放著祕密組織不管？

這麼不合理的事情，答案只可能是下面兩者之一。

因為他們是偉大的帝國，所以堅持一定要靠著帝國自己的力量找出祕密組織並處置掉。不然就是，帝國和祕密組織其實有所關聯。

凱爾前陣子在哈里斯村悠閒度日時，其實還是掛念著一件事情，當然他只有吩咐人去做，自己沒出動就是了。總而言之，這件事情他交給了羅恩率領著殺手組成的情蒐組織去辦，其中成員也包括了偽裝成雕刻家的職業殺手芙里西亞。

威波王國的湯卡馬上就要出征摩戈勒帝國了。

凱爾現在大概能感覺到，目前已經接近小說劇情中第五集的結尾了，雖然因為自己的緣故，故事線發生了許多變化。本來湯卡應該已經要發動戰爭了才對，現在的時間點比小說中還慢，而叢林也以女王莉塔娜為中心迅速團結起來，力量也變得更加強大。

不過我該做的事情還是得做。

凱爾為了要大撈一筆錢，還是必須要去威波王國一趟，要去那裡做的事情可多了。

「你就把抓住的那名俘虜交給我阿姨吧，也把整個詳細的過程向她報告。」

凱爾理所當然地點了點頭，隨後又向亞伯特王儲開了口。

「好的，然後我有死亡瑪那要賣。」

「什麼？」

「數量非常多，您不要的話，我就要全賣給黑暗妖精村囉。」

「……」

「沒有打折喔，只用原價賣。交易方式僅限面交時提出現金。」

亞伯特無言地看著凱爾，隨後轉而露出認真的神情問道：「**多少錢？**」

「殿下，我會給您最合理的價格。」

就這樣，凱爾和一臉受不了的亞伯特王儲交代了貝爾伯德的相關狀況，然後也成功達成了死亡瑪那的買賣交易。雖然花了很長的時間在討論瑣碎細節，結果還是讓凱爾相當滿意。

似乎也因為這樣，當天傍晚和妖精族長卡娜莉亞經過長時間的討論後，順利敲定了要把貝爾伯德交給第三方的事。

隔天一早，凱爾來到還沒完全清醒的貝爾伯德面前，蹺腳坐在椅子上，俯視起對方。

比克羅斯邊走向貝爾伯德邊問道：「要叫醒他嗎？」

「好啊。」

比克羅斯粗魯地抓起貝爾伯德的頭髮，直接朝他的臉潑了一大盆冷水，而站在凱爾後方看著這一切的潘得利，小心翼翼地對凱爾開了口。

「您要跟那個人說他要被送走的事嗎？直接帶走他應該比較好吧？」

「這個嘛，我覺得至少跟他說一下狀況比較好。」

看著一派輕鬆回答自己的凱爾，潘得利本來還想說些什麼，最後仍是閉上了嘴。

被潑了一盆冷水的貝爾伯德開始發出低吟，逐漸醒了過來。

站在凱爾後方的潘得利又退後了一步，看著眼前狀況，讓他想起了昨天晚上族長卡娜莉亞和凱爾的那場對話。

「凱爾少爺，這件事如果和王儲扯上關係的話，我們妖精村的位置不就會被整個王國知道了嗎？」

「亞伯特王儲殿下接收俘虜的條件之一，就是會對妖精村的事情保密。況且，只靠這座村子的力量確實很吃力吧？其他的妖精村應該也不會想出手幫忙，消息傳出去的話，各個妖精村應該只會顧著好好保護自己村裡的世界樹樹枝。」

在一旁的潘得利聽到這句話嚇了一跳，凱爾真的非常了解妖精族自私自利的特性，也知道妖精各族之間並不會互相幫忙。

潘得利看到貝爾伯德睜開了眼，隨後看向凱爾，潘得利咬了咬嘴唇。

「呃呃，這是怎麼回——」中了麻痺毒的貝爾伯德聲音非常沙啞。

凱爾對著好不容易恢復意識、試圖搞清楚眼前狀況的貝爾伯德露出了笑容。

看到凱爾這副模樣，貝爾伯德才想起自己試圖自盡之前就被凱爾一行人弄昏了過去，這讓他緊咬著唇，用憤怒的眼神瞪著凱爾。

「你這眼神我不太喜歡耶。」

凱爾毫不畏懼貝爾伯德的眼神，態度相當淡定。

看著對方的輕鬆神情，貝爾伯德反而緊張了起來。

「你、你幹了什麼好事？」

「我可沒有對你做什麼事，那是之後的事。」

聽到「之後」這個詞，貝爾伯德的肩膀開始微微發抖，不過俯視著他的男子，也就是凱爾，用輕鬆愉快的語氣開了口。

「你會和我一起離開這座妖精村，相當於你的生死掌握在我手中。」

站在後方的潘得利和守護戰士交換了一下眼神，他們沒想到凱爾會對這個俘虜這麼詳細地說明，不過接下來他們聽到的話，讓潘得利著急地將視線移往凱爾身上。

「所以啊，我打算跟你說我接下來的行程。」

凱爾放下了蹺著的腳，隨後稍微彎下身來和貝爾伯德對上了眼。

「強度僅次於龍的存在是誰呢？嗯？你猜猜看。」

凱爾沒有錯過貝爾伯德眼中閃過的驚慌，他甚至能在貝爾伯德的眼珠中看到自己笑著的模樣。

真是的，我連笑起來也這麼帥啊。

凱爾看著陷入混亂和不安的貝爾伯德，繼續說了下去。

「我接下來打算要去見鯨族。」

就是你們這個祕密組織非常厭惡，很想要抓到的鯨族。

「我要見的還是有王族血統的鯨族。」

在貝爾伯德的臉變成一片慘白時，凱爾聽到了拉恩的報告。

—人類，這個劍士身上完全感應不到任何監視魔法，除了上次已經被移除的魔法裝置，就沒有其他的了。

這番話的意思就是，不管凱爾對貝爾伯德說了什麼，他說的話都不會有洩漏給祕密組織的風險。

「而且在那之後，我還要去見龍喔。你知道龍吧？」

貝爾伯德的臉色又變得更加難看，他當然還記得剛剛凱爾說過會帶著他一起行動。

此時，凱爾嘴角的笑意消失了。

「龍可是家喻戶曉的存在，既自私又狠毒。」

凱爾的腦中瞬間響起拉恩慌張的聲音。

—沒、沒那回事！你不要亂說！

「……當然也有不一樣的龍就是了。」

—沒錯！我就是喜歡拯救大家的善良龍！

聽著拉恩的話，凱爾強忍住想嘆氣的衝動，隨後和死死盯著自己看的貝爾伯德對上了眼。

「而且我這次要見的龍，可是非常愛惜世界樹和妖精的古龍喔。」

凱爾說完，便從椅子上站了起來。

貝爾伯德那一張臉已經不是慘白可以形容了，他看著俯視著自己的凱爾露出和藹溫柔的表情，不自覺地感到毛骨悚然。

凱爾稍微整理了一下衣服，隨後向貝爾伯德說了最後一句話。

「你就好好期待吧。」接著凱爾又對比克羅斯下了指示，「把他眼睛蒙起來，直接打暈吧。」

「要讓他麻痺嗎？」

「好啊。」

貝爾伯德的眼睛逐漸被黑色布條覆蓋，原本他還在想要踢腳掙扎或是大喊，不過想到凱爾那無情的眼神，他還是乖乖閉上了嘴，畢竟現在他就算想死也沒那麼容易。

被遮蔽視線的貝爾伯德接著聽到了凱爾和拷問官的對話。

「要堵住他的嘴嗎？」

「這是當然。」

「好的。」

「剩下的你自己看著辦吧。不要讓他死，但也不要讓他太自由，別做得太過火，知道了吧？」

「好的。」

貝爾伯德的嘴巴也被堵上，凱爾稍微瞄了一下他的模樣後，便轉過身去。

「走吧。」

聽到凱爾淡定的聲音，守護戰士和潘得利慢慢地點了點頭，兩名妖精用像是「竟然會有這種人」的眼神看著凱爾，不過凱爾只是聳了聳肩。他只是為了要在見到亞伯特王儲的阿姨，也就是黑暗妖精塔莎之前，能有一趟安靜舒適的旅途，才會稍微嚇唬一下貝爾伯德。

更何況我也不算是說謊啊。

凱爾看著呆站了好一陣子、和自己對上眼才趕快去打開地牢大門的潘得利，開口問道：「行李都收拾好了嗎？」

「是的。」

「那我們就能出發了。」

凱爾真正的新旅伴不是貝爾伯德，而是潘得利才對。

不過卻有人擋在了準備離開的凱爾一行人面前。

這段時間凱爾在妖精村行動都相當低調，因此幾乎沒有和村裡的妖精碰過面。

「您、您真的是有龍庇佑的人嗎？」

嗚嗚嗡——

好幾個以半透明型態實體化的精靈，在凱爾的眼前大肆飛來飛去。凱爾看著向自己提出問題的妖精，在這名妖精的後方還有好幾人眼中充滿期待，甚至是用狂熱的眼神緊緊盯著他看。

真麻煩啊。

凱爾覺得一個頭兩個大。

妖精先主動接近人類的情況可說是極度罕見，撇開所謂的優越感不談，主要是他們也認為沒有非得接觸人類的理由。不過現在十指山妖精村的妖精有了理由，而且是非常積極地想靠近這名人類，這名人類正是凱爾。

「請問您不方便回答嗎？」

面對站在最前方盯著自己看的妖精，凱爾企圖避開視線。偏偏站在最前面的兩名妖精是一名老奶奶帶著小孩，凱爾為難地看向了妖精族長卡娜莉亞。

我明明有說過希望能安靜地離開啊！

卡娜莉亞露出了溫柔的微笑，這看在凱爾眼中卻非常可恨，不過這次的事其實並不是她的錯。

「真的非常抱歉，我明明只有跟我的家人說呀。」

凱爾聽到這句道歉後轉過了頭，潘得利則露出了感到慚愧的表情，似乎很不知所措。他們離開村子的時間和地點會曝光，就是潘得利造成的，不過他也只是跟家人們交代出發的時間地點，所以也不能完全怪在他身上。

真是的，既然事情都變成這樣了……

凱爾心想，至少拉恩現身接受妖精歌頌讚揚的最壞情況已經成功避免了，現在他決定選擇次優方案——如果讓妖精都留下很好的印象，之後要使喚他們做些什麼，應該比較容易吧？

「別這麼說，沒什麼好抱歉的。」

凱爾嘴角掛上了親切的笑容，看到這個微笑潘得利終於鬆了一口氣。不過另一頭，凱爾一行人則是有默契地不拆穿凱爾這個裝出來的笑容。

凱爾和握著妖精奶奶的手的妖精小孩對上了眼，「不會不方便回答。」

他的語氣中充滿對小孩子的和藹親切，同時他回想起剛剛這名妖精小孩的問題。

「您、您真的是有龍庇佑的人嗎？」

想知道這答案的妖精和精靈都來到了此處，大部分妖精都大剌剌地盯著凱爾看，也有人在比較後面不經意地瞄往這邊。至於精靈則是閃爍著光芒，不斷喃喃自語著什麼，不過凱爾完全聽不到精靈在說些什麼。

然而妖精卻都聽得到。

「這名人類得到非常強大的力量庇護！」

「這似乎就是龍的氣息，我還是第一次感應到龍大人的氣息！這是我『精靈生』中最重要的一個紀錄啊！」

「老天啊，這名人類身上有非常多自然的力量。火、水、風、木，都各自以不同型態存在他身上！」

「不只如此，還有一個這些屬性以外的自然之力！」

精靈都陷入了瘋狂，每個精靈都在興奮大喊著。

「我第一次看到這種人類！他明明不是精靈師也不是妖精啊！」

「他是值得龍大人喜愛的人類！畢竟古代之力還有大自然也都很喜歡他！」

「真是罕見的人類啊！」

聽到這些話的妖精們眼神也越來越狂熱，不斷湧向了凱爾的位置，連族長和守護戰士也加入他們的行列，不過無法聽到精靈說話的潘得利卻不知道他們為什麼越來越瘋狂，聽不到的凱爾同樣也一頭霧水。

凱爾隨後便回答妖精小孩的問題：「龍正在守護著脆弱的我呢。」

哇！

現場到處都傳出了驚嘆的聲音，這一瞬間，今天也緊緊貼在凱爾背後、透明化的那個生物——黑龍拉恩的聲音，在凱爾腦中響起。

—脆弱的人類，你很清楚嘛！

凱爾直接把拉恩的調侃當作耳邊風，接著眯起雙眼對妖精小孩笑了笑，不過這微笑卻因為小孩接下來的話而僵了一下。

「哇！好羨慕喔！真是太棒了！超帥的！」

妖精小孩先是一連三句稱讚，接著凱爾又聽到他講了一大串話。

「您那三天躺在世界樹的庭園，就是那片花田！您躺在那裡的時候，我本來很想去探望您的！但您的部下不讓我進去，所以才不能去看您。我還是第一次看到那麼可怕……不對，是那麼強大的護衛！人類王室的騎士團應該也沒有這麼厲害！」

妖精小孩在和凱爾說話的同時，也偷偷瞄了幾眼在後方的一行人，隨後似乎還因為太害怕而打了個冷顫，妖精就是這麼看待人類的。

到底那三天這些傢伙是怎麼守護我的啊？

凱爾突然覺得，自己沒在村子裡遇到妖精，該不會不是因為他保持低調，而是因為他暈倒的那三天裡，他們一行人的舉動太過嚇人，妖精們才自動迴避？今天則是為了替潘得利送行，才會毫不畏懼地聚在這裡。

凱爾解決完這名妖精小孩的問題後，又回答了幾個人的問題，提問的大部分都是小孩。

「龍大人是什麼樣的龍呢？」

拉恩用前爪戳了戳露出和藹笑容的凱爾。

「我很偉大。」

「當然是很偉大啊。」

凱爾照著拉恩的指示回答，既然事情都發展成這樣了，就把自己塑造成受到偉大的龍庇佑的超幸運人類，應該也不錯？凱爾彷彿聽到了電玩遊戲中那種好感度提高的音效。

「哇！一定很帥氣吧！」

聽到小孩這個提問，拉恩當然先在凱爾腦中搶答。

——我可是又帥又美。

「牠可是又帥又美呢。」

「哇塞！」

妖精小孩們不斷發出驚嘆聲，成年妖精們則是面上一副「本來就是這樣」的平靜模樣，卻也難掩心中興奮。

凱爾對眼前的狀況感到無言，要是龍真的出現在他們眼前，他們大概會開心到暈過去，同時還不斷拍著手。

「龍大人的力量很強大吧？」

—沒有比我還要強大的存在了。

同樣是拉恩先回答。

「那是當然的，牠可是有著偉大的力量呢。」

現在的凱爾就像是發條玩偶一樣，用始終如一的親切語氣回答著孩子們的問題，他腦中拉恩的聲音也越來越大。

—果然我就是最偉大的拉恩．米樂！我還多長了一歲呢！

凱爾覺得周遭實在太吵了，頭真的痛到不行，他抓住機會向隨從羅恩使了使眼色，羅恩便悄悄地和崔漢一起走到前方開出了一條路，凱爾則順著這條路開始往妖精村的入口走去。

這時，跟著凱爾走的妖精小孩之間，一名年長的妖精開了口。

「我真的很想見龍大人一面，請問有沒有這個榮幸呢？」

—現在當然可以啊！

拉恩興奮地說道。

誰說可以的？

凱爾完全沒打算讓妖精看到龍的本尊，就算要讓他們見面，也要留到之後對自己有好處的狀況，才要用來當交換籌碼。現階段而言，只要讓他們知道自己和龍的關係非常緊密就好。

凱爾停下腳步，稍稍張開了雙臂，妖精們也跟著停了下來，也有人站在比較遠的地方看著凱爾。

隨後凱爾用冷靜的語氣開了口：「各位沒有感覺到這偉大龍大人的氣息嗎？這股偉大的力量，我相信如此親近大自然的各位，一定都能夠感應到！」

當然，要有一定程度歷練的妖精和精靈，才能感應到凱爾周圍隱約有一股強大的力量。呈現如同解除戰鬥狀態的龍，沒有暴露出太多力量，而是愜意地在凱爾周遭飛舞。不過妖精都認為，龍一定是瘋了才會跟著一名人類，甚至還刻意躲起來。所以他們都主觀地認為，凱爾頂多是被龍的庇佑包圍，或是有一層防護罩之類的。

凱爾對著點點頭的妖精們繼續說道：「我會向龍大人好好報告，下次要是有機會，我會替各位安排能和龍大人見面說話的機會！」

妖精們一聽，立刻抬起頭，凱爾則是換上了陰沉的表情說道。

「不過現在……現在的話，各位一定也很清楚，各位的村子面臨困難的狀況，外頭各處也頻繁發生非常恐怖的事情，所以我必須盡快離開。」

幾名妖精像是同意一樣，點點頭，他們都是沒有靠近，只站在遠處看著凱爾的妖精。

現在村子變得滿目瘡痍，他們突然被盯上世界樹樹枝的敵人攻擊，好不容易才解決了這個問題，但在這樣的情況下，村裡的大家卻還只顧著讚揚這名人類，甚至還不是讚揚龍大人。剛剛點頭的妖精們並不認同這些妖精的態度。當然，這名人類獲得龍的庇佑，因此尊重並認可他並沒有錯，但現在村子裡實在不該是這麼熱鬧的氣氛。

所以凱爾剛剛說的話才讓這群妖精認同，也讓他們再度深切感受到，就是眼前這名人類將他們從危機中解救出來。

凱爾整個人繼續散發出沉重的氛圍，嘴角掛上淡淡微笑的他看起來就像是承擔了什麼重大的責任，他也開口說出了這份責任是什麼。

「我還有很多事情要去做，就是老天賦予我要完成的任務。」

聽到這句話，成年妖精們表情都僵住了，就算沒有明說，他們似乎也能猜到凱爾要做的是些什麼樣的事，一如拯救了妖精村這件事。而且從族長卡娜莉亞那裡聽說過，凱爾過去也有大大小小的事蹟，總是犧牲自己去幫助別人，卻不要求任何實質回報。

凱爾能感覺到現場狂熱的氣氛逐漸平靜下來，他也幾乎能確定現在妖精對他的好感度越來越高。

我的確有很多事要做啊。

當然啦，真的有很多事等著凱爾去做，像是去騙湯卡，好好大賺一筆，還有很多要見上一面的人之類的。雖然這些事情的順序會如何安排還不確定，反正都算是他的待辦事項。

「很榮幸能見到如此親近大自然的各位妖精，但我真的必須離開了。」

妖精小孩們雖然還是對凱爾很好奇，想再多問一些問題，不過成年妖精都默默地阻止了孩子們，讓出一條路給凱爾走。

凱爾回頭看了看剛剛跟著自己停下腳步的伙伴。同時身為妖精和治療師的潘得利一臉感動的表情，但是比克羅斯和羅恩，還有貓咪們似乎都用盡全力才忍住不翻白眼，維持著面無表情的狀態，至於崔漢和拉克則似乎同意凱爾的一番話，正點著頭。

—人類啊，就是這樣我才沒辦法放你一個人不管！明明就是沒用的脆弱人類，還要管這麼多閒事！

拉恩說話越來越浮誇這件事，凱爾也已經習慣了，索性直接裝作沒聽到。他再度邁開了步伐，卻馬上又停了下來。

咦？

剛剛還唯恐狀況不夠亂、在空中到處亂飛的半透明精靈，現在整齊地排成一列，就像是照明燈一樣，替凱爾點亮了前往村子入口的路，同時這些精靈似乎都在不斷說著些什麼，不過凱爾卻聽不到，索性直接朝入口走了過去。

「他真的是很不錯的人類，真可惜他不是精靈師，本來想把我朋友介紹給他的說。」

「他讓我想起以前聽媽媽說過的古代英雄人物，他們也是這樣的人！」

「他真的是很善良的人，雖然一開始還有點懷疑，不過他的確散發出非常善良的氣息。」

要是凱爾聽到這些話，大概會瘋狂翻白眼，不過聽得見精靈說話的妖精們，卻對這些話沒有一絲反對或嘲諷，倒是妖精族長卡娜莉亞用微妙的表情站在入口等著凱爾。

「族長大人，那我就先走了。」

卡娜莉亞聽到後沒有發表道別之語，而是用其他話來代替，「凱爾少爺，您的家族是位於西大陸的東北部吧？」

「……是這樣沒錯。」

卡娜莉亞發現凱爾眼中出現了一絲警戒，看到這副模樣的她終於笑了出來，比起剛剛那副刻意的「親切樣」，卡娜莉亞覺得現在的凱爾比較真實。

「少爺，我想您應該也知道自己現在還沒有地面屬性的力量。這個壚韵王國正是岩石之國，有著最強大的地面之力，因為地面屬性最強大的型態，就是岩石。」

凱爾直率地看著卡娜莉亞，毫不掩飾情緒。

所以咧？

凱爾覺得沒有必要再獲得一個力量，要是再獲得了地面之力，那就等於湊齊了代表著大自然的五種屬性，這一聽就覺得未來的日子會非常不平靜。

只見對方小心翼翼地從懷中拿出了一本包裝好的書遞了過去，但凱爾沒有收下，而是一副「那是什麼」的表情看著她。

卡娜莉亞便開口解釋：「這本書記載著和地面之力有關的古代傳說，是一本相當古老的書籍，我們妖精族完全無法理解裡頭寫的傳說有什麼意義，不過對您來說，可能是有用的東西也不一定。」

凱爾看了看卡娜莉亞遞過來的這本書。

古代傳說？

這讓他更不想收下了，他根本不需要啊。

不過卡娜莉亞接下來的話，讓凱爾瞪大了雙眼。

「這個傳說其實很好笑，某個英雄擁有非常強大的破壞力，不過他卻非常愛錢。這個傳說就是關於那名英雄死掉後，又有另一名英雄找回他的財產並加以保管的故事。」

卡娜莉亞不屑地笑了笑。

「英雄怎麼可能會視錢如命呢？而且他還是一位拯救了冰凍世界的偉大英雄，他對任何的權力、爵位或是名譽都毫無繼棧，這樣的人怎麼可能會把蒐集錢財當作興趣？您不覺得這非常不合理嗎？」

卡娜莉亞就像是要凱爾同意這番話一般盯著他看。

察覺到對方的眼神，凱爾同樣也噗嗤一笑並點了點頭。

「就是說啊，英雄怎麼可能會那樣呢？畢竟古代傳說本來就是參雜著真真假假的故事吧。」

「那倒是。總之，這本書是關於那名愛錢的英雄亦敵亦友的另一名英雄的傳說故事，而他使用的就是地面之力。」

看著伸出了手卻一臉苦惱的凱爾，卡娜莉亞直接把這本書放在了他的手掌上。

「其實我不認為光靠這本書就能找到古代之力，不過這本書對我們來說沒有用，倒是有可能幫助到拯救了我們妖精村的凱爾少爺您，所以才想把這本書送給您。」

「這應該是很珍貴的書籍吧？」

「其實並不是。」

卡娜莉亞原本想說要不要形容得誇張一點，最後還是選擇實話實說。

「其實，妖精有一個倉庫，專門堆放著派不上用場的東西。這本書原本放在裡面，我突然想起來才拿過來給您。」

儘管這樣說，但其實卡娜莉亞覺得這本書應該也幫不上凱爾什麼忙，因為她曾去過這本書上寫的地點，卻什麼都沒找到。

不過這個人運氣這麼好。

得到古代之力的人據說都是天註定的，也就是要有天大的好運才行，而眼前這名人類運氣好到可以擁有五個古代之力，因此卡娜莉亞才覺得把書交給他可能會有幫助。

凱爾似乎感到有些壓力，露出了為難的表情，但還是收下了這本書。

「嗯……既然您說妖精村用不到這本書，那我就先收下了，畢竟我也不好拒絕您這番好意。不過，古代之力也不是說想得到就能找到的力量。」

「確實如此，要有天大的好運才能獲得啊。反正這本書寫著這麼好笑的傳說故事，您讀了應該也會覺得很有趣。」

「好的，那我就收下了。」

凱爾慢條斯理地將書收進懷中，隨後和卡娜莉亞握了握手。

「族長大人，有緣的話就下次再見了！」

「當然了，我很希望能一起見到您和龍大人呢。」

—族長，我在這裡呀！

凱爾直接無視拉恩的大喊，又和妖精族長寒暄了幾句，氣氛看起來相當溫馨。感受著懷裡那本書，凱爾再度陷入思考。

看來破壞之火會出現在這座妖精村附近，不是沒有原因的。

凱爾認為，可能是因為這座妖精村裡有這本古書，所以破壞之火才會出現在這座村子附近，雖然世界上經常發生許多沒有道理的事，不過大部分都還是有前因後果的。

凱爾想起了族長曾」說過的話。

「英雄怎麼可能會視錢如命呢？而且他還是一位拯救了冰凍世界的偉大英雄，他對任何的權力、爵位或是名譽都毫無戀棧，這樣的人怎麼可能會把蒐集錢財當作興趣？您不覺得這非常不合理嗎？」

當然合理啊，怎麼會不合理？

凱爾不久前才剛撒了一堆錢給那名英雄呢，他心裡很確定，這本書中提到視錢如命的英雄，就是「破壞之火」的主人。而和這名英雄亦敵亦友的，大概就是「可怕的小石頭」主人了。正確來說，地面系中比較低階的屬性就是岩石，不過確實是屬於地面之力就是了。

所以破壞之火主人的錢是被可怕的小石頭的主人拿走了嗎？

凱爾的心臟開始興奮地跳動，不過不是因為想到古代之力，而是那一筆錢。如果想要古代之力的話，也可以順便獲得，拿不到的話也沒差——

應該也可以把錢拿走就好吧？

凱爾嘴角抖了一下，他努力將上揚的嘴角壓了下去，隨後向族長進行最後的道別。

「那我就先走一步了。」

「好的，祝您一路順風。」

凱爾走出了妖精村的入口兼出口，隨後往施了幻象魔法的半透明帷幕走去，一行人也跟在他後方。

時隔好幾天，凱爾終於離開了妖精村。他暫時停下了腳步，環顧了妖精村警戒線外的狀況，也就是防護牆所在的地方。

「唉。」

凱爾忍不住嘆了口氣。

聽到這聲嘆息，一行人悄悄地將視線移往了遠方的山峰，崔漢和拉克假咳了幾聲後低下頭，羅恩和比克羅斯則是非常淡定，氤和紅在崔漢懷裡喵喵叫了幾聲，同樣看往了遠處的山。

——人類，你有看到我們偉大戰鬥的痕跡嗎？通通都被我粉碎掉了呢！

是啊，全都碎了。

凱爾聽著拉恩自豪的語氣，終於知道為什麼連妖精族長也要加入重建村莊的行列，看到眼前光景，就能明白狀況有多慘。

樹木都被連根拔起，斷成好幾截，地面也到處都是坑洞，好幾塊岩石則像被刀刃或劍氣砍到，碎成了好幾塊。

不過凱爾看著眼前的景象，卻沒有立場去責罵大家。

——人類，你施展的紅色閃電留下最大的坑洞耶！看到了嗎？雖然說是很不錯的力量，但下次不要再用了！

因為凱爾自己造成的破壞是最嚴重的，整座山谷就像是被打到瘀青，出現一大片圓形的焦黑土地，而且上頭沒有任何東西存活下來。

凱爾看著遠處的山峰，對著一行人開了口：「走吧。」

在使出古代之力——風之聲離開山谷之前，凱爾問了問比克羅斯：「不會太重吧？」

「不會。」

比克羅斯正揹著眼睛、耳朵和嘴巴都被封住的貝爾伯德，不過他似乎一點都不覺得重，看起來很輕鬆。而什麼都聽不到、看不到的貝爾伯德，現在也是暈厥的狀態。

凱爾在確定一行人都準備好後，便離開了山谷，他要前往的就是布羅克村，因為移動速度很快，所以馬上就抵達了村子。

不過因為有貝爾伯德在，他們沒有直接進村，而是在山腳下先停了下來。

「凱爾少爺！」

副管家漢斯對著凱爾彎腰鞠躬問候，氤和紅兩隻小貓立刻跳進他的懷中，凱爾逕自走過了漢斯，對著另一人伸出了手。

「我們大概三個月沒見了吧？」

「就是說呀，凱爾少爺。」

從柏雷王國回來的蘿絲琳露出了開心的微笑，她看到凱爾的眼神似乎在詢問「結果如何」，便從懷中拿出了一張紙。紙上寫著，當戰爭爆發時，蘿絲琳就將正式成為柏雷王國和爐韵王國的魔法師聯盟領導人。

凱爾笑著對蘿絲琳說：「蘿絲琳小姐，妳平安回來了呢。」

「我就是想聽到這句話。」

蘿絲琳和凱爾一樣在笑著，凱爾放開她手，隨後向漢斯下達了指示，他們要先和黑暗妖精塔莎見一面。

「漢斯，先去首都一趟吧。」

chapter 026

真高興見到你

凱爾和黑暗妖精塔莎約好見面的地方，是首都城外的一座旅館。

「地下室完全改造過了呢。」

去年就是在這座旅館將手環交給亞伯特王儲的。凱爾聽王儲說過，他已經將這裡買了下來。現在這棟建築表面上還是一座旅館，地下則變成了給魔法師們使用的據點之一。

有真多魔法師呢。

地下總共有三層，大概有三十名魔法師正在這裡忙進忙出。當然，他們看到凱爾一行人時，先是身體猛然一震，隨後看到蘿絲琳才鄭重地打了招呼，接著快步離開。

由於這是正在祕密進行的事情，這個地下設施裡布滿著最強的防禦魔法，以保護各種高級的魔法裝置。

個子和凱爾差不多高的塔莎稍微將頭靠向凱爾，開口問道：「凱爾少爺，您不覺得這裡還挺不錯的嗎？」

塔莎那帶有笑意的眼神，還能看出一絲淘氣和自信。凱爾聽出她那像是開玩笑的語氣，也跟著笑著附和。

「比起這裡，我覺得還是我們領主城堡比較好。」

「哎唷，那哪能比啦。」

塔莎聽到凱爾的話，揮了揮手笑出來，心想他還真會說笑呢。

這個地方是由威波王國中相當有實力，卻選擇隱居的魔法師們打造出來的空間，現在壚韵王國中沒有任何一個地方的魔法裝置設備比這裡好。就算凱爾很喜愛自己的領地，塔莎也能確定剛剛凱爾說的就是一句玩笑。

「凱爾少爺，不論怎麼說，這裡還是比領主城堡好上許多啊！當然啦，這裡雖然不是魔法師的主要據點，但最新的魔法裝置應有盡有呢。凱爾少爺您也知道，現在魔法裝置可是非常稀少，甚至可能會停產呢！不過倒是有一名神祕的商人，不知道從哪裡找來魔法裝置販賣，市場都被他壟斷了。」

在這樣的狀況下，亞伯特王儲現在為了應對戰爭的到來，正開始打造魔法裝置的製造設施，而現在做的這些事情，未來也很有可能會派上用場。

塔莎非常清楚這件事，心中充滿自信地看向了凱爾，不過她卻漸漸感覺到不尋常之處，因為凱爾直直盯著自己看的眼神雖然有玩笑的成分，神情卻也有幾分認真，塔莎接著將視線移往過去這幾個月很常見到的魔法師蘿絲琳身上。

咦？

塔莎愣了一下，因為蘿絲琳正露出為難的微笑，看到她這副模樣，塔莎又看向了其他凱爾的伙伴，比克羅斯正揹著因為被麻痺而微微顫抖的貝爾伯德，旁邊還站著羅恩、崔漢以及貓族氳和紅，他們所有人都非常淡定。不，應該說他們臉上沒有一絲表情地觀察著室內，看到他們冷酷的表情，塔莎又看向了凱爾，他臉上露出燦爛的笑容，這讓塔莎不敢置信地開了口。

「呃，那個，凱爾少爺，您是認真……」

海尼特斯領地城堡中的魔法裝置真的更多、更高級嗎？

眼看塔莎沒辦法問出完整的問句，凱爾若無其事地開口回答。

「我剛剛就說過了啊。」

蘿絲琳也點點頭，同意這番話。

「唉。」塔莎嘆了一口氣。

壚韵王國可說是最不擅長使用魔法的國家了。

但在壚韵王國最角落的海尼特斯領地，竟然有最新、最頂級的魔法裝置？

塔莎依舊無法相信。

這時，凱爾靠了過來，在她的耳邊說起了悄悄話。

「王儲殿下不是有叫我幫他找來一部分的魔塔設計圖嗎？」

這件事其實是最高機密，塔莎聽到後瞬間瞪大了雙眼，隨後又馬上恢復原貌，接著她調整了一下原本僵住的表情，開始笑了起來，似乎覺得這一切很荒謬。

「哈，哈哈哈！」塔莎順了順自己的長髮，隨後問凱爾，「我還想說他是從哪找來的，原來就是凱爾少爺的功勞啊！」

「就別說這些不重要的話了。」

凱爾似乎覺得這沒什麼，就這樣帶過了話題，不過他其實真的這麼想，他可是要去摧毀魔塔的人呢，怎麼可能拿不到設計圖。

現在海尼特斯領地中的城牆和領主城堡快要完工了，要放在那裡的魔法裝置目前全部由蘿絲琳負責保管，不過實際上大部分都是拉恩做出來的。

我可不是白白給牠十枚銀幣的。

這段時間凱爾定期給拉恩的零用錢，其實並不是白白給牠的。凱爾要讓拉恩幫忙做放在城堡和船上的魔法裝置，才會給牠零用錢，理財觀念從小教起比較好嘛。

「凱爾少爺，我還真想去看看海尼特斯城堡呢。」

「現在還在施工的最後階段，等完工之後歡迎來參觀。」

「那就這麼說定囉？」

凱爾點了點頭回答：「當然啊，也把梅里一起帶來吧。」

希望她能把好用的人手一起帶來。

塔莎聽了之後，發出像是嘆息的笑聲，隨後用力地點點頭。

「那是當然的，現在我就正式向您介紹這裡的環境吧。」

塔莎的視線移往了正被比克羅斯揹著的貝爾伯德，她看著這名眼睛、耳朵都被遮住的人好一陣子，隨後又看向了凱爾。

「我們在地牢的部分花了不少錢，囚犯絕對逃不出那裡的。」

塔莎用冷酷的語氣說了這句話，儘管現在她戴著魔法變裝項鍊改變了外貌，不過還是能隱約看到她那身為黑暗妖精戰士特有的黑眼珠和黑髮。

「這樣啊？我們那裡也正在補強監牢的設施，真好奇這裡做得如何。」

雖然只有一瞬間，不過剛剛塔莎那番陰沉的話的確流露出黑暗妖精戰士的氣勢，但凱爾也沒有大驚小怪，只是輕鬆帶過，他就這樣神色自若地跟著塔莎一路來到地下三樓，走向最深處。

接著，凱爾走進了其中一間牢房。

「還滿舒適的耶。」

「沒錯吧？那個人在這裡也會過得滿舒服的。」

凱爾環顧了地牢中的這間牢房，整座監獄有好幾個房間，這個位於最深處的牢房和其他間不同，非常寬敞舒適，甚至看起來就像一般旅館的房間。更特別的是，所有邊邊角角都是圓弧狀，似乎就是為了防止住在裡頭的人自盡。

凱爾看出了他們這麼做的意圖，「看來這不是為了折磨肉體，而是要摧殘囚犯的心靈啊。」

塔莎聽聞後點了點頭表示認同，被關進這裡的不會是一般的罪犯，而是發動恐怖攻擊的組織中擁有一定階級的成員，因此可不能只像普通犯人一樣對待他們。

「嘖。」

凱爾咂了咂嘴，朝比克羅斯使了個眼色示意。

比克羅斯將貝爾伯德放上沙發，接著把遮住他眼睛的布條和堵住他耳朵的塞子扯了下來。貝爾伯德身上的麻痺毒還沒有完全退去，全身依舊顫抖，不過現在他必須睜開眼了。

「睜開眼。」比克羅斯冷酷地開了口。

好不容易睜開眼的貝爾伯德，看到的是一個看似舒適卻非常陌生的空間，他全身依舊被鐵鍊綁得死死的，同時還感覺到很多雙眼睛在俯視著自己。

塔莎明明聽說貝爾伯德身上受了很嚴重的傷，不過現在他的狀態看起來還算不錯，她有些疑惑地看向凱爾。

凱爾開口解釋：「他的下半身已經癱瘓了，不過我們有幫他治療其他比較小的傷口。」

「果然凱爾少爺您就是心太軟了！」塔莎邊說邊搖了搖頭。

眼前這幅景象讓貝爾伯德無言以對，明明自己每天都被下了不足以喪命的毒，只不過剛好因為比克羅斯正在學習毒素相關的東西，才會替他治療。

而凱爾對比克羅斯這樣替父親左手臂報仇的行徑，則裝作毫不知情。

塔莎心想著怎麼會有像凱爾這麼心軟的人，用溫暖的眼神看著他，不過凱爾無視了她的視線，隨後塔莎才又看向貝爾伯德，接著她聽到了凱爾的聲音。

「如果要對他進行精神拷問的話，要不要介紹個專家給你們呢？」

被死神教會逐出教門的神官凱奇，她就是精神拷問的專家。

「不必麻煩了，我們也有我們自己的手段。」

凱爾看著塔莎拒絕之後對貝爾伯德露出燦爛笑容，果然她不是什麼平凡的黑暗妖精，亞伯特王儲私底下會把事情都交給她處理，果然其來有自。

「以後我們多多對話交流吧。」

塔莎用輕快的語氣向貝爾伯德開口，聽起來卻讓人起雞皮疙瘩。

貝爾伯德似乎也發現事情很不妙，嚇得臉色發白。

看著眼前這幅景象，凱爾用眼神示意大家出去。

塔莎也跟著站了起來，往牢房外頭走去，她在確認凱爾一行人都出來了之後，指示部下好好看著地牢大門，隨後便帶著凱爾一行人回到地面。

塔莎沿著階梯往上前進時，不經意地提問：「您覺得妖精怎麼樣呢？」

這個問題透露出塔莎的好奇心，同時也隱含著一點莫名的防備心。

凱爾今天將副管家漢斯和治療師潘得利留在另一家旅館，沒讓他們一起過來的原因，就是因為妖精和黑暗妖精之間的尷尬關係。

凱爾裝作不知道他們兩族間的嫌隙，若無其事地開口回答：「妖精不就是妖精嗎？」

「嗯，這樣啊？您幫他們守住了世界樹的樹枝，想必凱爾少爺已經成了他們一輩子的大恩人了。」

「畢竟當時還有拉恩在場嘛。」

塔莎聽到拉恩，也就是龍也在場的事，立刻就了解他的話中含義，她發出了一聲驚嘆，隨後點了點頭。

「看來，凱爾少爺您在那裡已經相當於教團中聖子的地位了。」

凱爾一時之間還真的想不到有什麼可以反駁的話。塔莎看著沒有說話，似乎默認的凱爾，接著又隱晦地開了口詢問。

「您到底是要把什麼賣給威波王國，才讓亞伯特一個人笑成那樣呢？」

「王儲殿下一個人笑得很開心嗎？」

感覺就非常毛骨悚然。

凱爾完全不想想像亞伯特王儲獨自一人狂笑的畫面。

「是啊，每次我去找他簽核文件時，他都說很期待凱爾少爺做的事，一個人笑得很開心呢。」

「確實是有可能會笑啦。」

塔莎看到凱爾臉上出現的笑容，和亞伯特非常相似，她在心裡再度確定這兩個人真的很像。

「看來不是對威波王國有利的事啊？」

「當然囉，我可是壚韵王國的子民。」

聽到凱爾隨口這麼回答，塔莎心中瞬間湧上一股安心感，不過她隱藏住自己那又少了一點擔憂的情緒，打開了通往地面的門，對凱爾說了加油打氣的話。

「希望您能順利解決所有事情，下次有機會再一起喝一杯吧！」

「好啊。」

凱爾一踏上地面，腦中馬上響起了拉恩的聲音。

—我們接下來要做的事，不就是詐騙嗎？

拉恩可是全程看到了凱爾和亞伯特王儲的對話，還有凱爾做的所有事。

才不是詐騙。

不是詐騙，不過是把東西賣他一半而已。

—反正我只要照你說的把魔塔摧毀，你就會給我十枚銀幣嗎？

凱爾聽到拉恩這充滿期待的聲音，忍不住笑了出來，隨後小小聲地開了口。

「我會給你一枚金幣喔。」

—哇，我的天呀！

黑龍發出驚嘆的同時，凱爾也開始想像了起來。

摧毀魔塔後要演出一場精彩的大秀，這齣舞臺劇一定會很有趣。

拉恩想像了好一陣子未來美好的生活，隨後又向凱爾開口提問，而這個問題讓正要搭上馬車離開這裡的凱爾暫時停下了腳步。

—我們現在就要去找大隻的鯨魚和老鼠了嗎？

凱爾點了點頭，隨後搭上了馬車。

不久後，凱爾一行人來到旅館接漢斯和潘得利，接著馬車便駛向壚韵王國的東北部海岸，要前往烏瓦爾領地的海軍基地。

時隔好幾個月再度來到烏瓦爾領地的海岸，凱爾慢慢環顧著四周，他派羅恩和比克羅斯去風之崖迎接鯨族之王繼承人——維媞拉。現在只有崔漢、拉克和潘得利跟著他一起行動，氳和紅似乎因為討厭水，就跟著漢斯先一起前往住處了。

—人類啊。

當然拉恩也跟在凱爾身邊。

—人類，那個啊，我說，就是那個啊！

拉恩叫了凱爾好幾次，不過卻無法把話說完，其實不只拉恩這樣。

「凱爾少爺。」

「呃，凱爾大人。」

「天啊……」

狼族少年拉克、崔漢還有治療師潘得利這三人，都看著同一個地方並做出了不同的反應，凱爾都聽在耳裡。儘管他們想要好好環視整座海軍基地，目光卻一直被位於某處的某個物體吸引走。

幸好海軍基地嚴格管制外部人員的進出。

因為亞伯特王儲高度戒備北方聯合軍的間諜，所以整座海軍基地實施非常嚴格的保全措施，而凱爾也非常慶幸這讓其他人沒辦法看到眼前的光景。

崔漢用手指了指被劃為海尼特斯領域的海岸，「凱爾大人，那、那個是船沒有錯吧？」

「對啊，是船。」

當然，凱爾也是第一次親眼看到這艘船的實體，過去只透過影像通話聽取幾次建造進度的報告而已。

崔漢露出覺得荒謬的表情，他看著眼前這艘大小驚人的船隻，呆站在原地喃喃自語了起來。

「怎麼看都知道那是海尼特斯家的船呢。」

淡定點頭的凱爾，或者該說是金綠秀，看到這艘即將完工的船後安心了不少，果然和自己認知中的那種「龜甲船」外觀不一樣，連崔漢也沒有聯想到韓國歷史中出現的龜甲船，他似乎只是對船的模樣感到相當驚訝而已。

這艘船和凱爾記憶中那種龜甲船不同，船頭的甲板相當寬敞，在船身的兩側則各有一個烏龜背甲造型的長橢圓形牆。

這兩個稍微往內部彎曲的背甲造型牆，裡頭可以放置魔法裝置，到時候就能從兩邊的烏龜背甲施展大量的魔法。

「唉。」

凱爾看著這艘船，忍不住嘆了口氣，看來他太小看父親和海尼特斯家族的財力了。

好一陣子沒有說話的拉恩，對著凱爾腦中傳了話。

—人、人類，那些全都是黃金嗎？那些黃色的東西都是金子嗎？在閃閃發亮的東西都是黃金沒錯吧？

崔漢同時也發出了驚嘆，「竟然是黃金烏龜啊。」

船身兩側的龜甲造型牆都是金黃色的，不只如此，在船頭還有一個氣勢非凡的黃金烏龜雕像矗立著，就連船上的桅杆也是烏龜造型，當然也是金色的。

整艘金色的船在豔陽的照射下金光閃閃。

「凱爾少爺，原來您是來自非常富有的家族啊！」超脫物欲的妖精潘得利，看到眼前巨大的黃金船也忍不住讚嘆。

凱爾看著一行人，為了防止這些人誤會，有必要先把話說清楚。

「我怕你們誤會，先跟你們說清楚。」

凱爾看著從海岸邊氣喘吁吁跑過來的鼠族矮人族混血——穆勒，以及正從風之崖走下來的維媞拉、羅恩和比克羅斯，隨後又再度看向了眼前的一行人，他們都在等凱爾說出接下來的話。

凱爾擺出認真的表情，用低沉的聲音開了口：「這些都是鍍金的。」

這些並非全都是黃金。

崔漢和潘得利瞬間露出慌張的表情看著凱爾，不過因為凱爾已經把要說的話說完了，便選擇直接無視他們，隨後向比穆勒還快抵達現場的鯨族之王繼承人——維媞拉打招呼。

「好久不見了呢。」

「就是說啊。凱爾少爺，這段時間您過得還好嗎？」

雖然維媞拉的語氣聽起來很開心，她的臉色卻不太好。

「我是過得不錯啦，但妳這表情看起來不太好耶。」

凱爾不喜歡繞一大圈講話，所以就開門見山地問了。

維媞拉似乎也早就知道凱爾會這樣問，點了點頭便開口回答：「因為人魚族的事情，我們偶然和東大陸有了一些交集。」

這一瞬間，羅恩和比克羅斯的視線立刻移往維媞拉身上，東大陸就是他們兩人的故鄉，同時也是凱爾未知的領域。

「我也因此得到了很多情報，不過其中有一些我們不太方便處理的事項，才想說要來見凱爾少爺一面。」

「妳是要拜託我什麼事情嗎？」

「不是要拜託您，而是想和您交換情報。」

他就知道會這樣。

鯨族會親自跑一趟來找他，絕對不會是因為什麼小事，但他也不能裝傻或視而不見，畢竟也要了解發生了什麼問題，才能避免被掃到颱風尾。

不過，凱爾已經猜到十之八九是祕密組織搞的鬼。他已經下定決心，要是鯨族接下來說的事讓他難以負擔，他就要立刻把事情推給亞伯特王儲、妖精或是金龍去處理。

「妳說說看吧。」

凱爾直直盯著維媞拉，似乎在暗示她快點解釋。

維媞拉看到凱爾的眼神後，小心翼翼地開了口：「給我們這項情報的，是曾被稱作東大陸最強大的種族。」

最強種族？

凱爾比起「最強種族」這個單字，反而更在意「曾被稱作」這個過去式的用法。儘管現場沒有颳著海風，他卻覺得背後一陣陰涼。

「就是因為那個祕密組織而面臨滅族危機的虎族，我和他們的巫師有了聯絡──」虎族啊。

凱爾已經聽不進去維媞拉說的其他話，聽到虎族這個單字，已經讓凱爾腦袋一片空白，呆站在原地眨了眨雙眼。

「……妳說虎族嗎？」

凱爾想確認有沒有聽錯，不過維媞拉似乎以為凱爾沒聽懂自己說的意思，便停下原本正在說的部分，回答了凱爾的問題。

「沒錯，就是虎族，也就是老虎族。」

這個名稱光是用聽的就知道一定是東大陸上最強的種族之一，而且他們族裡還有巫師，凱爾不禁在心中感嘆起來。

我是有什麼跟動物很有緣的八字嗎？

凱爾不知道為什麼他會和這麼多獸人族牽扯在一起，而且還剛好都是面臨危機的獸人族接二連三地找上門來。

我家又不是開獸醫診所的。

凱爾看了看周圍的情況，羅恩和比克羅斯已經站在他和維媞拉身邊戒護，隨時注意有沒有其他陌生人靠過來，果然這對父子很會察言觀色。

凱爾再度將視線移回維媞拉身上，「那麼妳說想和我們交換的情報是什麼呢？」

鯨族之王繼承人——維媞拉在聽到凱爾這句話後，用舌頭稍微舔了舔嘴唇，凱爾一副不太有興趣的模樣讓她緊張到有點口乾舌燥。

不過另一頭凱爾其實腦袋已經陷入一片混亂。

連老虎也要來參一腳，根本是動物大混戰了。

凱爾決定暫時不要再去想像那些嚇人的畫面，接著聽到了維媞拉的聲音。

「其實也說不上是真的要跟您交換什麼重要的情報，凱爾少爺您不用特別給我們什麼情報，我們只是想分享一些資訊而已。」

聽到這番話，凱爾臉上出現了微妙的表情，天下可沒有白吃的午餐啊。

凱爾繼續直直盯著維媞拉看，接著開口說道：「妳就先說說看吧。」

維媞拉點了點頭，隨後便開始說起她在東大陸海岸偵察時獲得的情報。

「之前凱爾少爺您提過那個叫作『黯』的組織，他們已經完全掌控了東大陸的黑市。」

侍從羅恩的視線從維媞拉身上，移到了她正在說話的嘴巴。

「而虎族發在蒐集相關情報後，確定有非常多實力高強的組織成員已經偷偷來到西大陸上了。」

凱爾點了點頭，他想也是。

畢竟魔槍士，還有金髮的劍術大師，全都是難得一見的強者。

「然後他們也發現，『黯』的眾多戰鬥團當中，最核心的第一戰鬥團似乎也在準備進行大規模移動。」

嗯？

原本下意識邊聽邊點頭的凱爾，突然愣了一下。

「妳說什麼？」

她剛剛說什麼要過來了？

「就是第一戰鬥團，據說他們全體準備要開始移動了。」

「……移動去哪？」

「來這裡。」

「西大陸嗎？」

「沒錯，他們要來西大陸。」

天啊。

比想像中還要嚴重的消息，讓凱爾一時之間不知道該說什麼，接著後腦勺也漸漸發冷起來，他下意識伸手摸了摸脖子後方。

維媞拉捕捉到了凱爾臉上一閃而過的擔憂。

果然，我就知道他會擔心。

維媞拉看著似乎很擔心西大陸而表情相當凝重的凱爾，心中湧現一股暖流。

不過其實凱爾不是擔心西大陸，而是在擔心他自己。

「凱爾少爺，所以我說啊。」

「所以我說」？她還有話沒說完嗎？

凱爾覺得眼前這個帶來他根本不想得知的情報的維媞拉，就像是一個不定時炸彈。

而維媞拉看到凱爾眼神中的擔憂，似乎想讓他稍微安心一點，溫柔地開了口。

「我們和虎族正隨時監控著他們的動向，虎族認為他們進行大規模移動的時間點，應該會落在今年冬天。」

凱爾撇了撇嘴角。

虎族好不容易才逃過滅族危機，為什麼還這樣自找麻煩啊？他們是打算向祕密組織復仇嗎？

「而虎族在跟我們說這個情報時，也向我們提出了一個提案。」

凱爾總覺得聽到這個提案就會大事不妙，趕緊開口轉移話題。

「這樣啊，原來他們有提議啊！他們想從我身上獲得什麼情報呢？」

凱爾決定用肯定的語氣匆匆帶過，不過這並沒有用，維媞拉聽到凱爾的話後點了點頭，接著說了下去。

「那個提議的內容，就是當『黯』的第一戰鬥團搭船開始往西大陸移動後，等他們大概抵達大海中央時……」

凱爾皺起了眉頭，他的眼神看向了維媞拉的腰間。

啪啪。

維媞拉拍了拍放在她腰間的鞭子，用低沉的聲音繼續說了下去：「就把第一戰鬥團全部殲滅。」

凱爾嘆了長長一口氣，他終於知道祕密組織為什麼會派「黯」去和人魚族合作，還打算占據海上航道了，就是為了把東大陸的戰鬥人力調往西大陸嘛。

凱爾看著維媞拉輕輕拍打著鞭子的手，就像在彈鋼琴一樣，而她對他輕聲細語吐露的字句，內容卻宛如晴天霹靂一般。

「虎族說要把第一戰鬥團徹底殲滅，要讓他們在茫茫大海中消失得無影無蹤，當作是給那個組織一點教訓，也要順便抓幾個俘虜，看能問出什麼情報。」

「……這樣啊？」

「沒錯，是聽起來很讓人開心的計畫吧？呵呵。」

維媞拉輕快的笑聲迴盪在凱爾耳邊。

這些恐怖的傢伙。

祕密組織中有好幾個分支，「黯」就是其中一個，而黯底下的第一戰鬥團一定聚集著戰力最頂尖的高手，因此凱爾希望不要被扯進這場一定會掀起腥風血雨的海上激烈混戰。

凱爾再次開口提問：「所以，他們到底想從我這裡獲得什麼情報呢？」

「嗯……」

維媞拉並沒有立刻回答，而是先觀察一下凱爾的表情後，才又小心翼翼地開口。

「虎族在冬天到來之前，將一直偵察、監控那個組織的動向，而他們希望能以此為代價取得一個情報。老實說，我們鯨族也想向那個組織報仇，因此我們希望盡可能替虎族打聽到他們想要的情報。」

凱爾沒說話，而是繼續盯著維媞拉看，維媞拉則是用輕鬆的語氣開了口。

「其實並不是那麼難獲取的情報，而且凱爾少爺應該比我們還要了解那個知識。」

知識？

維媞拉的用字突然從「情報」換成了「知識」，讓凱爾隱藏不住滿臉的疑惑。

「必須要人煙稀少，而且氣溫越涼越好，然後還要是花草樹木繁茂的森林。尤其那如果是沒有任何勢力支配的地方，就更好了。同時，還要是和人類的世界距離不遠、能夠經常交流的廣闊區域。」

維媞拉滔滔不絕地說著這些話，凱爾卻是越聽越糊塗。

「為什麼要提到那種地方？」

「虎族想移居過去。」

「哦，想要移居啊，那也難怪——」

凱爾話說到一半發現不對勁，停下來看著維媞拉。

等等，她說那些老虎想要幹嘛？

「是啊，因為他們想移居，才會問我們有沒有那種地方。我想說不定凱爾少爺知道有什麼地方符合這些條件。」

凱爾頓時不知道該說什麼。

那種地方？

人煙稀少、沒有勢力介入、氣溫不要太冷但要夠涼、要有一片茂密的森林，而且還要方便跟人類交流往來。

維媞拉說的這些條件一一在凱爾腦中拼湊在一起，這時拉恩的聲音傳進了凱爾腦中，聽起來就像是即將拿到最高額獎金的參賽者在大喊搶答。

—我知道！闇黑森林！

不過凱爾直接無視了拉恩的搶答。

「這個嘛，目前我想不到有什麼合適的地點。」

為什麼凱爾要這樣回答呢？畢竟鯨族之王繼承人——維媞拉，不可能不知道有闇黑森林這個適合虎族居住的地方。她之所以會這麼問，不過是希望能直接從凱爾口中聽到這個答案而已。

「真的嗎？」

看吧。

現在再次向凱爾確認的維媞拉，臉上就是一副寫著「你應該知道吧」的表情，眼神看起就像是希望凱爾趕快說出她心中的答案一樣。

—人類，你不知道喔？我知道啊！你就照我說的重複一遍就好，闇、黑、森、林！

我、才、不、要！

「是啊，現在一時還真的想不到耶。」

凱爾自然地露出一副真的什麼都不知道的表情，怎麼看都覺得是真的。

維媞拉緊咬了嘴唇，隨後點了點頭。

「好的，那麼要是您有任何想法的話，可以再跟我們說嗎？」

「那是當然的了。」

凱爾當然是不會照她的話去做的。

要是我直接說出闇黑森林四個字，她一定就會拜託我讓虎族移居到那裡。
當然了，鯨族也是經歷過大風大浪的，不可能會什麼報酬都不給就厚臉皮地拜託別人，他們一定也會給出相對的回報，但凱爾完全不想接受。
虎族可是要向祕密組織復仇的，要是和他們牽扯在一起，不就等於直接坐上了過勞死的列車嗎？
不過北方騎士團攻下來的時候，有虎族在的話應該也會安心不少就是了。
但是不行的事就是不能通融，現在有狼族的戰鬥團就已經夠了。
在凱爾將思緒整理得差不多時，維媞拉又開口提了其他事情。
「對了，祕密組織似乎為了在大規模移動的時候避開我們鯨族，會事先派出幾個人尋找海上航道，並跨海來到西大陸。」
維媞拉用淡定的語氣說出這句話，凱爾也立刻開口回問。
「你們打算先觀察他們嗎？」
「是的，我們目前打算先好好觀察再說。」
先按兵不動只觀察的理由很簡單。
「是為了看他們到底要去哪嗎？」
「沒錯。」
我就知道是這樣。
鯨族最好奇的，應該就是祕密組織「黯」的成員到底打算要去哪裡。雖然那些「黯」的成員，一定不會一開始就立刻前往在西大陸上的根據地，但至少也能找到一些蛛絲馬跡。
「這樣啊，那就請你們——」
凱爾本來想說「好好觀察吧」、「辛苦了」來結束這場對話，不過他的雙頰卻出現了某種炙熱的感覺，讓他稍微瞄了一下周圍。

唉，真是的。

羅恩、比克羅斯、崔漢、拉克還有潘得利，所有戰鬥人力都在直直盯著凱爾看，要不是蘿絲琳、漢斯、氳和紅現在不在，他們應該也會做出一樣的舉動，全都是對那個組織懷有強烈怨恨的人們。

但還是太超過了吧？

凱爾眼前的伙伴對祕密組織的憤怒程度比以前還要高，讓他覺得有點奇怪，尤其是羅恩和崔漢的眼神可說是殺氣騰騰。

凱爾再度開了口：「好的，那就請你們好好觀察，你們應該也會跟我分享情報吧？」

「是的。」

「好。」

凱爾看到崔漢直盯著自己和維媞拉的眼神，那表情看起來就像是要拿著劍立刻大殺四方一樣。羅恩則是來回摸著他的短刀，看來這位老人家還沒忘記左手臂被砍下來的仇。

隨後膽小的凱爾又開口補充道：「咳咳，那麻煩從他們踏上西大陸土地開始，以及後來都去了哪裡，都要跟我說明。」

凱爾再度偷瞄了一下周遭，崔漢看起來很滿意地點了點頭，羅恩則是露出和藹的微笑，低聲喃喃自語。

「……應該要讓他們吐血吐到餓死的程度才對啊。」

幹嘛說那麼嚇人的話啦！

施展紅色閃電後，體驗過一邊吐血一邊餓肚子的凱爾，覺得這句話特別嚇人，全身寒毛都豎了起來。

隨後，凱爾也再度在心裡確定了一件事。像他這麼膽小的人，要和這群人好好相處果然是很困難的。

「那個，凱爾少爺。」

「怎麼了嗎？」

維媞拉伸手指向了凱爾的後方，凱爾看到她的動作也轉過了身，黃金烏龜船被陽光照射得閃閃發光。

「那艘是少爺的船嗎？」

維媞拉的聲音聽起來有點莫名的顫抖，凱爾沒發現她的異狀，點了點頭。

「是啊，正確來說應該是我們領地的船，妳馬上就看出來了啊？」

凱爾指向了站在稍遠處還不敢走過來的混血矮人族穆勒。

「就是那小子打造的船。」

凱爾對著穆勒勾了勾食指，示意要他過來，穆勒見狀也立刻氣喘吁吁地跑了過來。身為鼠族和矮人族混血的他，體型本來就矮矮胖胖的，現在似乎又變得更胖了一點，整個人圓滾滾的。

「凱爾少爺，您好嗎？這段日子您過得如何呢？」

一邊喘氣一邊隨口向凱爾問候的穆勒，似乎已經沒那麼怕凱爾了。

「哇哦。」凱爾先是驚嘆了一聲，比起先前那個動不動就發抖的模樣，現在好多了，「當然過得好啦，氳和紅也很想念你呢，下次再跟氳和紅一起吃個晚餐吧。」

「嗝——」

穆勒突然開始打嗝，他肩膀縮了起來，看起來畏縮了一點的他小心翼翼地向凱爾開了口。

「那、那兩位也有一起來嗎？」

「對啊，牠們很常提到你的事呢，見到你一定會很高興。」

穆勒的臉色變得蒼白，不過凱爾不想管他，直接向維媞拉介紹起穆勒。

「他是矮人族和鼠族的混血，是個手藝精湛的傢伙。你說是吧，穆勒？」

維媞拉和凱爾都把視線看向了穆勒，感覺到兩道視線的穆勒，先是被維媞拉的美貌震懾到愣了一下，隨後立刻激動地點點頭大喊。

「是的！這艘船預計將有最強大的攻擊能力，而且還有著具備未來感的造型，是一艘絕無僅有的頂尖船隻！」

維媞拉聽了之後點了點頭，在她看來，這艘黃金烏龜船的確有著頂尖的防禦能力，雖然不知道要怎麼提高攻擊力，但既然是凱爾委託打造的，想必這艘船也一定具備強大的攻擊能力。

凱爾少爺真有先見之明啊，竟然已經準備好應對海上戰爭。

維媞拉對總是走在前面的凱爾感到欽佩，「凱爾少爺果然很厲害呢。」

「我嗎？」

「是啊。」

穆勒看著凱爾和維媞拉又開始對話，便決定先閉上嘴巴，雖然他很想介紹這艘船「最強的防禦就是先發制人攻擊」的概念，不過現在插不上話。

這時凱爾向穆勒丟出了一個問題：「別墅的設計圖呢？」

「啊，已經快要完成了！」

凱爾聽到後動了動眼角，那是預計要在烏瓦爾領地海岸蓋的別墅設計圖。凱爾為了要在戰爭爆發時能安全地遊手好閒度日，才要打造這個夢想的房子，而現在穆勒也開口形容起這棟夢想之屋。

「我預計要盡可能擴大地下的空間，並且要建造得無堅不摧，這將會是有著最高防禦力的屋子！」

啪、啪。凱爾彎下身子拍了拍穆勒的肩膀，「你可要使盡全力蓋出最好的房子啊！」

「是的！我一定、一定會完成使命的！」

「好，我相信你辦得到。」

聽到凱爾說「相信你」這句話時，穆勒臉色變得更白，維媞拉則是默默在心裡感嘆。

雖然說是蓋別墅，但感覺應該會是一座祕密基地。

位於地下又無堅不摧的空間，一聽就知道那會是什麼。維媞拉看著凱爾，隨後又望向了其他人，崔漢露出滿意的微笑正在不斷點頭，其他人也都非常淡定。

果然，這群人真的很特別。

眼看凱爾似乎已經鼓勵完臉色發白的穆勒，維媞拉隱藏起內心的想法，向凱爾開口提問。

「您明天就要離開了嗎？」

「對啊。」

威波王國啊。

再過一段時間，距離上次到訪威波王國就要滿一年了。而在那之前，凱爾還有一件事要先去做。

睽違將近一年，凱爾再度來到了魔塔前。

「凱爾少爺，好久不見了。」

凱爾握住眼前的人伸出的手，他就是威波王國中，部落居民和魔法師生下的混血兒，也是最倒楣的瑪那使用者，還是前任魔塔塔主的私生子，他現在正擔任湯卡的其中一名參謀，是騙過所有人的瘋子。

他就是海洛爾．寇迪安。

「好久不見了啊，海洛爾。」

凱爾好久沒看到這名對魔法充滿憎恨的傢伙，他整個人看起來容光煥發。

「湯卡在哪呢？」

「我在這裡！」

凱爾聽到某處傳來巨大的聲音，他放開了海洛爾的手並將視線移了過去。

嘰咿——

生鏽的鐵門打了開來，依舊有著壯碩體格的湯卡從建築物中的黑暗現身，慢慢走向了凱爾。

湯卡就是從魔塔裡走出來的，長久以來魔塔是威波王國的文化遺產，但現在已經成了陰森的老舊建築，在魔塔周遭什麼都沒有，唯獨雜草叢生。

「聽說你當上大將軍啦？」

「哈哈哈！是啊，我現在可是大將軍了喔！」

湯卡聽到凱爾的提問，抖了抖肩膀，大聲笑了出來。隨後，他用興奮的聲音回答，並用炙熱的眼神盯著凱爾。

「所以在我以大將軍身分開始大展鴻圖之前，我在想要不要先消災解厄一下。」

咧開嘴開懷大笑的湯卡，散發著瘋子的氣息，湯卡指了指他後方的魔塔，向凱爾開口提問。

「你會依照契約把它摧毀掉吧？」

凱爾當時簽署的契約中，寫著要把魔塔摧毀掉。

湯卡露出要是不照契約行事，就要當場把凱爾給殺掉的眼神。當然了，還有崔漢一行人在凱爾後面盯著，因此這個眼神的作用其實不大。

「我這個人啊……」

凱爾開了口，時隔一年他再度和湯卡面對面，這兩個人都沒有改變，凱爾用相同的口吻對著湯卡說道。

「可是說到做到。」

凱爾像湯卡一樣將嘴角往上一揚，「我會爽快地摧毀它的。」

然後再好好大撈你一筆。

之前在魔塔地下室發現的文件和種子，放了一年之後，現在價值應該也提高了不少。

「哈哈哈哈！」

湯卡發出了豪爽的笑聲，他似乎對凱爾說的話感到非常滿意。與此同時，凱爾的腦中也響起了拉恩的聲音。

—人類，那個啊，人類！

拉恩突然說話讓凱爾身體猛然抖了一下，每次牠突然發言都讓凱爾覺得準沒好事。

這次牠又要說些什麼了啊？

—其實我每次在粉碎東西的時候都好開心喔！所以現在我超開心的，把它用力打飛吧！

想到要把這片大陸上的文化遺產——魔塔給打飛，拉恩就非常興奮。

凱爾聽到後嘴角微妙地上揚，不過那角度有點不太自然。

看來這次我們有一樣的想法耶。

拉恩的想法和凱爾一模一樣，其實凱爾現在也很開心，不過他是因為要演出一場大秀才這麼興奮。

然而和凱爾的興奮不同，湯卡那像瘋子一樣的燦爛笑容，實在讓人不忍直視。

「那你明天才要動手嗎？」

湯卡向凱爾發問的眼神，就像是在期待聽到生日禮物是什麼的小朋友一樣，而凱爾就是要滿足湯卡的期待。

「不是耶。」

「……你說什麼？」

不只湯卡，包括參謀海洛爾在內的其他人表情都當場僵住，凱爾看著他們訝異的表情，輕快地開口回答。

「不只是要摧毀而已，而是要一瞬間，一瞬間就把它粉碎。」

「什麼嘛！哈哈哈哈哈！」

湯卡繼續發出了豪爽的大笑聲，隨後張開了雙臂走向荒廢魔塔前方的空地。這片空地上有許多來迎接湯卡的士兵站著，湯卡對著他們興奮地大喊。

「聽到了嗎？過去那段令人厭惡的歷史要消失了！現在威波王國要開始寫下全新的歷史了！」

砰！砰！砰！

士兵們用力踏著腳，高聲歡呼起來。

真是夠了。

凱爾對眼前的景象感到厭煩，這時海洛爾．寇迪安來到了凱爾身邊，他先是偷偷瞄了一下站在凱爾後方的崔漢、拉克還有蘿絲琳，接著對凱爾開了口。

「凱爾少爺，來這麼多士兵讓您有點為難吧？因為這邊本來空間就比較寬敞，士兵都在這一帶進行訓練。我們聽說凱爾少爺要來的消息，就把他們一起帶來迎接您了。」

說什麼在附近訓練都是狗屁，明明就是想讓士兵們看到魔塔被摧毀的樣子，藉此提升士氣。

凱爾心想，都這麼了解彼此了，還故意說這些場面話，實在沒必要也很掃興。

凱爾緩緩地開口道：「這樣啊，我了解了，可以再多帶一點人來啊，到時候一定很精彩。」

當然，凱爾也是那種喜歡做掃興事的人。

——大家都要來一起看爆破嗎？哇，大家都會知道我的魔法炸彈有多厲害了！

拉恩也興奮地說道。

其實凱爾希望越多人看到越好，不過他這淡定的態度，讓海洛爾忍不住盯著他看，似乎想看出他在想什麼。海洛爾看著眼前這個知道自己祕密的人，過去一年他都沒什麼特別的要求，接著為了履行契約又回到了這裡。

「您打算要用什麼方法摧毀魔塔呢？」

「魔法。」

「什麼？」

看著表情僵住的海洛爾，凱爾露出了微笑。在極度厭惡魔法的傢伙面前故意提到魔法，其實還滿有趣的呢。

「怎麼了嗎？不然我該怎麼摧毀魔塔呢？」

海洛爾看著自己肩膀上凱爾的手，這隻手拍了幾下就停了下來，隨後凱爾對海洛爾說道。

「象徵魔法的魔塔，用魔法來粉碎，不也是相當有趣的事嗎？」

聽到這充滿笑意的聲音，海洛爾將視線移往凱爾身上。

「還有，你別太超過了，我要怎麼摧毀魔塔，我要做什麼事，都不關你們的事。」

凱爾用這句話畫出了明確的底線，也就是要他們不要再做出越界的行為。

海洛爾看了看凱爾和他的伙伴，有可以輕鬆對付湯卡的崔漢，還有其他和崔漢實力差不多的強者，這些強者正盯著海洛爾和凱爾看。

這時，海洛爾聽到了凱爾的聲音。

「你也沒有立場對我說這些吧？」

海洛爾笑了出來，眼前這個人知道自己出生的祕密，時隔一年他再度回到這裡，巧妙地利用自己的把柄，警告他不要做出越界的行為。

海洛爾的眼神慢慢暗了下來，這裡可是威波王國，是他的地盤，不過凱爾的聲音再度傳到了他的耳邊。

「你現在把這個王國握在手中操控，過得比這裡任何人都要快活，不是嗎？我也一樣。」

原本海洛爾暗下來的眼神，出現了一點異樣的色彩，凱爾說的那句「我也一樣」，不斷迴盪在他耳邊。

凱爾和海洛爾對上了眼，接著他語調輕鬆地開口補充。

「我不會跨過你的底線，你也不要越過我的。」

外表看起來善良又正直的海洛爾，嘴角慢慢往上揚，最後直接大笑出來。

「哈，哈哈哈！」

笑了一陣子的海洛爾，看到剛剛跑去找士兵們的湯卡再度走了回來，隨後才用愉快的語氣回了凱爾。

「看來您還是老樣子呢，所以再見到您才會這麼開心。」

「這是當然了，我還是老樣子，最愛好和平了。」

——今天你也露出了和王儲見面時的微笑耶。

今天的凱爾仍然把拉恩的話當耳邊風，接著他和到現在看起來還很開心的湯卡對上了眼。其實更正確地來說，應該是湯卡的視線看向了凱爾後方的崔漢。

「要不要久違地來打一場啊？」

「讓大將軍挨打似乎滿好玩的耶。」

面對湯卡的挑釁，崔漢只淡淡地帶過，眼中充滿了不耐煩。

不過聽到崔漢的話時，湯卡不但沒有氣餒，反而還自得其樂地開始喃喃自語。

「他身上強大的氣息越來越濃厚了……」

凱爾聽到後，肩膀抖了一下。

他說崔漢又變得更強了？

凱爾慢慢地轉過頭看向崔漢，崔漢則是微微低下了頭。

「為了要守護大家，我還在不斷努力中。」

為什麼啊！你都已經這麼強了，幹嘛還要努力？

「前陣子聽到維媞拉小姐的話後，我就覺得我做出了正確的選擇。」

凱爾看到崔漢那淡淡的善良微笑，接著轉過頭不再看他。

有種不好的預感。

凱爾心想，崔漢該不會想要參與虎族和鯨族那個消滅祕密組織第一戰鬥團的計畫吧？

雖然凱爾知道，想要得到這個問題的答案只要直接問崔漢就好，不過他卻辦不到，因為凱爾覺得這太不妙了，他決定立刻轉移話題，向湯卡丟出了問題。

「湯卡，今天晚上要不要辦個慶典啊？」

「慶典？」

這無知的傢伙似乎沒聽懂凱爾的意思，因此凱爾又裝得一臉興奮回答了湯卡。

「對啊，明天就要摧毀魔塔了，就當作提早慶祝，大家盡情地喝酒玩樂一下吧！怎麼樣？」

「呵呵！很不錯耶！果然你和那些老古板貴族不一樣！很懂玩喔！」

說什麼很懂玩，我更知道你已經搭上了通往地獄的直達列車，偏偏你不先選叢林，要先去挑戰摩戈勒帝國。

凱爾看著開心地下令要參謀們去準備慶典的湯卡好一陣子，接著他將視線移開，對著伙伴們下達指示。

「大家先休息一下吧。」

這樣晚上才有力氣行動。

夜幕降臨了。

凱爾用完全不信賴的表情低著頭往下看。

在這個為了他們搭建起的帳篷裡，崔漢和蘿絲琳在其中一個角落討論著明天設置和引爆魔法炸彈的相關事宜。

凱爾只是雙手環胸，靜靜地凝視著下方。

「……感覺不太可靠啊。」

「才沒有！我們一定可以做得很好！」

「沒錯！姐姐和老么還有我，我們是最強的！」

「我很偉大！」

氳、紅和拉恩接二連三開口，讓凱爾的眉頭皺得更緊了，不管怎麼看都覺得他們不太可靠。話雖如此，也不能把那些參加慶典的人抓過來。

崔漢、拉克、比克羅斯、蘿絲琳、羅恩、潘得利還有凱爾，這些人都決定要去參加慶典。氳、紅還有拉恩充滿自信地來到凱爾面前，紅站在最前面，抬起頭對凱爾說道。

「單憑有我們三個，就連王宮也能輕易粉碎！」

這話說得沒錯啦，但其實只要有拉恩就夠了。

凱爾反而比較擔心牠們沒辦法好好完成吩咐的事，只顧著大肆破壞魔塔內部。他伸出腳，踢了踢放在他身旁的一個巨大箱子。

砰！

凱爾的腳被輕輕彈了回來，踢到箱子時，傳出了厚實的聲音，聽起來就像裡頭裝滿了東西，而箱子裡放著的就是去年在魔塔地下研究室中發現的物品，也就是一些研究資料，關於利用古代之力的原理製作出的瑪那儲存裝置，以及產生魔法抗性的原因。除了這些資料，還有一些別的種子。

當然，箱子裡只放了原本的一半，正確來說，應該是把最重要、最關鍵的部分都拿起來了。

「要好好把這東西搬去放，聽懂了嗎？」

凱爾看到五歲的拉恩不屑地咂了咂嘴還嘆了口氣，

「脆弱的人類啊，我們可都比你強耶！不要再碎碎念了！」

唉。

凱爾無言以對，而氳和紅則是點了點頭，似乎同意拉恩說的話。拉恩伸出了前爪稍微揮了一下，巨大的箱子就飄起來浮在半空中，隨後漸漸透明化。

「我們去去就回！脆弱的人類，你可別喝太多酒喔！」

就在凱爾覺得太荒謬，不知道該說些什麼的時候，紅走向了凱爾，並用前腳敲了敲凱爾的腳背。

「我們應該能很快就回來了！事情都辦完的話，可以和姐姐跟老么到魔塔玩捉迷藏再回來嗎？」

「好，可以。」

紅和拉恩與高采烈地從帳篷中走了出去，氳則是拍了拍凱爾的小腿，似乎是要他不用擔心，接著也悠閒地走出了帳篷。

凱爾用雙手從上往下摸過了整張臉，看起來很無奈。

雖然他們三個應該能好好完成任務，為什麼總覺得有點不對勁啊？

接下來走進帳篷的人，更讓凱爾感到鬱悶。

「那個，凱爾大人。」

「你說吧。」

「處理完這邊的事之後，就要一起去巢穴了嗎？」

巢穴、金龍，潘得利說的就是那隻古龍居住的巢穴。

聽到潘得利的提問，凱爾有點語塞。

「……當然要去了。」

凱爾雖然不情願，但還是得去，因為最強的拉恩想要，自己怎麼能拒絕呢？

「那麼我會先和金龍大人聯絡，牠一定會非常開心的！」

「好啊。」

「那個，凱爾少爺，那麼我到時候也——」

「到時候，什麼？」

這名看起來病懨懨的妖精突然害羞起來，就在凱爾快要看不下去他這副模樣時，潘得利才小心翼翼地開了口。

「到時候，我也能夠看到守護凱爾少爺的龍大人了嗎？」

「……喔，應該可以吧。」

「真是太好了！世界上能一次看到兩位龍大人的妖精，應該就只有我了吧！」

凱爾不情願地點了點頭，這麼狂熱又單純的種族，實在跟自己合不來。

「是、是啊。」

「太好了，那需要我治療的人是在回程時才要去見她嗎？」

聽到這句話後，凱爾表情認真了起來，「對，到時候會去見她。」

「好的，我了解了。」

在首都和黑暗妖精塔莎見面的時候，凱爾拜託她幫忙和死靈法師梅里聯絡一下，因為是要幫她治療身體的疼痛，所以塔莎又用溫暖的眼神看著凱爾，不過凱爾實在很不想回想起那個眼神。

「那麼，時間也不早了，我就先走一步了。」

潘得利並沒有特別使用變裝魔法，只是拉緊了長袍的帽子，把自己的耳朵遮住後走出了帳篷。

凱爾嘆了一口氣，看向了還留在帳篷中的另外兩個人。

其中崔漢在發現凱爾的視線後，露出了尷尬的笑容。

「事情還順利嗎？」

「那個……」

崔漢罕見地含糊其辭，不過凱爾沒有給他猶豫的空間，直接堅定地開了口。

「一定要好好完成啊。」

「……好的。」

看到崔漢用悲壯的表情回答後，凱爾對著蘿絲琳和崔漢指了指帳篷的入口。
「那我們也出發去慶典喝一杯吧。」
「好的，凱爾少爺。」
「知道了，凱爾大人。」
凱爾打開帳篷的大門往外走了出去，雖然現在已經是大半夜，不過湯卡陣營那邊依舊傳出歡樂的大笑聲和歌聲。
凱爾稍微看了看湯卡所在之處的反方向，現在平均八歲的那群孩子正在努力地執行任務當中。
凱爾心想，希望湯卡那幫人可以再玩得瘋一點，隨後邁開腳步前往慶典的場地。
慶典的隔天，也就是魔塔正式走入歷史的這天終於到來。凱爾雙手抱胸，抬頭看著這座魔塔。以地下有三層、地上有二十層著稱的魔塔，過去那段燦爛又充滿威嚴的歷史已經結束，現在魔塔早已變成滿是鐵鏽、破爛不堪的廢棄建築，散發出死亡的氣息。
「呵呵呵，真的很期待呢。」
凱爾稍微往身旁一瞄，就和湯卡對上了眼，他那張臉看起來還沒酒醒，不過還是笑得很開心。別人看了可能會以為他就是個神經病，但其實湯卡的眼神還是很正常的。
「我們許多部落的居民，還有廣大的王國子民，都因為這座魔塔失去性命。雖然要用魔法炸彈把它炸毀有點美中不足，但還是滿好玩的呢！」
「湯卡大將軍，您說的沒錯。現在我們要展開歷史的新篇章了！」
海洛爾·寇迪安站在一旁，用沉穩的語氣附和湯卡，而在後方的好幾名士兵已經忍不住用長槍不斷敲打著地面，有的則興奮地踏著腳，完全無法隱藏心中的激動。
「凱爾大人。」崔漢靠了過來向凱爾說道，「已經都設置好了。」

上。

「是嗎？太好了。」

凱爾將視線移向魔塔，可以看到有幾個黑色的魔法炸彈，以一定間隔被固定在魔塔的外牆上。

──這是我偉大之軀製造出來的最新型魔法炸彈！

也就是五歲拉恩版本的魔法炸彈。

「收到指示之後，我就會引爆炸彈。」

蘿絲琳釋放出了瑪那，等待凱爾一聲令下。一來到威波王國，蘿絲琳就使用了變裝魔法，因此她的態度相當輕鬆自在。

凱爾看著湯卡說道：「馬上就要引爆了，你也去通知一下士兵吧。」

「哈哈哈，就這麼辦吧。」

湯卡走向了士兵並張開雙臂，看起來就像是又要說些什麼，凱爾對這幅景象完全沒有興趣，逕自走向了蘿絲琳，準備示意引爆。

這時海洛爾．寇迪安來到了凱爾身旁，用輕柔的語氣開了口。

「您應該會覺得很可惜吧。」

「這話是什麼意思？」

「您沒有從這座魔塔中獲得任何東西，只得到了所有權一年，然後現在就要把它摧毀掉了。」

「的確有點可惜啊。」

才不可惜咧，他高興死了。

凱爾露出了苦澀的笑容，輕聲回答了海洛爾：「我打算當作我白花了一筆小錢，反正我很有錢啊。」

「這個時候就覺得您真的是一名貴族呢。」

「當然了，所以你也別忘了我是什麼身分地位啊。」

這時，凱爾突然感覺到大地在震動。

砰！砰！砰！

「呼！呼！呼！」

士兵們一邊用力單腳踏地，一邊興奮地高聲歡呼，凱爾被聲音吸引要轉頭過去看時，和湯卡對上了眼，湯卡眼神中充滿狂氣，凱爾見狀便舉起了手。

「開始吧。」

「好的，那麼開始倒數五秒！」

蘿絲琳說完，便在手上凝聚出了瑪那。

「五！」蘿絲琳大喊。

砰！砰！砰！

士兵們單腳踏地的力量更大了，接著——

「四、三、二！」

蘿絲琳和凱爾、崔漢、羅恩、比克羅斯的視線都看向了同一個地方，蘿絲琳手中的瑪那散了開來，各自飛向魔法炸彈的位置。

「一！引爆！」蘿絲琳高聲大喊。

砰！

砰——

磅——

好幾道巨大的爆炸聲同時竄出，巨大到連士兵們踏地的聲音都聽不見了。

——好開心！好爽啊！可以盡情爆破還不會傷到人！

拉恩聽起來也很開心，與此同時——

砰——砰——砰——

「魔塔要倒啦！」

魔塔開始慢慢往下崩塌，同時引發了大量煙塵，整座塔逐漸崩毀，而煙塵也緩緩飄到了站在爆炸範圍外的凱爾身邊。

「哈哈哈哈！倒下來了！魔塔崩塌了！」

凱爾聽到背後傳來湯卡的大笑聲，還有士兵們的歡呼聲，這些士兵先前都是曾被魔法壓迫的王國子民。

凱爾將視線移往旁邊看了看。

這個瘋子。

海洛爾的嘴角都快咧到眼睛了，但他卻沒有笑出聲來，那雙充滿狂氣的眼睛看向了凱爾。

「凱爾少爺，您也笑得滿開心呢。」

海洛爾眼睛中反射出凱爾的模樣，眼裡的他也同樣笑盈盈。

「對啊，看了很爽快啊。」

崩毀的魔塔讓人看了身心舒暢。雖然西大陸上所有魔法師看到這光景，應該都會目瞪口呆，甚至忍不住哭出來，不過凱爾卻邊看邊笑，這也是理所當然的事。

砰砰砰磅——！

魔塔大約二樓的位置開始往一旁傾斜。

砰！

最後整座塔直接橫倒下來。

「咳咳、咳咳！」

真是的，這些該死的灰塵。

因為大量煙塵飄了過來，凱爾拿出了手帕遮住口鼻。

——人類，你感冒了嗎？

凱爾直接忽略拉恩毫不合理的發言，在大量的煙塵之中，他看到了完全崩塌後倒下的魔塔。隨著煙塵逐漸散去，崩塌魔塔的模樣也漸漸出現在眾人面前。

砰！砰！砰！

「呼！呼！呼！」

士兵的歡呼越來越瘋狂，凱爾感受到背後那股狂熱的氣氛，接著慢慢走往魔塔的方向。與此同時，崔漢和其他人已經比凱爾還快衝進了那團煙塵中。

「您想要近距離看看魔塔倒下的樣子嗎？」

海洛爾咧嘴笑著來到凱爾身邊。

「對啊，我想看看。」

凱爾也露出了微笑，往旁邊一站，讓出位子，似乎是邀請海洛爾一起去看。乍看之下，兩人一樣興奮，但各自懷著不同的心思，走進了煙塵中。

不久之後，倒下的魔塔終於出現在他們眼前。

「咳咳！」

海洛爾緊緊咬住嘴唇才忍住笑意，這座高達二十層樓的魔塔終於被夷為平地了。除了被炸飛出去的二樓和三樓，也只剩下一樓的樓地板還留在原地，而且還東缺一塊西缺一塊的。

「你看起來心情很好呢。」

海洛爾聽到凱爾的聲音，沒有轉過頭去看，而是直接點了點頭，因為他的心情好到用言語無法形容的地步。這是他多麼想看到的景象啊，現在開始威波王國將不會出現任何和魔法有關的事物，海洛爾全身細胞都感受到無比的喜悅。

這時，凱爾那平淡的聲音又傳了過來。

「我的心情也很好呢。」

聽到這句話，海洛爾心情突然變得有點複雜，因為凱爾聽起來不像是敷衍附和，而是真的感到非常開心。

海洛爾慢慢轉過頭，只見對方嘴角掛著一抹淡淡的微笑。

這一瞬間，又傳來了另一個人的聲音。

「咦？」

原來是崔漢。

凱爾眼神閃過一絲異樣的光芒，要開始演戲了。

崔漢指向了崩毀的一樓當中的某個地方，隱約能看到還有地下室。

沒錯，就是那裡。

隱約能看到通往地下四樓的那個空間，昨天拉恩牠們就是把那個巨大箱子放到那裡頭。

凱爾等待著這場舞臺劇中崔漢的第一句臺詞，過去幾天已經練習了無數次，現在崔漢也開口講起了他的臺詞。

「咦？這、是、什、麼、啊？好、奇、怪、喔。要、不、要、向、凱、爾、大、人、報、告、呢？」

什麼爛演技。

凱爾還是第一次想抓住崔漢領口好好教訓他一番，不過這時比克羅斯抓住崔漢的肩膀將他往後一轉，接著往下看著塌陷的一樓地面。

「那下面好像有什麼東西。」

果然，職業殺手羅恩和拷問專家比克羅斯的演技就是比較好。

比克羅斯看向了凱爾的方向。因為這場爆破導致魔塔中大部分的資料都灰飛煙滅，只剩下一點點研究資料，而這些其實都是凱爾故意放在那邊等著他們去發現的。

比克羅斯這時開了口：「凱爾少爺。」

現在輪到凱爾說臺詞了。

—人類！小心一點！要是跌倒摔下去可是會死的！

凱爾根本不想聽拉恩這番嘮叨，他逕自走向了比克羅斯手指著的塌陷處。

「怎麼了嗎？」

「請您快看一下。」

比克羅斯手指向塌陷處之中的黑暗角落，凱爾也往那個方向仔細看了看。下方那個黑暗的角落，隱約看得到一個上頭有著不少破洞的箱子。

凱爾用驚訝的語氣大聲說道：「怎麼可能！」

比克羅斯聽到凱爾的驚嘆聲後點了點頭。

凱爾少爺的演技果然很自然呢。

比克羅斯發現凱爾著急地看了自己，馬上調整了站姿，隨後凱爾便開了口詢問。

「那個大概位置是在哪裡？」

接下來輪到崔漢說出「大概比地下三樓還要再下面一點」這句臺詞了。

「大、概、比——」

不過比克羅斯伸出了左手擋下走過來的崔漢，代替他開了口。

「大概比地下三樓還要再下面一點。」

「……是這樣嗎？」

啪噠，啪噠。

凱爾聽到背後傳來有人靠近的腳步聲，立刻換上了凝重的表情。

「難道這裡還有地下四樓嗎？不是吧，我記得魔塔地下應該只有三層而已啊？」

「就、是、說、啊。」

凱爾還是第一次這麼鄙視崔漢，他完全不看崔漢一眼，把頭轉向靠過來的其他人。

魔法師蘿絲琳嚴肅地對凱爾說：「凱爾少爺，其實過去我曾經聽說，以前這個魔塔裡曾經進行過某種祕密的研究……啊！」

蘿絲琳嚇了一跳，趕緊伸手將嘴巴給遮起來。她看著凱爾背後的人，似乎有點不知所措，看起來就像是她說了什麼不該讓別人聽到的話一樣。

蘿絲琳演技很好耶？

凱爾在心裡默默替蘿絲琳的演技拍拍手，隨後慢慢地轉身。

「……參謀長。」

海洛爾・寇迪安正露出微妙的表情看著蘿絲琳，在聽到凱爾的叫喚後，他才慢慢看向了凱爾，他的眼中出現了不知名的熱烈光芒，幾近瘋狂。

凱爾看著海洛爾的眼睛說道：「好像發生了一些意料之外的事情。參謀長，你也覺得有點怪吧？」

「似乎是這樣沒錯。」

海洛爾雖然用冷靜的語氣回答，但是卻隱藏不住他心中的貪念。

「這是怎麼一回事，怎麼大家都聚集在倒塌的魔塔這裡？」

湯卡帶著他的部下們來到了這裡，其他參謀也正向這裡走來，凱爾見狀將手搭上了海洛爾的肩膀。

「湯卡啊。」

「你幹嘛這樣叫我？」

湯卡對凱爾這好像能看穿人心的眼神感到有些慌張，而且凱爾也從來沒有這麼真摯又親切地叫過他的名字。

「我們好像發現了魔塔裡的祕密空間。」

「怎麼會？你們不是全都炸毀了嗎？」

真是無知的傢伙。

凱爾雖然很想打一下湯卡的頭，但他強忍住衝動，轉頭向一行人下達了指示。

「你們去看看地下室有什麼東西。還有，海洛爾啊。」

「是的，凱爾少爺。」

凱爾看著海洛爾，開口問道：「你會一起幫忙吧？」

「當然了，這可是凱爾少爺的事，我當然會幫忙了。」

還真敢說，才不是因為是他的事才幫忙呢。

凱爾雖然覺得海洛爾那張貪婪的臉很可笑，不過現在凱爾要認真扮演這齣舞臺劇的角色，他露出凝重的表情說道。

「大家開始動作吧。」

一行人看到凱爾裝出像是遇到重大突發事件的嚴肅表情便點了點頭，這時崔漢來到凱爾身旁，用自然的語氣對凱爾說話，這還是他第一次發揮出這麼自然的演技。

「凱爾大人，才剛爆炸完，現場還不太穩定。為了避免危險，請凱爾大人就待在這等我們回來吧。」

—沒錯！人類，你實在太脆弱了，就去那邊的陰影處坐著乘涼吧！

你們何必把理所當然的事說出來？

凱爾聽到他們兩個說的廢話，瞬間不知道該回應些什麼，他沒事幹嘛主動跑去危險的地方？

「沒錯，凱爾大人，我們士兵和戰士也會一起過去搜索，您就不用太擔心了。」

「那就麻煩你們了，參謀長。」

「好的。」

海洛爾看起來似乎很急著要一起進去，凱爾露出從容的表情點點頭，接著開口提醒了幾句。

「當然了，裡面的所有東西都是屬於我的，你應該知道吧？」

海洛爾嘴角出現一抹微笑，「那是當然的了，但如果您用不到的話，應該也會想賣掉吧？」
「這是當然。怎麼了，你是怕我直接把東西藏起來，才想要跟進去一探究竟嗎？」
「那也是其中一個原因啦。」
海洛爾沒有隱藏住內心的想法，他確實擔心凱爾一行人會把找到的東西藏起來，而他也想要親眼看看在地下研究室中的一切。
「原來如此啊。海洛爾，我不希望我們之間還有這種明爭暗鬥的事，你就快點一起進去吧。」
—脆弱的人類，你又在說謊了！真是會說謊耶，這也算你的才能吧！
聽到拉恩的話，凱爾才發現原來自己有很會說謊的才能。
「好的，謝謝您的體諒，我會努力幫忙的！」
「好了好了，可別受傷了啊。」
凱爾最後這句話，讓比克羅斯差點忍不住噗嗤笑出來，羅恩則是拍了拍自己兒子的肩膀，便率領著一行人往地下室走去。
他們後方則跟著海洛爾和他的幾名部下。
凱爾一邊愜意地往後退了幾步，一邊觀察著他們的背影。
—人類，真可惜耶！
拉恩是在說什麼事很可惜啊？
—我們昨天在地下四樓做了很多很完美的陷阱，還把裡頭都砸得粉碎了說。
凱爾想起剛剛自己和海洛爾說的話。
「可別受傷了啊。」
其實要不受傷都難，而且要拉恩他們在地下四樓到處設置各種小陷阱的，就是凱爾本人。
不過凱爾也告訴了羅恩所有陷阱的位置，要他小心帶著海洛爾一行人，可以讓他們差點踩到陷阱，但盡量不要受傷。

畢竟過程要有點危險和困難，才會覺得拿到的情報更珍貴不是嗎？

──人類，你又露出邪惡的笑容了！而且你還沒給我金幣耶！我都完成任務了！

哪有什麼邪惡的笑容啦。

凱爾伸手摸了摸自己的嘴角，試圖調整一下自己的表情。

「湯卡。」

包括海洛爾在內的所有參謀現在都不在，凱爾趁著這個空檔走向了湯卡。現在湯卡身邊只留下兩名相當於他左右手的部下，他們正站在他的後方，凱爾悄悄地向湯卡問了句話。

「聽說你跟王儲殿下說我是你的好朋友啊？」

「咳咳！」

湯卡罕見地嚇到身體抖了一下，凱爾可沒漏看他的糗樣，隨後繼續開口道。

「我猜在那個祕密空間中，會找到魔法師的研究資料，那些資料中要是有對你們有幫助的東西，我會把那些東西交給你們的。」

「什麼？」

凱爾對著湯卡愣住的表情，擺出了一副認真的臉孔回答。

「而要是其中有對你們不利的資料──」

聽到「對你們不利的資料」這句話，湯卡的表情瞬間變得嚴肅起來，就算他平常是不怎麼思考的人，但他還是知道魔法師非常有可能研究了某些對他們不利的東西。

「我當然也會把那些資料給你們。」

凱爾所說的「當然」這個詞，不斷迴盪在湯卡耳邊。這時湯卡想起了當時幫自己安排船隻，還親自送自己離開的凱爾。

「你這樣說沒問題嗎？越珍貴的東西，應該就越要裝作要給不給的，這樣不是才能賣得更貴嗎？」

凱爾露出嚴肅的表情，「湯卡，你覺得我是那種卑鄙的傢伙嗎？」

「你當然不是那種人啦。」

沒錯，眼前這個凱爾．海尼特斯並不是心胸狹隘的人。湯卡在同意了凱爾的話之後，又聽到對方繼續說了下去。

「你不是說我是你的好朋友嗎？我認為一段平等的關係就是要從正當的交易開始建立，我也覺得你不是什麼會占我便宜的壞傢伙。」凱爾故意用開玩笑的方式繼續說道，「你也不是像魔法師那樣心胸狹窄的傢伙吧？」

湯卡的嘴角慢慢往上揚，原本他還充滿擔憂的臉孔逐漸出現笑意，最後直接大聲笑了出來。

「沒錯！就是這樣！哈哈哈！我才不是那種傢伙咧！哈哈哈哈！」

湯卡就這樣笑了好一陣子，在笑的同時也不斷看著凱爾。他心想，像凱爾這種貴族還真的是頭一次遇到，和威波王國中那種只會看魔法師臉色行事的貴族完全不是同一個層級的。

過去從來沒有，真的完全沒有任何人支持湯卡和他的部下的行動，但卻有一個人跳出來支持，那就是他的好朋友凱爾。湯卡當時幾乎是下意識地向壚韵王國的王儲脫口「好朋友」這個詞，連湯卡自己也嚇了一跳，不過現在他想要好好地正式說出口。

「果然，你雖然很弱，卻是個優秀的人。」

這還是湯卡第一次對弱者表達肯定。

「別說這麼理所當然的話。」

凱爾直接接受了湯卡的說法，同時也在心裡想著——

現在海洛爾可不敢拿我們找到的東西和交易內容開玩笑了。

凱爾再度不經意地向湯卡確認了一次，「正當的交易，不錯吧？」

「當然好啊！我可不是什麼卑鄙的人，你們也是這麼想的吧？」

兩名相當於湯卡左右手的部下用看起來值得信賴的表情點了點頭。

「沒錯，大將軍大人。」

「您說的很對，當然要正當的交易了。」

凱爾說的沒錯，一段平等的關係就該進行正當的交易，這是非常正確的事情，凱爾本人也是這麼想的，所以凱爾正從容地等待搜索的結果，等到結果出爐後他就會跟所有人告知找到了什麼。

在魔塔隱密的地下四層中，發現了一個外表破損的箱子，而在箱子中有一部分的文件保存狀態良好，這些文件的內容總共有兩個主題。

一個是「利用古代之力的原理製作出的瑪那儲存裝置」，另一個則是「產生魔法抗性的原因」。

這些是對威波王國有利，卻同時也有害的研究內容。

「我相信你們威波王國應該比任何人都了解這些文件有多少價值吧？」

沒有人回答凱爾丟出的這個問題。

在這個參謀團的專用帳篷中，包括湯卡和海洛爾在內……等，具有決策權的高層都聚集在一起，正和凱爾面對面商議。而凱爾的身旁則站著他的伙伴，就像是在保護他一樣。

「是的，我們當然非常了解。」

凱爾看著拖很久才終於回答的海洛爾，強忍住心中的笑意。

可以感應到瑪那，卻無法將瑪那儲存在身體裡，因此無法成為魔法師的悲慘人物，那個人就是海洛爾，也因此海洛爾非常厭惡魔法。而現在海洛爾的面前，出現了瑪那儲存裝置和相關的研究資料，而且研究的題目還是「利用古代之力的原理製作出的瑪那儲存裝置」，這些東西等於讓海洛爾也能夠使用魔法，這樣的機會就近在眼前。

讓他又愛又恨的魔法，一定很想要得到吧？

凱爾稍微摸了摸一個小小的布袋。

「放在這裡頭的就是瑪那儲存裝置，對吧？」

凱爾這句話讓海洛爾瞪大了眼睛。

——沒錯，人類！那可是我培養的呢！

一年前，凱爾交給拉恩的那個種子，就是當初魔塔正在研發的瑪那儲存裝置。現在凱爾手中的，就是種子發芽後，幼苗成長茁壯，接著又結出果實，然後再從果實中取出的一顆種子。

不過，那並不是完全「正常」的種子。

「蘿絲琳，這個可以馬上開始使用嗎？」

「不行，因為目前這個種子是乾癟的狀態，並不能直接拿來使用。不過要是加上那些研究資料，再進一步去深入研究，就可能可以……」

蘿絲琳故意不把話說完，而是先看了看海洛爾的眼神，凱爾同時也在看著海洛爾。

海洛爾臉上的表情，完全隱藏不住貪念，看起來就像是不想錯過這顆壞掉的種子和那些研究資料。

凱爾在看出海洛爾的想法後，又再度開啟了另一個話題。

「另外這個『產生魔法抗性的原因』，也是很不得了的資料耶。」

聽到這句話，這次換成了湯卡和其他部落出身的高層猛然抖了一下。因為他們能打敗魔法師的一大原因，就是因為有很高的魔法抗性，沒想到現在卻出現了一份關於魔法抗性研究的資料，這對他們來說，不只是自己非常需要，更是死都不能交到別人手上。

凱爾看向了湯卡，他正露出一個不符合現在氛圍的違和笑容，凱爾決定要無視對方，直接詢問威波王國其他高層。

「那個，反正這份資料也只有一部分而已，似乎也沒有那麼重要，我就直接丟掉沒關係吧？」

桌子突然劇烈晃動了一下，似乎是有人太過慌張，膝蓋才撞到了桌子。
「我開玩笑的啦！」
「呼……」又有某個人安心地鬆了口氣。
「雖然只有一小部分，這些資料卻很有價值呢。」
凱爾一邊這麼說，一邊想起了拉恩和蘿絲琳先前說過的話。
「凱爾少爺，只憑那些資料，至少還要再花十年的時間才能研究透澈，而且這還是在有相當實力的魔法師也參與研究的情況下。」
「人類！一定要會使用魔法才能進行那個研究！」
凱爾覺得「有魔法師在才能研究」這句話是重點，海洛爾一定無論如何都要進行研究，也就等於他必須找魔法師來才行。
蘿絲琳當然也精準地抓到了這個重點。
「凱爾少爺，要是順利的話，我們就能直接抓住威波王國的把柄了呢。」
「果然，蘿絲琳很常和我有一樣的想法呢。」
在這個把消滅魔法當作目標的王國中，高層卻想要利用魔法師來進行魔法研究，而這不用多想，肯定是勢在必行的事，到時候凱爾只要透過情報人員就能掌握相關證據。
就在凱爾和蘿絲琳想像著掌握威波王國把柄的事情而露出笑容時，拉恩也看著放在箱子裡的東西做出了總結。
「這些根本連渣渣都不如。」
最關鍵的部分都還好好地留在蘿絲琳的研究室裡頭。順帶一提，拉恩也很常到蘿絲琳的研究室去玩。
「湯卡。」
「哦、哦，你說吧。」

「我就把這些給你吧。」

湯卡的表情馬上出現變化，「真、真的嗎？」

「當然是真的了。」

凱爾拿起了那個小布袋敲了敲桌子。

叩叩，乾癟的種子敲在桌子上，發出了生硬的聲響。

聽到這個聲音，威波王國的高層們又顫抖了一下，凱爾不管他們這些反應，繼續說起自己想說的話。

「我花了一百億買下了魔塔，什麼利益都沒得到，而現在找到的這些東西我也打算賣給你們。湯卡，如果換作是你，你會怎麼想呢？」

「我會想撈越多越好。」

「我想也是。」

參謀長海洛爾的眉頭緊緊皺在一起，以他認知中的凱爾，還有他自己也是，一定會想趁這個機會大撈一筆，畢竟現在凱爾持有的那座魔塔也已經化作灰燼了。

但我們現在的財政狀況很不好啊。

威波王國因為正在準備和摩戈勒帝國打仗，因此在資金方面並不寬裕，然而海洛爾卻無論如何都想要得到凱爾手上的那兩個東西。

也不能直接用武力搶過來。

凱爾一行人的戰力相當驚人，要是和他們戰鬥，也只會讓跟摩戈勒帝國的戰爭往後延，拖延戰爭對整個國家的士氣會產生嚴重影響。

既然他是花一百億買到魔塔，那他現在至少會想拿到一百億以上的錢。

要是魔法抗性的相關資料出現在摩戈勒帝國眼前，那他們一定會願意爽快出一百億買下來，這一點不論是海洛爾或是湯卡都非常清楚。

「我認為大概要拿到這個數字。」

凱爾伸出了左手。

「啊。」海洛爾看到後驚呼了一聲，因為凱爾舉出五根手指頭。

「五、五百億？」湯卡嚇到大叫了出來。

海洛爾則是立刻換上一臉笑容。

既然一開始的出價是五百億，那現在就來殺個價吧。

在談交易的一開始總是會先喊出最高的價格，海洛爾現在就是要準備來談正式的交易價格，沒想到凱爾卻先開了口。

「什麼五百億啦，我只要五十億。」

「什麼？」

海洛爾立刻反問了一句，他太驚訝了，凱爾說的是真的嗎？

「您真的是說五十億元嗎？」

凱爾露出單純又充滿感情的笑容，接著用溫暖的眼神看了看在場所有的威波王國高層。

「沒錯，就是五十億。」

因為剩下的資料我打算用好幾倍的價格賣給亞伯特王儲。

畢竟和摩戈勒帝國打仗而削弱力量的威波王國，正好可以讓壚韵王國的魔法師們輕鬆拿下，這時凱爾想起了去年冬天他和亞伯特王儲的對話。

「凱爾，他們那些傢伙實在太可憐了，就賣他們五十億就好吧，反正你買魔塔花的一百億也是我出的錢。」

「我是打算要賣他們一百億，不過既然王儲殿下您都這麼說了，我當然會好好聽您的話去做。」

「好，這樣你也正好能成為那些傢伙的恩人，這就是你的目的吧？」

「這是當然的了。」

「你真是壞心的傢伙。」

亞伯特王儲雖然嘴上嫌棄著凱爾，但其實笑得很開心，凱爾看到後也笑了出來。

「反正現在威波王國處境也不太好吧？我認為這對有困難的你們來說是很正當的交易。」

「你、你真是的！像你這樣的貴族，我真的——」

湯卡話都無法好好說清楚，只能用逐漸泛出淚的感動眼神看著凱爾，雖然凱爾實在不想看到他這種眼神，但還是保持住了微笑。

最後湯卡從椅子上站了起來，對著凱爾開口大喊：「謝謝！真的太謝謝你啦！」

凱爾還是第一次看到花五十億買了一堆廢物渣渣還大聲說感謝的人，不過他依然若無其事地回答。

「知道要謝就好。」

這麼泰然的回答讓海洛爾無法理解。

他竟然說「知道要謝就好」？

這可是能獲得巨大利益的好機會，就算不賣掉，這些資料也能用來牽制威波王國軍隊，凱爾卻毫不留戀地以低價賣出？海洛爾覺得這太難以置信了，但他也只能夠接受這樣的事實，因為他親眼見證了整個過程。

而且他花一百億買下了魔塔，卻直接閒置了一年，完全沒有進行任何調查。

二十樓，當時凱爾說只想要爬上二十樓看看，買下了魔塔後就沒有特別做什麼調查。過去一年來，海洛爾都認為凱爾有可能在魔塔裡發現什麼東西，因此派了情報人員在附近潛伏，然而凱爾一年前離開之後，真的什麼也沒做。

「難道您對金錢沒有任何欲望嗎？」

最後海洛爾還是沒有忍住心中的疑惑，開口問了凱爾。

而凱爾聽到後，露出一臉似乎是覺得這番話很可笑的表情。

「你知道我們領地多有錢嗎？一定比你想像的還要多！而且我可是家裡的長男呢。」對喔。

海洛爾差點就忘記了，凱爾可是那種花一百億也不眨眼的有錢人家少爺。

看著眼前依舊感到混亂的海洛爾，凱爾又說出一個應該能說服他的理由。

「我知道現在我手上握有的資料，是這片大陸上所有當權者都想要獲得的東西，但我並不想要成為站在風暴中心的那個人。」

話雖如此，不過風暴中心其實是最安靜又安全的地方。凱爾希望的是能在戰爭中享受和平的生活，所以才會來往威波王國和亞伯特王儲之間，把東西賣給他們。

「凱爾少爺您的意思是，因為不想被捲入危險的情況當中，才要把東西賣給我們嗎？」

「沒錯，參謀長！你答對啦！你應該也知道我最愛好和平了吧？」

這對海洛爾來說還算是能夠接受的說法，畢竟凱爾也沒有對外到處說海洛爾的真面目，應該是真的愛好和平、不想惹事生非。

海洛爾將視線從凱爾身上移開，環顧了一下四周，其他參謀似乎還有一點疑慮，至於湯卡和戰士們則已經露出充滿信賴的眼神盯著凱爾。

反正這些也都是我需要的東西。

那個瑪那儲存裝置，甚至還是海洛爾最想要的那種能模仿古代之力的瑪那儲存裝置。

「太好了，湯卡大將軍大人，您覺得怎麼樣呢？」

湯卡沒有直接回答海洛爾的問題，而是向凱爾伸出了他巨大的手。現在湯卡不像平常嘻皮笑臉，也不是傻里傻氣的臉孔，而是一副真摯的表情，湯卡開口向凱爾表達了真實的心意。

「真的太謝謝你了。」

凱爾站了起來，回握住湯卡的手，「真的很感謝的話，就別忘了啊。」

「當然，這份恩情我是不會忘記的。」

接著湯卡便代表威波王國，決定以五十億買下在凱爾．海尼特斯持有的魔塔祕密空間中發現的那些資料。雖然凱爾覺得可以慢慢來，不過威波王國似乎比較著急，因此合約也火速完成了簽署。

在順利拿到合約後，凱爾便回到自己的帳篷中。

「你幹嘛跟我跟這麼緊？」

凱爾懷中放著合約書和五十億的支票，看著一路跟著自己走進帳篷的崔漢，他露出不滿的表情。

「凱爾大人。」

「怎麼了？」

凱爾伸手解開讓他脖子悶到難受的襯衫第一顆釦子，沒有仔細去聽對方說的話。

「您真的很厲害。」

「什麼？」凱爾瞬間感到慌張。

「凱爾大人您的能力真的很出色，這麼會騙——不對，這麼懂得思考、運用戰略的人，除了您就沒有別人了！我對這個部分就非常不擅長。」

他剛剛改口說「運用戰略」之前，是想說「騙人」嗎？

也是啦，凱爾也很驚訝崔漢的演技會爛成這樣，只要臺詞稍微長一點，崔漢就會變得超級不自然，凱爾真心覺得這也是很不簡單。

「不過，在接下來的行程中要去見的對象，您還是要非常小心謹慎才是。」

凱爾這才知道為什麼簽完合約之後，崔漢要特地一路跟著自己走進帳篷，就是為了討論接下來要去見的對象，也就是金龍。

「雖然凱爾大人總是有先見之明，做好一切的準備，不過牠非常強大。不管是我還是拉恩，可能都不足以對付牠。」

—竟然說我不足以對付牠！我可是比那傢伙想的還要強很多耶！

拉恩反駁的聲音迴盪在凱爾腦中，不過這次凱爾也不得不同意崔漢的說法。

崔漢小心翼翼地看著陷入一陣沉默的凱爾。

「沒錯，崔漢，你說的沒錯。」

崔漢在聽到凱爾認同自己的話後，原本黯淡的表情才終於出現了一點光彩，而凱爾對崔漢的表情並不是太在意。

其實在決定要去見金龍之後，凱爾就已經好好思考過了。

要活下來，就得遵守三個準則，第一是安全，第二也是安全，第三還是安全。

「崔漢，這次我的前方就交給你負責護衛，如何？」

崔漢用力點了點頭，這是崔漢等了很久的一句話，護衛凱爾前方的工作就只有他最適合。

「好的，請放心交給我吧！無論是凱爾大人，還是其他伙伴，我都一定會發揮出最強的實力好好守護大家！」

沒錯，就是要這樣，這麼一來應該還能對付得了金龍。

到目前為止的所有戰鬥中，崔漢都還沒有拿出自己最強的實力，而拉恩也是如此。

—還有我在啊！脆弱的人類，其他龍根本比不上我！

對拉恩的虛張聲勢凱爾總是左耳進右耳出。

「那麼，我就先去為明天出發做相關準備了。」

「去吧，準備完就趕快休息睡覺吧。」

「好的。」

凱爾看著崔漢走出帳篷的背影，終於感受到了平靜。不過其實凱爾並不是只有一個人，他從口袋拿出一枚金幣，並且往半空中丟了出去。

「拿去吧。」

「哇塞！」

拉恩在空中現身，牠伸出兩隻前爪抓住了金幣。

「這、這就是金幣嗎？」

拉恩製作的魔法炸彈可說是摧毀魔塔的一大功臣，這枚金幣就是慰勞拉恩的獎勵。其實不論十枚銀幣或一枚金幣，對拉恩來說用途都不大，不過牠依舊開心地盯著手上的金幣，凱爾也伸手摸了摸拉恩圓滾滾的頭。

「很棒吧？」

「很棒啊！人類，這超棒的啦！謝啦！我以後會更努力的！」

「很好。」

其實凱爾只有說好要給拉恩金幣，所以他小心翼翼地向拉恩低聲開口。

「別對氳和紅說——」

凱爾都還沒說完「你拿到金幣」這幾個字，帳篷門口便突然傳來詭異的貓叫聲。

喵嗚嗚！嘻嘻！

喵喵嗚！

這貓叫聲還參雜著笑聲，接著凱爾看到完全沒敲門或先問一聲，就直接闖進帳篷裡的兩隻貓咪，也就是氳和紅。

這兩隻貓咪，消息可真靈通。

凱爾看著這兩隻貓咪張著水汪汪的大眼，還是招架不住地開了口。

「來啦，給你們吧。」

凱爾將兩枚金幣拋到空中，氳和紅用有史以來最快的速度和最敏捷的身手，跳起來各抓住了一枚。

凱爾看著拉恩、氳和紅緊緊抓著金幣笑得很開心的模樣，隨後直接在床上躺了下來。

只希望那隻龍不要是隻瘋龍才好。

凱爾一邊在心裡祈禱著接下來要見的龍是隻正常的龍，一邊緩緩進入夢鄉。今天負責凱爾帳篷站哨的當然是平均年齡八歲的那三隻，牠們可是比騎士團都還要強的戰力。

隔天一大早，湯卡還有參謀團都親自來替凱爾一行人送行。

凱爾還是頭一次看到湯卡露出純樸的臉孔，不知道為什麼對方還有點害羞的樣子。

「你說你們還要先去其他地方觀光才離開啊？」

「是啊，我已經先跟參謀長海洛爾說我們要去的地點，不用擔心我們會偷跑去其他地方。」

「不會啦。凱爾，我很相信你。」

凱爾覺得湯卡叫自己名字的聲音太真心了，真心到讓他覺得很彆扭，而這個彆扭的感覺馬上又變得更加嚴重。

「咳咳，以後在威波王國裡，你想去哪就去哪，遇到什麼困難儘管來找我吧！」

瘋狂的湯卡凱爾見過很多次，這麼親切的模樣反而讓他覺得很不自在。

「好啊，就這麼說定了。希望你們能打贏和帝國的戰爭啊。」

「那是當然。」

看著湯卡點著頭，一副非常理所當然的樣子，凱爾在心裡默默想著——

這是場威波王國必輸無疑的戰爭。

雖然凱爾是這麼想的，不過其實西大陸各地對這場戰爭都有各自不同的見解。

太陽神教團瓦解後，進入史上最混亂時期的摩戈勒帝國，以及緊密團結在一起、有強大攻擊能力的威波王國軍隊，這兩國之間的戰爭結果會如何，許多人都認為無法輕易定奪。

因為威波王國軍的目標，並不是想要完全占領摩戈勒帝國的領土，而是只打算攻下幾座和威波王國接壤的帝國城市。

另一方面，雖然摩戈勒帝國有著發達的鍊金術，還具備比其他地方還要進步的魔法體系，但外界也判斷威波王國有一定的實力能夠對帝國出手。

但還是帝國會贏啦。

凱爾再次在心中認定這場戰爭的贏家將是摩戈勒帝國，接著向湯卡伸出了手，湯卡心想這是要握手道別，立刻也伸手握住凱爾。

這時，凱爾往前站了一步，在湯卡耳邊低聲說道。

「鍊金術可是比魔法還要陰險，你要好好愛惜具備魔法抗性的戰士啊。」

湯卡肩膀大大地抖了一下，在場的人們都露出疑惑的眼神，似乎很好奇他到底跟湯卡說了什麼，不過凱爾並不把這些眼神放在心上，繼續對著湯卡悄聲說道。

「你們軍隊中一定有來自帝國的間諜，雖然你們應該已經調查過相關的事情，但沒找到間諜的話就再仔細找找吧，就從你身邊的人開始查起。這是皇太子慣用的手段，一定要找到，然後——」

凱爾將臉移開湯卡的耳邊，隨後看著湯卡的眼睛說：「殺掉。」

湯卡聽到後眼神閃爍了起來，凱爾看到他這副模樣，放開了原本握著的手，接著用溫柔的語氣開口。

「你應該相信我吧？」

「當然相信。」

凱爾對湯卡的回答感到滿意，這下他確定帝國贏定了。不過凱爾心中還是希望，威波王國能盡量撐久一點，多消耗一點摩戈勒帝國的能量，這樣爐韵王國才能趁機增強力量，並且和柏雷王國鞏固合作聯盟的關係。

要在北方攻下來前快點完成啊。

當北方三國往南攻下來的瞬間，亞伯特王儲就會全面掌握壚韵王國的軍權，並且站出來在第一線抗戰。

「那麼祝你一路順風，下次再見啦。」

凱爾用微笑回應湯卡的道別。

說什麼下次見，接下來永遠不見了啦。

凱爾走向了馬車，對著等在那裡的一行人當中，身穿長袍、將帽子壓得緊緊的潘得利開口。

「走吧。」

金龍啊，現在就是要去那隻古龍居住的巢穴。

凱爾將襯衫第一顆釦子扣了起來，儘管現在是夏天，這裡卻很涼爽。不對，看看他們腳下踩著的雪地，應該說是非常寒冷。

凱爾對著站在他身旁的狼族少年拉克問道：「拉克，你之前來過這裡吧？」

「是的，我真沒想到金龍就住在這裡呢。」

「咳咳！」

咳嗽後，凱爾連忙吸了吸快要流出來的鼻水。

蘿絲琳見狀，笑著遞出了一條手帕，凱爾伸手接過，並用手帕遮住了鼻子。

「潘得利，就是這裡對嗎？」

「沒錯，就是這裡了。」

凱爾沒想到竟然會是這裡，他想起了在他扣得緊緊的衣領下的那條項鍊，也就是古代之力「滲透的項鍊」，這是一條能裝進所有屬性力量的項鍊。

而找到這條項鍊的地點，就是耶爾利亞山，凱爾當時拜託拉克爬上耶爾利亞山幫他找來「滲透的項鍊」，也因此能夠順利撲滅南部叢林的大火。
凱爾站在被白雪覆蓋的山頂往山下一看，耶爾利亞山，這裡是西大陸上三大險峻山脈之一。
真沒想到金龍的巢穴就在這裡。
在獲得古代之力的地方，竟然也有龍居住著。
「潘得利，那我們現在該怎麼辦呢？」
凱爾一行人已經爬上了山頂，卻沒有發現巢穴，此時潘得利露出了興奮的表情，不過因為他總是看起來病懨懨的，所以現在還是一副快要暈倒的樣子。
「我們在這邊等就行了。」
「要等多久？」
「等到龍大人願意出來為止。」
「你說什麼？」
現在冷成這樣，你叫我在這裡慢慢等？
凱爾環顧了一下四周，冰冷的寒風正不斷颳在全身穿著皮草大衣的一行人身上，其中比克羅斯露出了凶狠的眼神瞪著潘得利，那表情看起來就像是在說「你在說什麼鬼話」一樣，看來比克羅斯很怕冷呢。
潘得利這時小心翼翼地開口詢問凱爾：「不過凱爾大人，什麼時候能見到守護您的龍大人呢？只要跟牠說我們所在位置的話，牠是不是就能直接瞬間移動過來呢？」
凱爾嘴角上揚成一個歪斜的角度，「不是耶。」
「那麼那位龍大人要怎麼過來呢？」
—妖精，我就在你後面！不過話說回來，裡面那隻偉大的龍怎麼還不出來迎接我們啊？
拉恩凶狠的聲音在腦中響起，凱爾決定直接將拉恩的話複誦給潘得利聽。
「潘得利。」

「是的。」

「牠就在你後……咦？」

凱爾話說到一半，整座山突然開始劇烈搖晃。

嗚嗚嗚嗡——

—就是這樣嘛，當然要出來迎接我們啊！偉大的拉恩·米樂來啦！

凱爾聽到拉恩意氣風發的聲音，他著急地伸出了手抓住崔漢的肩膀。

砰砰砰砰砰！

伴隨巨大的聲響，山頂上的雪竄向了天際，不對，更精確地說，是地面開始往上竄了起來。

「咦？」

「哇啊！」

一行人好不容易穩住身體，接著望向了竄起的地面的中心位置，凱爾也看向了那裡。

「哇！終於見到龍大人了！」

潘得利雙手握在了一起，似乎興奮到有點不知所措，看起來就像是宗教狂熱分子一樣，凱爾則是趕緊躲到崔漢背後，隨後也向蘿絲琳和其他人揮了揮手，示意他們快點站在自己的兩側和後方。

要是牠使出龍息可就大事不妙了。

因為金龍已經成年，所以會使用龍息。凱爾在眾人將自己團團圍住後，才感到一絲安心。

砰砰砰砰砰砰！

終於，往上竄起的地面停了下來，眾人眼前出現了巨大的洞窟。洞窟上的雪堆精準地避開他們一行人站著的地方，開始往其他方向滑落，而凱爾就這樣呆呆看著雪崩一般的景象。

就在這一瞬間——

「咦？」

原本不斷降下覆蓋整座山的白雪，突然停了下來。

該不會這些雪也都是龍幹的好事吧？竟然還有這種角色設定嗎？拉恩會不會也有操控天氣的能力？

凱爾在心裡默默想著，看來過去拉恩的能力似乎都太被小看了。接著現場又傳出了其他聲響，凱爾立刻轉過頭查看。

啪噠，啪噠。

現在雪和風都停了下來，整個空間陷入一片寂靜，凱爾一行人屏息以待，聽著從洞窟中傳出來的聲響。

啪噠，啪噠。

帶著一定節奏的腳步聲越來越近，隨後凱爾便看到了從洞窟深處走出來的一個人影。最後，從黑暗中緩緩走了出來的身影終於出現在一行人的眼前。

這是一名有著一頭亮麗金髮的妖精。

只要見過這名妖精的驚人美貌，就會連鯨族都再也看不上眼，隨後凱爾看到這名妖精露出了微笑。

「哇啊啊啊啊——」

潘得利當場雙膝跪地，凱爾看到他這副模樣就知道，原來那就是金龍啊。

龍還真是個瘋狂的種族。

這在這個時候——

「我去去就回！」

突然聽到拉恩這句話，凱爾整個人猛然抖了一下。

「呃！」

潘得利就像嚇到了一樣倒抽一口氣，他感覺到有某個黑色的小小物體從自己背後飛過，接著他對著那個黑色物體叫了出來。

「黑、黑龍大人！」

當然，那就是拉恩。

凱爾根本來不及阻止，拉恩就直接飛往了金髮妖精的方向，凱爾緊張地看著小黑龍拉恩迅速地飛到了金髮妖精面前。

「哇啊。」

金髮妖精低聲發出驚嘆，並用微妙的眼神盯著拉恩。

拉恩則是看著眼前以妖精外貌示人的金龍，張開了翅膀並理直氣壯地大喊：「真高興見到你！」

聽到拉恩這開心的語氣，金髮妖精的表情變得更加微妙，不過拉恩並沒有停下來，而是繼續自我介紹。

「我是偉大的拉恩．米樂！你是誰呀？」

拉恩用充滿期待的水汪汪眼神看著金髮妖精，而一直沒說話的金髮妖精也終於開了口。

「什麼啊？你真的是龍嗎？怎麼會有龍對另一隻龍說『真高興見到你』啊？」

金髮妖精的臉上寫著「怎麼會有這種奇怪的生命體」，看到這個表情凱爾就確定了，金髮妖精就是龍沒錯，那種自私自利的龍。

確實，只在乎自己的龍，彼此是不會說什麼「真高興見到你」這種話，還比較可能直接打起來，拚個你死我活。

凱爾戳了戳崔漢的背，崔漢也立刻用手抓住了劍柄，畢竟不知道眼前的龍會不會突然發動攻擊。

——《伯爵家的混混03》完

CD027

變成伯爵家的混混 03

백작가의 망나니가 되었다

作者	유려한(Yu Ryeo-Han)
譯者	高郁傑、陳品芳
封面設計	P_YuFang
封面繪者	달리
責任編輯	林思妤
校對	韓商奇異果娛樂有限公司台灣分公司

發行	深空出版
出版者	深空出版有限公司
地址	臺北市中正區館前路 59號 9樓
電話	(02)2375-8892
傳真	(02)7713-6561
電子信箱	service@starwatcher.com.tw
官網網址	www.starwatcher.com.tw
初版日期	2025年 09月

總經銷	聯合發行股份有限公司
地址	新北市新店區寶橋路 235巷 6弄 6號 2樓
電話	(02)2917-8022

백작가의 망나니가 되었다
Copyright ⓒ 2022 by Yu Ryeo-Han
Complex Chinese Translation Copyright ⓒ 2025 by INTERSTELLAR PUBLISHING Ltd.
This translation is published by arrangement with CHUNGEORAM PUBLISHING Co. through SilkRoad Agency, Seoul, Korea.
All rights reserved.

國家圖書館出版品預行編目(CIP)資料

變成伯爵家的混混 / Yu Ryeo-Han 著 .
-- 初版 . -- 臺北市 :
深空出版有限公司出版 : 深空出版發行 , 2025.09
冊 ; 公分
ISBN 978-626-99609-5-8(第 3 冊 : 平裝). --
862.57 114006149

◎凡本著作任何圖片、文字及其他內容，未經本公司同意授權者，均不得擅自重製、仿製或以其他方法加以侵害，如經查獲，必定追究到底，絕不寬貸。
◎版權所有 ・ 翻印必究◎
◎本書如有破損、缺頁、裝訂錯誤請寄回更換